Helene Wiedergrün
Blutmond

PIPER

Zu diesem Buch

Ein hübscher schwarzer Kater wird überfahren, und drei Tage später stirbt seine Besitzerin, eine alte Katzenzüchterin, unter ungeklärten Umständen – angeblich an Herzversagen. Als dann zu allem Überfluss aus dem Nachlass der Toten zwei Zuchtkatzen spurlos verschwinden, will die alte Dorfhebamme von Baselreute, Apollonia Katzenmaier, nicht so recht an Zufall glauben. Mit einiger Mühe gelingt es ihr, ihre Nichte, die Journalistin und Kunsthistorikerin Polli, davon zu überzeugen, gemeinsam mit ihr Nachforschungen anzustellen. Polli recherchiert vom Allgäu bis zum Bodensee, bei fanatischen Christen und eingefleischten Katzenliebhabern, aber am Ende ist es die Kunst, die sie auf die richtige Spur bringt. Und als Polli endlich dämmert, was hinter den seltsamen Vorfällen steckt, gerät nicht nur sie selbst in tödliche Gefahr … Charmant und voller Lokalkolorit ist Helene Wiedergrüns Krimi mit einer ebenso ungewöhnlichen wie gewitzten Ermittlerin.

Helene Wiedergrün, geboren 1960 in Bergatreute in Oberschwaben, studierte Sozialpädagogik, Romanistik, Germanistik und Kunstgeschichte in Weingarten, Perugia und Konstanz. Seit 1990 lebt sie in Konstanz, organisiert Stadtführungen, Reisen und Ausstellungen, arbeitet als Übersetzerin und Dolmetscherin, hält kunsthistorische Vorträge und ist journalistisch tätig. Sie ist Katzenbesitzerin und führt zusammen mit ihrem Mann die Reiseagentur www.sagittariusreisen.de. Nach ihrem ersten Oberschwaben-Krimi, »Apollonia Katzenmaier und der Tote in der Grube«, erschien zuletzt »Blutmond. Ein Fall für Apollonia Katzenmaier«.

Helene Wiedergrün

Blutmond

Ein Fall für Apollonia Katzenmaier

Ein Oberschwaben-Krimi

Piper München Zürich

Mehr über unsere Autoren und Bücher:
www.piper.de

Alles in diesem Buch ist frei erfunden, alle Personen, Orte und Ereignisse.
Alles, bis auf den schwarzen Kater.

Mix
Produktgruppe aus vorbildlich bewirtschafteten Wäldern und anderen kontrollierten Herkünften
FSC
www.fsc.org Zert.-Nr. GFA-COC-001223
© 1996 Forest Stewardship Council

Originalausgabe
Januar 2010

Umschlaggestaltung: semper smile, München
Umschlagabbildung: Andreas Strauss / LOOK
Satz: Filmsatz Schröter, München
Papier: Munken Print von Arctic Paper Munkedals AB, Schweden
Druck und Bindung: CPI – Clausen & Bosse, Leck
Printed in Germany ISBN 978-3-492-25470-0

»Es wird ein Bruder den andern dem Tod preisgeben und der Vater den Sohn, und die Kinder werden sich empören gegen die Eltern und werden sie töten helfen.«

MARKUS 13,12

ER SAH ZUERST NUR DIE ALTE FRAU am Straßenrand. Hoffentlich läuft sie mir nicht in die Fahrbahn, dachte er. Als er das dunkle Bündel vor ihr auf der Straße liegen sah, war es zu spät. Er spürte kaum ein Rucken am Lenkrad, der Audi hatte gute Stoßdämpfer. Im Rückspiegel riss die alte Frau die Arme hoch. Mein Gott, dachte er, ich hab was überfahren.

Max Gerstner war schon fast zu Hause. Er hatte einen Achtstundenarbeitstag im Landratsamt Ravensburg hinter sich, plus 1,5 Überstunden. Sein Nachhauseweg von Ravensburg nach Baselreute betrug genau 20,4 Kilometer, und er brauchte dafür im Schnitt sechzehn Minuten, jedenfalls seit die neue B30 fertig war. Zu seinen Studentenzeiten war er noch selbst gegen diese Straße auf die Straße gegangen. »Keine B30 neu«, hatte auf den Plakaten gestanden bei der Demo, weil die Trasse ein Feuchtgebiet durchschnitt, und überhaupt. Aber jetzt, wo sie fertig war, benutzte er sie täglich zur Arbeit im Landratsamt. Hin und zurück. Er kannte den Weg im Schlaf. Neulich hatte er gelesen, dass das Großhirn tatsächlich schlief, wenn man eine Routinestrecke fuhr, nur das Stammhirn arbeitete, und das hatte nun nicht schnell genug reagiert. Er hatte etwas überfahren.

Verdammter Mist, dachte er, ich hab doch Probe heute Abend. Und Sabine wartet mit dem Essen. Max Gerstner war Posaunist im Musikverein, und Sabine war seine Frau. Sie arbeitete nur halbtags, im Edeka-Markt, denn da waren auch noch zwei Kinder, die versorgt werden wollten, wenn sie mittags aus der Schule kamen. Meistens kochte sie abends für ihn noch mal warm oder wärmte etwas vom Mittag auf, das hatte sich im Laufe der Jahre so eingespielt. Nun würde sie es zum zweiten Mal aufwärmen müssen, oder er würde, je nachdem, sogar ohne Essen zur Musikprobe gehen müssen. Er seufzte tief, hielt am Straßenrand und stieg aus.

Die alte Frau hatte sich vor das dunkle Etwas auf der Straße hingekniet und weinte laut. »Mein Moritz, mein Moritz! Moritzle!«

Das Bündel entpuppte sich als Katze, die eindeutig tot war.

Die Frau nahm sie wie einen Säugling auf ihre Arme, wiegte sie hin und her, »Mein Moritzle!«, und drückte ihre Wange in das glänzende Fell.

Nun erkannte Max Gerstner sie. »Um Gottes willen, Rosl, steh doch auf!«

Er nahm Rosa Haberbosch am Ellbogen, wollte ihr aufhelfen, aber sie reagierte nicht, bemerkte ihn in ihrem Schmerz und Schock gar nicht.

»Rosl, komm, das tut mir so leid, das hab ich doch nicht wollen!« Fast kamen ihm ebenfalls Tränen. Seine Kinder hatten auch eine Katze, und obwohl er sich nicht sonderlich um sie kümmerte, mochte er es doch gern, wenn sie sich abends beim Fernsehen zu ihm legte und unter seinen streichelnden Händen schnurrte. Sie unter einem Auto zu verlieren hätte ihm auch wehgetan.

Schließlich gelang es ihm, Rosa Haberbosch von der Straße wegzuführen. Langsam ging er mit ihr bis zu dem Haus, in dem sie seit dem frühen Tod ihres Mannes allein mit einem ganzen Rudel Katzen hauste. Niemand wusste, wie viele es genau waren, ein Dutzend mindestens. Man sagte, sie habe Rassekatzen, teure, und auch der tote Kater, fiel ihm auf, sah nicht so aus wie seine Katze, die er mit den Kindern vom Bauernhof geholt hatte. Er war größer, ein stattlicher Kerl mit einer Farbe, die zwischen Schwarz und Silberweiß changierte. Sein Fell war lang, aber sehr gepflegt, fast schien es zu glitzern. Oje, was der wohl gekostet hat!, schoss ihm durch den Kopf, aber im nächsten Moment schämte er sich für diesen Gedanken. Die alte Frau trauerte wirklich um das Tier, wahrscheinlich war sein Geldwert das Letzte, woran sie gerade dachte.

Er half ihr die drei abgetretenen Stufen hoch und öffnete die ausgebleichte Holztür, die knarrend den Blick in den Flur freigab. Der Geruch nach Katzenseiche, der ihm entgegenschlug, raubte ihm für einen Moment den Atem. Er war bestimmt dreißig Jahre nicht mehr in diesem Haus gewesen; damals hatte der alte Haberbosch, Rosas Mann, noch gelebt. Als Junge hatte er einmal Farbe hierher bringen müssen, aus dem väterlichen Geschäft, denn Willi Haberbosch war neben seiner Tätigkeit als Gemeindelehrer auch Kunstmaler gewesen. Aber damals gab es hier noch keine Katzen, oder höchstens eine. Jedenfalls konnte er sich nicht an den Gestank erinnern.

Die Frau schien ihn nicht zu riechen. Ihren Arm loszulassen, wagte er nicht. Er wollte sie ins Wohnzimmer führen, das rechter Hand lag, wie er sich noch erinnerte, aber da hielt sie zum ersten Mal im Weinen inne und sagte etwas Undeutliches, wobei sie mit dem Kinn auf die offen stehende Haustür wies. Er verstand und schloss die Tür. Dann öffnete er die Wohnzimmertür, und sofort schossen zwei, drei Katzen an ihm vorbei in den Flur. Im Augenwinkel bemerkte er, dass auch diese Katzen sehr edel aussahen, wie Siamesen gefärbt, aber mit längeren Haaren. Im Wohnzimmer gelang es ihm schließlich, die alte Frau in einen Sessel zu setzen, auf dem Schoß den toten Kater, den sie unablässig streichelte und immer wieder an sich drückte. Er sah, dass das Tier vier weiße Pfoten hatte.

Max Gerstner setzte sich auf das Sofa gegenüber, von dem zwei weitere Katzen Reißaus nahmen. Nur ein dicker, schwarzer Perserkater mit eingedellter Nase blieb liegen und blickte ihn aus grüngelben Augen durchdringend an. Das Zimmer war vollgestopft mit dunklen Möbeln, an die er sich noch vage erinnern konnte, in einer Vitrine schimmerten einige

Pokale im spärlichen Licht einer Stehlampe – war Willi Haberbosch sportlich aktiv gewesen? –, aber was ihn vor allem verblüffte, war, dass jeder verbleibende Raum zwischen den Möbeln mit Katzenkratzbäumen zugestellt worden war. Er hatte zu Hause auch einen kleinen, für den Winter, wenn die Katze keine Lust hatte rauszugehen, den hatte Sabine für neunzehn fünfundneunzig im Baumarkt gekauft, mit einem sisalumwickelten Rohr in der Mitte und einer kleinen plüschbezogenen Liegefläche darüber. Was er hier zu sehen bekam, waren indes wohl die Ferraris unter den Kratzbäumen: jeder mit zwei oder drei Säulen, die hoch bis zur Decke gingen, einer sogar mit richtigen Holzstämmen, dazwischen Höhlen, Hängematten, Schaukeln, Tücher – ein Paradies für Katzen, die nicht aus dem Haus durften. Eine allerdings hatte das Paradies verlassen, und nun war sie tot. Nach und nach entdeckte Max Gerstner in den Ästen und Höhlen des künstlichen Dschungels auch weitere Stubentiger, deren blaue Augen ihn ängstlich bis feindselig musterten. Ob sie verstanden, was vorgefallen war?

Die alte Frau hatte sich inzwischen etwas beruhigt, nur hin und wieder wurde sie noch von einem schweren Schluchzer geschüttelt. Ihre Frisur war mitgenommen, die rotbraun gefärbten Haare, sonst immer akkurat frisiert, standen ihr wirr ums Gesicht. Früher war Rosa Haberbosch eine richtige Schönheit gewesen, mit langen Beinen und einer kurzen Stupsnase über dem sinnlichen Mund. Sie hatte in ihrer Jugend jedes Jahr im Weihnachtstheater mitgespielt, das abwechselnd vom Musikverein und vom Liederkranz aufgeführt wurde, und obwohl Rosa in keinem der beiden Vereine war, hatte man sie immer geholt für die Rolle der naiven Schönen, die von einem fiesen Finsterling verführt, zum guten Schluss aber vom braven Dorfburschen geküsst wurde. Die jungen Männer rissen sich um die Rolle des braven Dorfburschen, vor allem die weniger braven. Rosas Ruf war bald nicht mehr der beste – wer auf der Bühne küsst, der küsst auch im richtigen Leben, und die frechen Burschen, die das hinter den Kulissen ausprobiert hatten, suchten sich zum Heiraten doch lieber brave Mädchen. Aber dann wurde Anfang der Sechzigerjahre Willi Haberbosch an die Baselreuter Schule versetzt, gerade noch rechtzeitig, bevor Rosa ins Rollenfach der Mutter der naiven Schönen wechseln musste. Er verliebte sich sofort in sie, und schon nach einem halben Jahr wurde Hochzeit gefeiert. Kinder konnten sie offenbar keine bekommen, aber beide fanden Ersatz: Er malte Bilder, und sie züchtete Katzen.

Max Gerstner nahm einen neuen Anlauf, die Sache mit dem überfahrenen Kater zu klären. »Hör mal, Rosl, das wollte ich wirklich nicht, das tut mir so leid!«

»Schon gut, du bischt nicht schuld«, antwortete die alte Frau leise zwischen zwei Schluchzern, ohne aufzublicken.

»Das ist nett, dass du das so siehst! Weißt du, ich hab ihn wirklich erst im letzten Moment gesehen, und da hab ich einfach nicht mehr reagieren können.«

»Neinnein, mach dir keine Sorgen, du hascht ihn nicht umgebracht.«

Nun war er doch etwas erstaunt. »Wie meinst du das? Ich hab ihn doch überfahren!«

»Ja, aber er war praktisch schon tot. Sie haben ihn vergiftet.«

»Vergiftet?« Er schüttelte ungläubig den Kopf. »Aber wieso? Und wer soll das getan haben?«

Rosa schluchzte wieder, dann sagte sie mit plötzlicher Wut in der Stimme: »Das werden sie mir büßen!«

»Wer denn, Rosl?«

Aber sie hörte ihn gar nicht. »Sie haben ihn vergiftet, und da hat er verrückt gespielt und isch mir entwischt. Er hat mich gebissen und gekratzt, als ich raus bin, und dann isch er einfach an mir vorbeigerannt. Das hat er sonscht nie gemacht!« Sie schluchzte wieder heftiger. »Bis zur Straße isch er noch gekommen. Und dann bischt du gekommen. Aber sie werden schon sehen, was sie davon haben! Das werden sie schon sehen!«

Ihre Augen waren zu schmalen Schlitzen geworden, und ihr Kinn zitterte vor Wut. Ihm wurde unheimlich. Wie eine Hexe, dachte er und war froh, dass sie nicht ihn als den Schuldigen betrachtete. Er wollte auch gar nicht mehr wissen, wen sie in ihrem Trauerwahn für schuldig hielt, er wollte nur noch weg.

Demonstrativ sah er auf die Uhr. »Hör mal, kann ich noch etwas für dich tun? Ich müsste sonst los, zur Musikprobe.«

»Nein, nein, geh nur. Dem kann sowieso niemand mehr helfen. Ich werd ihn morgen begraben.«

»Also dann, tut mir wirklich leid«, wiederholte er zum dritten Mal und stand auf.

Sie nickte nur und winkte ihn zur Tür. »Pass auf, dass keine Katze mit rausgeht«, war der einzige Gruß, den sie ihm noch nachsandte.

Als er die Haustür hinter sich geschlossen hatte, atmete er tief durch.

Eigentlich müsste sie den toten Kater zur Tierkörperbeseitigungsanstalt bringen, fiel ihm ein, aber er war froh, dass ihm dieser Gedanke so spät kam, zu spät, um ihr gegenüber dieses Wort von Amts wegen erwähnen zu müssen.

Als er nach der Probe mit seinen Musikerkollegen im »Mohren« saß, hatte er den Vorfall schon fast wieder vergessen.

Rosa Haberbosch konnte nicht schlafen. Ihr hoher Blutdruck hämmerte das Blut gegen ihre Schläfen und ließ es in ihren Ohren sausen. Sie hatte keine Medikamente mehr genommen und kaum etwas gegessen in den letzten Tagen, denn alles war ihr zuwider. Wenn sie die Drohungen nur ernster genommen hätte!, sagte sie sich immer wieder, wenn sie nur irgendwie darauf reagiert hätte, anstatt sie zu ignorieren, vielleicht wäre es dann nicht passiert, vielleicht, vielleicht ...

Drei Tage war es nun her, dass Moritz gestorben war, dass sie ihn begraben hatte, bei den Johannisbeerbüschen im Garten, drei Tage, dass er abgestiegen war zu den Toten. Blasphemie!, hätte ihre Schwägerin ausgerufen, wenn sie Rosas Gedanken hätte hören können. Aber die Analogie endete ohnehin bei den drei Tagen; der Kater würde nicht auferstehen wie Jesus, er war tot und begraben und würde es bleiben.

Rosa dachte an die Zeit zurück, als Willi gestorben war – der Mann, den sie wirklich geliebt hatte, der ihr so spät – fast dachte sie – »zugelaufen« war, der Mann, den sie erst kennengelernt hatte, als sie beide schon in einem Alter waren, in dem die Kinder normalerweise aus dem Haus gehen, und da war es zu spät gewesen, sich noch Kinder ins Haus zu holen. Aber sie hatten ja einander, waren zusammen zufrieden gewesen. Er war der erste Mann, der sie verstanden hatte, der nicht auf der Suche war nach einer Mutter für seine zukünftigen Kinder, sondern sie einfach für das liebte, was sie war: eine schöne, nicht mehr ganz junge Frau mit dem Bedürfnis, andere Dinge zu tun, als »die Leute« von ihr erwarteten. Sie hatte ihn wirklich geliebt, und dennoch ... Sie wagte kaum, es sich einzugestehen, aber in ihrer Erinnerung war der Schmerz um ihn nicht so groß gewesen wie der, den sie jetzt um Moritz empfand.

War es richtig, dass man ein Tier so liebte? Dass man sich so traurig und leer fühlte nach seinem Tod, mehr als jemals zuvor im Leben? Sie sah Moritz' blaue Augen vor sich, meeresblau, sommerhimmelblau, ihr kamen keine Worte in den Sinn, die ausgedrückt hätten, was sie empfunden hatte, wenn sie in diese Augen gesehen hatte, wenn er ihrem Blick standgehalten und sie ihn dann zärtlich auf die Arme genommen und er sich schnurrend an sie geschmiegt hatte. Sie dachte an seine Augen, und plötzlich hörte sie ihn, sein leises Miauen, er lief im Flur auf sie zu, als sie die Tür öffnete, und sie nahm ihn hoch, drückte ihn an sich, hielt ihre Nase in sein weiches Fell, roch überglücklich sein feines Nussaroma – aber plötzlich stank er nach Seiche und sie wandte sich angeekelt ab.

Als Rosa die Augen aufschlug, war es dunkel, das Traumbild fort, aber der Gestank noch da. Irgendetwas hatte sich verändert im Zimmer. Sehen konnte sie jedoch nichts. Die Straßenlampen, deren Licht sonst durch die Spalten in den

Fensterläden sickerte, wurden in Baselreute um elf Uhr abends gelöscht. Offenbar war es schon gegen Mitternacht. Geisterstunde. Plötzlich bekam sie Angst in dieser vollkommenen Dunkelheit, die seltsam belebt schien. Eine Gänsehaut kroch langsam ihren Nacken hoch. Von Menschen hatte man schon gehört, dass sie als Geister zurückkamen nach dem Tod, aber von Tieren? Doch wenn ein Tier so sehr geliebt wurde wie Moritz, konnte es dann vielleicht auch zurückkommen? War das womöglich gar die Strafe für ihre übertriebene Liebe zu ihm, dass er nach seinem Tod zu ihr kommen musste? Sosehr sie auch in die Dunkelheit starrte, in der Nachtschwärze des Zimmers war sie völlig blind. Dafür reagierten allerdings ihre anderen Sinne umso heftiger. Sie glaubte, irgendwo unten eine Tür schlagen zu hören, aber das war bestimmt der Wind, redete sie sich ein. Ihre Nase konnte sie jedoch nicht täuschen: Seiche, meldete diese eindringlich, und Erdgeruch, und noch etwas anderes, Ekligeres.

Rosa bot all ihren Mut auf und drückte auf den Lichtschalter neben dem Bett. Ihr Schrei erstickte zwischen den hochgerissenen Händen. Moritz war von den Toten auferstanden. Er lag vor ihr auf dem Bett, sein Maul aufgerissen, die Lefzen über die spitzen Eckzähne hochgezogen, als ob er sie angrinsen wollte, das Fell nass, zerzaust und voller Erdklumpen, seine vier weißen Pfoten waren blutigen Stümpfen gewichen – das war der eklige Gestank gewesen: verfaulendes Fleisch und Blut! –, aber das Schlimmste waren seine Augen. Ihr Blau hatte sich in blutrote Löcher verwandelt, und als Rosa sich in sie hineinversenkte, breitete sich das Rot aus, in ihren Ohren trommelte es, sie sah nur noch rot, rot, und dann wurde alles schwarz.

Um 0.17 Uhr schaute Bernhard Bühler auf den Radiowecker. Seine Blase hatte ihn geweckt, zum ersten Mal in dieser Nacht und sicher nicht zum letzten. Seit seiner Prostataoperation blieb ihm keine Nacht der dreifache Gang erspart. Früher hatte man dafür einen Nachthafen gehabt, aber das war ja nicht mehr Mode. Hilde hätte ihm etwas erzählt, wenn er so einen stinkenden Bottschamper die ganze Nacht unter dem Bett stehen gehabt hätte! Auf dem Weg zum Klo machte er Licht im Flur, dessen Fenster zum Häuschen von Rosa Haberbosch hinüberging. Erstaunt sah er, dass dort im Erdgeschoss noch Licht brannte. So ebbes, dachte er, die Rosl geht doch immer so früh ins Bett. Er öffnete das Fenster und beugte sich hinaus, um besser sehen zu können. In diesem Augenblick ging das Licht aus. Auf dem Rückweg von seinem Klogang schaute er noch einmal hinüber. In Rosas Haus blieb alles dunkel. Dafür leuchteten in der Einfahrt zwei Häuser weiter plötzlich die Scheinwerfer eines Autos auf, das schnell wegfuhr. So ebbes! Bernhard Bühler schüttelte den Kopf und schloss das Fenster.

Nuurr nicht aus Liebe weinen, es gibt auf Eerrden nicht nur den einen, schmauchte die tiefe Bassstimme von Zarah Leander aus meinen Lautsprecherboxen. *Es gibt so viele auf dieser Welt, ich liebe jeden, der mir gefäääl llt*, brüllte ich mit, während mir die Tränen übers Gesicht liefen. Der *Eine*, oder zumindest der, von dem ich für kurze Zeit geglaubt hatte, er sei der *Eine*, hatte sich aus meinem Leben geschlichen, einfach so. Wir hatten einen wunderbaren Sommer verbracht – nächtliche Spaziergänge am See mit Mond, intime Picknicks auf »unserer« Parkbank an der Schmugglerbucht, atemlos vertanzte Salsa-Abende auf der »Rheinterrasse«. Dann hatte er plötzlich immer weniger Zeit für mich gehabt, nur noch Ausreden, kaum Anrufe, schließlich gar keine mehr, auch sonst kein Lebenszeichen, und wenn ich bei ihm läutete, dann war er nicht da oder tat jedenfalls so. Und heute hatte mir meine Freundin Angelika am Telefon berichtet, dass sie ihn mit seiner Ex gesehen hatte, Arm in Arm, und »sehr verliebt haben die getan«, was bedeutete, dass wahrscheinlich ich jetzt die Ex war und die andere die Ex-Ex. Da gab es nur zwei Alternativen: in tiefste Depression versinken und seitenlange, anklagende Briefe schreiben oder – Zarah Leander. Ihre Lieder mitzubrüllen verwandelte den Schmerz in Trotz, und am liebsten wäre ich sofort losgezogen, um mir in irgendeiner Kneipe irgendeinen Typen anzulachen.

Da läutete das Telefon.

Ich wischte mir mit dem Ärmel das Gesicht trocken, dann stellte ich die Musik leiser und nahm den Hörer ab. Vielleicht war er es! Bestimmt hatte er doch noch kapiert, was er an mir hatte und dass ich die Richtige für ihn war, die einzig Wahre!

»Ja, hallo?«, fragte ich vorsichtig hoffnungsvoll.

Eine wohlbekannte weibliche Stimme wünschte mir fröhlich einen guten Abend. Apollonia! Meine Tante und Freundin und Namensbase, die älteste Schwester meines Vaters, die schon stramm auf die hundert zuging und mit der ich vor einigen Jahren eine alte Mordgeschichte in Baselreute aufgedeckt hatte.

Ich zog schnell noch einmal die Nase hoch, bevor ich versuchte, ihr ebenso fröhlich zu antworten. Sie musste sich in ihrem Alter nicht auch noch mit meinem Liebeskummer beschäftigen.

Aber Apollonia hatte einen siebten Sinn für das Unglück anderer Menschen. »Sag mal, Polli, geht's dir nicht gut? Was isch denn los?«

Bevor ich »Ach nichts« sagen konnte, brach ich schon wieder in Tränen aus. »So ein Blödmann, ich dachte, diesmal sei es etwas Ernstes«, antwortete ich zwischen zwei Schluchzern, »aber Angelika hat ihn heute mit seiner Ex gesehen, und er hat sich auch nicht mehr gemeldet. Verdammt, Apollonia, warum gerate ich immer an solche Typen?«

Ich versank im Selbstmitleid, und Apollonia tröstete mich, so gut sie konnte. Ich wusste, dass sie mich verstand, denn sie hatte in jungen Jahren etwas Ähnliches erlebt. Allerdings war sie dann einfach allein geblieben, eine Option, die für mich nicht infrage kam, und so wiederholten sich bei mir die Beziehungsenddramen in regelmäßigen Abständen.

»Ach Kind«, sagte sie, »der Richtige wird schon noch kommen!«

Na, dann sollte er sich mal beeilen, der Richtige, wenn es ihn denn gab, das Kind war immerhin schon zweiundvierzig!

Als ich mich etwas beruhigt und mit drei Tempotaschentüchern Nase und Augen vom Rotz befreit hatte, fragte ich endlich nach dem Grund ihres Anrufs.

»Sag mal, Polli, kennscht du Haberboschs Rosl?«

Ich musste einen Moment überlegen. »Ist das die in dem kleinen Häusle, wenn man Richtung Breitenreute rausfährt, mit den vielen Katzen?«

»Ja, genau die.«

»Und was ist mit der?«

»Sie isch tot.«

»Aha.« Mehr fiel mir dazu nicht ein. Immerhin war Haberboschs Rosl schon reichlich über siebzig gewesen, wenn ich mich recht erinnerte. Da war die Hebamme wohl nicht mehr schuld, wenn sie starb.

Mehr aus Gewohnheit fragte ich: »Wann ist denn die Leich?«

»Morgen Nachmittag um zwei. Kannscht du kommen?«

Eine Beerdigung war nun wirklich das Letzte, wonach mir der Sinn stand. Und warum sollte ich gerade zur Beerdigung von Rosa Haberbosch gehen? In Baselreute starben jede Woche Menschen, die mir nähergestanden hatten. Mama berichtete mir bei meinen sonntäglichen Anrufen immer, auf wessen Leich sie gewesen war oder noch hinmusste. Sie verlangte nie, dass ich auch kam, außer als der Rektor der Schule starb, bei dem ich selbst noch Unterricht gehabt hatte, im Rechnen in der Grundschule. Da war ich selbstverständlich gekommen, das ganze Dorf war gekommen, die Leute hatten sogar noch auf den Treppen gestanden, die vom Friedhof und von der Kirche runterführten.

»Weißt du, ich hab sie eigentlich nicht so gut gekannt. Und in einer Woche beginnt mein Kurs an der Volkshochschule zum Expressionismus, und da muss ich noch eine Menge vorbereiten.«

Apollonia atmete tief durch. Dann sagte sie mit unheilschwangerer Stimme: »Polli, da stimmt ebbes it!«

»Was meinst du damit – da stimmt ebbes it?«

»Mit dem Tod von dr Rosl stimmt ebbes it!«

»Wie ist sie denn gestorben?«

»Man hat sie tot im Bett gefunden. Der Doktor Zoller sagt, des Herz hat nicht mehr mitgemacht.«

An ihrem Tonfall wurde deutlich, dass sie Dr. Zoller für einen alten Esel hielt, der keine Ahnung hatte. Witterte sie schon wieder Mord und Totschlag?

»Ich wusste gar nicht, dass Doktor Zoller noch praktiziert«, versuchte ich abzulenken.

»Eigentlich nicht. Der Hannes hat die Praxis übernommen, du weischt schon, sein Sohn, mit seiner Frau zusammen, die isch Schweizerin, aber manchmal schickt er noch seinen Vater los, wenn's dem seine Patienten waren oder wenn er glaubt, dass der Fall sowieso klar isch.«

»Na, dann war der Fall hier wahrscheinlich auch klar.«

»Das glauben vielleicht der Hannes und der alte Zoller!«

»Und was glaubst du?«, fragte ich leicht ungeduldig.

»Ich glaub, dass die Rosl ein gutes Herz hatte.«

»Ein Herz für Tiere jedenfalls«, erwiderte ich. Mutter hatte manchmal über Rosa gelästert und über ihre Menagerie. Zeitweise hatte sie neben ihren Katzen auch noch Hunde und Papageien gehalten. »Die könnte einen ganzen Zoo aufmachen!«, hatte Mutter immer gesagt.

»Polli, ich war nicht eng mit der Rosl befreundet, aber manchmal isch sie vorbeigekommen auf eine Tasse Kaffee, und dann haben wir uns unterhalten, und sie hat nie etwas davon gesagt, dass sie Herzprobleme hätte. Gut, seitdem der Willi tot war, hat sie ein wenig Bluthochdruck gehabt, aber daran stirbt man doch nicht gleich! Und wenn, dann hätte sie der Schlag getroffen, als ihr Kater Moritz vor Kurzem überfahren worden isch, aber nicht drei Tage später friedlich im Bett!«

»Na ja, eine Bekannte von mir saß eines Nachmittags tot am Schreibtisch, plötzlicher Herztod, mit dreiundvierzig. So was gibt's!«

Apollonia erwiderte nichts. Eine ganze Weile lang.

Ich seufzte. »Was glaubst du denn, woran sie gestorben ist?«, fragte ich noch einmal.

»Das weiß ich nicht, aber ich weiß, dass da ebbes nicht stimmt! Zuerst ist ihre Katze umgebracht worden, das hat sie mir nämlich noch erzählt, und dann, nur ein paar Tage später, stirbt sie selbst. Einfach so! Das ist doch nicht normal!« Sie wurde richtig laut. »Und mit dem blöden Karren kann ich nicht allein aus dem Haus, aber wenn du kämscht, dann könnten wir zusammen auf die Beerdigung gehen und hinterher vielleicht noch mit ihren Verwandten reden. Wer weiß, vielleicht finden wir ja etwas heraus!«

Apollonia hatte seit dem letzten Jahr eine Gehhilfe mit vier Gummirädern und einem schicken Einkaufskorb dran. Allein konnte sie sich fast nicht mehr aufrecht halten, eine Folge des Alters und der Medikamente, die sie gegen ihren Krebs einnehmen musste. Bisher schaffte sie es aber einfach nicht, sich mit dem Gefährt anzufreunden, ja sie sah in ihm geradezu die Ursache für ihre Unbeweglichkeit, obwohl es ihr doch wenigstens einen gewissen Freiraum bot. Ihre Neugier und ihren Tatendrang schien es wenigstens nicht zu bremsen. Vielleicht wollte sie ja einfach mal wieder raus und wusste nicht, wie sie ihre Nichte dazu bringen konnte, sie dabei zu unterstützen, außer indem sie an ihre detektivische Ader appellierte.

Mein schlechtes Gewissen regte sich. Ich war tatsächlich schon lange nicht mehr bei ihr gewesen. War Kranke besuchen nicht eines der sieben Werke der Barmherzigkeit? Oder hieß es Kranke pflegen und Gefangene besuchen? Mit meiner Bibelfestigkeit war es doch nicht ganz so weit her, aber an eines erinnerte ich mich noch genau: Tote begraben gehörte auf jeden Fall dazu. Wenn man es recht bedachte, konnte ich hier also für mein himmlisches Konto mindestens einen Punkt erringen, bei großzügiger Auslegung sogar zwei, was nicht schlecht war; meine Buchführung fürs Paradies wurde sonst doch sehr vernachlässigt. Außerdem fiel mir ein, dass Rosa Haberbosch die Tante meiner Schulfreundin Sigrid gewesen war. Vielleicht würde ich sie ja wiedertreffen; wir hatten uns schon lange nicht mehr gesehen.

Und vermutlich tat es mir ohnehin ganz gut, wenigstens

mal für einen Tag wegzufahren, anstatt mich hier in meiner Wohnung der Depression oder irgendwelchen aufgegabelten Typen zu ergeben.

Ich versprach zu kommen.

Am nächsten Tag nahm ich die Elfuhrfähre nach Meersburg. Nach einer unruhigen Nacht mit schmerzlichen Träumen von *Ihm* hatte ich am Küchentisch gefrühstückt – Müsli und Kaffee aus der Alu-Caffettiera, die ich mir vor vielen Jahren in Rom gekauft hatte. Es war ein düsterer Morgen, ich musste das Licht anschalten, um die Zeitung lesen zu können. Die Fenster meiner Wohnung gingen zwar auf der einen Seite nach Süden, aber davor standen hohe Kastanien, deren Blätterhände das Licht fernhielten, auch wenn sie sich allmählich golden färbten. Außerdem war es jetzt, Anfang Oktober, schon neblig am Morgen. Ein passender Nachklang zur vergangenen Nacht und eine hervorragende Einstimmung auf eine Beerdigung!

Ich hatte schließlich ein paar Klamotten eingepackt, meine schwarze Lederjacke und einen dicken Schal angezogen und war aus dem Haus geflüchtet. Zunächst war ich in die Stadt gefahren, um dort noch Bank, Post und ähnliche lästige Institutionen aufzusuchen. Als ich alles erledigt hatte, lenkte ich meinen alten Golf nach Staad zum Fährehafen. Die Fähre lag bereits vor Anker, und ich konnte gleich auffahren, denn um diese Jahreszeit war an einem Mittwochmorgen nicht viel Verkehr. Der Kontrolleur stempelte trotz meines gewinnenden Lächelns die volle Anzahl Streifen von meiner Mehrfahrtenkarte ab, nicht mal das funktionierte mehr! Ich fühlte mich alt.

Auf dem Oberdeck setzte ich mich im Nichtraucherraum in die Ecke der Holzbank, legte meine Hände wärmesuchend auf die Heizung, die zwischen Banklehne und Fenster eingebaut war, und schaute hinaus. Schon nach kurzer Zeit sprangen mit röhrendem Rauschen die Schiffsmotoren an, und wir liefen aus.

Heute war der See wieder ein Meer. Das Nordufer konnte

man gerade noch als dunklere Schattierung im Nebel erahnen, aber im Südosten, wo die Sonne den Dunst zum Leuchten brachte, ohne selbst sichtbar zu sein, ging das wellenglitzernde Silbergrau des Wassers ganz unmerklich in das opake Lichtgrau des Himmels über, kein Ufer war mehr zu sehen. Auf der anderen Seite liegt Amerika, hatte ich mir als Kind immer vorgestellt, wenn ich mit meinen Eltern an solchen Tagen einen Ausflug zum Bodensee gemacht hatte. Die scheinbare Grenzenlosigkeit des Sees war für mich zur Unendlichkeit des Meeres geworden.

Ein Lächeln schlich sich auf meine Lippen; ich konnte den See nicht anschauen, ohne zu lächeln. Immer sah er anders aus, wechselte Licht und Farbe und Oberflächenkonsistenz, als ob ein Maler das gleiche Sujet mit immer neuen Farben und Techniken darstellte.

Ich atmete tief durch und verließ meinen warmen Heizungsplatz, um mich dem Fahrtwind und der kühlen Seeluft zu stellen. Am anderen Ufer tauchten nun langsam die gelb gefärbten Weinberge um Meersburg aus dem Nebel auf. Eine frische Brise strich über mein Gesicht, ich schloss die Augen und hielt mit beiden Händen den Kragen meiner Lederjacke hoch. Langsam, ganz langsam, ließ der Herzschmerz in meinem Bauch ein wenig nach, und ich war froh, dass Apollonia mich überredet hatte, zur Beerdigung zu fahren.

Wir ließen den Gehwagen am Fuß der Kirchentreppe stehen und hakten die Bremse ein.

»Meinscht du, den klaut jemand?«, fragte Apollonia zwischen Furcht und Hoffnung. Sie mochte ihren rollenden Gefährten wirklich nicht, war er doch sichtbares Zeichen des Zerfalls und der Schwäche, die sie ihr ganzes Leben weit von sich gewiesen hatte. Da war die Quickly, mit der sie früher die Dorfstraßen unsicher gemacht hatte, etwas anderes gewesen!

»Nein, das glaube ich nicht. So was macht doch niemand!«, beruhigte ich sie. In Konstanz wäre ich mir da nicht so sicher gewesen, da passierten in letzter Zeit manchmal erschreckende Dinge, aber hier in Baselreute würde hoffentlich niemand einem alten Menschen die letzte Stütze rauben, hier war der Mensch noch nicht des Menschen Wolf, und außerdem würde ein Dieb mit diesem Wagen so langsam vorankommen, dass ihn sogar ein Kind auf dem Dreirad einholen konnte.

An meinem Arm stieg Apollonia langsam die Treppe hoch. Sie reichte mir nur noch knapp bis zur Schulter, so sehr war sie in den letzten Jahren geschrumpft.

Der Friedhof war leer. Wir waren früh dran, der Beerdigungsgottesdienst war noch nicht zu Ende. Apollonia hatte nicht die Kraft gehabt, auch die Messe durchzustehen, sie wollte nur beim Begräbnis von Rosl dabei sein. Da wir noch Zeit hatten, machten wir bei diversen Gräbern halt und gaben Vater, Onkel, Bruder, Freunden, Rektoren, Friseuren und sonstigen heilsdurstigen Seelen das Weihwasser.

Als schließlich das Totenglöcklein bimmelte und das Kirchentor sich öffnete, um die Prozession der Gläubigen auszuspucken, die dem Pfarrer, den Ministranten und den Sargträgern folgte, begaben auch wir uns langsam zu der Stelle, wo das Grab für Rosa Haberbosch ausgehoben war. Der Grabstein stand schon da, es war ja ein Familiengrab, und Willi Haberbosch war seiner Frau bereits Mitte der Achtzigerjahre vorausgegangen. Sein Name war in den dunklen Granitspiegel eingraviert, und eine feine Weinranke schlang sich am Rand des Steins entlang. Für Rosas Namen war genug Platz übrig; den würden die Steinmetzen dann später einfügen. Vorläufig würde man ein Holzkreuz mit ihrem Sterbebildchen auf das Grab pflanzen.

»Herr, gib ihr die ewige Ruhe, das ewige Licht leuchte ihr.«

»HerrlasssieruheninFriedenAmen.«

Während der Begräbnisgebete und der einzigen Grabrede, die gehalten wurde – von einer Vertreterin des örtlichen Theatervereins –, entdeckte ich unter den anderen Trauergästen meine Mutter. Während die Dame vom Theaterverein über die großartige Schauspielerin sprach, die Rosa Haberbosch gewesen war – »Sie konnte alle zu Tränen rühren!« –, überlegte ich, wie ich Mama erklären konnte, dass ich plötzlich auf dieser Beerdigung, ja überhaupt in Baselreute aufgetaucht war, ohne ihr vorher Bescheid zu sagen. Ich hatte es schlicht vergessen, aber das war natürlich unverzeihlich. Sie beäugte meine Freundschaft zu Apollonia sowieso recht kritisch, seit meine Tante und ich in einem länger zurückliegenden Todesfall gemeinsam ermittelt und uns damit beide in größte Gefahr begeben hatten. Vielleicht war sie sogar ein klein wenig eifersüchtig. Dass ich nur gekommen war, um ein, nein zwei Werke der Barmherzigkeit zu begehen, würde sie mir ohnehin nicht glauben.

Auch Apollonia war weniger auf die eigentliche Beerdigungszeremonie konzentriert als auf die Reihe der Besucher. Sie hatte meine Mutter ebenfalls entdeckt und nickte freundlich zu ihr hinüber, was Mama mit einem weniger freundlichen Nicken quittierte, bevor sie wieder den Kopf zum Gebet senkte.

Es waren mehr Leute gekommen, als ich erwartet hatte. Viele Gesichter kannte ich vom Sehen, und zu manchen fiel mir sogar ein Name ein. Ob unter den grau melierten älteren Herren auch ehemalige Liebhaber der schönen Rosa waren? Mutter hatte mir oft genug von der »Haberbosche« erzählt, was sie in jungen Jahren für ein »Mensch« gewesen war und was für ein Riesenglück sie gehabt hatte, dass der Willi von außerhalb gekommen war. Manche der ehemals galanten Herren hatten verdächtig rote Nasen, aber dafür gab es ja vielleicht auch andere Ursachen.

Dann entdeckte ich tatsächlich Sigrid – Siggi –, die Nichte Rosa Haberboschs und einzige Tochter des früheren Bürgermeisters von Baselreute. Rosas Bruder war bis zu seiner Pensionierung über zwanzig Jahre lang Bürgermeister gewesen und wohnte mit seiner Familie in einem großen, schönen Neubau, dessen Garten direkt an den unseren angrenzte, was unsere Mütter zu regelrechten gärtnerischen Wettkämpfen anstachelte. Jede wollte die schöneren Blumen, die größeren Salatköpfe und die röteren Tomaten haben.

Siggi war mein Jahrgang und eine Zeit lang sogar meine beste Freundin gewesen, zunächst in der Grundschule, dann am Gymnasium.

Ich hatte Siggi seit der Schule höchstens ein- oder zweimal gesehen, bei einem Klassentreffen oder einem Stadtfest in Bad Waldsee, wo wir zusammen aufs Gymnasium gegangen waren. Nach Baselreute kam sie wohl nicht mehr oft, halt hin und wieder, um ihre Eltern zu besuchen, wie ich auch.

Dennoch erkannte ich sie sofort wieder, denn ihr einprägsames Gesicht hatte sich kaum verändert. Die schwarzen Haare waren kurz geschnitten, sie hatte eine kräftige Adlernase, ein leicht vorspringendes Kinn, und auf ihrer Oberlippe flaumte es dunkel. Siggi war schon immer eher der herbe Typ gewesen, aber jetzt war sie richtig hager geworden, und in ihrem schwarzen Traueranzug wirkte sie sehr männlich, obwohl sie immer wieder schniefend die Nase hochzog, bis sie schließlich ein weißes Stofftaschentuch aus der Hosentasche zerrte und sich kräftig schnäuzte.

Daneben standen ihre Eltern. Ernst Maurer hatte auch eine rote Nase, allerdings wohl eher vom Wein als vom Weinen. Ich kannte ihn nicht anders. Die Farbe seines großen Zinkens sei eine Folge der vielen Empfänge als Bürgermeister, auf denen man immer trinken muss, hatte meine Mutter einst zu seiner Entschuldigung gesagt, als ich ihn in jugendlichem Aufruhr als Beispiel für das Suchtverhalten der Alten anführte, nachdem sie mich mit einem Joint erwischt hatte.

Siggis Mutter hatte sich für die Beerdigung extra eine neue Dauerwelle legen lassen, deren geordnetes Gekräusel einen starken Kontrast zu den tiefdunklen Augenringen und den eingefallenen, blassen Wangen bildete. Ob sie tatsächlich so sehr um ihre Schwägerin trauerte? Oder war es eher der Ärger mit ihrem Mann, mit dem sie es seit seiner Pensionierung den ganzen Tag aushalten musste, der sie so alt aussehen ließ?

Auch Dr. Zoller war zur Beerdigung gekommen, zusammen mit seinem Sohn Johannes und einer jungen, blonden Frau. Sie war nicht von hier, und vermutlich war sie die

Schweizer Ehegattin von Zoller junior, von der Apollonia erzählt hatte. Da hat er sich ja was Schickes angelacht, dachte ich. Er selbst war »ansehnlich nichts Rares«, wie sich meine Mutter ausgedrückt hätte, etwas untersetzt, mit feistem Gesicht und bereits recht spärlichen dunklen Haaren, die er quer über den Kopf gekämmt hatte. Dazu trug er eine große, dunkle Brille. Sein schwarzer Anzug spannte leicht über dem Bauch, wodurch sein Körper eine Birnenform erhielt. Vielleicht war es ja noch sein Hochzeitsanzug. Ich hatte gerade eine Statistik gelesen, nach der Männer und Frauen nach der Hochzeit im Durchschnitt vier Kilo zunahmen. Das süße Eheleben! Wie schön, dass das einsame Singledasein wenigstens figürliche Vorteile mit sich brachte. Allerdings schien diese Regel bei Familie Zoller junior nur für den Ehemann zu gelten. Seine Frau war modeldürr, und ihr schwarzer, langer Ledermantel sah höchst vornehm aus zu dem blonden Pagenkopf, den sie sehr aufrecht trug.

Gegen diese kühle Eleganz wirkten die vier Damen daneben fast etwas schrill. Sie waren offenbar zusammen gekommen, denn sie tuschelten immer wieder. Alle vier waren in den Fünfzigern. Die Haare der Blonden wirkten wie eine Perücke, und die der Roten ließen einen verdächtig grauen Ansatz erkennen, während die Schwarze lange, glatte Haare und eine Nase wie Cher hatte. Alle drei hatten nicht an Schminke gespart. Die Vierte war nicht ganz so aufgedonnert wie ihre Nachbarinnen, dennoch sah sie auf ihre Weise recht eigenwillig aus: Auf dem Kopf trug sie eine Wollmütze mit schwarzem Rand, die sich nach oben pilzartig verbreiterte und aus der türkise und lila Fäden wie Igelstacheln hervorstanden. Man sah keine Haare unter der Mütze, vielleicht waren sie ihr ausgefallen. Chemotherapie? Ihre Nase war wie bei einem Boxer geknickt, und die Nasenspitze zeigte gen Himmel, Stirn und Kinn indes sprangen leicht zurück, sodass ihrem Gesicht etwas Faunartiges anhaftete. Zu einem schwarzen, grob gestrickten Pulli trug sie schwarze Leggings mit türkisfarbenen Blumenranken, wie sie in den Achtzigern Mode gewesen waren, und braune Stiefel.

Ich hatte keine von den vieren je gesehen und fragte Apollonia flüsternd, ob sie ihr bekannt waren. Sie zuckte verneinend die Schultern.

Endlich war das letzte Amen verklungen, die Friedhofsbesucher stellten sich in eine Reihe, um der Trauerfamilie zu kondolieren, aber Apollonia zerrte mich am Arm weg.

»Lass uns erst der Gertrud grüß Gott sagen, wir können nachher noch mit Maurers sprechen!«

Gertrud war meine Mutter, und wegen all der Leute war es nicht ganz einfach, zu ihr zu gelangen. Da Apollonia jeden kannte, wurde sie hier aufgehalten und dort mit einem »Soo, bisch au do!« begrüßt, aber schließlich kamen wir doch vor dem Grab meines Vaters an, wo Mutter stand. Mein schlechtes Gewissen nahm biblische Ausmaße an, als mir bewusst wurde, wie allein sie seit Papas Tod vor nun schon sieben Jahren sein musste. Ich ging immer davon aus, dass sie ja noch ihre Freundinnen aus dem Strickkreis und meine Schwester und die Enkel hatte, während Apollonia ganz allein dastand. Aber von den Freundinnen waren inzwischen auch einige verstorben, die Kinder meiner Schwester waren in der Pubertät, und Anna hatte wieder angefangen halbtags zu arbeiten, sodass die Besuche von Familie Hartmann immer rarer wurden. Mein Bruder lebte sowieso in Frankfurt und ließ sich nur alle Jubeljahre mal sehen. Da blieb nur noch ich übrig.

»Sag einmal, wann bisch denn du gekommen?«, fragte sie nun vorwurfsvoll, noch bevor ich grüß Gott sagen konnte. »Warum hascht du denn nicht angerufen? Hättesch doch zum Mittagessen kommen können!«

Sie sah Apollonia nicht an, die ihrerseits freundlich grüßte.

»Ach, Mama, ich wollte nach der Beerdigung vorbeikommen, vorher hat's mir nicht mehr gereicht. Und die Apollonia konnte ja nicht allein herkommen, da hat sie mich halt angerufen und gefragt, ob ich sie mitnehmen kann.«

»Wieso kommsch du überhaupt zur Beerdigung von der Rosl Haberbosch? Hasch du die so gut gekannt?«, fragte Mama, plötzlich misstrauisch.

»Na ja, sie war doch die Tante von der Siggi, und das war doch mal meine beste Freundin, und weil ich grade Zeit hatte …«

Nicht ganz überzeugt von meinen Ausreden lud sie uns schließlich zum Kaffee ein, und ich sagte schnell zu. Ich hatte ohnehin keine Lust, zum Leichenschmaus mit der Baselreuter Hautevolee zu gehen.

Aber zuerst mussten wir uns noch anstellen zum Kondolieren. Als ich Ernst Maurer die Hand schüttelte und er sich bedankte, bestätigte sein Atemhauch die alkoholische Herkunft seiner Nasenfarbe. Ich hielt die Luft an und ging weiter zu seiner Frau, Annemarie.

»Herzliches Beileid, Frau Maurer!«

Ihre Hand lag schlaff in der meinen. Sie wirkte abwesend, während sie etwas murmelte wie: »Danke, nett, dass du gekommen bischt.«

Siggi trauerte offenbar heftig um ihre Tante, sie musste sich immer wieder schnäuzen, aber sie schien sich wirklich zu freuen, mich zu sehen. »Mensch, Polli, das hätt ich nicht gedacht, dass du extra von Konstanz zur Leich von der Tante Rosl herfährst, das ist schön, komm doch nachher noch mit zum Leichenschmaus in den ›Mohren‹!«

Einerseits hätte ich mich gerne noch mit ihr unterhalten, aber ich hatte Mama bereits versprochen, zum Kaffee zu kommen und sogar über Nacht zu bleiben, und nach der Hautevolee stand mir immer noch nicht der Sinn. Da kam mir eine Idee. »Hör mal, Siggi, übernachtest du heute hier? Dann könnten wir uns doch nach dem Leichenschmaus treffen, zu zweit, und ein wenig über alte Zeiten plaudern!«

Obwohl sie nicht mehr ganz gut hörte, hatte Apollonia jedes Wort mitbekommen und nickte mir aufmunternd zu.

Siggi schaute kurz zu ihren Eltern hinüber, die bereits von den nächsten Trauergästen belagert wurden, dem Vizebürgermeister Alois Obermayer und seiner Frau. Der Vize und der Altbürgermeister kannten sich noch aus der Zeit von Ernst Maurers Amtstätigkeit, und selbstverständlich würde er zum Leichenschmaus kommen, und selbstverständlich würde dort viel Bier fließen, und es würde spät werden.

»Ja, das ist vielleicht eine gute Idee«, stimmte Siggi mir zu. »Wo sollen wir uns denn treffen?«

In eine Dorfkneipe zu gehen, dazu hatte ich keine besondere Lust, und Siggi zu Hause zu besuchen verbot der Anstand; am Beerdigungstag geht man nicht in Trauerhäuser.

»Wie wär's, wenn wir uns im Häuschen deiner Tante treffen?«, schlug ich vor.

Apollonia strahlte und nickte heftig. Siggi bemerkte es zum Glück nicht, nur meine Mutter sah ihre Schwägerin misstrauisch von der Seite an.

»Ja«, stimmte Siggi nach kurzem Zögern zu, »das wäre eine Idee. Ich muss sowieso die Katzen versorgen. Sagen wir so um sechs?«

»Abgemacht!«

Mutter hatte Kuchen gebacken, mit Zwetschgen aus dem eigenen Garten. Ich liebte Zwetschgenkuchen mit Sahne, und sie gab mir einen ordentlichen Klecks obendrauf. Apollonia murmelte abwehrend etwas von Cholesterin, aber das ließ Mama nicht gelten.

»Ach Papperlapapp, Choleschterin, du stirbscht bestimmt nicht mehr am Choleschterin!«, und schon bekam auch meine alte Tante ihren Schlag Sahne ab.

Bei der dritten Tasse Kaffee waren wir alle ganz vergnüglich gestimmt.

»Ja, die Rosl, wer weiß, wo sie jetzt isch«, begann Mama zu sinnieren.

»Wie meinst du das?«, wollte ich wissen.

»Na ja, sie war schon manchmal eine Letze; dass sie gleich in den Himmel kommt, glaub ich nicht!«

Ich verdrehte die Augen.

»Ja, ich weiß schon, dass du nicht daran glaubscht, aber sie muss bestimmt erst mal ins Fegfeuer«, beharrte sie auf ihrem Urteil über Rosa Haberbosch.

Apollonia versuchte zu vermitteln. »Na ja, Gertrud, die

Rosl hat aber auch ihre guten Seiten gehabt. Sie wird mir fehlen. Ab und zu ist sie zu mir in d'Hoschtuba gekommen und hat mir erzählt, was alles los isch im Dorf.« Anscheinend hatte auch Rosa Haberbosch barmherzige Werke vollbracht. »Und das, was man von ihr erzählt, das isch doch schon so lange her, und wer weiß, was davon gestimmt hat. Die Leut reden viel, wenn der Tag lang isch.«

»Aber sie hat schon vortelhäftig sein können!«

»Wieso das denn?«, wollte ich wissen. Ich verstand nicht, wie Rosa auf irgendeinen Vorteil bedacht gewesen sein sollte.

»Ha, zum Beispiel mit ihren Katzen. Vor drei Wochen waren Anna und Jessica bei ihr. Das Mädle isch so schwierig geworden, man weiß gar nicht mehr, was man mit ihr machen soll! Und jetzt sagt sie immer, sie will unbedingt eine Katze, und zwar genauso eine, wie die Rosl hat, frag mich nicht, wie die Rasse heißt. Das hat sie sich in den Kopf gesetzt. Also isch die Anna mit ihr zu der Rosl gegangen. Und weischt du, wie viel die haben wollte für so ein Tierle? Fünfhundert Euro! Tausend Mark! Stell dir das einmal vor! Für eine Katz! Da hat die Anna natürlich gesagt, kommt nicht infrage. Da gehen wir lieber ins Tierheim eine Katze holen. Aber Jessy will nicht. Das isch ein Kreuz mit dem Mädle, kann ich dir sagen. Man weiß nicht mehr, was man machen soll! Sag, Polli, könntescht du nicht mal mit ihr schwätzen?«

Jessica, meine Nichte, war inzwischen fast sechzehn Jahre alt. Sie war immer ein unglaublich braves Kind gewesen, mit langen, schmutzigblonden Haaren, einem schnurgeraden Pony und einer langweiligen Brille, wie eine kleine Eule. In der Schule hatte sie nicht besonders geglänzt, obwohl sie sehr fleißig war und immer Nachhilfe bekam. Nach Ansicht meiner Schwester waren die Lehrer schuld, dass ihre Tochter keine besseren Noten heimbrachte und es nur für die Realschule gereicht hatte, was in Annas Augen eindeutig ein Makel war; sie selbst hatte ja auch das Gymnasium besucht. Es war für sie unzweifelhaft gewesen, dass ihre Kinder denselben Weg gehen würden, aber weder Jessica noch deren jüngerer Bruder Tobias hatten ihr den Gefallen getan.

»Ich glaube, es ist ganz normal, dass Jessy endlich mal rebelliert. Sie war immer viel zu brav«, antwortete ich daher fast erleichtert über die neueste Entwicklung meines Patenkindes.

Mama war entrüstet. »Wie meinscht du das, viel zu brav? Sie war halt ein normales Kind! Nicht so vorlaut wie du immer!«

Früher hätte mich eine solche Aussage zu Proteststürmen veranlasst, inzwischen amüsierte sie mich eher. Auch Apollonia schmunzelte vor sich hin. Aber Mama wirkte richtig bekümmert.

»Seit sie diesen blöden Computer hat, beschäftigt sie sich nur noch mit dem! Die Anna sagt, sie kommt kaum von der Schule heim, da schließt sie sich schon in ihr Zimmer ein und hockt den ganzen Abend nur vor dieser Kischte. Wer weiß, was sie da treibt! Man hört doch immer von Pornoseiten und solchen Sachen! Was da alles passieren kann! Neulich hat sich so ein junges Mädle umgebracht, eine von Altann. Die isch ins Wasser gegangen. Unten an der Aach hat man sie gefunden. Ich mach mir halt Sorgen!«

»Ach, Mama«, versuchte ich sie zu beruhigen, »wahrscheinlich ist Jessy in irgendeinem Chatroom mit ihren Freundinnen zugange, das ist doch ganz normal in dem Alter! Deswegen bringt sie sich nicht gleich um!«

Ich hatte zwar mangels eigener Kinder keinerlei Erfahrung, was normal war in diesem Alter, aber hätte es zu meiner Jugendzeit Computer gegeben, wäre ich sicher die ganze Zeit in Chatrooms herumgehangen. Damals musste man sich mit Telefonkonversation begnügen, und die hatte ich zum Ärger meines Vaters, der die Telefonrechnungen bezahlte, ausgiebig gepflegt, vorzugsweise mit Siggi, die nebenan wohnte.

»Was heißt ›in irgendeinem Tschättruum‹ – sie macht keine Hausaufgaben mehr, man kann nicht mehr mit ihr reden, sie zieht sich so komisch an, das isch doch nicht normal!«, ereiferte sich Mutter. »Schwätz du doch mal mit ihr, ihr habt doch immer ein gutes Verhältnis gehabt.«

»Ja, ist gut, ich ruf mal an, versprochen.«

»Besser wär's, du würdescht vorbeigehen, am Wochenende, wenn sie nicht in der Schule ischt!«

Ich versprach es, obwohl ich nicht wusste, ob mir die Zeit an einem der kommenden Wochenenden reichen würde, zu viel war noch vorzubereiten für meinen Volkshochschulkurs. Da ich bei Mama übernachten wollte, fiel der heutige Abend schon mal aus, und der morgige Tag wohl auch, zumal ich abends wieder Italienischstunden geben musste.

Gegen halb sechs brachte ich Apollonia nach Hause, denn bald wurde die Helferin vom Roten Kreuz kommen, um ihr bei der Abendtoilette zur Hand zu gehen. Sie war trotz der drei Kaffees in Mamas Sessel eingedöst, und als sie zu schnarchen begann, rüttelte ich sie wach, half ihr auf und führte sie die Treppe hinab, wo ihr Wagen wartete. Die frische Luft machte sie wieder munter, und plötzlich fiel ihr ein, dass ich mich ja mit Siggi in Rosas Haus treffen würde. Sie wurde ganz aufgeregt.

»Schade, dass ich nicht mitkommen kann, aber, Polli, frag die Siggi mal, was Rosa alles für Medikamente eingenommen hat. Und schau, ob du im Haus irgendetwas findescht, was dir komisch vorkommt. Und frag sie, wer in letzter Zeit alles vorbeigekommen isch. Und ...«

Angesichts der völlig normalen Beerdigung einer ebenso normalen alten Frau kamen mir Apollonias Ideen wie die Hirngespinste eines einsamen Menschen vor, der zu viel Zeit zum Grübeln hat. Das traute ich mich allerdings nicht zu sagen. »Ja klar, werd ich alles machen«, beeilte ich mich stattdessen ihr zu versichern.

Aber sie warf mir einen raschen Seitenblick zu und zog die Mundwinkel nach unten. »Du denkscht, ich spinn, gell? Du denkscht, ich reim mir irgendetwas zusammen, oder? Aber ich sag dir, auch wenn ich alt und klapprig bin, da oben«, sie tippte sich an den Kopf, »da klappert's noch nicht, da funktioniert noch alles. Und mit dem Tod von der Rosl, da stimmt ebbes it!«

Sie war zum Schluss richtig energisch geworden, und ich

schämte mich ein wenig. »Nein, ehrlich, Apollonia, ich werde mit Siggi darüber reden! Versprochen!«

Mein zweites Versprechen an diesem Nachmittag, und ich konnte nicht ahnen, dass beide mich in Teufels Küche führen würden.

Rosa Haberboschs Haus sah verlassen aus. Mit den zwei Fenstern, die zur Straße gingen, und der Tür in der Mitte mutete die Fassade von Weitem wie ein Gesicht an, allerdings schien es das Gesicht eines Einäugigen zu sein, denn bei dem linken Fenster waren die hölzernen Läden geschlossen. Die Dachtraufe, die man von den Treppenstufen aus beinahe berühren konnte, wirkte wie eine tief in die Stirn gezogene Kappe. Als ich die Stufen hochging, sah ich, dass der Mauerputz an einigen Stellen abgebröckelt war und die Steinplatten ziemlich ausgetreten waren. Alles wirkte düster und baufällig. Anscheinend hatte Rosa in letzter Zeit nicht mehr viel richten lassen.

Auf mein Läuten und Klopfen hin öffnete niemand, das Haus blieb dunkel. Das Haus einer Toten. Mich fröstelte. Unschlüssig stand ich auf den Stufen und befürchtete, dass Siggi doch nicht weggekommen war von ihrem Leichenschmaus. Ich schaute die Straße entlang, auf die Häuser, die Gärten, und plötzlich dachte ich: Nie werde ich *Ihm* das hier zeigen können, mein Dorf, in dem ich groß geworden bin, meine Heimat. Die Trauer überfiel mich völlig unerwartet und durchschlug den Gefühlspanzer, den ich mir für die Begegnung mit »den Leuten«, für Beerdigung und Kaffeetrinken zugelegt hatte. In der Tat hatte ich gar nicht mehr an *Ihn* gedacht, so beschäftigt war ich gewesen. Aber jetzt hatte ich für einen Moment nicht aufgepasst, und bei der Vorstellung, was ich alles noch hätte mit *Ihm* tun können und wollen, schossen mir die Tränen wie Sturzbäche in die Augen, und mein Magen fühlte sich an wie nach einem Faustschlag. Aber vielleicht trauerte ich ja gar nicht wirklich um *Ihn*, vielleicht ging es ja nur um meine eigenen Wünsche und Hoffnungen, die ich an *Ihn* geknüpft hatte. Oder um verletzten Stolz. Aber selbst wenn, was machte das für einen Unterschied, es tat einfach verdammt weh!

Bevor ich tiefer in Kümmernis versinken konnte, kam ein Auto angeschossen und blinkte auf. Dann bremste es auf dem schmalen Gehsteig neben der Treppe ab und kam nur einen halben Meter vom Treppensockel entfernt zum Stehen. Es war eines dieser neumodischen Autos, die auf altmodisch machen, ein Chrysler in Rot-Metallic. Auf der Seitentür prangte eine Aufschrift in fast nicht lesbaren Buchstaben, die ich als »Grafik – Foto – Design Maurer & Arnold« entzifferte. Manchmal stimmten die Klischees doch, die man im Kopf hatte, von Autos und den Typen, die sie fuhren. Ich wischte mir rasch mit einem Tempo die Augen, da stieg Siggi auch schon aus, blass und so außer Atem, als wäre sie nicht mit dem Auto, sondern zu Fuß hergerast.

»Tut mir leid, du weißt ja, wie das ist – mit dem muss man noch reden und mit sellem. Wenn man nicht so oft da ist, dann wollen alle wissen, was man jetzt macht und wo man steckt.«

Ich war froh, dass sie nichts von meinem Traueranfall bemerkt hatte, und versuchte zu lächeln. »Das würde ich auch gern wissen, was du jetzt machst und wo du steckst. Und wie du zu so einem Auto kommst!«

Siggi sah sich kurz nach ihrem Wagen um und lachte, während sie einen Schlüssel aus ihrer schwarzen Lederhandtasche nahm. »Ach, das ist ein Geschäftswagen. Aber klar, ich will von dir auch einiges wissen, doch das ist ja was anderes als bei den Leuten, oder?«

Sie schloss die Tür auf und schaute ganz vorsichtig nach unten, bevor sie sie öffnete. »Wir müssen aufpassen, dass keine Katze rausrennt, nicht dass noch eine überfahren wird!«, erklärte sie.

Während sie die Tür aufdrückte, hielt sie mit der Handtasche eine Katze zurück, die uns entgegendrängte. Mit vereinten Kräften gelang es uns, die Haustür von innen wieder zu schließen, ohne dass ein Stubentiger entwischte.

»Hier stinkt's aber ganz schön!«, musste ich feststellen, als wir im Flur des kleinen Hauses standen. Sofort waren wir umringt von einem halben Dutzend Katzen, die ihre Köpfe an unseren Beinen rieben und sich regelrecht dagegenwarfen, während sie mit feinen Stimmchen um Futter baten.

»Ja, ich weiß, Tante Rosl hat gesagt, das ist der potente Kater. Sie konnte am Schluss einfach nicht mehr verhindern, dass er markiert hat. Sie hätte ihn praktisch irgendwo einsperren müssen, aber das wollte sie auch nicht.«

Ich beugte mich zu den Tieren hinab, um sie zu streicheln, und begann leise mit ihnen zu reden, während Siggi ihre Tasche und den Mantel auf einer kleinen Kommode im Flur ablegte. Dann ging sie voraus in die Küche, die rechts am Ende des Korridors lag.

»Die sind aber schön!«, rief ich ihr nach. »Was ist das denn für eine Rasse?«

Die Katzen hatten eine helle Grundfarbe, aber dunkle Ohren, dunkle Beine, einen dunklen Schwanz und im Gesicht eine Art dunkler Maske. Nur ihre Pfoten waren schneeweiß, als ob sie Strümpfe anhätten. Manche waren in den dunklen Teilen getigert und hatten eine Zeichnung wie ein M auf der Stirn. Aus hell- bis tiefblauen Augen schauten sie mich erwartungsvoll an. Sie erinnerten ein wenig an Siamkatzen, doch war ihr Fell länger und unglaublich weich.

»Das sind Birmas«, erklärte mir Siggi von der Küche aus. Ich hörte, wie sie den Kühlschrank öffnete, und die Katzen hörten es auch, denn wie auf Kommando rannten alle los. Auch aus dem Wohnzimmer, dessen Tür zum Flur offen stand, kamen nun Katzen angelaufen, kleine und größere, alle ganz wild auf Futter.

Ich folgte ihnen in die Küche. Sie war relativ groß, aber nicht als Wohnküche eingerichtet. Für Tisch und Stühle war kein Platz, denn die Fressnäpfe der Katzen nahmen eine ganze Wand ein, bunte Plastiknäpfe in verschiedenen Größen, die auf Zeitungspapier standen, damit der alte Terrazzo-Boden nicht verschmutzt wurde.

»Hilfst du mir mal?«, bat Siggi.

»Ja, klar!« Ich legte meine Lederjacke noch rasch im Flur auf die Kommode, dann sammelte ich die Näpfe ein, die Siggi ausspülte und mit neuem Futter aus der Dose oder aus einem Sack füllte.

»Nass- und Trockenfutter«, klärte sie mich auf. »Sie brauchen beides, das Trockenfutter wegen der Zähne und das Nassfutter, weil sie so wenig trinken.«

»Aha. Du bist ja eine echte Katzenexpertin!«

Siggi überhörte meinen leisen Spott und antwortete ganz ernst: »Klar. Bin ich durch Tante Rosl geworden. Ich bin wirklich gern hergekommen, weißt du, sie war so eine interessante Frau. Würdest du mal die Trinknäpfe holen?«

»Sind die denn nicht auch hier?«

»Nein, man muss sie in einen anderen Raum stellen. Katzen in freier Wildbahn fressen auch nicht an der Wasserstelle. Die Näpfe sind im Esszimmer. Im Flur rechts.«

Ich konnte kaum einen Schritt machen, denn die Katzen belagerten meine Beine, warfen sich dagegen und miauten, als ob sie seit Tagen nichts mehr bekommen hätten.

»Heute Morgen sind sie zum letzten Mal gefüttert worden, das macht Mama, aber bei der Anzahl ist es gar nicht so einfach, dass alle was abbekommen«, erklärte Siggi.

»Wie viele sind es denn genau?«, wollte ich wissen.

»Dreizehn insgesamt.«

Endlich gelangte ich ins Esszimmer, wo um einen alten Ausziehtisch in der Mitte sechs gedrechselte Stühle standen – Jahrhundertwende, aber vorletzte –, während an der Stirnseite die dazu passende Anrichte platziert worden war. Darauf stand in einem Rahmen eine Schwarz-Weiß-Fotografie, die Rosa und Wilhelm Haberbosch zeigte. Es war nicht wie üblich ein Hochzeitsfoto, sondern eine Porträtaufnahme der beiden, in irgendeinem Fotostudio Mitte der Sechzigerjahre aufgenommen. Rosa war damals immer noch eine sehr schöne Frau gewesen, und plötzlich sah ich auch Wilhelm Haberbosch wieder deutlich vor mir, mit seinen braunen Locken und dem markanten Gesicht. Als Lehrer war er zwar streng, aber sehr beliebt gewesen, und wir Mädchen hatten alle ein bisschen für ihn geschwärmt.

An den Wänden hingen großformatige Fotos in Schwarz-Weiß und Farbe, die alle Rosa beim Theaterspielen zeigten. Als sich 1984 einige der Schauspieler aus den Vereinen zu einem eigenen Theaterklub zusammengeschlossen hatten, war Rosa mit von der Partie gewesen, denn sie spielte mit Begeisterung Theater. Die aufgeführten Stücke trugen nun nicht mehr Titel wie »Jetzt gehörst' der Katz, Ferdl« oder »Hosenflattern«, nein, die Truppe um Regisseur Erwin Stark, einen pensionierten Deutschlehrer, hatte höhere Ansprüche. Lessing und Schiller wurden ins Programm aufgenommen, und die Vorstellungen fanden auch nicht mehr nur an Weihnachten statt, sondern wurden übers Jahr verteilt. Das offenbar jüngste Foto zeigte Rosa als Hexe mit wirren, grauen Haaren und grotesk verzerrtem Gesicht. Erstaunlich, dass sie sich so ein Foto an die Wand gehängt hatte. Sie schien jedenfalls nicht eitel gewesen zu sein.

Mein Erstaunen über Rosa Haberbosch wuchs noch, als ich hinter der Tür einen kleinen Tisch entdeckte, auf dem ein Computer mit Monitor und Tastatur stand. Sie war für ihr Alter wirklich vielseitig interessiert gewesen.

Während ich noch überlegte, wie ich wohl mit fünfundsiebzig sein würde, fiel mir ein, dass ich ja wegen der Katzenwasserstelle ins Menschenesszimmer gekommen war. In den zwei Ecken neben der Anrichte standen – ordentlich auf Zeitungspapier – Schalen mit Wasserresten, die ich vorsichtig hochnahm und in die Küche brachte. Dort verteilte Siggi inzwischen unter allgemeinem, anerkennendem Gemaunze die gefüllten Futternäpfe. Wir ließen frisches Wasser in die Trinkschalen laufen und stellten sie ins Esszimmer zurück.

Mit Blick auf das Porträtfoto des Ehepaars Haberbosch bemerkte ich: »Die beiden waren echt ein schönes Paar!«

»Ja«, antwortete Siggi. »Sieht sie nicht aus wie eine Schauspielerin der Fünfzigerjahre? Na ja, sie war ja Schauspielerin, wenn auch keine berühmte. Von diesen Bildern hatten sie noch mehr. Als Kind hab ich sie mir immer angeschaut, und schon damals hab ich mir gewünscht, Fotografin zu werden und solche Aufnahmen zu machen.«

»Und du bist tatsächlich Fotografin geworden, wie man an deinem Auto sieht.«

»Fotodesignerin!«

Ich fragte mich, was wohl der Unterschied war zwischen dem guten alten Fotografen und einem Fotodesigner, aber ich traute mich nicht, die Frage laut zu stellen. Wahrscheinlich hätte sie mich für eine Banausin gehalten.

»Ein paar dieser Theaterbilder hab ich gemacht! Das zum Beispiel und das dort!« Sie zeigte auf einige der gerahmten Bilder, unter anderem auf das Hexenfoto.

»Wen hat sie denn da gespielt?«

»Eine der Hexen bei ›Macbeth‹, die Hecate. Das war die größte Aufführung des Theatervereins jemals. Ein paar Jahre danach hat Rosa aufgehört.«

Ich war bei dem Bild des Ehepaars Haberbosch hängen geblieben: »Die zwei haben sich sehr geliebt, nicht wahr?«

»Ja, ich glaube schon. Deswegen war es auch so ein furchtbarer Schlag für Tante Rosa, dass Onkel Willi so früh gestorben ist. Kurz vor ihrer Silberhochzeit. Sie hat's kaum verwunden, war zeitweise depressiv, für ein paar Wochen musste sie sogar in die Weißenau. Mama hat sich damals um sie gekümmert, hat sie mit auf Exerzitien genommen. Sie dachte wohl, der Trost der Kirche würde Tante Rosa helfen, aber die war davon, glaube ich, nicht so begeistert.«

Ich erinnerte mich daran, wie Siggis Mutter aussah, wenn sie in der Kirche von der Kommunion zurück in ihre Bank ging. Als Kind hatte es mir gefallen, die Leute anzuschauen, die in langsamen, grauen Reihen nach vorn dem Priester zustrebten, um dann, mit geläutertem Blick und gefalteten Händen, die Hostie im Mund zermahlend, zurück zu ihrem Platz zu schreiten, jeder mit seinem eigenen, speziellen Kommuniongesichtsausdruck; nie sahen sie frömmer drein. Siggis Mutter – ich hatte es noch genau vor Augen – legte immer den Kopf leicht schief und schien sich ganz auf die Spitzen ihrer vor der Brust hochgereckten Finger zu konzentrieren.

Dabei stülpte sie die Lippen ein wenig vor und bewegte sie kauend im Kreis. Eine sehr fromme Frau.

In diesem Moment fiel mir noch etwas anderes ein, was Mama erzählt hatte. »Sag mal, ist deine Mutter nicht auch Gesundbeterin?«

»Sie war es, aber sie hat die Gabe schon seit einigen Jahren verloren. Jedenfalls sagt sie das. Vielleicht wollte sie auch einfach nicht mehr. Staudachers Berta macht das jetzt.«

»Die Gabe?« Ich wunderte mich über ihre Wortwahl. »Glaubst du denn daran?«

Siggi schaute mich ungnädig an: »Ja, warum denn nicht? Bei vielen Völkern gibt es Menschen mit einer besonderen Gabe, dort nennt man sie Schamanen oder Heiler. Und bei uns im Schwäbischen heißen sie halt Gesundbeter.«

Natürlich wusste ich, dass Gesundbeter manchmal erstaunliche Erfolge erzielten. Als wir Kinder waren, lief mein Bruder einmal barfuß über eine frisch geteerte Straße. Vorher hatte es in Baselreute außer der Hauptstraße nur Kieswege gegeben, und nun wurden auch diese mit Makadambelag versehen, wie man damals sagte. Wir Kinder wussten zwar, dass der gefährlich war, wenn er frisch aufgebracht war, aber mein Bruder wollte unbedingt seinen Mut beweisen, mit dem Ergebnis, dass seine Füße über und über mit Brandblasen bedeckt waren. Mutter brachte ihn sofort zur Gesundbeterin, die »den Brand löschte«. Und in der Tat: Wenige Tage später war alles abgeheilt. Allerdings hatte Mama auch Salbe auf die Blasen geschmiert und die Füße verbunden, sodass man letztendlich nicht sagen konnte, was wirklich geholfen hatte. Man ging zum Gesundbeten ja auch meistens bei Gebrechen, die irgendeinen psychosomatischen Zusammenhang hatten, wie Ausschläge oder Kopfschmerzen. Und da kam es dann weniger auf die Methode als auf die Überzeugungskraft des Behandelnden und die Glaubenskraft des Patienten an.

Dass eine Frau wie Siggi, eine »Fotodesignerin« mit Chrysler, an so etwas glaubte, fand ich indes befremdlich. Obwohl, wenn ich recht überlegte, gab es in meinem Bekanntenkreis inzwischen eine ganze Menge Menschen, die an heilende Steine, heilende Düfte, heilende Lichter und sonstigen heilenden Krimskrams glaubten. Aber ich war nicht gekommen, um mit Siggi über Esoterik zu streiten; von mir aus konnte jeder glauben, was er wollte, solange man mich damit in Ruhe ließ. Deshalb fragte ich: »Sag mal, meinst du, es gibt hier auch etwas Trinkbares für Menschen?«

»Die Tante Rosl hat abends gern ein Bierle getrunken. Sie hatte immer einen Kasten Leibinger im Keller stehen. Warte, ich schau mal nach. Die Katzenklos können wir nachher noch sauber machen.«

Daran hatte ich natürlich nicht gedacht, dass man auch noch Katzenklos sauber machen musste, kätzisch unbeleckt, wie ich war. Aber ein Bier war jetzt genau das Richtige, da sagte ich nicht Nein.

Siggi öffnete die Tür zum Keller, die sich gegenüber der Küche befand, machte Licht auf der engen Treppe und schloss die Tür wieder hinter sich, damit keine Katze ihr folgen konnte. Ich ging schon voraus ins Wohnzimmer.

Als Kind war ich ein- oder zweimal in diesem Haus gewesen, denn Wilhelm Haberbosch war in der Grundschule mein Lehrer gewesen, und da musste ich einmal nachsitzen bei ihm zu Hause, warum, wusste ich nicht mehr. Seine Frau wiederum fertigte Näharbeiten für die Leute, deshalb schickte mich Mutter, die Handarbeitslehrerin von Baselreute, einmal zu ihr mit einem Stapel Nähhefte. Bestimmt war ich bei einer dieser Gelegenheiten auch im Wohnzimmer gewesen, aber als ich es nun betrat, war ich doch einigermaßen überrascht. Aus dem Wohnraum für Menschen war eine Wohnwelt für Katzen geworden, wie ich sie noch nie gesehen hatte, mit Kratzbäumen und Katzenhöhlen jeder Fasson.

An den Wänden hingen auch hier Fotos, allerdings nicht von Menschen, sondern nur von Katzen. Ob die ebenfalls Siggis Designerkünsten zu verdanken waren?

Ich konnte der Versuchung nicht widerstehen, die beiden oberen Schubladen der Kredenz aufzuziehen. In der ersten lagen ein Telefonbuch, ein Fotoalbum und ein Kempter Kalender, in der zweiten ein Schulheft und ein Stapel Papiere. Ich begann in dem Schulheft zu blättern, aber es standen nur Listen mit Wörtern wie »Agouti«, »Seal Tabby« oder »bluepoint« sowie Buchstabenreihen darin, die mir nichts sagten. Eine seltsame Geheimsprache. Als ich Geräusche aus dem Keller hörte, schloss ich schnell die Schubladen und ließ mich auf dem Sofa nieder.

Den schwarzen Perserkater in der Sofaecke nahm ich erst wahr, als ich mich bereits gesetzt hatte. Ich erschrak beinahe, als er plötzlich seine Augen öffnete, den mächtigen Kopf hob und mich mit gelbgrünen Knopfaugen vorwurfsvoll anblickte.

»Hallo du, hast du denn keinen Hunger?«, fragte ich ihn.

Plötzlich spitzte er die Ohren in Richtung Tür. Im selben Augenblick ertönte vom Keller her ein lauter Schrei. Ich sprang auf, stürzte in den Flur, riss die Kellertür auf und lief die Treppe hinab, um Siggi gegen was auch immer beizustehen.

Da kam sie mir aber schon mit zwei Flaschen Bier entgegen, erleichtert lachend. »Ich hätte nie gedacht, dass es in einem Haus mit so vielen Katzen auch Mäuse gibt! Aber offensichtlich sind die beiden Reiche streng getrennt. Mann, bin ich erschrocken!«

Wir gingen nach oben, sie schloss die Kellertür mit dem Ellbogen, und wir setzten uns ins Wohnzimmer. Aus einer Vitrine nahm sie zwei Pilsgläser und schenkte ein.

»Prost! Auf Tante Rosa!«, sagte sie mit einem tiefen Seufzer, während ich vorsichtig den schwarzen Kater mit der Plattnase streichelte.

»Prost! Was ist eigentlich mit dem hier los?«, fragte ich. »Der ist offensichtlich nicht so hungrig wie die anderen.«

»Er ist in Trauer«, erklärte Siggi. Der Kater ließ mit einem Seufzer, der dem von Siggi an Tiefe in nichts nachstand, den Kopf auf die Vorderpfoten sinken. »Hannibal ist schon sechzehn Jahre alt, ihn hat Tante Rosa am längsten gehabt. Die beiden haben einander geliebt, auch wenn Moritz in den letzten Jahren immer mehr den ersten Platz hier eingenommen hat.«

»Armer schwarzer Kater«, murmelte ich, während ich seine Öhrchen zwischen meinen Fingern rieb, was er offenbar schätzte. »Und wer war Moritz?«

»Moritz vom Basiliuswald. Er ist vor einer Woche überfahren worden, der arme Kerl. Das hat Tante Rosa wahnsinnig mitgenommen. Wahrscheinlich hat ihr Herz deshalb nicht mehr mitgemacht.«

Ich hatte das Gefühl, einen imaginären Tritt von Apollonia zu bekommen, denn dies war offensichtlich der richtige Moment, um Fragen zu stellen. »Sag mal, hatte Rosa denn so ein schwaches Herz?«, erkundigte ich mich möglichst harmlos.

»Na ja, in dem Alter, weißt du, da lässt vieles nach. Doktor Zoller hat gesagt, dass er ihr in letzter Zeit öfter Medikamente gegen den hohen Blutdruck verschreiben musste. Seit dem Tod von Onkel Willi hatte sie damit immer wieder Probleme. Und das ist ihr wohl irgendwann aufs Herz geschlagen. Ich hab ihr ein paarmal gesagt, sie soll doch zum Steiner gehen, nach Waldsee, der ist so ein guter Homöopath, der hätte ihr bestimmt besser helfen können. Aber nein, sie wollte nur zu Doktor Zoller, den kannte sie halt schon von Kindheit an.«

»Und der hat sie dann auch gefunden?«

»Nein, das war der Hannes. Wahrscheinlich wollte er einen Krankenbesuch machen, hat seinen Vater vertreten, aber als sie ihm nicht aufgemacht hat, ist er einfach reingegangen. Sie hat die Haustür ja nie abgeschlossen. Er hat sie tot im Bett gefunden.«

»Ach, Doktor Zoller junior. Der mit der Schweizerin verheiratet ist.«

»Ja, der. Du bist ja noch gut informiert über das ›Who's who‹ in Baselreute.«

»Mama hält mich immer auf dem Laufenden. Und du, bist du denn noch oft hier?«

Siggi erzählte mir, dass sie Tante Rosa öfter mal besucht

hatte, während sie mit ihren eigenen Eltern nicht so gut klarkam. Die Besuche bei ihnen beschränkten sich auf Ostern, Weihnachten und Geburtstag. Und auf Beerdigungen.

»Deine Mutter sah ganz blass aus heute – ist sie krank?«

»Ach, das weiß keiner so recht, sie zieht sich immer mehr zurück, und oft denke ich, dass ich mich mehr um sie kümmern müsste, aber wenn ich daheim bin, kriegen wir immer gleich Streit. Sie ist so bigott, weißt du. Außerdem hat sie ja noch Papa. Und bei dir?«

Die Gedanken, die mir auf dem Friedhof durch den Kopf gegangen waren bezüglich meiner Mutter, kamen mir wieder in den Sinn, und ich erzählte Siggi von meinem schlechten Gewissen.

Nun waren wir beide am Seufzen.

Ich beschloss, das Thema zu wechseln. »Sag mal, wie war noch der Name von diesem Kater? Moritz von wie?«

»Vom Basiliuswald. Das war Tante Rosas Cattery-Name.«

»Ihr Was-Name?«

»Sie hat doch diese Katzen gezüchtet, das nennt man eine Cattery.« Immer diese Anglizismen! »Und dafür brauchte sie einen Namen. Vom Basiliuswald klingt gut, oder?«

»Und wie kam sie auf diesen Namen?«

»Baselreute wurde angeblich von einem Mönch namens Basilius gegründet, der hier den Wald gerodet hat, daher kommt ja auch der Dorfname: Basilius – Basel, roden – reute. Hast wohl im Heimatkundeunterricht nicht aufgepasst?«

Zumindest war mir dieser Zusammenhang nicht mehr gegenwärtig gewesen. »Dafür hat Rosa anscheinend umso besser aufgepasst«, antwortete ich nur.

»Ja, sie wusste eine Menge Dinge. Wenn sie aus anderen Verhältnissen gekommen und es eine andere Zeit gewesen wäre, dann hätte sie bestimmt studiert.«

»Ich hab ihren Computer gesehen. Beachtlich für eine Frau in dem Alter, dass sie überhaupt einen hatte!«

»Den hat sie vor allem zum Züchten gebraucht. Ich hab ihr eine Website für ihre Cattery gemacht. Das ist wohl üblich heutzutage.«

Nach einer Pause fuhr sie fort: »Sie wird mir sehr fehlen, weißt du. Wenn ich ganz ehrlich bin, glaube ich, dass ich weniger traurig wäre, wenn Mama gestorben wäre.« Bekümmert schüttelte sie den Kopf und nahm einen Schluck aus ihrem Glas.

Ich musste daran denken, wie wichtig meine Tante Apollonia für mich geworden war, allerdings vor allem in den letzten Jahren, während Siggi schon als Jugendliche ein enges Verhältnis zu Rosa gehabt hatte. Wahrscheinlich hatte sie damals dringend einen Menschen gebraucht, der ihren Drang nach Freiheit und Eigenständigkeit verstand und dessen Horizont über die Baselreuter Kirche und eine Karriere im hiesigen Rathaus hinausging. Als einzige Tochter des Bürgermeisters hatte sie sicher noch öfter als ich das obligatorische »Was saget au d'Leit!« zu hören bekommen. Ihre Tante Rosa musste ihr wie der Schlüssel zu einer anderen, freieren Welt vorgekommen sein.

Jessy kam mir in den Sinn. Ob ich für sie eine ähnliche Rolle einnehmen konnte? Meine Schwester Anna war schon immer recht spießig gewesen, jedenfalls meiner Meinung nach, während sie mich wohl für ausgeflippt hielt. Wir hatten uns nie sonderlich gut verstanden, schon von Kindesbeinen an. Aber Blut ist dicker als Wasser, pflegte Mama zu sagen, und so vertrugen wir uns irgendwie, ich hatte sogar Patin gestanden für Jessy und Tobias, auch wenn ich nicht damit gerechnet hatte, deswegen je eine verantwortungsvolle Funktion für die beiden erfüllen zu müssen. Kam es jetzt vielleicht anders? Brauchte Jessy mich für ihre Entwicklung, so wie Siggi ihre Tante Rosa gebraucht hatte? Ich nahm mir fest vor, so bald wie möglich nach Wangen zu fahren und mit dem Mädchen zu reden.

Während wir uns unterhielten, kamen die Katzen eine nach der anderen ins Wohnzimmer zurück, das Mäulchen noch leckend, aber neugierig auf die Besucher. Eine größere Katze sprang auf Siggis Knie und stupste ihr Gesicht mit der Nase an, also ob sie spürte, wie traurig dieser Zweibeiner war. Siggi wehrte sie wehmütig lächelnd ab und begann das

Tier zu streicheln, das sich wohlig auf ihrem Schoß einrollte. Die anderen waren vorsichtiger; manche setzten sich auf einen der erhöhten Kratzbaumplätze, wieder andere zogen sich in eine Höhle zurück. Die meisten fingen an sich zu putzen, während sie uns mit einem Auge beobachteten. Ein jüngerer Kater saß auf dem Teppich und leckte seine Vorderpfoten, um sich dann das Gesicht damit zu säubern, als plötzlich von hinten ein anderer kleiner Stubentiger angesaust kam und ihn über den Haufen rannte. Zu zweit kugelten sie über den Teppich, dann floh der Überfallene mit angelegten Ohren in eine Korbhöhle, wo er sich lauernd duckte, um dann im geeigneten Moment seinerseits einen Angriff zu starten.

Ich musste lachen über die kleine Showeinlage.

»Ja, die sind wirklich süß, nicht wahr?«, sagte Siggi. »Die zwei sind auch schon vergeben. Sie heißen Sascha und Sandro. Tante Rosas letzter Wurf, der S-Wurf. Wenn ich nur wüsste, was wir mit dem Rest machen sollen.«

»Was ist das noch mal für eine Rasse? Burmas?«

»Birmas. Heilige Birmas.«

»Heilige Birmas! Klingt ja beeindruckend! Was ist denn an denen so heilig?«

Die beiden Katerchen bekriegten einander inzwischen regelrecht unter kreischenden und gurrenden Lauten und jagten sich von einer Ecke des Zimmers in die andere.

»Da gibt es eine sehr schöne Geschichte«, erklärte Siggi, »von einem Mönch in Birma, der einen Kater hatte in der Farbe wie die Katzen hier. Nur die Augen des Tiers waren gelb und die Füße komplett schwarz. Dieser Mönch verehrte die Göttin der Seelenwanderung – frag mich nicht, wie sie hieß –, die blaue Augen hatte. Als der Mönch starb, lief der Kater vor die Statue der Göttin und schwups ging die Seele seines Herrn in das Tier über. In dem Moment bekam der Kater blaue Augen und weiße Füße, zum Zeichen seiner Reinheit und Auserwähltheit. Und die anderen Mönche hielten ihn für heilig. Später bewahrte er sogar das Kloster vor einem Räuberangriff.«

Ich fand die Geschichte ein bisschen albern. »Und woher kommen sie wirklich?«

»Also, so ganz genau weiß man das nicht. Geben tut's die Rasse seit den Zwanzigerjahren, wohl aus Frankreich stammend. Wahrscheinlich eine Mischung aus Siam und Perser. Aber sie sind wirklich was Besonderes, diese Heiligen Birmas!«, schwärmte Siggi.

Das »Heilig« störte mich irgendwie, nicht weil ich besondere religiöse Gefühle hegte, die man damit verletzen konnte, sondern weil ich fand, dass dieses Attribut bei einer Katze einfach lächerlich klang. Ansonsten gefielen sie mir aber wirklich gut. Einer der beiden Racker kletterte nun zu mir aufs Sofa. Der schwarze Kater in der Ecke legte die Ohren etwas an, änderte aber ansonsten seine Position nicht. Offenbar war ihm der kleine Kerl zwar lästig, aber es schien ihm nicht der Mühe wert, ihn zu verscheuchen. Vielleicht war Hannibal auch einfach zu alt und zu müde und zu traurig.

»Und was ist das Besondere an ihnen?«

»Also zum einen sind sie Teilalbinos. Sie werden ganz weiß geboren und dunkeln dann langsam nach. Und du musst sie mal streicheln – sie haben ein unglaublich weiches Fell.«

Das war mir vorhin schon aufgefallen. Als ich nun jedoch versuchte, die kleine Katze, die mich mit ihrem braunen Näschen neugierig beschnupperte, zu streicheln, wich sie mir aus und flüchtete mit einem Satz vom Sofa hinab, wo schon die zweite wartete. Die wilde Jagd ging weiter.

Siggi lachte. »Sie brauchen ein bisschen Zeit, bis sie sich an dich gewöhnt haben. Aber dann sind sie unglaublich anhänglich und verschmust.«

»Hat Rosa denn viele verkauft?« Nach dem, was Mama berichtet hatte, konnte man mit solchen Katzen richtig Geld machen.

»Nein, so zwei, drei Würfe pro Jahr. Sie hat vier weibliche Zuchtkatzen – hatte, ach es ist schrecklich! – und den einen Kater, Moritz. Auf ihn war sie besonders stolz. Sie hat immer gesagt: ›So einen wie den Moritz hat niemand.‹ Siehst du die

Pokale dort in der Vitrine? Allein fünf davon hat Moritz geholt!«

In der Vitrine standen etwa ein Dutzend Pokale in verschiedenen Größen. Ich war beeindruckt, denn ich hatte nicht gewusst, dass man mit Katzen überhaupt einen Blumentopf gewinnen konnte.

»Und wieso war er so einmalig?«

»Wegen seiner seltenen Farbe. Black-silver. Bisher ist es niemandem gelungen, diese Farbe bei Birmas zu züchten, jedenfalls hat Tante Rosa das behauptet. Aber weißt du, diese Zuchtgeschichten, das ist echt eine Welt für sich. Ich hab Rosa hin und wieder zu Katzenausstellungen begleitet, aber ansonsten hab ich mich nicht näher damit beschäftigt. Das war mir zu speziell.« Sie sah bekümmert auf die pelzige Bande. »Und jetzt weiß ich nicht, was ich mit ihnen anfangen soll.«

»Vielleicht kannst du ja andere Züchter fragen, ob sie sie nehmen.«

»Das hab ich auch schon gedacht, aber die wollen natürlich nur Zuchtkatzen, und was mache ich mit den Übrigen?«

»Kann man die denn nicht alle zum Züchten nehmen?«

»Nein, nur die Besten. Die Farbe muss vor allem stimmen, die weißen Pfoten und die Augen und so.«

Ich schüttelte den Kopf. »Das ist ja bescheuert. Die sind doch alle hübsch! Kannst du die anderen nicht selbst behalten?«

»Ich? Nein, das geht leider nicht. Ich hab Tante Rosa vor zwei Jahren eine Katze abgenommen, eine Kastratin, Anastasia, schon ein wenig älter. Sie wurde immer mehr von den anderen Katzen gemobbt, und jetzt ist sie bei mir die alleinige Herrin im Haus. Sie ist eine ganz Liebe, und ich möchte ihr keinen neuen Stress zumuten. Außerdem ist meine Wohnung nicht so groß.«

Ich zuckte mit den Schultern, denn mir fiel auch nichts Konstruktives ein. Außerdem hatte ich langsam keine Lust mehr, mich mit »Heiligen Birmas« zu beschäftigen. Ich war schließlich im Auftrag von Apollonia unterwegs, und über Siggi und ihr Leben hätte ich gern auch noch mehr erfahren.

»Sag mal, meinst du, es gibt noch was zu trinken?«, fragte ich daher, um dem Gespräch eine andere Richtung zu geben.

»Ja, der Kasten ist noch halb voll. Ich hol uns was.«

»Und wo ist hier die Toilette?«

»Komm mit, ich zeig's dir. Sie ist hinten, wenn man in den Garten rausgeht.«

Als wir in den Flur kamen, hörten wir plötzlich ein leises, verzweifeltes Miauen. Es kam von der Kellertür.

»Oh Mist«, rief Siggi, »da ist mir eine hinterhergelaufen!«

Sie öffnete rasch die Tür, da saß auf der obersten Treppenstufe ein schwarznasiges, kleines Kätzchen und sah uns einen Augenblick lang kläglich an. Dann schien es einen Entschluss zu fassen: Blitzschnell kletterte es an meinen Beinen hoch, krallte sich meinen Pullover entlang und drückte sein Köpfchen unter mein Kinn, wo es heftig zu schnurren begann.

Wir waren beide verblüfft, Siggi lachte, und ich legte erst einmal beschützend meine Hände um den kleinen, zitternden Körper.

»Das ist Samantha«, stellte Siggi mir das Kätzchen vor. »Sie ist das Schwesterchen der beiden Lausbuben da, das einzige Mädchen aus dem Wurf, und ein verdammt hübsches dazu. Bisher die Einzige, die die Farbe von Moritz bekommen wird, black-silver. Tante Rosa wollte sie behalten für die Zucht. Sie ist furchtbar neugierig, und offenbar ist sie unbemerkt in den Keller entwischt, als du mich vor den Mäusen retten wolltest.«

Während Siggi nach unten ging, um für Biernachschub zu sorgen, schloss ich die Tür, damit kein weiterer Stubentiger auf die Idee kommen konnte, sich als Mäusejäger im dunklen Keller zu betätigen. Dabei redete ich auf das Kätzchen ein wie auf ein ängstliches Kind und ging sachte schaukelnd den Flur auf und ab. Langsam schien es sich zu beruhigen, das Zittern ließ nach, ich spürte nur noch das flaumweiche Fell in meiner Halsbeuge und hörte das gleichmäßige Schnurren des kleinen Katzenmädchens.

Als Siggi wieder aus dem Keller kam, wollte ich endlich zur Toilette, aber da hatte ich die Rechnung ohne Samantha gemacht. Als hätte ich die Absicht gehabt, sie wieder in den dunklen Tartarus des Kellers zurückzustoßen, klammerte sie sich an meinem Pulli fest, obwohl ich sie eigentlich nur auf das Sofa setzen wollte.

»Tja, ich fürchte, du musst sie mit zur Toilette nehmen«, feixte Siggi.

Und wenn ich nicht wollte, dass mein neuester Pulli in kurzer Zeit wie mein ältester aussah, blieb mir wohl tatsächlich nichts anderes übrig. Also ließ ich die Katze auf meiner Schulter sitzen und suchte die Toilette.

Zwischen Küche und Keller führte an der Stirnseite des Korridors eine Tür in den Garten – das heißt, früher hatte sie direkt ins Freie geführt, und dort hatte rechter Hand das Plumpsklo gestanden. Die Haberboschs hatten jedoch einen Anbau errichtet, in dem sich jetzt statt des alten Aborts ein richtiges Bad befand sowie ein Wintergarten, der allerdings nicht nur der Aufbewahrung von Pflanzen diente, sondern auch der von Katzenklos. Vier mit Sand gefüllte rechteckige Wannen standen aufgereiht am Boden vor der Fensterfront.

In die Tür zum Wintergarten war ein Holzkeil geklemmt, der verhinderte, dass sie zufallen konnte, sodass die Katzen jederzeit freien Zugang zu ihren Toiletten hatten. Vom Wintergarten aus ging schließlich eine Tür auf die Terrasse, und dahinter erstreckte sich ein Stück weit den Hang hinab der Garten. Da es inzwischen dunkel geworden war, konnte man nicht recht sehen, wo er endete, nur dass dort irgendwelche Beerenbüsche standen, und dazwischen glaubte ich ein Holzkreuz zu erkennen.

Nachdem ich mühsam balancierend mein Geschäft verrichtet hatte – ein komisches Gefühl, dabei beobachtet zu werden –, setzte ich mich wieder zu Siggi ins Wohnzimmer, und wir stießen noch einmal auf Rosa an. Samantha wich noch immer nicht von meiner Schulter, aber es war mir auch gar nicht unangenehm, sie am Hals zu spüren.

»Schau dir die Kleine an«, meinte Siggi, »sie hat sich ja regelrecht in dich verliebt! So sind die Birmas, die suchen sich ihren Menschen aus.«

»Oh, ich könnte mir keine Katze halten«, erwiderte ich schnell. »Außerdem bin ich nicht der Typ für Haustiere.«

»Da scheint Sam aber anderer Meinung zu sein!«

Wie zur Bestätigung verstärkte die Kleine noch ihr Schnurren.

Du schnurrst umsonst, dachte ich, ich kann nicht die Verantwortung für ein Tier übernehmen. Und schon gar nicht für eine »Heilige Birma«! Wer weiß, was man da alles falsch machen kann!

»Bei deinem Namen müsstest du sowieso schon längst eine Katze haben!« Siggi lachte, aber ich musste sofort an all den Spott denken, den mir der Name Apollonia Katzenmaier schon eingebracht hatte.

»Sag mal, was machst du jetzt eigentlich?«, wollte sie dann aber ernsthaft wissen. »Du lebst in Konstanz, nicht wahr?«

Von gelegentlichen Bierschlucken unterbrochen, erzählte ich ihr von meinem freiberuflichen Dasein als Literatur- und Kunstwissenschaftlerin, wie ich mich durchschlug mit Italienischunterricht, Vorträgen, Ausstellungsorganisation und manchmal auch journalistischer Tätigkeit. Mir gefiel dieses Leben, es war niemals langweilig, aber natürlich nichts für Sicherheitsfanatiker, wusste man doch heute nicht, ob man morgen noch die Miete bezahlen konnte. Von teuren Autos oder Urlauben ganz zu schweigen.

Dann berichtete Siggi mir von ihrem Werdegang, wie sie zunächst auf Wunsch ihrer Eltern eine Verwaltungsausbildung absolviert, nach bestandener Abschlussprüfung aber beschlossen hatte, irgendetwas »Künstlerisches« zu machen und so bei der Fotografie gelandet war. An die Lehre in einem Fotogeschäft in Ravensburg hatte sie ein Studium zur Fotodesignerin angeschlossen und dann gemeinsam mit ihrem Studienkollegen Thomas Arnold das Unternehmen eröffnet, für das auf der Seitentür des Chrysler geworben wurde.

»Du machst Kunst, und ich rede darüber«, fasste ich unsere Karrieren zusammen. »Aber du fährst das schickere Auto!«

»Ach, das war Thomas' Idee. Der ist so ein Autofreak. Er meinte, dieses Auto sei etwas ganz Besonderes, damit würde man auffallen. Zumindest damit hatte er recht!«

»Dieser Thomas, ist der nur ein Kollege, oder ist da mehr?«, fragte ich neugierig.

»Nein, der ist nur ein Kollege!«, erwiderte Siggi mit Nachdruck und blitzte mich mit ihren braunen Augen herausfordernd von der Seite an, »ich steh nicht so auf Männer, weißt du.«

»Ach so«, antwortete ich überrascht. Das Geständnis verwunderte mich einigermaßen, hatte Mutter doch nie etwas davon erwähnt, dass Siggi lesbisch war. Offenbar hatten die Maurers es geschafft, dieses Familiengeheimnis im Dorf geheim zu halten. Lag darin eine Ursache für das schwierige Verhältnis zwischen Siggi und ihrer Mutter?

»Und du?«, wollte sie nun wissen. »Wie sieht's bei dir aus mit Männern und Frauen?«

»Na ja, sagen wir so, Michelle Pfeiffer würde ich nicht von der Bettkante stoßen, aber ansonsten steh ich schon eher auf Männer.«

»Das hast du bei ›Hair‹ geklaut!«, maulte sie grinsend. »Aber ernsthaft, wie hältst du's mit der Liebe?«

Als Antwort erzählte ich ihr von *Ihm* und dass es nun vorbei war, und ich kämpfte mannhaft die Tränen nieder, die mir schon wieder in der Kehle standen.

Siggi bemerkte es und nahm meine Hand. »Ist einfach scheiße, wenn man so verlassen wird. Egal, ob von einem Mann oder einer Frau. Er ist offenbar ein Arschloch und hat dich nicht verdient. Ehrlich nicht, lass dir das von einer Fachfrau gesagt sein!«

Sie sah mich mit einem fast begehrlichen Blick an, und ich war froh um den Trost, der mir tatsächlich etwas von meinem Schmerz nahm. Offenbar handelte es sich dabei doch zu einem guten Teil um verletzten Stolz.

»Danke«, sagte ich aufrichtig, zog aber dennoch meine Hand zurück.

Siggi tat, als ob sie es nicht bemerkte. »Ich bin auch schon über ein Jahr solo.« Sie nahm einen Schluck Bier. »Übrigens hab ich noch ein paar tolle Fotos aus unserer Zeit am Gymnasium, als wir im Schullandheim auf dieser Burg waren, wie hieß sie noch gleich?«

Ich überlegte einen Moment, dann fiel es mir ein. »Marienburg. In Niederalfingen.«

»Ja, genau. Die Originale waren schon ganz schön vergilbt, halt diese miese Farbqualität der Siebzigerjahre, aber vor einiger Zeit hab ich die Negative wiedergefunden und hab sie selber neu entwickelt und dann bearbeitet. Da sind ein paar echt tolle Aufnahmen dabei! Erinnerst du dich noch an Chris?«

Wie sollte ich nicht, war er doch der Erste gewesen, der mir bei einem Tanzabend im Burgkeller mit seinem Nein das Herz gebrochen hatte.

»Auf einem Bild seid ihr beide drauf. Willst du es haben?«

»Ja, logisch, und auch die anderen würde ich gerne mal sehen!«

»Dann komm doch einfach morgen bei mir im Studio vorbei, wenn du nach Konstanz fährst. Du musst ja sowieso über Ravensburg fahren.«

»Warum eigentlich nicht? Ich hab Apollonia versprochen, zum Frühstück zu kommen, aber danach könnte ich kurz vorbeischauen. Ja, das mache ich!«

»Wie geht's eigentlich Apollonia?«, wollte Siggi nun wissen.

»Ach, es geht so. Sie ist ja schon Mitte neunzig, außerdem hat man vor ein paar Jahren Krebs bei ihr festgestellt. Aber sie nimmt's tapfer, und dank ihrer Medikamente hat sie die Krankheit auch einigermaßen im Griff. Du hast sie ja gesehen heute bei der Beerdigung. Mir kommt es nur so vor, als ob sie immer mehr schrumpfen würde. Sie wird immer weniger, und wahrscheinlich ist sie irgendwann ganz verschwunden. Einfach so!«

Siggi musste lachen.

Sie hat wirklich ein nettes Lachen, dachte ich und beschloss, ihr gegenüber offen zu sein und sie in Apollonias

Verdacht einzuweihen. »Übrigens war es Apollonia, die mich gebeten hat, zur Beerdigung von Rosa zu kommen.«

»Hoi, warum denn das?«

»Sie hat Rosa wohl sehr geschätzt, und weißt du, was sie glaubt? Dass Rosa nicht auf natürliche Weise gestorben ist.«

»Was heißt das – nicht auf natürliche Weise gestorben?«

»Apollonia meint, dass sie vielleicht ... na ja, dass sie ermordet wurde.« Jetzt war es heraus, und in dem Moment, als ich es sagte, kam es mir absolut lächerlich vor.

Siggi schien es genauso zu empfinden, denn nach einem Moment überraschten Zögerns lachte sie schallend heraus. Jetzt war es kein nettes Lachen mehr, sondern ein regelrechtes Auslachen. Ich ärgerte mich, dass ich überhaupt davon angefangen hatte. Siggi konnte sich gar nicht mehr einkriegen, und mein Ärger wuchs. Auch wenn es vielleicht ein wenig weit hergeholt war, hatte sie kein Recht, Apollonia und mich so zu verlachen.

Sie bemerkte wohl mein Missfallen, denn plötzlich wurde sie still und wischte sich die Lachtränen ab. »Wie kommt sie denn auf so eine Idee? Meine Tante Rosa ermordet? Glaubt sie, wir sind in einem Miss-Marple-Film?«

Ich hatte eigentlich keine Lust, noch weiter darüber zu reden, aber da ich nun mal damit angefangen hatte, versuchte ich Siggi die Situation zu erläutern. »Mir kommt es ja ebenfalls komisch vor, das hab ich ihr auch gesagt. Aber sie meinte, dass Rosa ein gutes Herz gehabt habe und dass es seltsam sei, dass zuerst der Kater getötet wurde und kurz darauf Rosa starb. Und du weißt ja, wie alte Leute sind, wenn die sich was in den Kopf gesetzt haben, dann denken sie den ganzen Tag darüber nach und verbeißen sich regelrecht da rein.«

»Der Kater ist überfahren worden, von Max Gerstner, den kennst du doch auch. So was passiert halt, du hast ja gesehen, wie sehr man aufpassen muss, dass keiner rausläuft. Und Doktor Zoller hat nun mal Herzversagen bei Tante Rosa festgestellt, auch so was passiert. Schließlich war sie nicht mehr die Jüngste, und das mit Moritz hat sie wirklich mitgenommen.« Sie schüttelte immer noch ungläubig den Kopf über den unsinnigen Verdacht. »Du hast schon immer ein Faible für Gruselgeschichten gehabt, Polli, wenn ich nur an unsere Geheimtreffen in der Schule denke! Aber das ist jetzt echt ein starkes Stück!«

Bei dieser Erinnerung musste schließlich auch ich lachen. Unsere Schule war ein grauer Betonklotz der Siebzigerjahre gewesen mit grauen Wänden, grauen Türen und grauem Fußbodenbelag, alle Zimmer quadratisch und praktisch, jedenfalls in meiner Erinnerung. Aber unsere kindliche Phantasie hatte es geschafft, sogar in dieser nüchtern-sachlichen Umgebung ein Quäntchen Mysterium zu inszenieren. Wenn wir eine »Hohlstunde« hatten, dann trafen wir uns heimlich im Kartenraum, einem Zimmer ohne Fenster, in dem die großen Landkarten für die Geografiestunde von der Decke hingen. Wir löschten das Licht, setzten uns hinter den hintersten Kartenvorhang auf den Teppichboden, und ich begann zu erzählen – Geschichten von Hexen und Geistern, die ich von Mutter gehört oder in meinem Lieblingsbuch, den »Allgäuer Sagen«, gelesen hatte. Ich ließ unheimliche schwarze Hunde und weiße, längst verstorbene Fräulein in unserem stockdunklen Verlies erscheinen, und bis die Schulglocke wieder läutete, hatten alle eine Gänsehaut und trauten sich kaum mehr zu atmen. Dies ging so lange, bis uns eines Tages ein Lehrer entdeckte, der gnadenlos das grelle Neonlicht einschaltete und unser heimliches Treffen auflöste. Von da an war der Kartenraum abgeschlossen.

Vielleicht hatte Siggi ja recht, und ich neigte tatsächlich dazu, hinter allem ein Geheimnis zu suchen. Und war damit das richtige Opfer für Apollonias Ideen, die mir nun ebenfalls reichlich absurd vorkamen.

»Hilfst du mir noch mit den Katzenklos?«

»Ja, das macht die Katze froh …«

Wir lachten und begannen mit kleinen durchlöcherten Schaufeln mühsam den Sand in den vier Wannen durchzusieben. Dann füllten wir die kätzischen Hinterlassenschaften in eine Plastiktüte und verteilten frische Streu. Während der ganzen Zeit meiner Klofrauentätigkeit lugte mir Samantha über die Schulter, erst als ich mit dem letzten Klo fertig war, lief sie elegant meinen gebeugten Rücken hinab und setzte sich in den frischen Sand, um sich zu erleichtern.

»Ah, Madame hat's gern sauber!«, lachte Siggi, und auch ich musste schmunzeln. Dann wuschen wir uns im Bad die Hände.

»Und das machst du jeden Tag?«, fragte ich anerkennend.

»Morgens kommt Mama, und abends bin ich dran«, antwortete Siggi. »Mama ist nicht begeistert, dass sie das machen muss, sie mag ja eigentlich keine Katzen, und drum hab ich mir zuerst überlegt, ob ich vorübergehend hier einziehe, aber ehrlich gesagt ist mir die Vorstellung, allein in einem Haus zu schlafen, wo gerade jemand gestorben ist, doch nicht so ganz geheuer. Und so muss Mama halt morgens ran, und ich fahre jeden Abend her, um Futterknecht und Katzenkloreiniger zu spielen und natürlich auch Streichelsklavin.«

»Wär's nicht einfacher, du würdest sie raus in den Garten lassen, damit sie dort ihr Geschäft machen? Dann könnten sie auch im Freien spielen.«

»Das ist zu gefährlich, du hast ja gesehen, was mit Moritz passiert ist. Tante Rosa hatte mal überlegt, einen Katzenzaun um den Garten zu errichten, aber das wäre schwierig gewesen, weil der Hang so steil und uneben ist, und es wäre auch ziemlich teuer geworden. Sie hat sowieso schon ihr ganzes Geld für die Katzen ausgegeben. Mama hat immer geschimpft: ›Soll sie lieber mal das Haus neu verputzen lassen!‹ Wahrscheinlich war es ihr peinlich, dass hier alles so verlottert war.«

Offensichtlich konnte man sich mit Katzenzüchten doch keine goldene Nase verdienen, auch wenn die Tiere teuer verkauft wurden. Und zu erben war hier wohl auch nicht viel gewesen.

»Weißt du, die Katzen können ja das ganze Haus nutzen«, fuhr Siggi fort. »Außer in den Keller dürfen sie überallhin, da gibt's genug Möglichkeiten, zu spielen und sich zu verstecken.«

Als wir in den Flur zurückgingen, schaute ich mich nach Samantha um. Da kam sie auch schon miauend hinter uns hergelaufen. Ich blieb stehen, sie setzte sich vor mich hin und sah mich, die Ohren gespitzt, mit großen nachtblauen Augen erwartungsvoll an.

»Ciao, Kleine!«

Als wir draußen waren und die Tür hinter uns geschlossen hatten, hörte ich ihr anklagendes Miauen. Ich atmete tief durch, und Siggi sah mich von der Seite an. »Rosa hat immer gesagt, sie sind wie Kinder für sie.«

In dieser Nacht träumte ich nicht mehr von *Ihm*, sondern von einem Kätzchen mit schwarzer Schnauze und weißen Socken.

Apollonia wollte jede Einzelheit meines Gesprächs mit Siggi wissen. Ich hingegen wurde nicht müde, ihr zu beschreiben, was für wundervolle Katzen diese Birmas waren, welch weiches Fell sie hatten und was für schöne Augen und wie verschmust sie waren ... Nur von Samantha erzählte ich nichts, irgendwie scheute ich mich davor.

Schließlich hatte Apollonia genug von meinen Katzen-Elogen. »Du bist doch sonst nicht so katzenbegeistert«, meinte sie nüchtern. »Hast du denn wegen Rosa etwas herausgefunden?«

Zunächst versuchte ich es mit ausweichenden Antworten, aber als sie nicht lockerließ, musste ich irgendwann gestehen, dass Siggi und ich nicht daran glaubten, dass mit Rosas Tod etwas nicht stimmte.

Apollonia blieb ganz still. Zuerst dachte ich, sie würde anfangen zu weinen. Aber dann seufzte sie nur tief und sah mich an. »Denn muss ich eben allein weitermachen.«

So etwas nannte man wohl Altersstarrsinn. »Apollonia, Rosa ist an Herzversagen gestorben, und der Kater wurde überfahren. Was willst du denn da noch weitermachen?«

»Glaub du, was du willscht. Ich werde mich weiter umhören.«

Sie war nicht zu überzeugen, und schließlich verabschiedete ich mich, um nach Ravensburg zu fahren.

Das Studio von Siggi und ihrem Kompagnon befand sich in der Gänsbühlstraße mitten in der Altstadt von Ravensburg. Es lag im obersten Geschoss eines renovierten Hauses, und durch die großen Fenster hatte man einen phantastischen Blick über die Dächer der Stadt bis zum Mehlsack. Das Geschäft schien nicht schlecht zu laufen.

Siggi freute sich sehr über mein Erscheinen, zumal ich noch schnell beim Bäcker Brezeln geholt hatte. Sie trug heute einen rosa Seidenrolli zur dunklen Stoffhose, der ihre knabenhafte Figur betonte. Wir nahmen Platz in einem Raum, der wohl als Besprechungszimmer diente, mit einem langen, modernen Holztisch und unterschiedlich farbigen Plastikstühlen. An den Wänden hingen großformatige Fotos und Plakate, die das Schaffen des Büros dokumentierten. Siggi warf einen stylischen Kaffeeautomaten an und holte Teller für die Brezeln. Währenddessen schaute ich mich ein wenig um. Es gab mehrere Räume, alle mit gebeizten Holzfußböden, die durch Glaswände abgeteilt waren. Im Nebenzimmer an einem mächtigen Schreibtisch saß Siggis Kollege mit dem Rücken zu uns. Sein Computer lief im Standby-Modus und zeigte wechselnde Schwarz-Weiß-Fotos von Industrieanlagen, während er telefonierte.

»Das ist ja richtig edel hier!«, sagte ich zu Siggi, als sie mir den Kaffee mit echtem Milchschaum brachte. »Läuft gut, euer Geschäft, oder?«

»Ja, doch, wir haben viel Schweizer Kundschaft, das ist ein Glück.«

»Wie kommt ihr denn zu denen?«

»Thomas hat mal zwei Semester in Zürich studiert, da hat er einige Kontakte geknüpft.«

»Sind die Fotos hier von dir?«

»Einige ja, die anderen hat Thomas gemacht. Er hat sich

auf Schwarz-Weiß-Fotografie spezialisiert«, erklärte sie. »Und außerdem haben wir noch eine Texterin, die für uns arbeitet, Martina. Und die Sekretärin natürlich. Schau, hier sind die Fotos, von denen ich dir erzählt habe.«

Sie legte einen Packen mit DIN-A5-Bildern vor mich hin, die ein wenig aussahen, als wären sie handkoloriert. Eins nach dem anderen blätterte ich sie durch und gab sie dann an Siggi weiter. Und während wir unsere Brezeln aßen, mussten wir beide kichern über unsere ehemaligen Klassenkameraden und darüber, wie wir als Kinder ausgesehen hatten. Ich hatte meine Haare lang getragen, zum Pferdeschwanz gebunden, während Siggi ihren schwarzen Schopf bereits frech kurz geschnitten hatte.

Damals sah ich gar nicht so viel anders aus als Jessica heute, musste ich denken. Nur ohne Brille.

»Sag mal, war ich wirklich so ein braves Mädchen?«, fragte ich betroffen.

»Na ja, am Anfang schon, aber ich glaube, später dann nicht mehr so. Schau, hier ist das Bild mit Chris! Habt ihr euch nicht sogar geküsst damals?«

Auf dem Foto tanzten wir nur – er, ein hoch aufgeschossener schmaler Junge mit dunklen Haaren und runder Brille, und ich, eine noch nicht recht ausgewachsene Dreizehnjährige mit zu großen Zähnen und bunter Bluse. In der Tat hätte ich ihn gern geküsst damals – nun erinnerte ich mich wieder: in einem seitlichen Gewölbe des Tanzkellers –, aber da hatte er Panik bekommen, wahrscheinlich hatte er sich den Spott seiner Kumpel vorgestellt und war davongelaufen. Es war eine traumatische Erfahrung für mich gewesen, und ich hatte nie mehr von mir aus versucht, einen Mann zu küssen. Nicht dass ich deshalb fortan zu kurz gekommen wäre.

Eine zierliche Frau mit langen blonden Haaren und Madonnengesicht kam herein, und Siggi stellte sie als Martina Koch vor. Martina lächelte freundlich und freute sich, dass sie auch eine Brezel bekam zum Kaffee, den sie sich aus der Maschine ließ. Wir zeigten ihr ein paar Fotos, und sie erzählte von ihrer eigenen Schulzeit. Nun kicherten wir zu dritt.

Schließlich hatte Siggis Kollege sein Telefonat beendet und gesellte sich ebenfalls zu uns. Er war etwas größer als ich, ganz in Existenzialistenschwarz gekleidet, mit langen, dunklen, aus der Stirn gegelten Haaren, braunen Augen hinter einer eckigen, grünen Brille und einem Fingerbreit Bart unter der Unterlippe. So ein Mist, dachte ich, Siggi hat mich gar nicht vorgewarnt, sonst hätte ich meine Haare noch gewaschen, wahrscheinlich ist mein Pony total fettig. Die Stimme der Vernunft warnte zwar: »Apollonia! Denk daran, wie es dir gerade mit *Ihm* ergangen ist. Aus, basta, jetzt reicht's mal für eine Weile mit Männern!« Doch sie war zu leise. Ich stand auf und strahlte ihn an, während Martina mit ihrem Kaffee das Zimmer verließ.

»Das ist Polli, eine frühere Schulfreundin von mir. Thomas, mein Kollege«, stellte uns Siggi einander vor. Warum mussten nur alle Leute, die mich von früher kannten, diesen Spitznamen benutzen? Polli-Lolli – wie damals auf dem Schulhof!

Thomas Arnold taxierte mich von oben bis unten, während ich ihm die Hand reichte. Ich fühlte mich plötzlich gar nicht mehr wohl in meiner Jeans und den alten Stiefeln, und mein neuer Pullover kam mir schäbig vor.

»Polli? Aha.« Er hob belustigt die Augenbrauen.

»Apollonia, um genau zu sein!«, berichtigte ich.

»Apollonia!« Er gluckste. »Aus Baselreute, nehme ich an!« Es klang so, als wollte er sagen, dass man mit so einem Namen nur aus so einem Kaff kommen könnte.

Damit war sein Interesse an meiner Person aber auch schon erloschen, denn nun wandte er sich an seine Kollegin und bemerkte in sehr dezidiertem Hochdeutsch: »Du weißt, dass Bieri in fünfzehn Minuten hier sein wird. Dann sollten seine Entwürfe parat sein!«

»Ich hab schon alles vorbereitet«, antwortete sie folgsam. Ich wunderte mich, denn eigentlich kannte ich Siggi als dominante Powerfrau, aber hier schien er der Chef zu sein. Zumindest führte er sich so auf. Plötzlich war mir mein fettiger Pony egal. Schnösel!

In diesem Augenblick läutete mein Handy. Ich kramte in meinem Rucksack, wo es natürlich wie immer zuunterst lag. Als ich es endlich in der Hand hielt, sah ich auf dem Display eine italienische Nummer. Rasch drückte ich den grünen Knopf und rief: »Pronto!«

Thomas Arnold, der sich schon zum Gehen gewandt hatte, drehte sich verblüfft um.

Am anderen Ende der Leitung war ein Mailänder Reisebüro, das mich als Reiseleiterin für eine zweitägige italienische Gruppenreise am Bodensee engagieren wollte. Ich klärte kurz mit der Dame das Datum und den Preis ab. Es war mir peinlich, in Anwesenheit anderer Leute ins Handy zu sprechen, aber einen solchen Auftrag konnte ich mir nicht entgehen lassen. Schließlich drückte ich den roten Knopf und entschuldigte mich bei den Umstehenden.

»Das hat sich ja echt professionell angehört!« Anscheinend hatte ich doch noch Thomas Arnolds Interesse geweckt. »Was machst du denn beruflich?«

Von all den Berufen, die mir zur Verfügung standen, wählte ich den abschreckendsten aus: »Ich bin Lehrerin!«

»Ach!«, antwortete er nur. Wäre er eine Schnecke gewesen, hätte man sehen können, wie er seine Fühler einzog.

»Sie ist auch Kunsthistorikerin und Dolmetscherin!«, ergänzte Siggi schnell. Warum wollte sie unbedingt, dass dieser Typ beeindruckt von mir war?

»Nun, dein Italienisch hat sich ja gar nicht schlecht angehört«, sagte er so, als könnte er das beurteilen. »Vielleicht benötigen wir mal irgendwann eine Dolmetscherin, Sigrid.«

Siggi bemerkte eifrig: »Thomas ist ein großer Italien-Fan. Er fährt oft nach Turin! Klar, Polli, vielleicht könntest du wirklich mal was für uns machen!«

»Wenn ich Zeit habe«, antwortete ich reserviert. »Hier ist meine Visitenkarte.« Ich streckte sie absichtlich dem eingebildeten Schwarz-Weiß-Fotofuzzi hin, denn ich war sehr stolz darauf. Ein Freund aus Konstanz hatte sie gestaltet, ein bekannter Grafiker, mit einem Bild von Piero della Francesca: Der Trompeter aus Arezzo kündete von meinen diversen Qualifikationen.

Herr Arnold warf nur einen raschen Blick darauf und gab sie dann Siggi weiter. »Ja, sehr schön. Also dann ...«, er drückte kurz meine Hand, wobei er seine Lippen zu einem raubtierhaften Lächeln verzog, das es nicht bis zu den Augen schaffte. Dann warf er Siggi einen Blick zu, als wollte er sagen: Nun wirf sie doch endlich raus!

»Tja, Siggi, ich geh dann, ihr habt ja zu tun«, kam ich ihm zuvor. Ich zog meine Lederjacke an und gab ihr drei Küsschen, nach italienischer Manier. »Und lass uns nicht noch einmal Jahre warten, bis wir uns wiedersehen!«

»Nein, bestimmt nicht, ich mach dir die Bilder nach, auf denen du drauf bist, okay?«, antwortete sie und begleitete mich zum Aufzug. Dann sah sie sich kurz nach Thomas Arnold um, der wieder an seinem Schreibtisch saß, und sagte leise: »Ich weiß, er wirkt manchmal ein wenig komisch. Aber du darfst ihm deswegen nicht böse sein. Das ist nur Unsicherheit, wenn er jemanden nicht kennt.«

Ich fand das Verhalten von Thomas Arnold überhaupt nicht komisch, nur arrogant, und es war mir egal, ob er sich aus Unsicherheit so verhielt oder weil er tatsächlich ein Arschloch war. Nur wunderte mich, dass Siggi sich so jemanden als Kollegen ausgesucht hatte. Aber das war ihr Problem. Ich drückte den Aufzugsknopf.

Als die Tür sich öffnete, stand Herr Bieri vor mir, jedenfalls begrüßte Siggi ihn mit diesem Namen. Herr Bieri war Ende fünfzig, hatte kurze graublonde Haare, ein eckiges Kinn und frappante Ähnlichkeit mit Henry Fonda. Als er mich mit seinen stechend blauen Augen musterte, kam mir allerdings eher der Henry Fonda aus »Spiel mir das Lied vom Tod« in den Sinn als der aus den »Zwölf Geschworenen«. Wahrscheinlich war Bieri der Boss des hiesigen Arms der Cosa Nostra. Hinter ihm stand sein Adlatus, der etwa einen Kopf größer war als er, mit geschorenem Haupthaar über der flachen Stirn und einer Gewichtheberfigur. Er kaute genüsslich mit offenem Mund einen Kaugummi.

Wie der Chef, so die Kundschaft!, wandelte ich in Gedanken an Thomas Arnold das Sprichwort von Herr und Gscherr ab, trat in den Lift und drückte auf »E«.

Als ich zu meinem Auto kam, steckte ein Strafzettel hinter dem Scheibenwischer. Ich hatte die erlaubte Parkzeit um zwanzig Minuten überschritten. Zwei Autos weiter schob eine Politesse mit hochgesteckten blonden Haaren gerade ein Knöllchen hinter das Wischerblatt eines schwarzen Crossfire. Ich beschloss, einen Versuch zu wagen, und ging mit meinem freundlichsten Lächeln auf sie zu. Aber ich biss auf Granit, denn mit einem ebenso freundlichen Lächeln erklärte sie mir, dass sie die Vorschriften nicht mache und ich eben nächstes Mal besser aufpassen solle, wenn ich meine todkranke Mutter besuchte und die bettlägerige alte Dame mich länger aufhalten würde. Außerdem gebe es gleich hinter der Stadtmauer ein großes Parkhaus. Das käme mich dann in Zukunft günstiger, und ich könne meine Krankenbesuche so lange ausdehnen, wie ich wolle.

Wie konnte man nur so nett aussehen und so unerbittlich sein! Der Tag fängt gut an, dachte ich. Erst Apollonia verprellt, dann einen arroganten Schnösel kennengelernt, einen Mafiaboss samt Bodyguard im Aufzug getroffen und jetzt auch noch ein Strafzettel!

Doch als ich über den See fuhr, hatte dieser die Farbe von Samanthas blauen Augen.

»Ich hab's gewusst!« Apollonia sagte nicht einmal Guten Abend.

Eine anstrengende Woche lag hinter mir. Neben meinem normalen Italienischunterricht beim Sprachendienst war mein Expressionismuskurs an der Volkshochschule angelaufen. Zunächst hatte ich einen Einführungsvortrag gehalten über Epoche und Hintergründe dieser Kunstrichtung, und in den nächsten Wochen würde ich einzelne Künstler von Ernst Ludwig Kirchner bis Karl Schmidt-Rottluff vorstellen. Am Ende, kurz vor Weihnachten, war eine Abschlussexkursion geplant, nach München, in die Pinakothek der Moderne, wo seit diesem Jahr die Expressionisten ausgestellt wurden. Immerhin sechzehn Teilnehmer hatten sich zu meiner Veranstaltung angemeldet, und die wollte ich nicht enttäuschen. So hatte ich mich mit Feuereifer in die Vorbereitung gestürzt, stundenlang in der Unibibliothek gesessen, Texte kopiert, Exzerpte gemacht, Bilder zusammengesucht und dann versucht, alles in einen sinnvollen Zusammenhang zu bringen.

Ich brütete gerade über einer Biografie von Erich Heckel, als Apollonia anrief.

»Ich hab's gewusst!«

»Guten Abend, Apollonia, wovon redest du?«

»Von der Rosl!«

Ich verdrehte die Augen. Den Tod von Rosa Haberbosch sowie Apollonias Verdacht hatte ich schon völlig verdrängt. Einzig das schwarze Schnäuzchen der kleinen Samantha schob sich noch häufig in meine Gedanken, aber dieses Bild versuchte ich genauso zu verjagen wie die Erinnerung an *Ihn*. Auch wenn ich gestern rein zufällig in meinem Mietvertrag gesehen hatte, dass Katzenhaltung in meiner Wohnung nicht verboten war.

»Wie geht's dir denn, Apollonia? Hattest du eine gute Woche?«

Das Ablenkungsmanöver funktionierte nicht. »Mir geht's schon recht, aber weischt du, was passiert isch?«

»Du wirst es mir gleich sagen.«

»Zwei von Rosls Katzen sind gestohlen worden!«

Plötzlich hatte ich ein flaues Gefühl im Magen. »Welche denn? Woher weißt du das?«

»Ich hab's dir gleich gesagt, da stimmt was nicht! Erst wird eine Katze umgebracht, dann stirbt die Rosl, und jetzt sind zwei gestohlen worden. Das stinkt doch zum Himmel!«

Ich wurde ungeduldig. »Welche sind denn gestohlen worden? Und woher weißt du das?«

»Die Annemarie hat mir's erzählt, die versorgt doch die

Katzen jeden Morgen. Und heute hab ich sie in der Kirche getroffen, und da hat sie's gesagt. Zwei Stück sind verschwunden, einfach so, schon vorgestern, und …«

»Apollonia«, unterbrach ich sie, »weißt du, welche Katzen verschwunden sind?«

»Was weiß ich, das hat sie nicht gesagt, die Annemarie kennt doch auch nicht jede einzelne Katze mit Namen, aber zwei haben jedenfalls gefehlt, als sie vorgestern Morgen hingekommen ist. Und sie hat gesagt, die Siggi isch sich sicher, dass sie abends noch da waren. Glaubscht du mir jetzt, dass da was nicht stimmt?«

Es war in der Tat langsam schwer zu glauben, dass das noch Zufall sein sollte. Und wenn es Samantha war, die verschwunden war? Mich erfasste plötzlich Panik.

Was war nur los mit mir? Hatte ich mich in eine Katze verliebt?

Als Jessy noch ein Baby war, hatte meine Schwester einmal versucht, mir zu erklären, wie es war, ein Kind zu lieben, nachdem ich mich zum wiederholten Male über ihr »Gluckengehabe« mokiert hatte. »Es ist ein Gefühl, als ob du frisch verliebt bist, aber eigentlich noch stärker, weil das Kleine so hilflos ist und dich so sehr braucht. Du willst nur noch dieses Geschöpf im Arm halten und beschützen.« Der Vergleich mit dem Verliebtsein hatte mir damals ihre Muttergefühle tatsächlich ein klein wenig plausibler gemacht, denn auf diesem Gebiet verfügte ich über einen reichen Erfahrungsschatz. Die Angst, die nach Apollonias Bericht in mir aufwallte, rief mir jetzt Annas Worte in Erinnerung. Ich glaubte, das Schnurren der kleinen Samantha an meiner Halsbeuge zu hören und ihren zitternden Körper in meinen Händen zu spüren. Rosa hatte gesagt, die Katzen seien für sie wie Kinder. Nun wusste ich, was sie damit gemeint hatte.

»Apollonia, hör zu, ich muss sofort bei Siggi anrufen, damit ich weiß, was genau passiert ist!«

Meine alte Tante war hörbar zufrieden darüber, dass ich ihren Verdacht endlich ernst nahm. Sie konnte ja nicht wissen, dass es mir mehr um die Katze als um die tote Rosa ging.

»Kommscht du her? Dann können wir uns darum kümmern!«, rief sie begeistert.

Trotz meiner Befürchtungen musste ich ein wenig schmunzeln über ihren detektivischen Eifer. Ich stellte mir vor, wie sie sich »darum kümmerte«, wie sie mit ihrem Gehwagen hinter den Katzendieben herjagte und sie schließlich zur Strecke brachte.

Dennoch verabschiedete ich sie mit ernsthafter Stimme, wenn auch etwas ungeduldig: »Ich weiß noch nicht, wann ich kommen kann, Apollonia, jetzt muss ich erst mal mit Siggi telefonieren, ich melde mich dann!«

Siggi war nicht zu Hause. Daher sprach ich ihr auf den Anrufbeantworter. Dann fiel mir ein, dass ich noch irgendwo ihre Visitenkarte mit der Handynummer hatte. Ich suchte in meinem Rucksack, und nachdem ich dessen gesamten Inhalt auf dem Fußboden meines Arbeitszimmers verstreut hatte, fand ich die Karte im Sonnenbrillenetui.

Als Siggi antwortete, hörte ich im Hintergrund laute Stimmen und typische Kneipengeräusche.

»Siggi, ich bin's, Apollonia, wo bist du?«

Das Handy knarzte und rauschte, der Empfang war miserabel.

»Ah, Polli, warte einen Augenblick …« Sie verließ offenbar den Raum, vielleicht ging sie zur Toilette, jedenfalls war es plötzlich leiser um sie herum, und das Rauschen war verschwunden. »Na, wie geht's dir? Schön, dich zu hören!«

Ich wollte mich nicht mit Präliminarien aufhalten. »Siggi, hör mal, meine Tante Apollonia hat mir erzählt, dass zwei Katzen verschwunden sind. Ist das wahr? Welche sind denn verschwunden?«

Totenstille.

»Siggi?«

Ein Räuspern. »Na ja, Polli, ich wollt's dir nicht sagen, damit du nicht wieder falsche Sachen denkst. Ja, es ist leider wahr.«

»Und …?« Ich wagte nicht, genauer zu fragen.

»Sam ist weg. Und der alte Hannibal.«

Ich atmete tief durch. Verflucht! Die Panik ergriff mich wieder.

»Wo können sie denn sein? Warum hat man sie geklaut? Hast du nach ihnen gesucht?«

»Vielleicht sind sie ja gar nicht geklaut, vielleicht … ach, ich weiß auch nicht. Ja, klar haben wir nach ihnen gesucht, aber sie sind einfach weg. Vom Erdboden verschwunden.«

»Hör zu, heut Abend hab ich noch einen Kurs an der Volkshochschule, aber morgen ist Freitag, da fahr ich nach Baselreute, ich hab übers Wochenende Zeit. Und dann suchen wir sie. Kannst du morgen dort sein?«

»Also, vormittags hab ich noch zu tun, aber zum Mittagessen könnt ich rausfahren.«

»Gut, dann ruf mich auf dem Handy an, wenn du da bist.«

Das herbstliche Hochdruckwetter hatte umgeschlagen. Die Farbe des Sees changierte zwischen schmutzigen Grün- und Grautönen. Dunkle Wolkenballen hingen schwer über dem Wasser, dazwischen sah man Fetzen blaubleichen Himmels durchschimmern. Regenschleier stürzten aus den Wolkenrändern und wurden vom Wind abgetrieben. Rund um den See blinkten die Sturmwarnleuchten nervös um die Wette.

Als ich das letzte Mal in diese Richtung gefahren war, hatte ich um *Ihn* getrauert. Jetzt dachte ich die ganze Zeit an eine Katze. Das darfst du niemandem erzählen, Apollonia, das ist superpeinlich!

Bevor wir in Meersburg anlegten, rief ich Mutter an, um zu sagen, dass ich zum Mittagessen käme. Sie war erstaunt, erfreut und misstrauisch zugleich.

»Hast du eigentlich schon mit Anna gesprochen?«, schrie sie ins Telefon, weil sie glaubte, am Handy würde man sie sonst nicht verstehen.

»Wir reden nachher darüber, Mama!«, antwortete ich und drückte auf »aus«. Ich hatte keine Lust, mir auch noch am Telefon Vorwürfe machen zu lassen. Vor allem da diese berechtigt gewesen wären, denn das Versprechen, mich mit meiner Schwester in Verbindung zu setzen, hatte ich natürlich noch nicht eingelöst. Das würde nachher am Mittagstisch bestimmt Thema sein. Aber so konnte ich mir wenigstens eine Verteidigungsstrategie zurechtlegen.

Bei Apfelmus und Knöpfla erklärte ich Mama dann, wie anstrengend die Vorbereitung auf meinen Kurs war und dass ich deshalb kaum Zeit fand, mich noch um irgendetwas anderes zu kümmern.

»Und was machscht du dann hier?«

Es war nur eine halbe Notlüge, dass Apollonia sich einsam gefühlt und mich deshalb angerufen hatte und dass ich daraufhin beschlossen hatte, übers Wochenende nach Baselreute zu kommen und mich um sie zu kümmern. »Und außerdem wollte ich auch dich besuchen, und noch einen Abstecher nach Wangen machen, um mit Jessy zu sprechen!«

Damit war Mutter versöhnt, und sie zauberte sogar noch einen Nachtisch aus dem Hut, eingelegte Birnen mit Schokopudding. Irgendwie musste ich es schaffen, den Besuch bei Anna in dieses Wochenende mit einzubauen.

Nach dem Essen ging ich aber zuerst zu Apollonia. Wir saßen in ihrer kleinen Wohnküche und tranken Kaffee. Das Handy hatte ich auf den Tisch neben die Kaffeetasse gelegt, damit ich sofort reagieren konnte, wenn Siggi anrief. Ich wollte dann zum Häuschen von Rosa fahren und mich mit ihr auf die Suche nach Samantha machen. Zunächst hatte ich befürchtet, dass Apollonia mitkommen wollte. Das wäre mir nicht recht gewesen, weil ich ja wusste, was Siggi von ihrem Verdacht hielt, und nicht wollte, dass sie meine alte Tante womöglich mit ihrer direkten Art kränkte. Aber dieses Problem erledigte sich von selbst. Apollonia fühlte sich nicht so gut heute. Das Wetter machte ihr zu schaffen.

»Der Kreislauf macht halt nicht mehr so mit«, sagte sie, als ob sie sich mit siebenundneunzig dafür entschuldigen müsste, wenn sie mal nicht ganz auf der Höhe war.

»Mach dir keine Sorgen, Apollonia, ich geh auch allein«, versuchte ich sie zu beruhigen.

»Weisch, Polli, wenn ich nachts wach lieg und nicht schlafen kann und dann so nachdenk über dies und das, dann fühl ich mich stark und überleg mir, was ich am nächsten Morgen alles tun will.« Sie seufzte. »Und dann kommt die Rotkreuzschwester und hilft mir aus dem Bett, und dann kann ich nicht mal alleine stehen, so schwindlig ist mir, geschweige denn mich waschen und anziehen. Ach, Polli, ich hab das Altsein so satt!«

Als das Handy läutete, seufzte sie herzerweichend, und als ich mich auf den Weg machte, schaute sie so traurig drein, dass ich sie in den Arm nahm und fest drückte.

»Ich komm später noch mal vorbei und erzähl dir, was wir rausgefunden haben«, versprach ich zum Abschied.

Siggi und ich saßen in Rosas Katzenwohnzimmer zusammen. Das Sofa wirkte ohne Hannibal einsam, und ich starrte die ganze Zeit zur Tür, ob nicht plötzlich Samantha um die Ecke geschlichen käme. Aber es waren nur die anderen Katzen, die um unsere Beine strichen. Sascha und Sandro waren bereits von ihren neuen Besitzern abgeholt worden, und Siggi wollte sich in der nächsten Woche darum kümmern, auch die anderen Katzen an den Mann oder die Frau zu bringen.

»Was habt ihr denn bisher unternommen wegen Samantha und Hannibal?«, wollte ich wissen und konnte dabei einfach nicht verhindern, dass meine Stimme vorwurfsvoll klang.

»Die Nachbarn haben wir gefragt, ob jemand die zwei gesehen hat, aber da wusste niemand was.« Siggi wirkte trotzig.

»Abgehauen können sie nicht sein?«

»Ich bin mir sicher, dass sie abends noch da waren, als ich gegangen bin. Und als Mama morgens kam, haben sie gefehlt.«

»Wer konnte denn ins Haus kommen? War die Tür offen?«

»Die vordere Tür war abgeschlossen, aber hinten die Terrassentür kann man ganz leicht aufmachen. Das hab sogar ich schon einmal gemacht, als ich den Schlüssel vergessen hatte«, klärte sie mich auf.

»Es kann also jeder reinkommen.«

»Im Prinzip ja.«

»Aber wer klaut zwei Katzen? Ein Züchter?«

»Das hab ich auch schon gedacht. Jedenfalls bei Samantha. Sie ist für einen Züchter echt wertvoll. Aber Hannibal?«

»Hast du die Polizei benachrichtigt?«

»Die Polizei? Wegen zwei verschwundenen Katzen? Die haben bestimmt Wichtigeres zu tun, als sich um so was zu kümmern!«

»Aber vielleicht geht es ja gar nicht nur um zwei verschwundene Katzen.«

»Kommst du jetzt schon wieder mit dieser Rosa-Mordgeschichte daher? Ich bitte dich, Polli!«

Ich hatte keine Lust, mit ihr zu streiten, aber einfach herumzusitzen machte mich ganz verrückt. Irgendetwas musste man doch tun können! »Hör zu, was hältst du davon, wenn wir noch einmal die Nachbarn abklappern? Vielleicht haben sie ja nicht die Katzen gesehen, aber sonst etwas Auffälliges.«

Die Nachbarn zur Linken konnten sich an keine besonderen Vorkommnisse erinnern.

Bei der alten Amalie Pingel jedoch, die im zweiten Stock des Hauses gegenüber wohnte, hatten wir mehr Glück. Mit eifrigen roten Pausbacken erzählte sie drauflos, während ein kleiner, schwarzer, leicht übergewichtiger Spitz um ihre Füße wuselte.

»Ein komisches Auto isch ein paarmal dagestanden, einmal in der Einfahrt da drüben und einmal direkt vor dem Haus, so halb auf der Straße, und zwei Männer haben die Rosl besucht.«

»Kannten Sie die zwei Männer?«

»Nein, die hab ich noch nie hier gesehen. Sahen sehr vornehm aus. Mit Anzug und so. Ich hab mich noch gefragt, was die bei der Rosa wollten. Vielleicht eine Katze kaufen. Aber da sind sonscht eher Frauen gekommen.«

»Und haben Sie auch gesehen, wie sie wieder gegangen sind? Hatten sie eine Katze dabei?«

»Nein, ich bin dann mit Spartakus spazieren gegangen, und als wir zurückgekommen sind, war das Auto weg.«

»Was war das denn für ein Auto?«

»Ich weiß nicht, da kenn ich mich nicht so gut aus, aber es hat irgendwie unheimlich ausgesehen, schwarz, mit Engelsflügeln, und die Rücklichter wie Augen von Katzen. Es war aus Berlin.«

»Aus Berlin?«, fragten Siggi und ich wie aus einem Mund. »Mit Engelsflügeln?«

»Ja, als ich beim letzten Mal mit dem Spartakus dran vorbeigegangen bin, ist es schon fast dunkel gewesen, aber die Flügel hab ich genau gesehen. Ein unheimliches Auto. Aus Berlin.«

»Und wo waren die Flügel?«

»Na, hinten dran, so ausgebreitet, aus Metall.«

Siggis Augen leuchteten auf. »Frau Pingel, würden Sie vielleicht mal kurz mitkommen?«

Die schwergewichtige Dame schnaufte nicht minder als ihr Hund, als sie sich die zwei Treppen hinabgequält hatte, nur ließ sie die Zunge nicht so heraushängen.

Siggi führte sie zu ihrem Auto, das neben Rosas Haus abgestellt war. An der Heckklappe prangte das Chrysler-Emblem, zwei gestreckte Adlerflügel. »Sahen die Flügel so aus?«

»Jaja, wie Engelsflügel! Genau so!«, bestätigte eifrig Frau Pingel.

»Ein schwarzer Chrysler aus Berlin. Das ist wirklich eigenartig. Sie haben gesagt, es stand ein paarmal dort. Einmal direkt beim Haus, und das zweite Mal?«

»Das war da drüben an der Einfahrt.« Sie zeigte auf eine Einfahrt zu einem unbebauten Grundstück zwei Häuser weiter.

»An welchem Tag war denn das?«

»Das weiß ich nicht mehr so genau, die Tage gehen dahin, einer wie der andere, da weiß ich oft nicht, ob Dienstag oder Mittwoch ist, tut mir leid. Es ist auch schon einige Zeit her. Gegen Abend hat's dagestanden. Und der Bernhard Bühler drüben, mit dem Collie, der hat es auch gesehen!«

Wir verabschiedeten uns und läuteten bei Bernhard Bühler. Aber es war niemand daheim. So kehrten wir in Rosas Haus zurück.

»Meinst du, das Auto hat etwas mit dem Verschwinden der Katzen zu tun?«, fragte ich bei einem Nescafé, den uns Siggi aus den noch vorhandenen Vorräten aufgebrüht hatte. »Vielleicht war es ja ein Züchter aus Berlin, der unbedingt Samantha haben wollte. Aber wie hätte er von ihr erfahren können? Ist sie auf der Internetseite zu sehen?«

»Ja, klar, die Fotos hab ich doch noch gemacht!« Siggi schlug sich an die Stirn. »Komm, wir schauen uns die Seite mal an, und wenn wir schon dabei sind, können wir auch gleich noch die E-Mails durchsehen, vielleicht ergibt sich daraus irgendwas.«

Während der Computer hochfuhr, fragte ich sie, was denn nun eigentlich mit dem Haus geschehen würde.

»Also die nächsten Erben sind natürlich wir, das heißt mein Vater. Er hat schon gesagt, ich kann das Haus haben und hier wohnen, wenn ich will. Aber da müsste man eine Menge reinstecken. Und eigentlich hab ich auch keine Lust, wieder nach Baselreute zu ziehen. Mal schauen, bis jetzt ist das Testament noch nicht eröffnet, vielleicht hat Tante Rosa ja auch alles dem Tierschutzverein vermacht!« Sie lachte. Zuzutrauen schien sie ihrer Tante so etwas.

Auf dem Monitor leuchtete die Windows-Startseite auf.

»Hatte Rosa kein Passwort?«

»Nein, sie war ja die Einzige, die den Computer benutzt hat. Außer mir, wenn ich ihr was gezeigt hab.«

Siggi klickte sofort auf das Internetsymbol. Über die Favoriten wollte sie Rosas Website aufrufen, aber da war nichts.

»Komisch, sie hat alle Favoriten gelöscht.«

So gab sie in der Adressleiste die komplette Adresse ein, und gleich darauf erschienen Katzen, natürlich Birmas, die über den Bildschirm tapsten. Dann ein Schriftzug: »Black-Silver-Birmas – schön wie der Mondschein in dunkler Nacht!« Dazu ertönte die Melodie von »Guter Mond, du gehst so stille«.

»Das war Tante Rosas Lieblingslied, und drum haben wir

gedacht, es wäre schön, das als Startmelodie zu nehmen.« Es klang, als wolle sich Siggi dafür rechtfertigen, dass das Ganze reichlich kitschig wirkte.

Über eine Menüleiste gelangten wir auf die Seite »Kittens«, wo Fotos aller Würfe aus Rosas Cattery zu sehen waren.

»Da ist der S-Wurf!« Mir kam fast das Heulen, als ich die Bilder von Samantha und ihren Brüdern sah, kurz nach der Geburt, nach vier Wochen, nach zwei Monaten. Siggi war wirklich eine ausgezeichnete Fotografin. Sie hatte nicht nur das Äußere der drei Kätzchen eingefangen, sondern bei jedem einzelnen die Momente erwischt, die seinen Charakter verdeutlichten. Samantha schaute genauso keck aus dem Monitor, wie sie eine Woche zuvor mich angeschaut hatte.

Siggi hatte offenbar gemerkt, wie es um mich stand, sie schaute mich von der Seite an und sagte: »Wir werden Sam bestimmt wiederfinden!«

»Das sind wirklich phantastische Bilder, Siggi. Du bist eine gute ... Fotodesignerin!«

»Du kannst ruhig Fotografin sagen, wenn dir das besser über die Lippen geht«, meinte sie versöhnlich. »Ach, übrigens, ich hab dir die Fotos vom Schullandheim mitgebracht. Sie sind im Auto, lass es mich nachher nicht vergessen! Und schöne Grüße soll ich dir sagen, von Thomas.«

»Welchem Thomas?«

»Na, Thomas Arnold, mein Kollege! Auf den hast du ganz schön Eindruck gemacht.«

»Der kann mich mal!«

Siggi grinste. Dann gingen wir die ganze Website durch, und unter dem Menüpunkt »Zucht« tauchten plötzlich Reihen von Buchstabenformeln auf.

»So was hab ich schon mal gesehen.« Ich überlegte kurz, dann fiel mir ein, wo. »In dem Schulheft im Wohnzimmer! Was ist denn das?«

»Das sind Farbberechnungen für die Zucht. Wie beim alten Mendel. Auf der Website hat Rosa ganz allgemeine Berechnungen dargestellt, die sie einfach vom Birmaklub übernommen hatte. Ihre speziellen für die eigene Zucht waren irgendwo aufgeschrieben. Wahrscheinlich in dem Heft, das du gesehen hast. Wo war denn dieses Heft?«

»In der Kredenz!«

Ich ging hinüber ins Wohnzimmer und zog die rechte Schublade des Büfetts auf. Leer. Weder das Schulheft noch die sonstigen Unterlagen lagen da. Linke Schublade. Nichts. Nur das Telefonbuch. Das Fotoalbum und der Kempter Kalender waren verschwunden.

Siggi war mir gefolgt. »Sag mal, wann hast du denn da rumgeschnüffelt?«, fragte sie misstrauisch.

Ich ging gar nicht auf ihre Frage ein. »Hast du die Sachen hier rausgenommen, Siggi?«

»Nein, was für Sachen denn? Wir haben hier noch nichts rausgeholt.«

»Ein Fotoalbum, einen Kempter Kalender und ein Schulheft, so ein altmodisches blaues. Darin waren genau solche Reihen von Buchstaben und Wörtern zu sehen wie auf der Website!«

»Dann hat derjenige, der die Katzen mitgenommen hat, auch diese Unterlagen mitgenommen.«

»Was für Fotos waren denn in dem Album?«

»Wahrscheinlich auch von den Katzen.«

»Warum sie wohl den Kempter Kalender mitgenommen haben?«

»Ich glaube, Tante Rosa hat ihn als eine Art Tagebuch benutzt, sie hat immer Notizen darin gemacht«, erläuterte Siggi.

»Vielleicht war es ja wirklich ein Züchter, der unbedingt diese Katze haben wollte! Weißt du, ob Rosa mit jemandem in Kontakt stand, der Interesse an Samantha hatte?«

»Sie hatte ständig Kontakt mit irgendwelchen Leuten, die ihre Katzen kaufen wollten oder mit denen sie sich einfach austauschte. Aber sie wollte Samantha nicht verkaufen.«

»Lass uns trotzdem mal ihre E-Mails anschauen!«

Vor lauter Aufregung über die verschwundenen Sachen hatte Siggi meine Schnüffelei gnädig vergessen.

Als sie das Outlook-Programm aufrief, kam jedoch die

nächste böse Überraschung. Der Posteingang war leer bis auf einige Mails, die heute, gestern und vorgestern gekommen und uninteressant waren. Alle älteren Mails waren gelöscht.

»Hier war jemand dran! Und zwar vor drei Tagen! Das ist der Tag, an dem die Katzen verschwunden sind!«

»Das bedeutet, dass Rosa Kontakt mit den Katzendieben hatte, und um das zu verschleiern, haben sie alle Mails gelöscht!«

»Sogar aus dem Ordner mit den gelöschten Mails! Alles leer!«, ergänzte Siggi aufgeregt, während sie weiter auf der Tastatur herumtippte.

»Dann haben die wahrscheinlich auch die Favoriten gelöscht. Das heißt, sie haben eine Website, die Rosa unter den Favoriten stehen hatte.«

»Sag mal, glaubst du, dass jemand so weit gehen würde, einen Menschen zu töten, nur um an diese Katze zu kommen?«, fragte ich vorsichtig. »Wie viel ist so eine Katze wie Samantha wert?«

»Keine Ahnung, vielleicht ein paar Tausend Euro. Aber dafür würde bestimmt niemand töten. Komm doch nicht schon wieder mit diesen Hirngespinsten daher!«

»Und woher wussten die Diebe, dass Rosa tot ist? Dass sie jetzt ohne größeres Risiko hier einbrechen und in aller Ruhe Katze und Unterlagen einsammeln und die Mails löschen konnten?«

»Vielleicht haben sie die Todesanzeige in der Zeitung gelesen, was weiß ich!«

»In Berlin.«

Siggi verstummte für einen Moment. Dann holte sie tief Luft.

»*Wenn* – und ich sage bewusst *wenn* – der Tod von Tante Rosa kein Zufall war, *wenn* sie ermordet wurde, dann hätte der Mörder Samantha und die Unterlagen auch gleich mitnehmen können, als er Rosa umgebracht hat, oder? Dann wäre er doch nicht das Risiko eingegangen, noch einmal wiederkommen zu müssen!«

»Vielleicht ist er ja gestört worden beim ersten Mal?«

Sie winkte ab. »Ach was! Und das Berliner Auto muss auch nicht unbedingt was mit dem Katzendiebstahl zu tun haben! Das kann purer Zufall sein.«

»In dieser Geschichte gibt es eine derartige Anhäufung von Zufällen, dass ich langsam wirklich geneigt bin, Apollonia recht zu geben. Da ist was faul!«

»Ach, du und deine Miss Marple!« Siggi schüttelte den Kopf. »Was wir versuchen könnten, ist, mit anderen Züchtern Kontakt aufzunehmen. Vielleicht finden wir ja auf diese Weise etwas heraus. Ich schau mal, welche Links Tante Rosa auf ihrer Seite hatte.«

Wir fanden einen Link zum »Birma Club Deutschland« und klickten die Seite an. Siggi wollte zum Menüpunkt »Züchter« weitergehen, da sah ich, dass oben ein Schriftband entlanglief, welches eine Katzenausstellung in Kempten ankündigte.

»Schau mal, das ist jetzt, am Wochenende! Da könnten wir doch hinfahren«, schlug ich vor, »bestimmt sind viele Züchter aus der Gegend dort, vielleicht auch welche, die Rosa kannte.«

»Und womöglich die Berliner?«

»Aha, du glaubst also doch nicht an einen Zufall!«

»Ich weiß doch auch nicht. Aber na gut, dann fahren wir morgen nach Kempten. Hör mal, du bist doch Journalistin, hast du einen Presseausweis?«

»Ja, klar!«

»Dann nimm den mit, ich bin deine Fotografin, wir kommen von der Zeitung. So können wir unauffälliger nachfragen!«

»Du meinst ›undercover‹? Okay, Mr. Stringer!« Wir mussten beide lachen über unser geplantes Detektivspiel.

Doch das Lachen sollte uns noch vergehen.

Nachdem wir die Daten für die Katzenausstellung notiert hatten, schalteten wir den Computer aus, da er für unsere Recherche nichts mehr hergab. Wir beschlossen aber, noch einmal gründlich im Haus zu suchen. Vielleicht würden wir ja doch etwas finden, das uns weiterhalf. So durchwühlten wir alle Schränke und Schubladen im Schlaf- und Esszimmer. Die altersüblichen Medikamente, Wäsche, vergilbte Theaterzettel, Katzenzeitschriften, Rentenunterlagen und ähnlich spannende Dinge kamen zum Vorschein.

»Die Zeitschriften und Zeitungen können wir gleich im Flur stapeln, die bring ich dann zum Altpapier«, meinte Siggi. »Die anderen Sachen heben wir noch auf, ich muss schauen, was ich damit mache.«

»Wann hat Rosa eigentlich aufgehört, Theater zu spielen?«, wollte ich beim Durchblättern eines Theaterprogramms von 1992 wissen.

»Das war vor sechs oder sieben Jahren, da gab es doch so einen Skandal. Hast du das nicht mitbekommen?«

Ich konnte mich nicht erinnern.

»Der alte Regisseur ist 1995 gestorben, Erwin Stark. Danach haben sie für eine Weile mit Gastregisseuren gearbeitet. Und einer von denen war ein junger, ziemlich ambitionierter Typ, sah ganz gut aus, hatte neue theaterpädagogische Ideen. Tante Rosa war total begeistert von ihm. Er wollte ›Lysistrata‹ mit ihnen einstudieren – du weißt schon, diese antike Geschichte, in der die Frauen in Athen und Sparta einen Sexstreik machen, um die Männer zu zwingen, den Krieg zu beenden. Na ja, du kannst dir vorstellen, dass dieses Thema den Baselreuter Männern, deren Frauen in der Theatergruppe mitspielten, nicht so ganz geheuer war. Vielleicht hatten sie Angst, dass die Frauen auf falsche Gedanken kämen. Und dann hatte der Regisseur auch noch die Idee, einen Wochenendworkshop mit der Theatertruppe durchzuführen. Dort wurden dann alle möglichen Körperübungen praktiziert, unter anderem mussten sich die Teilnehmer nackt ausziehen, um Hemmungen abzubauen, wie er sagte. Tante Rosa hat es mir erzählt.«

Ich musste lachen. »Das ist ja eine tolle Theaterpädagogik! Da hätte ich auch gerne mitgemacht!«

»Ja, aber es scheint, dass die Gatten weniger begeistert waren. Einer hat wohl den Braten gerochen, jedenfalls hat er spioniert. Und stell dir seinen Schrecken vor, als er durch das Fenster schaut und seine Frau nackt auf einer Gymnastikmatte liegen sieht und alle anderen Schauspieler genauso nackt drum herum! Es gab einen Riesenaufstand, der Regisseur wurde sofort entlassen, und die Theatertruppe hat sich heillos zerstritten. Tante Rosa war ganz aufseiten des Regisseurs, und sie hat es der Leiterin des Klubs niemals verziehen, dass sie dem Druck der Ehemänner nachgegeben und ihn entlassen hat. Sogar einen Leserbrief an die Schwäbische Zeitung hat sie geschrieben. Für die war das natürlich ein gemähtes Wiesle, Skandal auf dem Dorf! Jedenfalls hat Tante Rosa damals aufgehört zu spielen.«

»Dann ist es ja erstaunlich, dass trotzdem jemand vom Theaterverein bei ihrer Beerdigung eine Rede gehalten hat, findest du nicht?«

»Ja, aber Rosa hat so viele Jahre in Baselreute Theater gespielt und sich für den Verein engagiert – das konnten sie nicht einfach übergehen. Vielleicht haben sie ihr Verhalten in dieser Geschichte auch einfach als Alterstorheit abgehakt.«

»Glaubst du, dass jemand vom Theaterklub so sauer auf sie gewesen sein könnte, dass er ihr etwas Böses wollte?«

»Ach, das glaub ich nicht. Und du hast es ja gehört auf dem Friedhof, anscheinend ist der Klub wieder mit ihr versöhnt.«

»Jetzt, da sie tot ist.« Ich zuckte die Schultern. »Aber wahrscheinlich hast du recht.«

Zuletzt zog ich die Schublade des Nachttisches auf. Darin lagen eine Bibel und ein Gesangbuch. Als ich beides herausnahm, fiel ein zusammengefaltetes Blatt aus der Bibel und schwebte langsam zu Boden. Ich hob es auf und entfaltete es.

»Siggi, schau mal!«, rief ich aufgeregt. – *Dienerin des Antichristen! Deine Zeit wird kommen!*, stand da in Lettern, die offensichtlich aus einer Zeitung oder Zeitschrift ausgeschnitten waren. – »Was hat das zu bedeuten?«

Siggi schaute sich das Blatt eine ganze Weile schweigend an. »Keine Ahnung.«

»Sieht aus wie ein Drohbrief. Aber ist das nicht eine seltsame Drohung? ›Dienerin des Antichristen!‹ – das hört sich nach religiösem Fundamentalismus an, findest du nicht?«

Sie zuckte mit den Schultern. »Keine Ahnung.«

Das schien plötzlich ihr Lieblingssatz zu sein.

»Gehörte Rosa zu irgendeiner Sekte? Oder hat sie vielleicht mal zu einer gehört?«

»Nein, ganz bestimmt nicht. Sie war nie besonders religiös.«

»Vielleicht hat gerade das jemanden aus einer Sekte gestört. Und der hat ihr dann diese Botschaft geschickt. Gibt es denn hier in Baselreute so was?«

»Nicht dass ich wüsste.« Eine Variation. Sie machte mich langsam ungeduldig.

»Ach, Siggi, jetzt überleg doch mal ein bisschen, das ist doch endlich eine konkrete Spur!«

»Na ja, in Waldsee gibt es Zeugen Jehovas. Und eine Frau in Breitenreute, die ist bei so einer komischen Sekte aus dem Schwarzwald. Mama hat mir das erzählt. Aber damit hatte Rosa bestimmt nichts zu tun.«

»Moment mal, mir fällt grade etwas ein!«

Ich lief in den Flur, wo wir die Katzenzeitschriften und andere Magazine aufgetürmt hatten. Nach kurzem Wühlen hatte ich es gefunden: einen Gottesdienst- und Exerzitienplan der Gebetsstätte Leupolz, der zwischen den Zeitschriften im Esszimmer gelegen hatte.

»Ist das nicht auch so eine Art Sekte?«

»Ach nein«, widersprach Siggi. »Die sind halt ein bisschen konservativ, aber keine Sekte.«

»Na ja, wenn ich mir die Themen für die Exerzitien so anschaue ... ›Exorzismus und der Dienst der heiligen Engel‹ oder hier: ›Charismatische Heilungsexerzitien‹ ... Findest du das nicht mehr als nur ›ein bisschen konservativ‹?«

»Nur weil du nicht daran glaubst, muss das nicht gleich eine Sekte sein«, antwortete sie mir spitz. Ich hatte ganz vergessen, dass Siggi ja an Heiler aller Couleur glaubte.

»Wo liegt denn dieses Leupolz?«

»Im Allgäu, bei Isny.«

»Das ist doch sowieso unsere Richtung, wenn wir morgen nach Kempten fahren. Dann können wir ja zumindest mal einen Abstecher machen, oder?«

Siggi zuckte die Schultern. »Wenn du meinst, dass das was bringt.«

Ich nahm noch einmal den Drohbrief in die Hand. »Vielleicht sollten wir doch zur Polizei gehen.«

»Und was willst du denen sagen? Uns sind zwei Katzen abhandengekommen, und wir haben einen komischen Brief gefunden, deshalb muss meine Tante ermordet worden sein? Das ist doch lächerlich. Lass uns morgen zu der Ausstellung fahren. Vielleicht erfahren wir dort ja mehr, und vielleicht finden wir Samantha wieder, und dann gehört sie dir!«

Ich war überrascht von ihrer plötzlichen Großzügigkeit. Die wertvollste Katze Rosas wollte sie mir einfach schenken. Wollte sie mich von irgendetwas ablenken?

»Das wäre schön, aber ich kann doch keine Katze halten.«

»Wieso, du bist doch Freiberuflerin und arbeitest viel daheim! Und du hast mir erzählt, dass du eine schöne Wohnung hast und hinter eurem Wohnblock ein großer Innenhof mit Garten ist.«

»Ja, aber meine Wohnung ist nicht so groß, und was mache ich, wenn ich in Urlaub fahre?«

»Ach, wo ein Wille ist, ist auch ein Weg!«

Wir versorgten noch die Katzen, dann verließen wir das düstere, kleine Haus.

Siggi wollte gerade in ihr Auto steigen, da kam eine kräftige ältere Frau mit gutmütigem Gesichtsausdruck auf uns zugewatschelt.

»Hallo, Siggi!«, rief sie. »Grüß Gott, Polli!«

»Ah, grüß Gott, Frau Bühler!«

Wir schüttelten ihr die Hand, während sie heftig schnaufte.

»Die Amalie hat grad gesagt, dass ihr mit meinem Mann sprechen wollt. Was gibt's denn?«, fragte sie neugierig.

»Wir wollten ihn nur etwas fragen«, antwortete ich.

»Ha, dann kommt mit!«, lud Frau Bühler uns ein und erklärte den Grund für ihre vorherige Abwesenheit: »Wir waren eben noch einkaufen.«

Wir folgten ihr in das Haus rechts von Rosas Grundstück. Sie führte uns in das Wohnzimmer, das blitzsauber war, mit Eichenschrankwand und Polstergarnitur, wie aus einem Möbelkatalog für Gelsenkirchener Barock. Im Fernsehen lief irgendeine Nachmittagsshow.

Auf dem Sofa saß ein älterer Mann, und ihm zu Füßen lag ein prächtiger rot-weißer Collie, der mit heiserem Bellen aufsprang und uns entgegenkam.

»Sei still, Lassie!«, befahl Frau Bühler. Die Bühlers gehörten noch zu der Generation, in der man einen Collie kaufte, weil man »Lassie« gesehen hatte, und ihn dann auch so nannte.

Als ich den Mann auf dem Sofa sah, tauchte irgendwo in meinem Hinterkopf das Bild eines wesentlich jüngeren Mannes auf, das Herrn Bühler ähnlich sah. Wir gaben ihm die Hand, und der Collie schnüffelte interessiert an unseren Hosen, die für ihn wohl wunderbar nach Katze rochen. Ich beäugte ihn misstrauisch. Bei Hunden war mir nie so recht wohl. Aber mir war auch bei Katzen nie so recht wohl gewesen. Und nun war mein ganzes Sinnen und Trachten darauf gerichtet, eine kleine Katze wiederzufinden.

Herr Bühler schien nicht so entgegenkommend wie seine Frau. Vielleicht war er auch nur verschreckt durch unser Eindringen in seine blumentapezierten vier Wände.

»Die Mädchen wollen dich was fragen, Bernhard«, führte uns seine Frau ein.

Er schaltete immerhin den Ton am Fernseher aus. »So, was wollen Sie denn wissen?«

»Die Frau Pingel hat uns etwas von einem Auto erzählt, das neulich drüben in der Einfahrt stand, und sie hat gesagt, sie hätten es auch gesehen«, erklärte ich.

»So, hat sie das gsagt.«

»Ja.«

»Ha, dann wird's schon stimmen.« Herr Bühler war wirklich nicht sonderlich gesprächig. Vielleicht fühlte er sich ertappt wegen seiner Tratscherei mit der Nachbarin.

»Wissen Sie denn, was für ein Auto es war?«

»Nein, das weiß ich nicht, ich hab ja nur die Lichter gesehen.«

Was hatte das nun zu bedeuten? »Wann haben Sie das Auto denn gesehen?«

»Halt einmal, in der Nacht.«

»Und woher wissen Sie, dass es dasselbe Auto war wie das, was die Frau Pingel gesehen hat?«

»So genau weiß ich das nicht, es hat halt so komische Lichter gehabt, wie Katzenaugen. Drüben in der Einfahrt isch es gestanden. Wieso wollen Sie denn das alles wissen? Isch das denn wichtig?«

»Wissen Sie, es sind doch zwei Katzen von der Rosa verschwunden, und wir vermuten, dass das Auto etwas damit zu tun hat«, erklärte Siggi. »In welcher Nacht haben Sie es denn gesehen?«

Er antwortete nicht sofort. Wenn das Auto womöglich Dienstagnacht dort gestanden hatte, als die Katzen verschwunden waren, dann war diese Spur ein wenig sicherer geworden, und es lohnte sich tatsächlich, hier weiter nachzuforschen. Aber vielleicht wusste er das auch nicht mehr so genau – die Nächte gehen dahin, eine wie die andere …

»Es war in der Nacht, als die Rosa gestorben isch.«

Als wir am Samstagmorgen nach Kempten fuhren, musste ich wieder einmal denken, wie schön doch das württembergische Allgäu war, mit seinen sanften Hügeln – »und Wiesa hot's und Wälder und was für schöne Felder, und Bächla au mit Brucka, ma ka's schier it vergucka« –, wie in dem Gedicht in unserem alten Lesebuch, so werktäglich, im Gegensatz zum bayerischen Allgäu, wo sich die Häuser im Sonntagsgewand mit prächtig geschnitzten Balkonen und Geranienschmuck vor gewaltiger Bergkulisse den Touristen präsentierten. Schade nur, dass es in Strömen regnete und wir deshalb die Wiesen, Felder und Brücken nur durch einen Grauschleier wahrnehmen konnten.

Am Tag zuvor hatten wir noch bei Apollonia zusammengesessen und ihr Bericht erstattet, obwohl Siggi zunächst skeptisch gefragt hatte, ob man das der alten Frau überhaupt zumuten konnte. Aber ich bestand darauf, weil ich das Gefühl hatte, es Apollonia schuldig zu sein. Und am Ende hatte die betagte Hebamme Siggi mit ihrer frischen Art davon überzeugt, dass sie trotz ihres Alters ein durchaus ebenbürtiger Gesprächspartner war. Außerdem kannte sie das Dorf und seine Bewohner – jedenfalls die älteren – wie kaum sonst jemand, hatte sie doch jahrzehntelang ihren Hebammendienst hier versehen.

Siggi war über Herrn Bühlers Aussage fast noch bestürzter gewesen als ich. Nun glaubte auch sie nicht mehr an Zufall. Wir hatten ihm die Sätze zwar wie Würmer aus der Nase ziehen müssen, aber am Ende hatte der alte Mann uns genau geschildert, was er in Rosas Todesnacht getan und gesehen hatte, auch wenn ihm die Sache mit dem Toilettengang etwas peinlich war und er dabei einen scheuen Seitenblick auf seine Frau warf. Sogar an die Uhrzeit konnte er sich erinnern.

»Was hat Tante Rosa nur so spät in der Nacht noch gemacht?« Siggi weinte beinahe. »Vielleicht wollten die Typen damals schon die Katze stehlen, und sie hat sie erwischt. Darum sind sie so schnell weggefahren!«

»Und vorher haben sie sie umgebracht.«

»Aber Tante Rosa ist doch an Herzversagen gestorben!«

»Sagt der Zoller!«, meinte Apollonia sarkastisch.

»Und wie soll es sonst gewesen sein? Man hat doch im Nachhinein überhaupt nichts Seltsames festgestellt. Sie lag einfach tot im Bett.«

»Es gibt Sachen, die sieht man nicht von außen«, stellte Apollonia trocken fest. »Habt ihr geschaut, was an Medikamenten so rumgestanden ischt?«

Wir mussten zugeben, dass wir Rosas Medizinschrank nicht genau durchsucht hatten, zumal wir uns beide auch überhaupt nicht auskannten.

»Wenn man nicht alles selber macht …« Apollonia schüttelte den Kopf, wirkte aber nicht unzufrieden, dass es offensichtlich doch nicht ohne sie ging.

»Aber wenn sie ihr etwas eingeflößt hätten, dann hätte man sie doch gewaltsam festhalten müssen, und da wären blaue Flecken oder so was zu sehen gewesen. Das hätte Doktor Zoller doch gemerkt!«, wandte Siggi ein.

»Wenn man ihr Gift verabreicht hat, dann kann es ja auch im Essen oder Trinken gewesen sein«, sagte ich. »Aber das ist sicher längst alles entsorgt, oder?«

»Ja, klar, die Sachen haben Mama und ich weggeworfen.«

»Bis auf das Bier.«

»Ja, bis auf das Bier und die anderen Getränke im Keller.«

»Aber davon haben wir ja auch getrunken. Und überhaupt, wie soll man Gift in eine Bierflasche kriegen?«

»Indem man den Kronkorken aufmacht und denn wieder draufdrückt«, antwortete Apollonia pragmatisch.

Ich schluckte. »Aber dann hätte es auch uns treffen können!«

»Und jeden, der zufällig noch davon trinkt«, ergänzte Apollonia. »Das mit dem Bier kommt mir unwahrscheinlich vor, das wäre zu risikoreich gewesen. Es müsste etwas sein, bei dem klar war, dass nur Rosa es trinkt oder isst.«

»Und das mitten in der Nacht?«

»Mir kommt diese ganze Vergiftungsgeschichte unwahrscheinlich vor!«, meinte Siggi weiterhin skeptisch.

»Die einzige Möglichkeit, Gewissheit zu erlangen, wäre eine Obduktion«, erklärte Apollonia fachmännisch. »Aber ich glaube nicht, dass die Polizei aufgrund dessen, was wir wissen, so etwas veranlassen würde.«

»Fassen wir doch mal zusammen, was wir überhaupt wissen!«, schlug ich vor, da es schon gegen sechs war und jeden Augenblick die Schwester vom Roten Kreuz vorbeikommen konnte, um Apollonias Zubettgehzeremonie in die Wege zu leiten.

Siggi begann: »Also zuerst wird der Kater überfahren, der Moritz.«

Apollonia unterbrach sie sofort: »Die Rosl hat gsagt: ›umgebracht‹, leider hat sie nicht gsagt, wie, aber sie hat gsagt: ›umgebracht‹.«

»Na gut, umgebracht. Vielleicht sollten wir noch mal Max Gerstner fragen, wie es genau passiert ist. Dann, drei Tage später, stirbt Rosa selbst. In dieser Nacht sieht Bernhard Bühler nach Mitternacht Licht in ihrem Haus und beobachtet ein Auto, das schnell wegfährt.«

»Vielleicht dasselbe Auto, das Amalie Pingel auch ein paarmal gesehen hat: einen schwarzen Chrysler aus Berlin«, ergänzte ich.

»Mit zwei Männern in dunklen Anzügen.«

»Vielleicht Rosas Mörder!«

»Das wissen wir nicht!«, protestierte Siggi. »Das ist nur eine Vermutung!«

»Und womöglich waren es dieselben Männer, die Samantha und Hannibal geklaut haben«, fuhr ich unbeirrt fort mit meinen Hypothesen. »Das heißt, sie waren mindestens dreimal da.«

»Aber wenn es immer dieselben waren, warum kommen sie gleich dreimal? Warum erledigen sie nicht alles auf einmal? Das ist doch riskant! Und mit so einem auffälligen Auto!«

Wir rätselten weiter herum, wie Rosa wohl zu Tode gekommen war und warum die Mörder Unterlagen und Katzen nicht gleich mitgenommen hatten und warum Moritz hatte sterben müssen, den man ja auch zur Zucht hätte nehmen können.

»Und was ich sowieso nicht verstehe«, überlegte Siggi, »ist, wieso sie Hannibal mitgenommen haben. Der alte Knabe ist doch für die Birmazucht unbrauchbar!«

Ich zuckte die Schultern. »Vielleicht waren es ja doch keine Züchter.«

»Aber was sonst?«

»Früher, während des Kriegs, da sind auch manchmal Katzen verschwunden«, begann nun Apollonia zu erzählen. »Da war ein Bauer, den hat man nur den Katzenpeter geheißen.

Weil man wusste, dass der Katzen schlachtet. Die hat er dann als Hasen verkauft oder selber gegessen. Dachhasen! Ich weiß noch, der Vater, der hat eine wunderschöne schwarzweiße Katze gehabt. Jeden Abend ist er vor dem Haus auf dem Bänkle gesessen, und dann hat sie sich zu ihm gesetzt, und er hat sich mit ihr unterhalten. Und eines Tages war sie weg. Ich bin rüber zum Katzenpeter, aber der war die Unschuld in Person, hat nix gehört und nix gesehen. Wer weiß, in welchem Kochtopf sie gelandet isch!« Ihr standen Tränen in den Augen. »Es waren halt schlimme Zeiten.«

»Jetzt hör aber auf!« Ich wurde richtig heftig. »So etwas macht doch niemand mehr bei uns!«

»Ist ja schon gut, ich glaub's ja auch nicht. Und wenn, dann macht man kein Ragout aus teuren Rassekatzen«, stimmte Apollonia mir zu. »Aber wieso ereiferst du dich eigentlich so?«

Siggi lächelte. »Vom Katzensaulus zum Katzenpaulus ... Rosas Motto war: Es gibt keine Leute, die Katzen nicht mögen, nur solche, die Katzen nicht kennen. Und Polli hat neulich eine Bekanntschaft gemacht.«

»Ach so, zur Abwechslung mal eine mit vier Füßen«, meinte Apollonia verschmitzt.

Mir reichte es. Ich wollte ihr gerade noch den Drohbrief zeigen, als es klingelte. Die Schwester vom Roten Kreuz war da. Eine mollige junge Frau in Jeans und Rotkreuzjacke wünschte uns freundlich einen guten Abend. Früher hatten die Franziskanerschwestern von Sauerbrunn solche Pflegedienste geleistet, aber inzwischen waren sie wohl alle so alt, dass sie selbst Pflege brauchten.

Siggi und ich verabschiedeten uns und kamen überein, am Samstagmorgen nach dem Frühstück in Richtung Kempten aufzubrechen.

So fuhren wir am nächsten Tag ins Allgäu. Ich hatte vorgeschlagen, meinen Golf zu nehmen, wegen unseres »Undercover-Einsatzes«. Wir kamen über Wolfegg an Vogt vorbei und durch Karsee.

Dankbar rückwärts, mutig vorwärts, gläubig aufwärts, stand dort an einer Hausfassade mitten in einer engen Kurve.

»Das ist auch der Wahlspruch meines Vaters«, erzählte Siggi, »der hing im Rathaus hinter seinem Schreibtisch, Mama hatte ihn gestickt.«

»Und lebt er auch nach seinem Wahlspruch?«

»Na ja, dankbar rückwärts schauen ist nicht so seine Sache. Seit der Pensionierung hat Mama es nicht leicht mit ihm. Er nörgelt nur rum und ist total unzufrieden mit sich und der Welt.«

Dass er seitdem auch richtig zu trinken angefangen hatte, sagte Siggi nicht, aber das wusste ohnehin jeder im Dorf.

Wir durchquerten Wangen – hierhin werde ich morgen noch mal fahren müssen, zu Jessy, schoss es mir durch den Kopf –, fuhren an der alten Stadtmauer entlang und bogen dann in Richtung Isny ab. Nach etwa zehn Kilometern war Leupolz ausgeschildert: *Wallfahrtskirche Unserer Mutter vom Kampf*, stand recht kriegerisch auf dem Schild.

»Warum ist hier eigentlich eine Wallfahrt?«, fragte ich Siggi. Natürlich hatte ich den Namen Leupolz schon gehört und wusste auch, dass der Ort Ziel frommer Pilger war, aber ich hatte mir nie Gedanken über die Gründe gemacht.

Siggi war erstaunlich gut informiert. »Eine Frau aus der Gegend hat hier eine Vision gehabt, von Maria, glaube ich. Daraufhin ließ sie eine Kapelle errichten, und daraus ist die Wallfahrt entstanden. Und jetzt gibt es dort eine richtig große Kirche und sogar ein Gästehaus.«

Als wir uns dem kleinen Ort näherten, ragte über den Dächern der Bauernhäuser die hohe Kuppel der Kirche empor. Sie wirkte allerdings in der barocken Allgäulandschaft eigenartig deplatziert, kein Zwiebelturm und keine Bleikuppel, sondern eher ein bunt gemusterter Wigwam. Dieser Eindruck verstärkte sich beim Näherkommen: Die Kirche schien eine Mischung aus riesigem Zirkuszelt und Indianertipi aus Metall und Glas zu sein.

Wie wir später nachlasen, hatte der Architekt zwölf sechseckige Zelte wabenförmig um ein Hauptzelt angeordnet, weil er die Zelte der zwölf Stämme Israels nachempfinden wollte, die sich um die Bundeslade scharten. Jedes einzelne gipfelte in einer Glaspyramide, der man ein rotes Hütchen aufgesetzt hatte. Nur die hohe Mittelkuppel hatte über ballonartig vorgewölbten, rot-grünen Glasfenstern eine Metallspitze sitzen.

Wir stellten den Wagen auf dem Parkplatz hinter der Kirche ab, zogen unsere Jacken an und marschierten mit aufgespannten Schirmen zum Haupteingang der Kirche. Dort schüttelten wir das Wasser von den Schirmen und stellten sie neben der Tür ab.

Im Vorraumzelt lagen fromme Hefte und Prospekte aus, und in der Mitte stand ein Brunnen mit der Aufschrift *Weihwasser*, bestückt mit Trinkgläsern. Wem dies nicht ausreichte, der konnte sich aus zwei großen Plastikcontainern an der Seite die entsprechenden Mengen abfüllen und mit nach Hause nehmen. Ein älterer Mann ließ gerade Wasser in seinen Fünf-Liter-Kanister laufen.

»Ich hoffe, du hast einen genügend großen Kanister mitgebracht, damit du alle deine Sünden abwaschen kannst!«, meinte Siggi flüsternd.

»Wahrscheinlich bräuchte ich eine Badewanne voll. Da müsste ich ja mit Anhänger kommen!«, gab ich ebenfalls flüsternd zurück.

Ich musste an die Lourdes-Madonna aus Plastik denken, die meine Großmutter einmal von einer Wallfahrt mitgebracht hatte, natürlich voll heiligen Lourdes-Wassers. Ihr Kopf (der der Madonna, nicht der meiner Großmutter) hatte einen Schraubverschluss, und immer, wenn jemand in der Familie krank war, wurde er abgeschraubt, und der Patient durfte einen kleinen Schluck trinken. Oma hatte leider die kleine Madonnenversion gekauft, sodass das Wasser nur etwa zwei Jahre vorhielt.

Schließlich betraten wir den Hauptraum, in dem sich an diesem Samstagvormittag nur eine einsame Nonne zum Gebet eingefunden hatte, ein sehr junges Mädchen mit südländischen Gesichtszügen.

Hier im Inneren war die Zirkusatmosphäre noch viel stärker: Leuchtend rote Säulen und Metallverstrebungen trugen die Zeltdächer aus grünem Metall. Die Sonne schien durch die Glaspyramiden und zeichnete bunte Lichtkränze auf den Boden, die uns halfen, den ausgetüftelten Grundriss des gewaltigen Raumes überhaupt wahrzunehmen. Über dem Altarzelt im Zentrum spannte sich die Kuppel bis in zwanzig Meter Höhe auf. Um diese Wabe herum waren im Halbrund Bänke für über tausend Menschen aufgestellt und auf halber Höhe darüber brückenartige Emporen eingezogen. Beleuchtet wurde die Kirche durch eine umlaufende Fensterwand, deren Gläser wie Perlenvorhänge wirkten.

In extremem Kontrast zu diesem postmodernen Raum der Siebzigerjahre stand allerdings die Ausstattung. Die Lourdes-Madonna meiner Kindheit in Weiß und Himmelblau erhob sich vor dem Altar, ich erkannte sie sofort wieder, auch wenn sie einige Attribute dazubekommen hatte, zum Beispiel goldene Strahlen und eine Weltkugel. Sie stellte die »Mutter vom Kampf« dar. Über dem Hauptaltar reckte sich am Kreuz ein fast lebensgroßer Christus in die Höhe, dessen Lendenschurz bedenklich verrutscht war. Auf einem Seitenaltar breitete eine weitere Madonna segnend die Arme aus, ihr offenes Herz präsentierend. Aus der Kirchenbeschreibung erfuhren wir, dass dies die »Rosenkranzkönigin von Fatima« war.

Nachdem wir einen kleinen Rundgang absolviert hatten – ganz leise, um die junge Nonne nicht in ihrer Andacht zu stören –, hatten wir genug von dem heiligen Zirkus und verließen die Kirche. Es regnete noch immer.

Gegenüber dem Parkplatz erhoben sich einige neue, architektonisch weniger aufregende Gebäude, und hinter der Glasfront glaubte ich auch Restauranttische zu erkennen.

»Lass uns noch einen Kaffee trinken!«, schlug ich vor.

»Was glaubst du hier eigentlich zu finden?«, fragte Siggi. »Einen Dieb oder Mörder? Das sind fromme Leute, die kommen hierher zum Beten, auch wenn es dir ein wenig verschroben erscheint.«

»Ja, du hast ja recht, aber interessant ist es trotzdem. Komm, ich lad dich ein!« Ich war schließlich auch Journalistin, und da war es legitim, sich für seltsame Bräuche von Eingeborenen zu interessieren.

Wir überquerten den Platz und betraten das helle Foyer, durch das sich im Halbkreis eine Theke zog. Links davon lag ein Verkaufsraum für Devotionalien und rechts, wie ich richtig vermutet hatte, ein Café. Die Theke diente gleichzeitig als Kasse für die frommen Souvenirs und als Tresen für das Café, nein, das Bistro, wie wir von der Kassiererin belehrt wurden. Außerdem war hier auch der Empfang des Gästehauses, das anscheinend recht gut frequentiert war, von Heilung suchenden Kranken und Heil suchenden Gläubigen.

Zuerst unternahmen wir einen Gang durch den Laden. Das Sortiment war äußerst vielseitig: Neben Nervenkeksen nach einem Rezept der heiligen Hildegard von Bingen fanden sich dort geweihte Kerzen in allen Größen und Ausstattungen, Rosenkränze ohne Zahl, Heiligenbilder, Weihwasser – nicht in Madonnen, sondern in einfachen rechteckigen Behältern –, außerdem Bücher, Videos und Hörkassetten mit Texten von Mystikern und Seherinnen, über Jesus und die heilige Maria vom Kampf.

Ich suchte mir ein paar Büchlein aus, die spannende Lektüre versprachen, dann gingen wir ins Bistro. Wir waren die einzigen Gäste an diesem Morgen, und der Raum wirkte ziemlich verlassen, bis auf ein großformatiges Foto des Papstes und ein gefühlsseliges Bild der Madonna mit dem Kind. Der Regen klatschte gegen die Scheiben.

Die Kassiererin, die auch für den Kaffee zuständig war, ließ aus dem Vollautomaten auf unseren Wunsch zwei Cappuccinos heraus. Während sie uns bediente, kam ein Pfarrer aus einem Nebenraum hinter die Theke, offenbar ihr Chef. Er war in unserem Alter, hatte ein gutmütiges Mondgesicht mit Stupsnase und trat auf wie ein Manager. Hätte er nicht den weißen Priesterkragen zu seinem schwarzen Anzug getragen, hätte man glauben können, er wäre der Direktor eines Wellnesshotels mit zu guter Küche. Freundlich grüßte er uns, und als er die beiden Tassen auf der Theke stehen sah, die wir gerade abholen wollten, sagte er munter: »Wenn ich Ihren Cappuccino jetzt segnen würde, hätten Sie Weihwasser in der Tasse!«

Ich lachte ihn keck an: »Na, dann tun Sie das doch! Es steht in Ihrer Macht!«

Nach einem Moment des Zögerns schlug er tatsächlich das Kreuzzeichen über unsere Tassen.

»Ich hab noch nie geweihten Cappuccino getrunken!«, flüsterte Siggi mir zu, als wir an einem Fenstertisch Platz genommen und den ersten Schluck getrunken hatten.

»Also ich schmecke keinen Unterschied zu einem normalen Cappuccino. Aber schlecht ist er nicht«, antwortete ich und aß noch ein Stück von der leckeren Marzipantorte.

Die hat der Koch extra für Sie gemacht!, hatte uns der Herr Pfarrer augenzwinkernd versichert. Er stand immer noch hinter der Theke, und ich lächelte zu ihm hinüber.

»Versündige dich nicht!«, mahnte Siggi halb im Ernst. »Das ist ein Mann der Kirche.« Dann meinte sie: »Ich finde es gar nicht so übel hier, vielleicht könnte man einfach mal zur Erholung herkommen, ein bisschen lesen, gut essen ...«

»Und nachts in der Kirche auf den Knien rutschen!«, erwiderte ich. »Das ist eine Sühnekirche, hier steht's.« Ich blätterte in einem der Heftchen herum, die ich gekauft hatte. Plötzlich stutzte ich. »Schau mal, Siggi!« Ich zeigte auf eine Textstelle: *Der Antichrist wird der letzte Trumpf sein, den die Hölle noch auf dieser sündenbefleckten Erde ausspielen wird!*, stand da, und etwas weiter unten: *Wir stehen im Endkampf. Der blutrote Drache, dieses scheußliche Gebilde, diese Zusammenballung von höchsten Dämonen, ist so drohend in Erscheinung getreten wie noch nie. Der Feind hat alle irdischen Machtmittel in seinen Händen, die Staatsmacht, Presse, Kino, Fernsehen, Radio, Geld und Wirtschaft. Sogar in die Kirche ist der Rauch Satans eingedrungen.* – »Da hast du deinen Antichristen! Findest du das immer noch harmlos?«, fragte ich mit leicht vorwurfsvollem Unterton. »Jetzt weißt du auch, warum die Madonna ›Maria vom

Kampf‹ heißt. Die glauben hier, sich im Krieg zu befinden!«

»Aber was hat das denn mit Rosa zu tun?«, wandte sie ein.

»Vielleicht war sie ja doch mal dabei und ist abgefallen?«

Inzwischen war auch ein älterer, hagerer Priester mit langem, schwarzem Rock an die Theke getreten und unterhielt sich leise mit Pfarrer Mondgesicht.

Ich stand auf, nahm meine Tasse und stellte sie auf den Tresen. Die beiden unterbrachen ihr Gespräch.

»Sagen Sie«, fragte ich, »kommen auch Gläubige aus Baselreute hierher?«

Pfarrer Mondgesicht lächelte und sagte: »Ja, wir haben auch einige Baselreuter unter unseren Gästen. Warum, kommen Sie auch daher?«

»Ja. Kennen Sie zufällig eine Rosa Haberbosch?«

Das Lächeln verschwand für einen Augenblick, kehrte aber sofort zurück, zumindest im Mundbereich. Der ältere Priester blickte mich überrascht an. Siggi trat nun ebenfalls zu uns.

»Ich weiß nicht genau«, antwortete der junge Priester, »Vater, erinnern Sie sich an eine Rosa Haberbosch?«

»Nicht dass ich wüsste!« Der Ältere schüttelte den Kopf, während er mich eindringlich ansah. »Warum wollen Sie das wissen?«

»Ich bin eine Verwandte von ihr«, fiel Siggi ein. »Rosa ist letzte Woche gestorben, und nun wollten wir vielleicht eine Messe lesen lassen!«

»Ah«, nun erhellten sich die Mienen der beiden auf einen Schlag, »aber natürlich, gerne!«

»Rosa Haberbosch ...« Bei dem älteren Pfarrer kehrte sogar die Erinnerung wieder. »Doch, doch, ich glaube, ich weiß nun, wer das war. Eine sehr liebe, fromme Frau! Sie kam regelmäßig zu unseren Exerzitien.«

»Hat sie auch am Kampf gegen den blutroten Drachen teilgenommen?«, fragte ich provokativ.

Der jüngere Pfarrer blickte unsicher zu seinem älteren Kollegen, aber dieser presste nur die Lippen zusammen.

»Ach, wissen Sie, das ist so eine Metapher ...«, versuchte Mondgesicht eine Erklärung.

Der Ältere sah ihn entrüstet an und sagte dann leise und bedrohlich: »Pfarrer Tusche! Sie wissen, dass wir im Endkampf stehen. Der Satan ist keine Metapher!« Dann wandte er sich ohne Gruß von uns ab und ging davon.

Mondgesicht versuchte immer noch zu lächeln, aber es schien ihm schwerzufallen. Vielleicht wäre das Wellnesshotel doch besser für ihn gewesen.

Siggi nahm mich am Arm und sagte: »Tja, wir müssen dann weiter. Ich werde mich melden wegen der Messe!«

Er gab uns die Hand zum Abschied, sah aber irgendwie unglücklich aus.

»Das ist doch sonnenklar, dass die lügen!«, ereiferte ich mich anschließend im Auto.

»Woher willst du das wissen?«

»Haben sie Rosa nun gekannt oder nicht? Zuerst nein, dann ja, als es harmlos schien! Warum hat er nicht gleich zugegeben, dass er sie kannte? Und glaubst du, dass Rosa hierher zu Exerzitien gekommen ist? Nie im Leben! Ich sag dir, Siggi, da ist was faul!«

»Du redest schon wie deine Tante! Warum sollten denn die Leupolzer Tante Rosa etwas antun? Außerdem würden die doch keine Katzen stehlen! Was sollten sie denn damit?«

Siggi hatte recht, so richtig Sinn ergab das Ganze nicht. Auch wenn es tatsächlich so schien, als hätte Pfarrer Tusche etwas zu verbergen. Ich beschloss, so bald wie möglich mit Apollonia über diesen eigenartigen Wallfahrtsort zu reden.

Das Kemptener Kornhaus lag an einem großen Platz mitten im Zentrum der Stadt. Es war ein prächtiges Barockgebäude, dessen weiße Fassade nun von einem Plakat mit den Konterfeis verschiedener Katzen geschmückt wurde.

Nachdem wir das Portal durchschritten hatten, gelangten wir zunächst in eine Vorhalle, wo uns Händler in Empfang nahmen, mit allerlei Ständen, an denen Katzenfreunde ihr Geld loswerden konnten. Von Shampoo, Conditioner und Haaröl über Fellglanzsaft und Gel gegen tränende Augen bis zu Pet Cologne und einen Superleise-Föhn bekam man hier alles, was kätzische Schönheiten für ihren Auftritt benötigen. Natürlich gab es auch Spielzeug jeglicher Art, Höhlen, Tunnel, Liegebetten, dann Katzenstreu in verschiedensten Duftrichtungen, sogar mit Weihnachtsduft, und selbst die Futterhersteller ließen sich nicht lumpen: Lächelnde junge Damen mit Katzentatzenschürzen verteilten Gratisproben katzenkulinarischer Köstlichkeiten. Siggi sackte alles ein, was es umsonst gab.

»Die fressen mir die Haare vom Kopf!«, begründete sie ihre Raffgier.

Am Eingang zur eigentlichen Ausstellungshalle stand die Kasse. Ein schmaler Mann Ende dreißig mit Brille auf der spitzen Nase, fliehendem Kinn und Glatze wollte uns Eintrittskarten verkaufen. Ich holte meinen Presseausweis aus dem Rucksack, und Siggi hielt demonstrativ ihre Kamera vor die Brust.

»Für welche Zeitung schreiben Sie denn?«, wollte er wissen.

»Ich bin freie Journalistin und verkaufe meine Artikel an verschiedene Zeitungen.«

Das genügte ihm. »Wenn Sie möchten, kann ich Ihnen gerne Herrn Spreitenbach rufen, der die Ausstellung hauptsächlich organisiert hat. Der kann sicher alle Ihre Fragen beantworten.«

»Das wäre sehr freundlich!« Vielleicht konnten wir ja von Herrn Spreitenbach etwas über die Birmazüchter erfahren, die hier waren.

Der Cheforganisator war ebenfalls Brillen- und Glatzenträger, wenn auch etwa doppelt so breit wie der Kassierer. Allerdings hatte er sich zum Ausgleich einen Abraham-Lincoln-Bart wachsen lassen, der nahtlos in einen schmalen Haarkranz um seinen Hinterkopf überging. Dazu trug er eine Trachtenjacke und Lederhosen. Grüß Gott in Bayern!

Wir erklärten Herrn Spreitenbach, dass wir einen allgemeinen Artikel über die Ausstellung verfassen wollten, dass uns darüber hinaus aber auch speziell die Heiligen Birmas interessierten. Er erzählte stolz, dass über zwanzig verschiedene Rassen ausgestellt würden, mit kurzen, halblangen und langen Haaren, ja sogar Sphinxe, also Nacktkatzen, seien vertreten. Die Birmas würden wir ganz hinten in der Halle finden. Dann entschuldigte er sich, weil er zur Preisverleihung gehen müsse, aber wir könnten ihn ja begleiten. Wir dankten freundlich für sein Entgegenkommen und gingen mit ihm in die Halle.

Zwischen langen Tischreihen mit großen Käfigen tummelten sich Aussteller und Zuschauer. Achtzig Prozent der Anwesenden auf beiden Seiten waren Frauen. Die Käfige waren sehr unterschiedlich ausgestattet, teils mit Kissen und Teppichen versehen oder mit Tüchern verhängt, Futter- und Wasserschüsseln standen darin, und Spielzeug baumelte von der Decke oder lag auf dem Käfigboden. Hinter den Käfigen saßen die stolzen Besitzer. Die meisten hatten regelrechte Katzenschönheitssalons eingerichtet, wo sie mit Babypuder, Aloespray, Bürsten, Kämmen und Salben die edlen Geschöpfe für den Gang zum Preisrichter zurechtmachten. Die Richter saßen in einem kleinen Nebenraum, und die ganze Zeit liefen einzelne Katzenbesitzer hin und her, um ihre Lieblinge zum Richtertisch oder zurück zum Käfig zu tragen. Zwischen den Reihen flanierten die Besucher, um die ausgestellten Schönheiten zu bewundern. Mit »ooh« und »aah« bestaunten sie die tierische Vielfalt, unterhielten sich mit den Besitzern und diskutierten Farben und Fellbeschaffenheit. Alles in gedämpftem Tonfall, um die Sensibelchen in den Käfigen nicht zu erschrecken.

Ich wurde ganz aufgeregt. Ob ich unter all den Katzen vielleicht tatsächlich Samantha finden würde? Aber der Dieb würde sicher nicht so dumm sein, sie auf eine öffentliche Ausstellung mitzunehmen. Wir mussten schon froh sein, wenn wir irgendeine Spur fanden, die uns bei unserer Suche weiterbrachte.

An der einen Seite der Halle befand sich eine große Bühne

mit einem Tisch, auf dem sage und schreibe achtundsiebzig Pokale standen. Ich war so fassungslos, dass ich sie einzeln zählte. Als wir Herrn Spreitenbach danach fragten, erklärte er uns, dass es viele verschiedene Preiskategorien gebe, wie zum Beispiel »Best in Colour« oder »Best in Variety«. Sonder- und Ehrenpreise wurden verteilt an Champions, Europa-Champions und Internationale Champions, und schließlich gab es noch den Pokal »Best of Best«. Mir schwirrte der Kopf, und ich wunderte mich nicht mehr, dass Rosa so viele Pokale im Schrank stehen hatte.

Herr Spreitenbach erklomm nun die Bühne und nahm das Mikrofon, um die nächsten Sieger aufzurufen: die Ragdoll-Dame Vivian vom Tannenstein, einen rot-weißen sibirischen Kater namens Always in Heaven Botticelli, einen mächtigen getigerten Maine-Coon-Mann mit dem passenden Namen Herkules vom Hohen Felsen, eine norwegische Waldkatze namens Bluebell vom Sandefjord und schließlich ein hübsches Birmamädchen, Barbie von der Ileburg. Ich verstand nicht genau, welchen von den vielen Preisen die Damen und Herren Katzen erhielten, aber ihre Besitzer nahmen freudestrahlend die Pokale entgegen. Die neuen Titel machten sich sicher gut im Pedigree, dem Katzen-Stammbaum! Fotoblitzlichter flackerten auf, und zur Wahrung unseres Undercovers schloss sich auch Siggi dem Gewitter an.

Als die Preisverleihung vorüber war, stieg eine mollige Dame in einem knallroten Strickkleid auf die Bühne, um einen Vortrag über die homöopathische Behandlung von Katze und Mensch zu halten. »Ist Ihre Katze verspannt? Leiden Sie unter Stress? Wenn Sie abends müde von der Arbeit nach Hause kommen, dann nehmen Sie …«, sie nannte irgendein homöopathisches Mittel, »… zusammen mit Ihrer Katze. Nun können Sie beide herrlich entspannen!«

Ich konnte mir das Grinsen nicht verbeißen, in meiner Phantasie sah ich einen gestressten Manager auf dem Sofa liegen und ausgestreckt auf seinem Bauch eine völlig entspannte Katze.

Selbst Siggi schien etwas skeptisch zu sein hinsichtlich dieser gemeinsamen Medikation von Mensch und Tier. »Ob das der Katze guttut?«, fragte sie zweifelnd.

»Was nicht hilft, kann auch nicht schaden«, sagte ich, und bevor sie protestieren konnte gegen meine provokative Schmähung der Homöopathie, zog ich sie am Ärmel weiter. Ich wurde langsam ungeduldig. »Lass uns mal nach den Birmas schauen!«

Während wir durch die Käfigreihen schritten, betrachteten wir links und rechts die Katzen und ihre Besitzer.

»Schau mal«, sagte Siggi, »es heißt doch, wie der Herr, so der Hund. Bei diesen Ausstellungen kommt es mir immer so vor, als gelte das auch für Katzen.«

Ich musste ihr recht geben. Die Züchterin einer Britisch-Kurzhaar-Katze – »Das sind die Whiskas-Katzen!«, klärte mich Siggi auf – war klein und schmal, Mitte vierzig, mit kurzen, blond gesträhnten grauen Haaren, Brille und Stupsnase, und sie hatte tatsächlich frappierende Ähnlichkeit mit ihrem Tier, während im nächsten Gang, bei den haarigen Perserkatzen, eine Dame um die fünfzig mit hochtoupierter Dauerwelle saß, deren Fettfalten am Hals die Wangen nach vorn drückten, sodass ihre Nase wie die ihres Katers tief eingebettet wirkte.

»Ob die das absichtlich so machen?«, flüsterte ich Siggi zu.

Sie lachte und flüsterte ebenfalls: »Schau mal hier, the American Way!«

Hinter dem Käfig des eben prämierten Maine-Coon-Katers standen ein Mann und eine Frau. Er war derjenige gewesen, der den Kater auf die Bühne geschleppt hatte, was ihm aber nicht allzu schwer gefallen sein dürfte, denn er war etwa eins neunzig groß und schätzungsweise hundertzwanzig Kilo schwer. Seine vorn bereits spärlichen Haare waren hinten zu einem langen grauen Zopf geflochten, er war mit Jeans und einem karierten Holzfällerhemd bekleidet. Seine Lady war nicht viel kleiner als er, hatte einen schwarz gefärbten Pferdeschwanz und trug ein Jeanshemd und Lederhosen mit Riemchen in Westernmanier. Beide hatten Cowboystiefel an den Füßen.

Ich überlegte kurz, ob ich sie auf Englisch ansprechen sollte, sagte dann aber doch neugierig auf Deutsch: »Entschuldigung, wie viel wiegt denn Ihr Kater?« Herkules vom Hohen Felsen merkte offenbar, dass von ihm die Rede war, und spitzte die braunen Pinselohren.

»Elf Chilo!«, antwortete die American Lady stolz auf Schwyzerdütsch.

»Wow, das ist ja echt ein Riese!«

»Ja, er ischt unsr schönschtr Katr«, ergänzte mit Bassstimme der Holzfäller aus dem Emmental – das stand auf seiner Visitenkarte, die er uns gleich danach in die Hand drückte.

Nachdem wir Herkules genügend bewundert hatten, verließen wir die drei Riesen und gingen weiter. Am letzten Käfig der Reihe blieb ich entsetzt stehen. So eine Katze hatte ich noch nie gesehen. Ich glaubte einen Kobold aus irgendeinem Science-Fiction-Film vor mir zu haben, mit riesigen Ohren, kleinem Gesicht und unglaublich vielen Falten, völlig ohne Haare.

»Das sind Sphinxkatzen«, erklärte Siggi. »Die sehen furchtbar aus, nicht wahr?« Sie schüttelte sich.

»Frieren die denn nicht schrecklich?«, fragte ich.

Obwohl wir leise gesprochen hatten, drehte sich die dazugehörige Dame abrupt zu uns um. Sie schien genauso große Lauscher zu haben wie ihre Katze. Dabei war sie sehr elegant gekleidet und dezent geschminkt. »Sie haben offenbar keine Ahnung!«, giftete sie uns an. »Immer diese Vorurteile und spießigen Schönheitsvorstellungen! Frieren Sie denn? Sie haben ja auch keinen behaarten Körper, oder?«

Wahrscheinlich hatte sie schon viele derartige Kommentare gehört und reagierte daher etwas nervös. Wir wussten nicht recht, was erwidern, aber da kam unsere Rettung in Form von Herrn Spreitenbach. Er walzte durch die Halle auf uns zu und erklärte schnaufend, dass er uns noch den Richtern vorstellen wolle.

Ich war nicht begeistert. Eigentlich wollte ich jetzt endlich zu den Birmakatzen, um etwas über den Verbleib von

Samantha herauszufinden. Aber da er sich so um uns bemühte, mochte ich nicht unhöflich erscheinen. So folgten wir ihm in den Richterraum.

Dort saßen hinter vier Tischen vier Richter: drei Frauen und ein Mann. Stolz stellte Herr Spreitenbach den Letzteren vor: »Douglas Ramsgit aus Belgien. Herr Ramsgit richtet seit siebzehn Jahren in ganz Europa. Es ist eine große Ehre, dass er zu uns gekommen ist!«

Wir gaben Herrn Ramsgit die Hand, und er erzählte in fließendem Deutsch, worauf es beim Richten ankam: auf den Typ allgemein, auf Kopf, Augen, Ohren, Fell und Schwanz, aber auch auf den Charakter, ob ein Tier sich ohne Weiteres anfassen ließ oder nicht. Er war Richter für alle Rassen, zwei der Damen nur für bestimmte Rassen, erklärte er weiter. Ich machte zum Schein fleißig Notizen, und wahrscheinlich hätte er uns noch tiefer in die Geheimnisse der Katzenbeurteilung eingeführt, wenn nicht schon die nächste Frau mit einem eleganten, blaugrauen Kater zu seinem Tisch gekommen wäre. Sie hatte lange, dunkle Haare und beäugte Siggi und mich kritisch. Ich überlegte, wo ich sie schon einmal gesehen hatte, aber es fiel mir nicht ein.

Herr Ramsgit verabschiedete sich von uns, legte Formular und Stift parat und schickte sich an, mit liebevoll-resoluten Händen das etwas widerspenstige Tier zu betasten.

»Jetzt gehen wir aber direkt zu den Birmas!«, forderte ich Siggi auf und marschierte los.

»Ist ja schon gut.« Sie folgte mir, nachdem sie noch ein Foto von Herrn Ramsgit in Richterpose gemacht hatte. Auch Herr Spreitenbach versuchte mitzukommen, aber er holte uns erst am Ende der Halle ein. »Frau Schweikart, Sie müssen mit Frau Schweikart sprechen«, keuchte er ganz außer Atem, »sie ist die Chefin vom Birmaklub.«

Die Gruppe der Birmazüchter hatte fast eine ganze Tischreihe belegt, und während wir die Käfige entlangschritten, suchte ich heimlich unter all den weiß besockten Fellknäueln ein ganz spezielles Knäuelchen mit frecher, schwarzer Nase. Natürlich war es nicht da.

Frau Schweikart hatte ihren Platz irgendwo in der Mitte. Ich hätte auch ohne Herrn Spreitenbachs Hilfe geahnt, dass sie es war, denn ich erkannte sie sofort wieder. Heute trug sie eine rote Baskenmütze über den nicht vorhandenen Haaren, aber das charakteristische Faungesicht mit der Boxernase war so einprägsam, dass man es nicht so leicht vergaß. Siggi ging es offenbar genauso; ihr hatte sie ja sogar kondoliert. Plötzlich erinnerte ich mich auch wieder, woher ich die Dame am Richtertisch gekannt hatte: Die vier auffälligen, fremden Damen bei der Beerdigung waren Katzenzüchterinnen!

Mein Herz schlug schneller. Sie hatten Rosa gekannt. Vielleicht konnten sie uns wirklich weiterhelfen. Als ich mich umsah, entdeckte ich auch die anderen beiden, die freundlich zu uns herübernickten.

Herr Spreitenbach stellte uns vor, und nun reckten auch die übrigen Birmazüchter neugierig die Hälse, was die beiden Damen von der Presse denn wollten. Als der Cheforganisator sich verabschiedet hatte, stellte ich Frau Schweikart zunächst ein paar unverfängliche Fragen, über die Katzenzucht im Allgemeinen und die Birmazucht im Besonderen. Sie hatte eine kratzige, fast tonlose Stimme, als würde sie zu viel rauchen, doch sie erklärte uns gleich, dass sie Kehlkopfkrebs gehabt und dadurch ihre Stimme verloren hatte. Wegen der Chemotherapie waren ihr auch die Haare ausgefallen, sodass sie sich jetzt mit verschiedenen Mützen behalf.

In ihrem Käfig saß ein wunderschöner Birmakater – »bluepoint«, soufflierte mir Siggi –, den sie uns stolz präsentierte: Amadeo vom Winterstein. Es fehlte nicht viel, und ich hätte einen Knicks gemacht.

Da wir nicht vor den anderen Züchtern mit ihr über unser Anliegen sprechen wollten – theoretisch hätte ja der Katzendieb dabei sein können –, luden wir sie zu einem Kaffee ein. In der Vorhalle gab es einen Stand mit Kaffee und Kuchen, wo wir uns selbst bedienten, um dann einen kleinen Tisch in der Ecke zu belegen.

»Ja, das mit Rosa tut mir wirklich leid«, sagte Frau Schweikart und schüttelte den Kopf. »So schnell kann's gehen! Wir waren ganz gut befreundet, haben uns E-Mails geschrieben und sind gemeinsam zu Ausstellungen gefahren. Waren Sie nicht auch mal dabei?«, fragte sie Siggi.

»Ja, ich hab Tante Rosa mal zu einer Ausstellung gefahren, nach Friedrichshafen, das stimmt.«

»Sagen Sie, ich wollte bei der Beerdigung nicht davon anfangen, aber was passiert jetzt mit Rosas Katzen?«

Siggi erklärte ihr, dass ein paar von ihnen schon verkauft waren und sie derzeit noch neue Herrchen und Frauchen für die anderen suchte. »Und zwei sind verschwunden.«

Frau Schweikart zog eine Augenbraue hoch. »Verschwunden? Welche denn?«

»Ich weiß nicht, ob Sie Rosas Katzen so gut kennen. Samantha und Hannibal.«

Der Faun pfiff durch die Zähne. »Da weiß jemand genau, was er will!« Sie kannte Rosas Katzen.

»Haben Sie denn eine Ahnung, wer die beiden gestohlen haben könnte?«, fragte ich aufgeregt.

»Jemand, der schwarze Silberbirmas züchten will.«

»Mit Hannibal?«, wunderte sich Siggi.

»Tja, das wundert mich auch ein bisschen«, gab Frau Schweikart zu. »Früher ja, da hat ihn Rosa benutzt, um das Schwarz-Gen einzukreuzen. Aber er ist jetzt schon ein paar Jahre kastriert. Seit Moritz als Deckkater fungierte, hat sie Hannibal nicht mehr gebraucht.«

»Man kann Perser mit Birma kreuzen?« Ich war überrascht.

»Natürlich, Schätzchen, man kann alles mit allem kreuzen. Die Frage ist nur, ob der Verband es anerkennt. Gerade bei den Birmas wurden immer mal wieder Perser eingekreuzt. Hat ihnen gut getan. Frisches Blut!«

»Das heißt, wenn jemand schwarze Silberbirmas züchten wollte und nicht wusste, dass Hannibal kastriert ist, dann erschien es durchaus sinnvoll, den Alten mitzunehmen«, schlussfolgerte Siggi.

»Ja, aber das ist alles relativ kompliziert. Rosa hat viele

Jahre herumgetüftelt und probiert, bis es geklappt hat. Bis Moritz da war. Der war perfekt!«

»Aber wenn die Diebe Rosas Aufzeichnungen und Unterlagen haben, dann können sie direkt weiterzüchten.«

»Ach, die haben sie auch mitgenommen? Die wussten wirklich, was sie wollten!«

»Wäre es möglich, mithilfe der Gentechnik Hannibals Gene weiterzuverwenden, obwohl er kastriert ist?«, fiel mir ein.

»Na, da fragen Sie mich was! Also, damit habe ich mich bisher noch nicht beschäftigt. Mein Amadeo darf seine Damen immer noch auf natürliche Weise beglücken. Aber die Diebe haben es im Grunde einfach. Sie haben ja Samantha.«

»Wieso einfach?«

»Samantha war Rosas erstes Mädchen, das alle Anlagen hatte. Das hat sie mir jedenfalls geschrieben. Man kann sie mit jedem Birmakater kreuzen, und es kommen immer zu mindestens fünfzig Prozent schwarze Silberbirmas heraus. Die arme Kleine! Wo sie jetzt wohl ist?«

Das hätte ich auch gerne gewusst! »Frau Schweikart, fällt Ihnen denn konkret jemand ein, der sich vielleicht besonders für Rosas Katzen interessiert hat?«, hakte ich nach. »Irgendeiner der anderen Züchter?«

Der Faun kratzte sich am Ohr. Dann schüttelte er langsam den Kopf. »Es gab viele im Klub, die begeistert waren von Moritz und Samantha. Andere waren wiederum total dagegen, dass diese Farbe anerkannt wird. Aber Rosa hat sich schließlich durchgesetzt. Sie hatte viel Charme und konnte ganz schön hartnäckig sein.« Sie zuckte die Schultern. »Es tut mir echt leid, dass ich Ihnen da nicht weiterhelfen kann. Aber ich kann mich ja mal ein wenig umhören.«

»Noch eine letzte Frage: Wissen Sie, ob hier auch Züchter aus Berlin sind?«

»Aus Berlin?« Wieder schüttelte sie den Kopf. »Wir haben Leute aus Österreich, der Schweiz, sogar aus Holland und Belgien. Aber aus Berlin – nicht dass ich wüsste.«

Ich seufzte. Wir waren offenbar umsonst hierhergefahren.

Als wir uns verabschiedeten, gaben wir Frau Schweikart unsere Visitenkarten, die sie genau studierte, bevor sie sie einsteckte.

»Also, wenn mir noch irgendwas einfällt, melde ich mich!«, versprach sie mit ihrer rauen Stimme. »Ach, Frau Maurer, und wenn Sie die anderen Katzen nicht loskriegen, dann rufen Sie mich an. Ich helfe Ihnen gerne.«

»Das werde ich machen!« Siggi schenkte dem Faun ein strahlendes Lächeln. Der erwiderte das Geschenk und drückte fest ihre Hand.

Auf dem Heimweg war Siggi total aufgedreht, während mir eher traurig zumute war. Erst jetzt merkte ich, welch große Hoffnungen, Samantha wiederzufinden, ich in diese Ausstellung gesetzt hatte.

Siggi hingegen ließ noch einmal all die verrückten Typen mit ihren Katzen Revue passieren. »Früher hat man gesagt, Windhunde sind die Rennpferde des kleinen Mannes. Ich würde sagen, Katzen sind die Rennpferde der kleinen Frau!«

Nun musste ich auch lachen. »Diese Frau Schweikart ist nett, nicht wahr?«, fragte ich und sah Siggi von der Seite an.

Sie schmunzelte. »Jaaa«, stimmte sie mir zu und schaute fröhlich aus dem Fenster.

»Eine Schönheit ist sie ja nicht gerade …«, wandte ich ein.

»Aber sie hat eine tolle Ausstrahlung, findest du nicht?«, entgegnete Siggi sofort.

»Doch, das auf jeden Fall.«

Als wir durch Wangen fuhren, kam mir plötzlich eine Idee. »Sag mal, Siggi, die Katzen, die jetzt noch da sind, was sollen die denn kosten?«

»Willst du jetzt eine von denen nehmen?«

»Nein, weißt du, meine Nichte, Jessy, die wollte doch so gern eine haben. Vielleicht könnte ich ihr eine schenken. Wenn sie nicht zu teuer sind. Du weißt ja, arme Kunsthistorikerin und so …«

»Ich bin zwar nicht die Erbin, aber ich denke schon, dass

ich das entscheiden kann. Natürlich bekommst du günstig eine Katze. Crystal zum Beispiel, die ist ganz lieb und zutraulich, die würde ich am liebsten selber behalten, aber du weißt ja, bei mir geht's nicht. Da wäre ich froh, wenn ich sie in guten Händen wüsste.«

Es war eines jener Lokale, die ihren Kellnern lange weiße Schürzen umbinden und wo der Fisch nicht »in«, sondern »an« der Soße schwimmt, eine präpositionale Verschiebung, die den Gast mindestens drei Euro extra kostet. Ehemals ein Bahnhofsgebäude, hatte man es nun in ein Restaurant mit Bar umgewandelt, in dem samstagabends sogar Discomusik lief und getanzt wurde.

Siggi war hier mit ein paar Kollegen und Freunden verabredet und hatte mir vorgeschlagen, einfach mitzukommen. Anfangs hatte ich gezögert, denn ich hatte ja keine Ausgehklamotten dabei, und überhaupt war mir nicht nach vielen Leuten zumute, aber schließlich hatte sie mich überredet, und nun saß ich da, mit einer von ihr geliehenen, weißen Bluse, die mir am Busen zu stramm saß, und stocherte in meinen Spaghetti herum.

»Sind sie al dente?«, wollte Thomas Arnold fachmännisch wissen. Siggi hatte es so gedeichselt, dass er an dem langen Tisch neben mir saß, und ich fragte mich, ob sie vorhatte, mich mit diesem Lackaffen zu verkuppeln.

»Alla dentiera«, antwortete ich verdrießlich, »für Gebissträger.«

Er lachte begeistert. »Alla dentiera! Haha! Für Gebissträger!«

Dann begann er mir Fragen zu stellen, sodass ich fast glaubte, er interessiere sich wirklich für mich, aber im Grunde passte er nur sein Stichwort ab, und schon war er selbst wieder am Erzählen. Ich schrieb manchmal für die Zeitung? Er hatte auch schon als Fotojournalist gearbeitet. Damals in Köln, da hatte er sogar einmal einen großen Artikel für den Stern gemacht, zusammen mit dieser ganz hervorragenden Journalistin, die kannte ich sicher … Ich machte manchmal Reiseleitungen? Ja, während seines Studiums, da hatte er in den Semesterferien auch manchmal so was gemacht. Allerdings hatte er richtig große Reisen begleitet, Kreuzfahrten nach Norwegen oder in die Südsee, und einmal war er sogar mit einer Reisegruppe in Nepal gewesen, also, Nepal hatte ihn am meisten fasziniert, das musste man einfach mal gesehen haben … Ich hatte in Italien studiert? Wo? In Perugia? Mensch, Perugia, da war doch dieser See in der Nähe, der Lago Trasimeno, ja, da hatten Freunde von ihm ein Weingut, nicht weit von – wie hieß diese wunderschöne kleine Stadt mit P? Nicht Pamukkale, haha – Panicale? – ja, genau, Panicale. Also da gab's den besten Wein überhaupt, so einen Wein, wie die da machten, den konnte man bei uns einfach nicht kaufen … Außerdem hatte er in einem Volkshochschulkurs ein bisschen Italienisch gelernt. »Parliamo italiano?«, fragte er, aber selbst sein Italienisch klang hochdeutsch und affig.

Und dabei gab er sich so viel Mühe, jovial zu wirken und das Bild des arroganten Schnösels zu korrigieren, das er bei unserer ersten Begegnung hinterlassen hatte! Wenn er mir etwas erzählte, beugte er sich immer ein wenig zu nah herüber, und wenn ich doch mal dazu kam, etwas zu erzählen, lachte er einen Tick zu laut. Währenddessen warf er ständig heimliche Seitenblicke auf Siggi. Hatten sich die beiden abgesprochen?

Sie selbst war in eine heftige Diskussion mit einer etwas korpulenten Freundin verwickelt, die zwischen ihr und Martina, der kleinen Texterin, saß. Neben Martina hatte sich ein distinguierter Mittvierziger mit randloser Brille und wenig Haaren platziert, der sie offensichtlich anhimmelte, während sie eher gelangweilt schien. Gegenüber, zu meiner Rechten, saß ein Pärchen, das als Conny und Bernd vom Grafikbüro »Hennes, Meyer und Partner« vorgestellt worden und offenbar frischverliebt war, denn die beiden hörten auch während des Essens nur widerwillig auf, Händchen zu halten.

»Oh verdammt!«, entfuhr es mir, als plötzlich ein paar

widerspenstige Spaghetti wie von allein von meiner Gabel sprangen und auf meiner Hose landeten, nicht ohne ein Gutteil ihrer Tomatensoße auf meiner beziehungsweise Siggis weißer Bluse zu verteilen. Ich hätte im Boden versinken können. Immer passierten mir solche Dinge.

Thomas Arnold tat, als hätte er nichts gesehen, aber er schien etwas peinlich berührt. Siggi schaute entsetzt zu mir herüber, während ich entschuldigend die Schultern zuckte. Die beiden Turteltäubchen neben mir hatten tatsächlich nichts bemerkt, nur Martina lachte laut über mein Missgeschick. Täuschte ich mich, oder klang da Schadenfreude durch? Sie begann mit ihrem Galan zu tuscheln und sah dabei immer wieder zu mir herüber.

Ich stand auf und ging zur Toilette, um zu retten, was zu retten war. Siggi folgte mir.

»Tut mir echt leid!«, beteuerte ich und versuchte – mit wenig Erfolg –, die Tomatenflecke mit Wasser und Handseife auszuwaschen.

Siggi seufzte. »Die werd ich wohl zur Reinigung bringen müssen.«

»Das zahl ich dir auf jeden Fall!«

»Ist schon gut, mach dir nichts draus.« Sie verschwand hinter einer Klotür.

Als sie wieder herauskam, fragte ich: »Sag mal, was hast du eigentlich mit Thomas gemacht? Der hat ja eine richtige Charmeoffensive gestartet!«

»Freust du dich nicht?«

»Na ja, ich weiß nicht so recht, was ich davon halten soll. Er redet ein bisschen viel, finde ich. Und wahrscheinlich denkt er, dass er mit seinen Geschichten jede Frau beeindrucken kann.«

»Polli, du bist unmöglich, dir kann man aber auch nichts recht machen! Erst ist er dir zu arrogant, dann zu freundlich. Kein Wunder, dass das mit den Männern bei dir nie klappt!«

»Ach, aber bei dir!«, erwiderte ich pikiert und bereute den Satz im selben Moment.

Siggi war einen Moment ganz still. Dann sagte sie leise: »Wenn es bei mir mit den Frauen nicht klappt, hat das andere Gründe.«

»Entschuldige bitte, Siggi, es war nicht so gemeint. Vielleicht hast du ja recht, und ich sollte etwas lockerer sein in Bezug auf Thomas. Aber ich kann *Ihn* halt nicht so einfach vergessen.«

»Ich versteh dich ja, Polli, aber glaub mir: Das beste Mittel gegen Liebeskummer ist eine neue Liebe! Gib Thomas doch wenigstens eine Chance! Er ist gar nicht so übel, weißt du, und außerdem sieht er doch nicht schlecht aus, oder?«

Als wir zurück ins Restaurant gingen – ich mit einem großen Wasserfleck auf der Bluse – und Thomas von Weitem sitzen sahen, musste ich Siggi fast widerwillig recht geben. Heute hatte er seine Existenzialistenkutte zu Hause gelassen und trug ein weißes Hemd mit Stehkragen, das leger über die Jeans hing. Mit seinen dunklen Haaren, die er hinters Ohr gestrichen hatte, sah er wirklich gut aus, und plötzlich freute ich mich, dass sich dieser Mann um mich bemühte. Sollte *Er* sich doch zum Teufel scheren!

Als wir gegessen hatten, fing Siggi an mit ihrer Nachbarin zu tanzen. Auch das Liebespärchen ging tanzen, während sich Thomas anstrengte, nicht auf meinen Busen unter dem Wasserfleck zu starren, und dabei ein paar weitere Schwänke zum Besten gab, die er in New York oder Hongkong erlebt hatte. Der Distinguierte bemühte sich unterdessen vergeblich darum, Martina zum Tanzen zu bewegen. Sie blickte immer wieder zu uns herüber und schien ziemlich genervt. Irgendwann stand sie auf, nahm Jacke und Handtasche und ging zur Kasse, um zu bezahlen. Ihr Verehrer blieb frustriert sitzen. Thomas sah ihr mit unergründlichem Blick nach, und auch Siggi schien für einen Moment besorgt, doch dann tanzte sie einfach weiter.

Die Discomusik war angenehm, es wurden viele Oldies gespielt, ein Stück von »Vaya Con Dios«, und plötzlich kamen mir die Salsa-Abende auf der »Rheinterrasse« in den Sinn, wo ich *Ihn* kennengelernt hatte. Ich konnte nicht besonders gut tanzen und war deshalb normalerweise eher verkrampft, wenn ich mal das Tanzbein schwingen musste. Nicht so bei *Ihm*. In dem Augenblick, in dem mein Körper den seinen berührte, entspannte ich mich vollkommen, er führte mich mit leichter Hand, meine Beine stellten sich wie von selbst auf seinen Rhythmus ein, und mein Becken wiegte sich ohne Mühe im selben Takt. Während ich Siggi beobachtete, die ebenso leicht und erotisch tanzte, kämpfte ich mit den Tränen.

Thomas sah mich an, und unvermutet kam hinter seiner coolen Fassade etwas wie Verbitterung und Trauer zum Vorschein. Er schaute wieder auf Siggi und meinte dann sarkastisch zu mir: »Deine Chancen sind immerhin besser als meine.«

Von der »Rheinterrasse« war ich schlagartig wieder in der Realität des Ravensburger Szenelokals gelandet, eine Realität, in der ich meinen Ohren nicht traute. Wie bitte? Ich sah, wie Thomas mit vorgerecktem Kinn Siggi anstarrte, und dachte darüber nach, was er gerade zu mir gesagt hatte, und plötzlich verstand ich: Er war in Siggi verliebt! Deshalb hatte er so heftig mit mir geflirtet. Er wollte sie eifersüchtig machen! Und um ihn loszuwerden, hatte Siggi uns zusammengesetzt. Na toll! Sie spielten ihre Spielchen, und ich war der Spielball. Und nun glaubte er zu allem Überfluss auch noch, ich sei eine Leidensgenossin von ihm. Das genügte.

Wie vorher Martina nahm ich Jacke und Tasche, warf dem überraschten Thomas ein knappes »Tschüss!« hin und ging zur Kasse, um zu bezahlen.

Der weiß beschürzte Kellner gab mir gerade das Wechselgeld, als plötzlich Siggi neben mir stand, ganz außer Atem. »Was ist denn mit dir los?«, wollte sie wissen. »Spinnt ihr denn jetzt alle?«

Ich wurde wütend. Nach diesem ganzen Theater hatte sie es gerade nötig, mich blöd anzumachen! Ich erwiderte nichts, sondern lief aus dem Lokal.

Siggi folgte mir. Draußen bekam sie mich zu fassen und

hielt mich am Arm fest. »Mensch, jetzt wart doch mal! Was ist denn los?«

»Was los ist? Eine schöne Show habt ihr abgezogen, du und dein Thomas! Er will dich und flirtet mit mir nur, um dich zu ärgern. Und du willst ihn nicht und schiebst ihn ab zu mir. Danke, darauf kann ich echt verzichten!«

»Komm, Polli, reg dich doch nicht so auf! Ja, du hast ja recht, er war – oder ist – in mich verliebt. Das passiert halt manchmal, wenn man so zusammenarbeitet, nächtelang gemeinsam über Projekten brütet, da springt dann irgendwann plötzlich ein Funke über. Nur dass er eben bloß in eine Richtung gesprungen ist. Thomas hat sehr darunter gelitten, und es war in letzter Zeit nicht immer einfach, mit ihm zusammenzuarbeiten, das kannst du mir glauben. Er versteht es ganz gut, mir ein schlechtes Gewissen zu machen.« Sie schnaubte. »Dabei sollte er eigentlich ganz still sein. Hast du Martinas Reaktion gesehen? Die ist nämlich in ihn verknallt. Hoffnungslos! Sie war einmal mit ihm auf Geschäftsreise, und anscheinend haben sie dort das Hotelzimmer geteilt, aber hinterher wollte er nicht mehr, und sie kommt nicht darüber hinweg. Wie heißt es so schön derb auf Englisch? Don't shit on your doorstep! Den Spruch sollten wir mal einrahmen lassen und bei Maurer und Arnold über die Tür hängen!«

Nun musste ich doch lachen. »Und was ist mit deiner Freundin da?«, wollte ich wissen.

»Ach, das ist wirklich nur eine gute Freundin. So wie du.« Sie nahm mich an den Schultern und berührte ganz zart mit ihrer Wange die meine. Dann sah sie mich an, mit einem intensiven Blick, den ich sonst nur von Männern kannte. »Ciao. Komm gut heim!«

Ich drückte sie freundschaftlich. »Ciao, schönen Abend noch. Wir sehen uns!«

Wieder fuhr ich über Wolfegg, Vogt und Karsee nach Wangen, wieder las ich den Rückwärts-vorwärts-aufwärts-Spruch, und wieder lag ein Regengrauschleier über der Landschaft.

Ich hatte Anna morgens angerufen und ihr gesagt, dass ich nach dem Mittagessen kommen würde. Auf den Sonntagsbraten bei Mama hatte ich nicht verzichten wollen, zumal sie auch Apollonia dazu eingeladen hatte. Hochzufrieden, weil ich mich endlich um die Familie kümmerte, war Mama bester Laune gewesen und hatte sogar eine Flasche Bordeaux zum Mittagessen spendiert – aus Papas alten Beständen –, von dem ich allerdings nur ein kleines Gläsle trank. Ich musste ja noch fahren.

Diesmal bog ich gleich nach den ersten Häusern von Wangen links ab, in das Neubaugebiet, in dem Anna und ihre Familie in den Achtzigerjahren ihr Einfamilienhaus gebaut hatten, nachdem Peter seine Stelle bei der Sparkasse Wangen bekommen hatte.

Ich parkte in der Hofeinfahrt vor der Garage. Als ich aus dem Wagen stieg, hörte ich dröhnende Bässe im oberen Stockwerk wummern. Mama hatte nicht zu viel versprochen, was Jessys Rebellion anbelangte.

Auf mein Läuten öffnete Tobias. Das Wummern wurde lauter.

»Hi«, war seine ganze Begrüßung, dann schrie er in Richtung Küche: »Tante Polli ist da!« und verzog sich wieder ins Wohnzimmer, wo der Fernseher lief.

Anna kam aus der Küche gelaufen, adrett in Rock und Bluse, mit einer Schürze um, und trocknete sich die Hände an einem Handtuch ab. »Hallo, Polli!« Sie lächelte mich an, aber dann schrie sie plötzlich die Treppe hoch: »Jessy, mach sofort diese verdammte Musik leiser!«

Wie Mama damals, wenn ich Deep Purple hören wollte. Ich erwiderte Annas Lächeln in Erinnerung an meine eigene Rebellenphase und überlegte, ob ich sie umarmen oder küssen oder ihr die Hand geben sollte. Bei ihr wusste ich nie so recht, wie ich mich verhalten sollte; ihre eigene Unsicherheit und ihr ständiges Bemühen um eine freundlich-nette Fassade machten auch mich unsicher.

»Komm doch rein. Am besten, wir gehen in die Küche.«

Ich folgte ihr ohne weiteres Begrüßungsritual.

Küche und Esszimmer waren ein einziger großer Raum, der durch einen Tresen geteilt war. »Setz dich doch«, sagte sie und wies auf einen der Barhocker. Dann hängte sie das Geschirrtuch auf und nahm ihre Schürze ab. Letzter Akt des sonntäglichen Abwasches. Nun war alles picobello sauber, nichts stand mehr herum, kein Topf, kein Teller, keine Kanne, nirgends war ein Krümelchen zu sehen, keine Hanuta-Aufkleber am Kühlschrank, keine Postkarten an der Wand, nur zwei Hinterglasbilder, die sie selbst bei einem Volkshochschulkurs gemalt hatte, und ein Strauß Trockenblumen, der schon bei meinem letzten Besuch vor einem Jahr staubig gewesen war.

Ich musste tief durchatmen. Arme Jessy, ich konnte sie so gut verstehen.

»Magst du einen Kaffee?«, fragte Anna.

»Ja, gerne, und ein Glas Wasser bitte!«

Während sie den Filter in die Kaffeemaschine einlegte und Kaffeepulver hineingab, erzählte sie mir noch einmal, was ich schon von Mama gehört hatte: wie schwierig Jessy geworden war und dass sie sich so verändert hatte. Ihre Schilderung wurde vom immer gleichen Wummern der Bässe begleitet.

»Was sagt denn Peter dazu?«, wollte ich wissen.

»Ach der, der kümmert sich nicht darum. Sagt, dass es eine Phase ist und schon vorbeigehen wird. Aber er ist ja auch nicht viel hier. Und wenn er da ist, dann ist er meistens im Keller, da hat er sich ein Büro eingerichtet. Er muss am Wochenende immer noch am Computer arbeiten. Buchhaltungssachen, sagt er.«

Computerspiele, dachte ich, sagte es aber nicht laut.

Wir tranken Kaffee, und ich versuchte Anna zu beruhigen hinsichtlich Jessys Verhalten. »Weißt du noch, wie Mama reagiert hat, als ich damals mit den grünen Latzhosen heimgekommen bin? Die ist auch völlig ausgerastet«, erinnerte ich sie. Aber das war nicht die richtige Trosttaktik.

»Ich raste nicht aus!«, regte sie sich auf. »Und Mama hatte völlig recht, das war ja auch total bescheuert mit diesen Latzhosen!«

Ich hatte ganz vergessen, dass sie mir damals nicht zur Seite gestanden hatte. Von wegen schwesterliche Solidarität!

Neuer Versuch, andere Taktik. »Hör mal, ich war gestern mit Siggi Maurer auf der Katzenausstellung in Kempten, und da hab ich sie mal angesprochen wegen einer Katze von Rosa. Jessy wollte doch so gern eine haben.«

»Kommt nicht infrage! Die sind viel zu teuer! Fünfhundert Euro für so ein Viech, das ist ja völlig verrückt!«

»Lass mich doch mal ausreden!« Langsam verlor ich die Geduld. Wollte sie nun, dass ich ihr half, oder nicht? »Siggi würde eine von den erwachsenen Katzen günstiger abgeben. Und da hab ich gedacht, weil ich doch die Gotta bin von Jessy, dass ich sie ihr zum Geburtstag schenke. Was hältst du davon? Würde sie das nicht freuen?«

»Ihr Geburtstag ist doch erst im Mai!«

Ich verdrehte die Augen. »Dann kriegt sie ihr Geburtstagsgeschenk halt jetzt schon. Oder wir verkaufen es ihr als Weihnachtsgeschenk. Wichtig ist doch nur, dass sie was hat, was sie freut und was ihr vielleicht hilft, wieder besser mit ihrer Umwelt klarzukommen. Oder?«

Anna zuckte mit den Schultern. »Ja, das wäre vielleicht eine gute Idee.«

Begeistert schien sie nicht, wahrscheinlich wollte sie eigentlich gar keine Katze haben, die machten ja bekanntlich Schmutz. Vielleicht waren ihr Rosas Preise gar nicht so unrecht gewesen, da hatte sie wenigstens einen guten Grund gehabt, Nein zu sagen. Andererseits konnte sie mein Angebot schlecht ablehnen.

»Na gut, lass uns zu ihr nach oben gehen, vielleicht macht sie dir ja auf«, meinte sie schließlich. »Ich kann sagen, was ich will, auf mich hört sie überhaupt nicht mehr.«

Obwohl ich Jessy gut verstehen konnte, tat mir Anna doch

ein wenig leid. Sie liebte ihre Kinder, sie waren ihr wichtigster Lebensinhalt, und nun musste sie eines davon loslassen. Das war das Los aller Eltern, aber wenn es zum ersten Mal geschah, war es bestimmt sehr schwer. Und vor allem, wenn es so heftig geschah. Wie heftig es geschah, konnte ich mir allerdings in diesem Moment noch nicht vorstellen.

Wir gingen hoch und klopften an Jessicas Zimmertür. Einmal, zweimal.

»Jessy!«, rief Anna. Das Wummern der Bässe und Heulen der Gitarren blieb gleich.

Dann machte ich einen Versuch. »Jessy, ich bin's, Polli!«

Keine Veränderung.

Wir klopften noch einmal.

Wum … wum … wum.

Anna drückte die Klinke, aber die Tür war abgeschlossen.

»Jessy, ich wollte mit dir sprechen. Ich hab vielleicht was für dich!«, versuchte ich sie zu locken.

Nun drehte sich endlich der Schlüssel im Schloss, und die Tür ging einen Spaltbreit auf.

Ich war baff. Meine kleine blonde brave Jessy hatte sich in der Tat vollkommen verändert. Ihre Haare waren kurz geschnitten, schwarz gefärbt und nach oben gestylt, die Augen dunkel geschminkt. Sie trug schwarze Klamotten. Ob sie Anhängerin der Gothic-Szene geworden war?

Unwillkürlich musste ich an Thomas Arnold denken, aber bei Jessy war die Farbe der Kleidung bestimmt nicht Ausdruck eines Modetrends, sondern einer rebellischen Lebensphase. Pubertät eben. In dem Alter ist das Gehirn eine Baustelle, hatte ich irgendwo gelesen. Obwohl, vielleicht war das Gehabe von Siggis Kollegen ja ebenfalls als pubertär zu werten, wenn auch etwas verspätet.

»Was wollt ihr?«, fragte Jessy schnippisch und schaute mich herausfordernd an. Immerhin hatte sie die Musik etwas leiser gemacht.

»Tante Polli möchte dir etwas sagen«, antwortete Anna hoffnungsvoll.

Jessy reagierte nicht und sah ihre Mutter nicht an.

Ich räusperte mich. »Können wir reinkommen? Ich wollte was mit dir besprechen.«

Gnädig öffnete sie die Tür ganz und ließ uns in ihr Gemach.

Alles war in Schwarz und Lila gehalten, egal ob Vorhänge, Bettwäsche oder Tücher an der Wand. Poster von Iron Maiden, Dark Sunrise und Marilyn Manson zierten die Wände. Aber das Zimmer war erstaunlich ordentlich. Meines hatte anders ausgesehen, als ich in Jessys Alter gewesen war. Und wehe, meine Mutter hatte es gewagt aufzuräumen! Dann hing der Haussegen noch schiefer als ohnehin schon, weil ich nämlich nichts mehr wiederfand.

»Jessy, du wolltest doch so gern eine Birmakatze haben«, begann ich.

»Ja, und?«

»Na ja, ich hab gedacht, ich schenk dir eine zu Weihnachten, aber du kannst sie jetzt schon haben.« Ich war richtig stolz auf mich und meine gute Idee.

Jessica verschränkte die Arme vor der Brust. »Die kannst du behalten!« Ihr herausfordernder Blick triefte vor Verachtung.

»Aber warum denn das?«, fragte Anna erschrocken, während ich vor lauter Überraschung nicht wusste, was ich sagen sollte. »Du wolltest doch so gern eine haben!«

Jessy zuckte mit den Schultern. »Jetzt halt nicht mehr. Von Spießern und Versagern wie euch will ich überhaupt nichts haben!«

Mir blieb die Spucke weg. Anna als Spießerin zu bezeichnen, fand ich nicht so abwegig, aber das Wort »Versager« war eindeutig auf mich gemünzt!

Anna begann zu schreien: »Ach nein, aber unter meinem Dach wohnen und von meinem Geld leben, das willst du schon? Dafür bin ich gut genug!«

Jessy schrie zurück: »Das ist überhaupt nicht dein Geld, das ist Papas Geld! Und außerdem habt ihr mich in die Welt gesetzt, jetzt müsst ihr auch für mich sorgen. Darauf hab ich ein Recht!«

Anna begann zu weinen, und ich zerrte sie aus dem Zimmer, worauf Jessica die Tür zuknallte und die Anlage aufdrehte.

Wir saßen noch eine ganze Weile zusammen in der Küche, mit Bassbegleitung, und irgendwann hatte Anna sich wieder beruhigt. Peter kam aus seinem Kellerbüro, mit offensichtlich schlechtem Gewissen. Anscheinend hatte er das Geschrei gehört, aber er war wohl noch hilfloser in dieser Situation als wir Frauen und hatte es daher vorgezogen, in seinem Unterschlupf zu bleiben, bis sich die Wogen wieder einigermaßen geglättet hatten.

Nachdem ich mich ein wenig von meinem Schock über das Scheitern als gute Tante erholt hatte, konnte ich auch wieder Trost verbreiten. Ich erinnerte die beiden an meine eigenen Erfahrungen in diesem Alter, dass auch ich unsere Eltern spießig gefunden und mit ihnen lautstark gestritten hatte. Jessy würde sich bestimmt wieder ändern, aus mir war ja auch noch etwas geworden.

»Na ja«, sagte Anna daraufhin nur und sah mich zweifelnd an. Offenbar war sie nicht besonders erbaut von dem, was aus mir geworden war. Ob Jessy mich deshalb als Versagerin bezeichnet hatte? Irgendwoher musste sie es ja haben.

Als ich später wieder im Auto saß, war es vor allem dieser Vorwurf des Versagens, der mich wurmte. Ansonsten fand ich die ganze Situation nicht wirklich schlimm, Jessy würde sich schon wieder einkriegen, und als Eltern musste man halt mit solchen Pubertätsallüren leben. Aber die Verachtung, die sie mir entgegengeschleudert und die sich in Annas Augen widergespiegelt hatte, die tat richtig weh. Ich hatte doch studiert, ich hatte mein – wenn auch nicht besonders üppiges – Auskommen, ich führte ein Leben, das mir gefiel, wenn man einmal von den Beziehungskrisen absah. Warum sahen sie mich als Versagerin? Was fehlte mir? Wenn ich genauer darüber nachdachte, fehlte mir in Annas und Peters Augen wahrscheinlich eine ganze Menge: eine Stelle mit Rentenanspruch, ein Sparbuch auf der Bank, ein Eigenheim, eine Familie – das heißt *ein* Mann und Kinder.

Dass Anna so dachte, wusste ich ja. Aber dass Jessica so etwas sagte, wo ich sie doch hatte gegen das Spießertum unterstützen wollen, das machte mir zu schaffen. Blöde Göre! Ach, verdammt noch mal, auf diese Familie konnte ich gut verzichten! Dann lieber Katzen.

Wenn ich nur gewusst hätte, wie ich Samantha wiederfinden konnte! Vielleicht half ja Beten? Ich schlug nicht den Weg nach Baselreute ein, sondern bog wie automatisch Richtung Isny und Leupolz ab.

Es war schon halb vier, als ich mein Auto bei der Kirche abstellte, und es regnete immer noch. Ein Gottesdienst oder eine Andacht war gerade zu Ende gegangen, die Menge der Gläubigen strömte bienengleich aus der Wabenkirche. Ein Meer von bunten Schirmen wogte Richtung Bistro. Vor dem eigentlichen Eingang zur Kirche gab es eine Wabe, in der ein Raum eigens für Opferkerzen eingerichtet war. Ich beschloss, ein Lichtlein zu stiften. Wenn es auch nicht half, schaden würde es jedenfalls nicht, und wer konnte schon wirklich wissen, was sich im Jenseits alles so tummelte. Vielleicht gab es ja irgendeinen Heiligen – vermutlich einen weiblichen –, der für die Auffindung verlorener Katzen zuständig war.

Während ich an Samantha dachte, räusperte sich plötzlich jemand hinter mir. Erschrocken drehte ich mich um.

Pfarrer Tusche lächelte mich schelmisch an. »Da hab ich Sie ja ganz falsch eingeschätzt!«

Ich gab ihm die Hand und fragte, was er damit meinte.

»Ich hatte gedacht, dass Sie von der Zeitung sind oder von irgendeiner dieser Vereinigungen, die immer im Clinch mit uns liegen. Aber dass Sie extra noch mal herkommen, um eine Kerze zu stiften und zu beten …«

Dass ich gebetet hatte, war seine Interpretation, aber ich sah keinen Anlass, diese Einschätzung zu korrigieren. »Ich habe etwas verloren«, erklärte ich.

»Da helfen im Allgemeinen die Gebete zum heiligen Antonius von Padua.«

»Stimmt nicht, das glauben die Leute nur aufgrund eines

Übersetzungsfehlers«, widersprach ich. »Statt *fides*, Glaube, hat man *res*, Hab und Gut übersetzt. Eigentlich hilft er nur bei verlorenem Glauben!«

»Ach so?« Er schien amüsiert. »Und? Passt das bei Ihnen nicht auch?«

Ich fühlte mich durchschaut und antwortete mit einem Schulterzucken. Eigentlich hatte ich kein Beichtgespräch führen wollen. Aber warum war ich überhaupt hierhergekommen? Und warum freute ich mich so, ihn zu sehen?

»Würden Sie einen Cappuccino mit mir trinken?«, hörte ich mich fragen.

»Wenn ich ihn nicht wieder segnen muss!«, antwortete er lachend.

Zufriedenes Gemurmel erfüllte den großen Bistrosaal. Man hatte seine christliche Pflicht erfüllt und durfte nun in Ruhe eine Belohnung in Form von Kaffee und Kuchen genießen.

Nachdem uns die Dame an der Theke mit Cappuccino und Marzipantorte versorgt hatte – so schnell entstehen Rituale! –, setzten wir uns an einen freien Tisch, der etwas abseits stand. Auf dem Weg dorthin wurde der Herr Pfarrer immer wieder angesprochen. Er grüßte freundlich nach rechts und links, dann setzte er sich mir gegenüber an den runden Tisch. Der war so klein, dass wir uns trotz der vielen Leute nicht anschreien mussten.

»Warum sind Sie wirklich hier?«, wollte er nach einer Weile geduldigen Kuchenkauens wissen.

»Wegen Rosa Haberbosch.«

»Was haben Sie denn mit ihr zu tun? Sind Sie tatsächlich verwandt?«

»Nein, ich bin eine Freundin ihrer Nichte, Sigrid, mit der ich gestern hier war.« Da fiel mir ein, dass ich mich noch gar nicht vorgestellt hatte. Ich streckte ihm die Hand hin. »Apollonia Katzenmaier.«

»Pfarrer Armin Tusche«, antwortete er, und ich spürte einen angenehm kräftigen Händedruck. »Apollonia ist ein schöner Name«, fuhr er fort. »Die heilige Apollonia war eine standhafte Frau, die ein grausames Martyrium durchlitten hat, man hat ihr alle Zähne gezogen, und am Ende hat sie sich selbst in die Flammen des Scheiterhaufens gestürzt.«

Ich kannte die grässliche Geschichte zur Genüge, man hatte sie mir schon als Kind erzählt, und auch heute noch konnte ich nicht zum Zahnarzt gehen, ohne daran zu denken.

»Ich selber führe meinen Namen lieber weiter zurück, auf Apoll, den Gott der Dichtung und der Musik«, wandte ich ein. »Der ist mir sympathischer als die alte Jungfer Apollonia.«

Pfarrer Tusche zuckte ein wenig zusammen ob meiner blasphemischen Äußerung und trank noch einen Schluck Kaffee.

»Herr Pfarrer«, ich wurde nun direkt, »wissen Sie irgendetwas über den Tod von Rosa Haberbosch?«

Mit leisem Klirren setzte er die Tasse ab. Dann lehnte er sich zurück und atmete tief durch. »Warum glauben Sie, dass ich etwas darüber wissen könnte?«

Ich beschloss, ganz offen zu sein. »Wir haben einen Drohbrief bei Rosa gefunden, in dem sie als ›Dienerin des Antichristen‹ bezeichnet wird. In den Schriften, die Sie hier ausliegen haben, ist auch vom Antichrist die Rede.«

Pfarrer Tusche rutschte ein wenig auf seinem Stuhl hin und her und räusperte sich.

Ich fuhr fort: »Und das, was Ihr Chef gestern zu Siggi gesagt hat, hörte sich auch nicht gerade harmlos an. – ›Wir stehen im Endkampf!‹«, zitierte ich aus der Erinnerung.

Nach kurzem Hüsteln antwortete er: »Pfarrer Schulz ist manchmal etwas unüberlegt in seiner Wortwahl Außenstehenden gegenüber. Ich weiß, dass es für manch einen schwierig ist, die Worte der Bibel zu akzeptieren, die vom Antichristen sprechen.«

»Ach so, und Sie legen die für Außenstehende dann metaphorisch aus? Aber in Wirklichkeit glauben Sie auch daran?«

Er holte tief Luft. »Ja, ich glaube daran, dass das Böse, dass Satan existiert und dass der Antichrist kommen wird!«

»Und das predigen Sie hier auch den Gläubigen?«

»Zu manchen Gelegenheiten, ja, natürlich. Glauben Sie denn nicht an die Existenz des Bösen?«

Ich musste an den Mord denken, der Apollonia und mich vor einigen Jahren beschäftigt hatte. Da war mir das Böse in allen möglichen Schattierungen begegnet. Und wenn ich an *Ihn* und seine wieder aufgewärmte Ex dachte, dann entdeckte ich sofort das Böse in mir.

»Ja, ich glaube schon, dass es existiert, aber als anthropologische Möglichkeit, als Option in jedem von uns. Nicht als Satan, als Personifizierung, als Antichrist.«

»Also, nun hören Sie mal zu! Satan und der Antichrist sind nicht dasselbe. Satan ist der gefallene Engel, aber der Antichrist wird ein Mensch sein, so wie Jesus ein Mensch war, nur dass sich gegen ihn die bisherigen Feinde der Kirche wie Zwerge ausnehmen werden! Er wird Schriften gegen den christlichen Glauben verbreiten und diesen als Tyrannei hinstellen! Die Evangelien wird er verbrennen lassen und das Messopfer verhindern! Und die Anhänger Christi wird er blutig verfolgen!«

Mir wurde mulmig. Pfarrer Tusche hatte sich richtig in Rage geredet, sodass die Leute am Nebentisch bereits aufhorchten. Manche nickten beifällig. Ich wagte nicht, ihm zu widersprechen. Plötzlich fühlte ich mich auf feindlichem Terrain und schaute nervös zur Tür, um meine Fluchtmöglichkeiten abzuwägen. Der gutmütige Wellnesspfarrer war bei näherem Hinsehen fanatischer, als ich gedacht hatte.

Schließlich schien er meine Verlegenheit zu spüren und beruhigte sich. »Entschuldigen Sie, aber es macht mich manchmal wütend, dass die Leute so naiv sind und nicht sehen, was sich vor ihren Augen abspielt! An so vielen Stellen spricht die Bibel vom Antichristen, bei den Propheten Daniel und Ezechiel, bei Matthäus und Markus und natürlich in der Apokalypse des Johannes. Die heilige Hildegard von Bingen hat ihn in ihren Visionen gesehen, und die Muttergottes hat in Lourdes und Fatima vor ihm gewarnt«, erklärte er. »Aber wissen Sie, das ist das Werk Satans. Er bereitet das Kommen des Antichristen vor, indem er die Menschen mit Blindheit schlägt. Das Böse als anthropologische Möglichkeit! Ha!« Er lachte freudlos und schüttelte den Kopf.

»Und wenn jemand töten würde, um gegen den Antichristen zu kämpfen, auf wessen Seite würden Sie dann das Böse verorten?«

Dieser Gedanke schien ihn nun doch etwas zu erschrecken, und er ging in die Defensive. »Wir propagieren Gewaltlosigkeit! Nur durch das Gebet, durch den Rosenkranz können wir die Welt vor dem Antichristen bewahren! Niemals würden wir Gewalt gutheißen!«

»Können Sie da für alle Ihre Schäfchen die Hand ins Feuer legen?«

Er biss sich auf die Lippen und schaute kurz aus dem Fenster, bevor er antwortete. »Ja, bestimmt!« Es klang nicht sehr überzeugt.

»Hören Sie, Herr Pfarrer, wissen Sie etwas über Rosa Haberbosch?«, insistierte ich.

Er seufzte tief und schien zu überlegen, ob er sich mir anvertrauen sollte, nachdem ich mich nun doch als Ungläubige geoutet hatte. Dann sah er sich nach den anderen Leuten um und traf eine Entscheidung. »Kommen Sie mit, nicht hier!«

Wir brachten unser Geschirr zur Theke zurück, und unter den neugierigen Blicken der übrigen Bistrobesucher verließen wir das Gebäude.

Es nieselte nur noch leicht, und er führte mich über den Parkplatz zur Kirche und dort vor den Seitenaltar mit der Herz-Mariä-Statue. Mit rosigen Wangen und rot glühendem Herzen blickte sie sanft auf uns nieder.

»Schauen Sie«, sagte er, »ist sie nicht wunderschön? Ihr Gesichtsausdruck, wie liebevoll sie uns anschaut! Das ist ihre Botschaft: die Liebe. Marias Liebe wird uns retten vor Satan und vor dem Antichristen. Aber für diese Liebe müssen wir beten. Sie wird uns nicht geschenkt!«

Erwartete er, dass ich mit ihm einen Rosenkranz vor der Fatima-Madonna betete? »Was war denn nun mit Rosa Haberbosch?«, fragte ich ungeduldig.

»Falls irgendeines unserer Schäfchen etwas Unüberlegtes getan hat, so hat das nichts mit uns zu tun. Wir predigen die Liebe!«

»Sie glauben also, dass einer Ihrer Gläubigen etwas mit Rosas Tod zu schaffen hatte?«

»Das weiß ich nicht. Aber kurz nach dem Tod von Frau Haberbosch – die übrigens wirklich einmal hier war, aber das ist schon lange her –, also, kurz nachdem sie gestorben war, kam eines unserer Beichtkinder zu mir. Sie wollte eigentlich zu Pfarrer Schulz, aber der war zu der Zeit auf Wallfahrt, in Medjugorje, und so kam sie zu mir. Genaues hat sie nicht gesagt, und wenn, würde ich es Ihnen nicht weitersagen, denn das fiele unter das Beichtgeheimnis. Aber aus dem wenigen, was sie mir anvertraute, hatte ich den Eindruck, dass sie eine schwere Last auf sich geladen hatte.«

»Und sie stammte aus Baselreute?«

Er nickte. »Mehr weiß ich nicht.«

Auf dem Heimweg gingen mir die Worte von Pfarrer Tusche durch den Kopf. Jemand hatte eine schwere Last auf sich geladen. In mir begann ein schrecklicher Verdacht zu keimen. Ich fuhr direkt zu Apollonia, um mit ihr darüber zu sprechen.

»Ich sitz grad auf dem Klo. Komm nur rein!«, rief sie mir durch die geschlossene Tür zu, als ich bei ihr klingelte.

Ich wartete im Flur auf sie und sah mir die Bücher an, die dort in alphabetischer Reihenfolge die Regale bevölkerten. Als ich bei Gottfried Keller angekommen war, hörte ich die Spülung und das Waschbecken, und bei Edgar Wallace ging die Toilettentür auf.

Apollonia kam mit leicht gequältem Lächeln heraus und führte mich in die Küche. »Die Hämorriden haben einen kleinen Wegzoll bezahlen müssen«, erklärte sie ihren schmerzlichen Gesichtsausdruck. »Weißt du, in meinem Alter ist alles nicht mehr so einfach. Nicht einmal das!«

Ich musste lachen. Dann erzählte ich ihr von dem Drohbrief, den Rosa erhalten hatte, und dass Siggi und ich nach

Leupolz gefahren waren, weil ich dachte, da könnte ein Zusammenhang bestehen, davon, wie Siggi das abgewiegelt hatte und wie sich mein Verdacht heute bestätigt hatte, als ich allein mit Pfarrer Tusche gesprochen hatte. Ich schilderte ihr alles genau, und am Ende kamen wir beide zu derselben Schlussfolgerung: Der Pfarrer musste von Siggis Mutter gesprochen haben.

Apollonia bestätigte, dass Annemarie Maurer regelmäßig nach Leupolz gefahren war und auch versuchte hatte, Rosa nach dem Tod ihres Mannes dort einzuführen. »›Das sind doch alles Spinner!‹, hat die Rosl zu mir gesagt«, erinnerte sie sich. »Und die Annemarie war richtig beleidigt deswegen.«

Wenn Siggis Mutter wirklich glaubte, Rosa sei eine Dienerin des Antichristen gewesen, dann hatte sie ein Motiv. Zumindest nach ihrer verqueren Logik. Und die Gelegenheit hatte sie sowieso gehabt: Sie hatte jederzeit bei Rosa vorbeischauen und ihr irgendwo Gift reinmischen können. Nach Siggis Worten hatte ihre Mutter selbst die Lebensmittel nach Rosas Tod entsorgt. Da hätte sie ganz bequem etwaige Beweisstücke verschwinden lassen können. Und Siggi hatte ihr noch dabei geholfen! War sie womöglich eingeweiht? Nein, das konnte ich mir nicht vorstellen. Sie war wegen Rosas Tod wirklich bekümmert gewesen. Dennoch wusste sie vielleicht mehr, als sie zugab. Oder ihr waren während unserer Recherchen verschiedene Dinge klar geworden, und sie versuchte nun, ihre Mutter zu schützen und mich von dieser Spur abzubringen.

»Apollonia, glaubst du wirklich, dass Frau Maurer imstande war, ihrer Schwägerin etwas anzutun?« Ich war immer noch am Zweifeln.

»Eigentlich glaub ich das nicht, aber so etwas kann man nie wissen. Man sieht doch nicht hinein in die Leute!«

Das Böse als Möglichkeit in jedem von uns. Auch in Annemarie Maurer. Das Verrückte dabei war, dass sie – falls sie tatsächlich etwas mit dem Tod von Rosa zu tun hatte – offenbar geglaubt hatte, das Böse auf diese Weise zu bekämpfen.

Aber wie passten der tote Kater und die verschwundenen Katzen zu Annemarie Maurer? Sie interessierte sich doch gar nicht für Katzen. War der Kater vielleicht tatsächlich überfahren worden? Hatte Frau Maurer die beiden anderen Katzen verkauft, um an Geld zu kommen? Aber wofür? Und den alten Hannibal konnte man wohl schwerlich verkaufen.

Je mehr Details wir zusammentrugen, desto weniger passten sie zusammen. Wir waren beide etwas ratlos. Ich wollte Apollonia gerade noch von der Katzenausstellung erzählen, da läutete es, und die Rotkreuzschwester kam herein. Schon so spät!

Nachdem ich mich verabschiedet hatte, ging ich zu Mama zum Abendessen. Sie hatte sauren Käs für mich gemacht, so wie ich ihn am liebsten mochte, mit vielen Zwiebeln und aus richtig reifem Romadur.

Natürlich wollte sie wissen, wie es mit Jessy gelaufen war. Ach, Jessy – dieses Drama hatte ich schon fast wieder vergessen.

»Nicht besonders«, antwortete ich maulfaul und ging zu einem anderen Thema über.

Nach dem Essen beschloss ich, Max Gerstner anzurufen. Er hatte den Kater überfahren und anschließend noch mit Rosa gesprochen. Vielleicht konnte er mir doch irgendeinen Hinweis geben.

Max Gerstner wohnte am Rauhbühl, einem Neubauviertel, das bei mir stets den Eindruck von etwas vorläufig Endgültigem erweckte, beim Anblick all der frisch angelegten Gärten und winzigen Bäumchen, die die Bewohner der Einfamilienhäuser in dreißig Jahren noch anschauen würden, wenn sie zu Baumriesen geworden waren und ihre Kinder längst das Haus verlassen hatten. Mich fröstelte.

Max Gerstner hatte mit meinem Bruder die Schulbank gedrückt, und deshalb war es selbstverständlich, dass wir uns duzten. Ich entschuldigte mich gleich bei ihm, dass ich so spät am Sonntagabend noch hereinplatzte. Bei meiner telefonischen Voranmeldung hatte er mir bereits klargemacht, dass Sonntagabend »Tatort«-Zeit sei und er deswegen nur bis Viertel nach acht Zeit habe. Klar, hatte ich geantwortet, versteh ich, ich komme nur kurz. Vielleicht konnte ich mir den Krimi anschließend bei Mutter auch anschauen und erst am nächsten Morgen nach Konstanz zurückfahren. Aber vorher musste ich wenigstens versuchen, noch etwas über den Tod von Rosa und das Verschwinden der Katzen herauszufinden.

Max nahm mich mit in sein Arbeitszimmer, von wo aus er einen schönen Blick über die Felder bis zum Altdorfer Wald hatte. Es wurde langsam dunkel, der Regen hatte aufgehört, und aus dem Achtal stiegen Nebelschwaden auf, die die Felder nach und nach bedeckten. Max schilderte mir, was an jenem Tag im September passiert war, als er unabsichtlich den Kater überfahren hatte und Rosa anschließend behauptet hatte, er habe ihn gar nicht getötet. Er hatte die Einzelheiten noch ganz genau im Kopf.

»Und dann hat sie gesagt, er sei schon halb tot gewesen. Man hätte ihn vergiftet«, schloss er achselzuckend seinen Bericht.

»Und du bist sicher, dass sie gesagt hat: ›vergiftet‹?«

Er sah mich an, als hätte ich ihm einen unsittlichen Antrag gemacht. »Ich würde nicht ›vergiftet‹ sagen, wenn ich nicht ›vergiftet‹ gemeint hätte!« Max war schon immer als Dipfelesscheißer bekannt gewesen, insofern war er ja auch ein guter Zeuge, wirklich zuverlässig. Aber wehe, man wagte an seinen Aussagen zu zweifeln!

Entschuldigend hob ich die Hände. »Schon gut. Aber hat sie auch gesagt, wer ihn vergiftet hat?«

»Nein, das hat sie nicht gesagt, obwohl ich sie gefragt habe. Sie hat nur von ›denen‹ gesprochen.«

»Hast du ihr geglaubt?«

Er zögerte ein bisschen. »Sie war sehr überzeugt davon. Du hättest sie sehen sollen. Zum Fürchten! Ich hab die Rosa ja immer gern gemocht, die war anders als die anderen alten Weiber. Nicht so bigott. Aber da hat sie mir echt Angst gemacht. Wie eine Hexe hat sie ausgesehen! ›Das werden sie mir büßen!‹, hat sie gesagt. Und ich war froh, dass sie nicht mich gemeint hat!«

Auf dem Weg zu Mama und zum »Tatort« ließ ich mir das Gesagte noch einmal durch den Kopf gehen. Vielleicht hatten wir ja recht mit unserer Vergiftungstheorie. Zuerst der Kater, dann Rosa ... Eine Obduktion wäre wirklich das Beste. Für Rosa würden wir niemals die Genehmigung erhalten, da hatte Apollonia sicher recht. Aber für den Kater? Meine Freundin Angelika war Ärztin, und sie hatte gewiss irgendeinen Kollegen, der sich mit Gift auskannte.

Ich stellte mein Auto im Hof vor unserem Haus ab und nahm die Taschenlampe aus dem Kofferraum. Dann machte ich mich zu Fuß auf den Weg zu Rosas Haus. Ich würde den Kater exhumieren. Allein. Siggi konnte ich nicht mehr trauen.

Es war dunkel geworden, und der Nebel war nun auch in das Dorf eingedrungen. Die Straßenlampen verbreiteten ein trübes Licht, das vom weißen Dunst aufgesogen wurde; wie gelbe Lampenschirme hingen die Lichtkegel an den Masten. Ich hatte den Kragen meiner Lederjacke hochgeschlagen und ging möglichst rasch und vorsichtig zu Rosas Haus, wobei ich mich immer dicht im Schatten der Zäune und Hecken hielt. Aber es war ohnehin keine Menschenseele unterwegs.

Keine Menschenseele? Plötzlich war ich mir da nicht mehr so sicher. Waren da nicht Schritte, ein Stück hinter mir? Ich blieb stehen. Nichts. Alles still. Noch vorsichtiger ging ich weiter.

Ich erreichte das Haus, ohne irgendjemanden gesehen zu haben. Ob Siggi wohl schon da gewesen war, um die Katzen zu versorgen? Weder war ihr Auto zu sehen, noch waren die Fenster erleuchtet. Es musste ja auch schon gegen neun sein; vermutlich hatte sie ihre abendliche Pflicht bereits erfüllt.

Bevor ich über den Zaun an der Rückseite des Hauses kletterte, vergewisserte ich mich nach allen Richtungen, dass mich niemand beobachtete. Aber in den Fenstern der Nachbarhäuser war zu dieser Seite kein Licht zu sehen, nur das bläuliche Flackern eines Fernsehers – wahrscheinlich schaute Familie Bühler auch den »Tatort«. Außerdem war der Nebel nun sehr dicht geworden. Man hörte nichts, abgesehen vom fernen Autorauschen auf der Landstraße und dem Bellen eines Hundes irgendwo am Wald. Ich warf die Taschenlampe über den brusthohen Maschendrahtzaun und versuchte dann darüberzuklettern. So etwas war früher auch mal besser gegangen, ich fluchte, denn der wacklige Zaun schwankte bedenklich unter mir, aber schließlich landete ich auf der anderen Seite und fand auch die Lampe wieder.

In diesem Augenblick fuhr auf der Straße langsam ein Auto vorüber, und seine Scheinwerfer erfassten für einen Moment den obersten Teil des Gartens. Ich duckte mich und wartete, bis es im Nebel verschwunden war.

Das kleine Haus lag nun völlig im Dunkeln, es wirkte verlassen, tot. Ich wusste zwar, dass immer noch einige Katzen hier waren, aber man hörte und sah nichts von ihnen. Nur wenn Menschen in einem Haus wohnen, ist es voll Leben. Die Katzen fühlten sich bestimmt auch verlassen.

Bei meinem ersten Besuch hatte ich im Garten einen Schopf gesehen, und da Rosa ihren Moritz ja selbst begraben hatte, fand sich dort bestimmt ein Spaten. Als ich die Schopftür aufzog, knarrte sie heftig. Erschrocken hielt ich inne und lauschte, ob sich irgendwo ein Fenster öffnete. Aber es rührte sich nichts. Ich war allein im Dunkel und im Nebel.

So schaltete ich die Taschenlampe ein und leuchtete in den Schuppen: Rasenmäher, Gartenmöbel, eine Werkbank und diverse Malutensilien – wahrscheinlich noch von Rosas verstorbenem Mann. In einer Ecke lagerten Gartengeräte, und am Boden lag achtlos hingeworfen ein verdreckter Spaten. Rosa hatte wohl keine Lust mehr gehabt, ihn zu reinigen und ordentlich zu verstauen. Die Spinnen, die um diese Jahreszeit in die Häuser drängten, hatten bereits über allem ihre Netze ausgebreitet. Als ich nach dem Spaten griff, streifte ein klebriger Faden mein Gesicht, und ich zuckte zusammen. Schnell packte ich den Spaten und verließ den Schopf. Zunächst schaltete ich die Taschenlampe wieder aus, um mich nicht zu verraten, aber rundum blieb alles dunkel. Niemand schien sich für die Geschehnisse in Rosas Garten zu interessieren. Außerdem war der Nebel noch undurchdringlicher geworden, und so entschied ich, wieder Licht zu machen, zumal ich ein wenig die Orientierung verloren hatte. Links von mir musste der Wintergarten sein und rechts, ein Stück bergab, der Garten, in dem ich das Kreuz gesehen hatte. Bestimmt war dort das Grab von Moritz. Als ich mit der Taschenlampe umherleuchtete, fuhr mir plötzlich der Schreck in die Glieder. Ein rotes Augenpaar starrte mich aus dem Dunkel an. Es dauerte einen Augenblick, bis mir klar wurde, dass es eine Katze war, die mich vom Wintergarten aus beobachtete. Die blauen Augen der Birmas reflektierten das Licht offenbar in Rot. Ich holte tief Luft. Immerhin wusste ich jetzt, wo das Haus war. So stapfte ich in entgegengesetzter Richtung in den Nebel, wobei ich aufpassen musste, nicht zu stolpern, denn der Boden war uneben. Nach einigen Schritten landete ich bei ein paar Johannisbeerbüschen, die längst abgeerntet waren. Links davon musste das Kreuz sein.

Ich fand es schließlich auch, aber irgendetwas stimmte nicht. Meine Erinnerung vom Beerdigungsabend her war nur noch vage, dennoch wusste ich sicher, dass es senkrecht in der Erde gesteckt hatte. Nun hing es schief nach hinten, und als ich es berührte, kippte es um. Ich nahm es auf und sah, dass auf der Rückseite etwas geschrieben stand: »Moritz vom Basiliuswald, gest. 24. 9. 2002«, zeigte der Strahl meiner Lampe. Komisch, dachte ich, warum hat sie es so rum in die Erde gesteckt, mit der Schrift nach hinten? Im selben Moment wurde mir klar, dass nicht Rosa das Kreuz so in die Erde gedrückt hatte. Hier war vor mir schon jemand am Werk gewesen! Mir brach der Schweiß aus, und ich löschte sofort die Taschenlampe. Mit angehaltenem Atem lauschte ich wie ein Tier ins Dunkel. Ob der Grabschänder noch in der Nähe war? Nichts war zu sehen oder zu hören, nur der undeutliche Schatten des Hauses und die fernen, gleichmäßigen Motorengeräusche von der Straße. Apollonia, hier ist niemand, versuchte ich mich zu beruhigen, hier gibt es höchstens Marder und Füchse und ein paar Katzen hinter der Glaswand. Schließlich verlangsamte sich mein rasender Herzschlag wieder, und ich atmete vorsichtig weiter. Wenn ich jemanden akut gestört hätte, dann wäre mir sicher irgendein Geräusch oder eine Bewegung aufgefallen, bevor ich über den Zaun gestiegen war, redete ich mir ein.

Nach einer langen Weile knipste ich auch die Taschenlampe wieder an, um die Grabstelle näher zu betrachten. Auf den ersten Blick konnte man – abgesehen von dem umgekippten Kreuz – nichts Besonderes erkennen. Hier war eben gegraben worden, ein Grab für ein kleines Tier. Auffällig war nur die Tatsache, dass es keinen Grabhügel gab, wie er normalerweise aus der Erde geformt wird, die der Körper verdrängt hat. Im Gegenteil, es sah eher aus, als ob sich stattdessen eine kleine Kuhle gebildet hätte, und als ich den Spaten darauf stieß, gab der Boden nach. Ich klemmte mir die Taschenlampe zwischen die Zähne und begann zu graben. Lockeres Erdreich, Erdbrocken und kleine Steine flogen zur Seite, bis ich schließlich auf harten Boden stieß. Da hielt ich inne, denn nun hatte ich ein kleines, rechteckiges Grab vor mir, das nur einen Schönheitsfehler hatte: Es war leer.

Nachdem ich mich ein wenig von der Überraschung erholt hatte, setzte meine Denktätigkeit wieder ein. Der Spaten war also benutzt worden, um Moritz auszugraben. Nicht Rosa hatte ihn so unordentlich in den Schuppen geworfen, sondern derjenige, der – wie ich – gekommen war, um den toten Kater mitzunehmen. Aber wozu?

Obwohl mir die Situation immer noch unheimlich war, spürte ich, wie mich starke Erregung erfasste. Dies war ein klarer Hinweis, dass wir recht hatten mit unserem Verdacht. So etwas konnte nur jemand getan haben, der Schlimmeres zu verbergen hatte als die Tötung eines armen Katers. Den hätte man für immer und ewig in der Erde verrotten lassen können, aber wenn er ein Beweisstück war, beispielsweise für den Mord an einem Menschen, dann war es sinnvoll, ihn ganz aus der Welt zu schaffen. Leider hatte der unbekannte

Gräber damit sein Ziel erreicht: Das Beweisstück war verschwunden!

Dass allerdings Siggis Mutter zu einer solchen Aktion fähig sein sollte, erschien mir nun doch etwas fraglich. Gift womöglich ja, aber heimlich in Rosas Garten schleichen und den toten Kater ausgraben, das konnte ich mir einfach nicht vorstellen bei der feinen Frau Maurer mit ihrer Kräuseldauerwelle. Aber wer hatte es dann getan? Und warum?

Ich stellte den Spaten zurück in den Schopf und nahm denselben Weg zurück über den Zaun, nicht ohne vorher den neugierigen Augenpaaren, die nun schon zu viert waren, durch die Glasscheibe des Wintergartens Gute Nacht zu wünschen. Wenn nur Samantha auch dabei gewesen wäre!

Als ich beim Haus von Mutter ankam, sah ich auch hier das blaue Licht des Fernsehers durch die Wohnzimmerscheibe leuchten. Ein Blick auf die Uhr zeigte mir, dass beim »Tatort« jetzt der Showdown fällig war. Ich wollte noch die Taschenlampe in den Kofferraum zurücklegen und steckte den Schlüssel ins Schloss, um den Wagen zu entriegeln. Aber er war schon offen. Seltsam, ich hätte schwören können, dass ich ihn abgeschlossen hatte, nachdem ich die Taschenlampe herausgeholt hatte! Beunruhigt schaute ich mich um. Das Auto war ein dunkler Schemen zwischen dem bläulichen Licht, das gedämpft aus dem Fenster kam, und dem trübgelben Schein der Straßenlampe. Mit der Hand noch am Schlüssel lauschte ich. Aber nur die schwachen Schreie der »Tatort«-Kommissare und ein paar undeutliche Schüsse waren aus dem Haus zu hören, sonst war alles still. Apollonia, du siehst Gespenster!, wies ich mich zurecht. Lässt dich von deiner eigenen Vergesslichkeit foppen! Alles in Ordnung! Ich legte die Taschenlampe zurück an ihren Platz und schloss den Wagen ab. Dann ging ich zur Haustür. Durch den Bewegungsmelder sprang nun das Hoflicht an.

Dass etwas ganz und gar nicht in Ordnung war, drang erst in mein Bewusstsein, als ich die Türklinke schon in der Hand hielt. Und wäre der Geruch nicht gewesen, dann hätte ich es vielleicht überhaupt nicht bemerkt. Mein Auto hatte seinen eigenen Geruch, nach Benzin und Öl und Scheibenwaschmittel, aber heute roch es anders, als ich am Motorraum vorbeiging. Es roch nicht, es stank, und zwar nach irgendetwas, das ich nicht einordnen konnte. Als ich mich deswegen umdrehte und genauer hinsah, erkannte ich im Schein der Hoflampe, was ich im Vorbeigehen nur unbewusst aus dem Augenwinkel wahrgenommen hatte: Die Motorhaube stand leicht offen. Die hatte ich nun ganz bestimmt nicht aufgemacht! Mir wurde unheimlich. Hatte sich jemand an meinem Motor zu schaffen gemacht? Und was hatte dieser Gestank zu bedeuten?

Einen Moment lang überlegte ich, ob ich Mutter zu Hilfe holen sollte, aber dann schüttelte ich über mich selbst den Kopf. Was sollte mit dem Motor schon sein? Bestimmt nichts, bei dem eine alte Frau mir helfen konnte. Ganz langsam und mit klopfendem Herzen griff ich nach dem Deckel des Motorraums, dann riss ich ihn mutig mit einem Ruck hoch. Im selben Moment begann ich zu würgen und begriff. Auf meinem Motor lag, zwischen Gummikabeln und verölten Metallteilen, ein unförmiges, halb verwestes, schwarzes Etwas: Moritz. Ich stieß einen markerschütternden Schrei aus und ließ die Motorhaube fallen. Dann riss ich die Hände vor den Mund, um nicht weiterzuschreien, während oben im Wohnzimmer Licht anging. Mutter öffnete das Fenster.

»Polli, bisch du des? Isch was passiert?«

Ich konnte nicht antworten vor Grauen und wandte mich ab, um mich in die Rhododendronbüsche zu erbrechen.

»Mein Gott, Polli, was isch denn los? Sag doch ebbes?«

Aber ich brachte kein klares Wort heraus, würgte nur immer weiter.

Mama polterte die Treppe herab und stürzte aus der Tür. »Polli, was isch denn? Mensch, was stinkt denn do so?«

Sie stützte mich am Arm, während ich die Büsche mit den letzten Resten von saurem Käs und Marzipantorte beglückte. Ich konnte nichts sagen, zeigte nur auf die Motorhaube. Ohne zu zögern, öffnete sie den Deckel. Vor ihr lag Moritz oder das, was von ihm übrig war, im vollen Licht der Hoflampe. Nun war es an ihr zu schreien, aber bei ihr klang es eher wir ein lautes »Och!«, dann hatte sie sich schon wieder gefangen. In dem Alter ist man vielleicht doch cooler, schoss es mir durch den Kopf.

Immerhin griff sie sich ans Herz. »Um Gottes willen, was isch denn des? Des isch ja furchtbar! Wer hat denn des gmacht?«, begann sie zu jammern. »Jetzt komm, Mädle, ich bring dich hinauf! Du bisch ja bleich wie der Tod!«

Sie zerrte mich am Arm, aber ich wehrte ab. Langsam ließ das Würgen nach, und heiser krächzend stieß ich hervor: »Mama, lass mich!« Da zog sie ein großes Taschentuch aus ihrem Schürzensack und hielt es mir hin, damit ich wenigstens notdürftig meinen Mund säubern und mich gegen den Gestank schützen konnte. Ich hob, das Tuch vor die Nase haltend, noch einmal die Haube an und ließ die Stütze einrasten, um mir den toten Kater genauer anzuschauen. Dem armen Kerl hatte man die Augen ausgestochen, aber Gott sei Dank konnte das nur nach seinem Tod geschehen sein. Außerdem fehlte ihm die Zierde der Birmakatzen: seine weißen Stiefelchen. Die Krallen waren offenbar abgehackt und das Fell an den Füßen bis zur Höhe der mittleren Gelenke abgezogen worden, sodass nur noch blutverkrustete, knochige Stümpfe zu sehen waren.

»Wer macht so ebbes?«, fragte Mutter noch einmal und schüttelte ungläubig den Kopf.

Ja, wer machte so etwas? Ein Katzenfreund ganz bestimmt nicht! Siggis Mutter? Geradezu lächerlich! Ich schämte mich, dass wir sie verdächtigt hatten. Aber wer dann? Und wozu? Anscheinend war der Kater doch kein Beweisstück, sonst hätten sie ihn mir jetzt nicht frei Haus geliefert. Aber wofür hatte man ihn dann ausgegraben und so zugerichtet?

Plötzlich fiel es mir wie Schuppen von den Augen. Wen konnte man am meisten treffen mit einer solchen Inszenierung? Wenn mir schon das Kotzen gekommen war und Mama sich ans Herz gegriffen hatte – wie musste dieser Anblick erst auf Rosa gewirkt haben? Da konnte der gesündeste Mensch eine Herzattacke bekommen, und Rosa war nicht mehr wirklich gesund gewesen. Der Kater war zum Mordinstrument an seiner geliebten Herrin geworden!

»Wer macht so ebbes?«, wiederholte Mutter wie in Trance.

Das war die entscheidende Frage. Wer hatte Rosa auf so widerwärtige Weise umgebracht? Und warum? Wir standen wieder ganz am Anfang. Oder doch nicht ganz. Immerhin wussten wir jetzt, dass Apollonia recht gehabt hatte, als sie mich angerufen und gesagt hatte: »Mit dem Tod von der Rosl stimmt etwas nicht!« Nur dass hier offensichtlich schlimmere Dinge im Gange waren, als sich selbst meine krimigeschulte Tante vorstellen konnte.

»Ich weiß jetzt, wie Rosa zu Tode gekommen ist!«

»Was?«

Ich hatte versucht, Siggi zu Hause zu erreichen, aber da war nur der Anrufbeantworter angesprungen. Beim fünften Läuten des Handys antwortete sie mir endlich.

»Wo bist du?«, fragte ich.

»In Baselreute, die Katzen versorgen. Heute ist es etwas später geworden. Was ist denn passiert?«

»Ich bin auch noch in Baselreute. Komm her, dann erzähl ich dir alles.«

Eine halbe Stunde später saßen wir bei Mama im Wohnzimmer. Sie hatte einen Kamillentee gemacht, nachdem ich ihr Angebot, erst einmal einen Schnaps zu trinken, abgelehnt hatte. Der hätte meinen ohnehin flauen Magen wahrscheinlich noch völlig ramponiert. Ich hatte schon befürchtet, dass sie mich nun einem hochnotpeinlichen Verhör unterziehen würde, aber offenbar hatte das Erlebnis auch sie so geschockt, dass sie sich mit einer zusammenfassenden Erklärung zufriedengab. Ihr einziger Kommentar war: »Da hat dich die Apollonia wieder in ebbes hineingezogen!«

Die Überreste des Katers hatte ich vorläufig in einem Plastiksack im Holzschopf verstaut, denn trotz allem wollte ich Angelika bitten, ihn obduzieren zu lassen. Jetzt erst recht! Dann war ich duschen gegangen, um das Gefühl zu stinken loszuwerden, und saß nun in Schlafanzug und Mutters Bademantel auf dem Sofa.

Siggi wollte genau wissen, was passiert war, und als ich von meiner misslungenen Exhumierung berichtete, machte sie mir Vorwürfe wegen meines Alleingangs: »Du hättest mich doch anrufen können, ich musste ja sowieso die Katzen versorgen!«

Ich wagte nicht zu sagen, dass ich ihr nicht mehr vertraut hatte.

»Es war so eine spontane Idee; ich wollte dir damit nicht den Sonntagabend verderben!« Eine laue Ausrede, die sie jedoch gnädig akzeptierte.

Als ich am Ende meiner Erzählung angekommen war, fragte sie nachdenklich: »Warum haben sie den toten Kater in dein Auto gelegt? Als Scherz kann das ja wohl nicht gemeint gewesen sein!«

»Eine Warnung?«

»Das würde bedeuten, dass du auf irgendeiner richtigen Spur bist, dass jemand sich von dir bedroht fühlt. Und dass dieser Jemand dich beobachtet. Wie hätte er sonst wissen können, dass dein Auto hier ist?«

»Das konnte doch jeder sehen, der hier vorbeifuhr. Vielleicht haben sie's aufs Geratewohl probiert und dachten, ich sitze oben vor dem Fernseher. Mama, du hast nichts bemerkt?«

»Ich hab doch den ›Tatort‹ geguckt, da sitz ich mit dem Rücken zum Fenster!«, verteidigte sich Mutter und fuhr maulend fort: »Und jetzt weiß ich nicht einmal, wer der Mörder war, weil du so geschrien hast, bevor's zu Ende war!«

Siggi sah sie strafend an und wandte sich dann wieder an mich: »Womöglich hattest du noch Glück, dass du ihnen nicht in die Arme gelaufen bist. Wer weiß, was dann passiert wäre!«

»Wir reden schon wie Rosa«, wurde mir plötzlich bewusst. »Max Gerstner zufolge hat sie auch von ›ihnen‹ gesprochen.«

»Die arme Tante Rosa! Wie konnten sie ihr das nur antun!

Wo sie Moritz so geliebt hat.« Siggi schüttelte bekümmert den Kopf. »Diese Schweine!« Sie wurde plötzlich laut. »Und man kann ihnen nichts nachweisen. Herzinfarkt! Natürliche Todesursache!«

»Und der Tod des Katers? War das nun ein Zufall, einfach unters Auto gekommen? Oder haben sie ihn tatsächlich vergiftet, um anschließend mithilfe ihrer makabren Inszenierung Rosa umzubringen?«

»Und warum hat man sie überhaupt umgebracht?«

»Max Gerstner hat behauptet, sie hätte gesagt: ›Das werden sie mir büßen!‹ Vielleicht hat sie jemandem gedroht, weil sie überzeugt war, dass Moritz vergiftet worden war? Aber womit hätte sie drohen können?«

Jedes neue Indiz brachte mehr Fragen mit sich als Antworten.

»Und die anderen beiden Katzen, warum haben sie die mitgenommen?« Siggi schaute mich von der Seite an, denn in diesem Augenblick dachten wir beide dasselbe: Blühte Samantha und Hannibal dasselbe Schicksal wie Moritz?

»Glaubst du, dass ein Züchter eine Katze so zurichten würde wie den armen Moritz?«, fragte ich. Ich hatte Siggi kurz einen Blick in die Plastiktüte werfen lassen. Sie hatte sich ein 4711-Erfrischungstuch von Mama vor die Nase gehalten, tapfer die Katerüberreste in Augenschein genommen und sie dann eindeutig als Moritz identifiziert.

»Ich weiß doch auch nicht. Eigentlich kann ich es mir nicht vorstellen. Aber sie haben die Zuchtunterlagen mitgenommen, das spricht doch dafür, dass es Züchter waren.«

Ich wollte das ja auch gerne glauben. Dann wäre Samantha bestimmt noch am Leben. »Die Berliner?«

»Meinst du, die Berliner fahren nachts hier herum und schauen, ob dein Auto dasteht?«

Das war allerdings schwer vorstellbar.

»Es muss jemand von hier sein.«

Wir verstummten alle drei. Ich war zwar schon lange fort aus Baselreute und kannte längst nicht mehr alle Leute hier, aber ich konnte mir beim besten Willen nicht vorstellen, dass ein Hiesiger so etwas Schauderhaftes tun würde. Und auch Mama und Siggi schien niemand einzufallen, der zu so etwas imstande war. Aber irgendjemand hatte es getan. Und Siggi hatte recht: Dieser Jemand musste von hier sein. Es sei denn, er war mir schon die ganze Zeit gefolgt und hatte mich beobachtet. Diese Vorstellung war fast noch unheimlicher.

»Und wer hat sauber gemacht?« Mama hatte intensiv unserer Diskussion gelauscht und nur hin und wieder den Kopf geschüttelt. Offenbar war nun auch ihr detektivischer Spürsinn erwacht, der sich allerdings eher auf den hausfraulichen Aspekt des Falles bezog. »Wer hat Rosas Zimmer sauber gemacht, nachdem sie tot war? Der Kater war ja nicht mehr da, als der Doktor Zoller am nächsten Morgen gekommen isch, oder?«

»Das werden die gewesen sein, die ihn ausgegraben haben. Sie haben ihn wieder mitgenommen und jetzt mir unter die Motorhaube gelegt.«

»Aber deine Mutter hat gar nicht so unrecht. So dreckig und blutig, wie der war, muss er deutliche Spuren hinterlassen haben, wenn sie ihn irgendwo in Tante Rosas Schlafzimmer hingelegt haben. Auch wenn sie geputzt haben, vielleicht könnte die Polizei da ja was finden!«

»Womöglich haben sie eine Plastikplane verwendet?«, wandte ich ein.

»Ihr müsst auf jeden Fall zur Polizei gehen!«, sagte Mama.

Siggi stimmte ihr zu. »Deine Mutter hat recht, Polli, das ist jetzt kein Spaß mehr. Jemand, der so etwas macht, ist zu allem fähig! Wir müssen Anzeige erstatten. Lass uns morgen früh aufs Polizeirevier in Ravensburg gehen!«

»Was sollen wir denen denn sagen? Wir haben zwar den Kater, aber mit dem könnten wir höchstens Anzeige wegen Störung der Totenruhe erstatten, und zwar bei einer Katze! Und dass er unter meiner Motorhaube lag, wird die Polizei als groben Scherz der Dorfjugend abhandeln.«

»Das wäre aber ein sehr grober Scherz! Vielleicht, wenn es am Ersten Mai passiert wäre, aber doch nicht im Oktober!« Siggi zögerte einen Moment, dann fragte sie schmunzelnd:

»Erinnerst du dich noch an die Geschichte mit den Kuhköpfen am Ersten Mai vor ich weiß nicht wie vielen Jahren?«

Mama war sofort hellwach. »Welche Geschichte mit Kuhköpfen?«

Die Nacht zum Ersten Mai, die Walpurgisnacht, wurde von den Kindern des Dorfes seit jeher zum Anlass genommen, allerlei Unfug zu stiften. Gartentürchen wurden ausgehängt, Fahrräder versteckt oder Briefkästen mit Unrat zugestopft. Und in jenem Jahr hatten wir eine ganz besonders originelle Idee gehabt. Zumindest fanden wir das.

Mein Onkel Erwin hatte damals einen Fischweiher in einem Wäldchen oberhalb des Achtales gepachtet. Und er hatte seine eigene spezielle Methode, diese Fische zu füttern: Im Schlachthof kaufte er die Köpfe soeben geschlachteter Rinder und Kühe, legte diese auf einen Gitterrost, den er auf Pfählen mitten im Weiher platziert hatte, und wartete, dass die Fliegen ihre Eier darin ablegten. Wenn dann die Maden zu Tausenden schlüpften, fielen sie durch das Gitter ins Wasser und dienten so den Fischen als Speise. Es dauerte einige Wochen, bis die Köpfe vollständig abgenagt und die Fische fett gefressen waren. Die bleichen Schädel warf Onkel Erwin dann in eine Grube in der Nähe des Weihers, und die Fische verkaufte er an Freunde und Verwandte. Uns Kinder interessierten aber vor allem die Schädel. So zogen wir am Nachmittag vor jener Walpurgisnacht mit einem Leiterwagen los in das Fischweiherwäldchen und luden so viele Kuhschädel auf, wie zwischen die Streben des Wagens passten. Zur Tarnung bedeckten wir sie mit Tannenzweigen, bevor wir mit unserer Fracht ganz unschuldig durchs Dorf zurückfuhren. Spätabends traten wir dann wieder in Aktion. Einer musste jeweils einen Schädel vor die Haustür des ausgewählten Opfers tragen, während sich die anderen irgendwo in der Nähe versteckten, um die Reaktion des so Beschenkten genau zu beobachten. Wenn der Schädel ordentlich drapiert war, musste man läuten und schnell weglaufen, um sich auch zu verstecken. Leider tat uns damals keines unserer Opfer, unter denen sich so illustre Persönlichkeiten wie der Herr

Pfarrer oder der Herr Schulrektor befanden, den Gefallen, vor Schreck tot oder wenigstens ohnmächtig umzufallen. Alle reagierten mehr oder minder gefasst und begnügten sich damit, über die Lausbuben zu schimpfen, die sich solches hatten einfallen lassen – nicht ahnend, dass sie es vorwiegend mit Lausmädchen zu tun hatten.

»Ach nichts, Mama«, sagte ich nur.

»Ich weiß noch genau, das war deine Idee damals«, verriet Siggi. »Du hattest halt immer schon einen Hang zum Makabren. Aber das mit Moritz kannst du damit nicht vergleichen. Außerdem vergisst du den Diebstahl der anderen beiden Katzen! Und die tote Tante Rosa!«

»Auf deren Totenschein Herzversagen steht, was vermutlich auch stimmt.«

»Sag mal, Polli, was ist denn los? Du wolltest doch, dass wir die Polizei einschalten. Du hattest doch von Anfang an den Verdacht, dass da etwas nicht stimmt. Und jetzt, wo wir etwas in der Hand haben, willst du plötzlich nicht mehr? Das versteh ich nicht!«

Ich zögerte etwas, wusste nicht, wie ich es ihnen klarmachen sollte. Schließlich gab ich zu, dass ich Angst hatte.

»Angst? Das kenn ich ja gar nicht von dir. Was kann dir denn passieren, wenn wir zur Polizei gehen?«

»Ich hab keine Angst um mich, sondern um Samantha. Und Hannibal. Wenn diese Typen – wer immer sie auch sind – merken, dass die Polizei hinter ihnen her ist, dann scheuen sie bestimmt nicht davor zurück, Beweismaterial loszuwerden, auch lebendes Beweismaterial. Die beiden Tiere sind schnell getötet und irgendwo verscharrt.«

Siggi sah mich nachdenklich an. »Offenbar haben sie ihr Ziel erreicht. Die Warnung hat gewirkt!«

Ich wurde ärgerlich. »Rosa und Moritz sind tot, die werden nicht wieder lebendig, wenn wir zur Polizei gehen! Aber die beiden anderen Katzen leben hoffentlich noch, und das soll auch so bleiben!«

»Dieser Anschlag heute Abend ging gegen dich! Du bist in Gefahr, nicht nur die Katzen!« Siggi wurde vor Besorgnis laut.

Und schließlich mischte sich auch noch Mutter ein. »Mädle, sei vernünftig! Das müsst ihr unbedingt der Polizei melden!«

»Hört zu, ich will morgen früh bei Doktor Zoller vorbeigehen und mit ihm sprechen. Der hat Rosa gut gekannt und kann uns vielleicht doch noch einen Hinweis geben. Und Moritz nehme ich mit nach Konstanz und frag Angelika, ob sie irgendeine Möglichkeit hat, ihn obduzieren zu lassen. Wir versuchen erst einmal selber rauszufinden, was passiert ist und wer das gemacht hat, okay?«

»Dann rufe ich Frau Schweikart an und erzähl ihr von der Sache. Vielleicht fällt ihr ja auch noch etwas ein«, entschied Siggi. Da hatte sie wenigstens einen Grund gefunden, den Faun noch einmal zu kontaktieren.

Zum Abschied strich sie mir übers Haar und drückte mir einen zarten Kuss auf die Wange. »Ich hab halt Angst um dich!«

Als sie draußen war, wischte ich mit dem Handrücken unsicher über meine Wange.

Bevor ich am nächsten Morgen nach Konstanz fuhr, stattete ich Apollonia noch einen kurzen Besuch ab. Immer noch ziemlich schockiert erzählte ich ihr, was am Abend passiert war. Den toten Kater hatte ich in drei Müllsäcken verpackt im Kofferraum liegen, doch sie verzichtete gern darauf, ihn persönlich in Augenschein zu nehmen. Auch sie konnte sich nicht vorstellen, dass jemand aus Baselreute so etwas getan haben könnte.

»Du musst unbedingt sofort zur Polizei gehen!«, hieb sie dann in dieselbe Kerbe wie Mama und Siggi.

»Apollonia, das geht nicht, dann bringen die womöglich Samantha und Hannibal um!«

»Wer sind denn Samantha und Hannibal?«, fragte sie ungeduldig. Ihr Gedächtnis war wirklich nicht mehr das beste.

»Das sind die Katzen, die gestohlen worden sind.«

»Ach, und wegen den zwei Viechern willsch du so ein Risiko eingehen?«

Wie sollte sie auch verstehen, was Samantha für mich bedeutete? Da fiel mir etwas ein. »Du weißt doch, wie das für deinen Vater war, als seine Katze verschwand. Und hast du nicht auch eine gehabt? Früher? In den Fünfzigerjahren?«

»Ja, 's Mohrle«, antwortete sie.

»Und das war doch bestimmt schrecklich für dich, als das Mohrle gestorben ist, oder?«

Sie sah mich tadelnd an, denn sie durchschaute natürlich meine Argumentationstaktik, aber dann gab sie zu: »Ja, natürlich, das war furchtbar, als der unters Auto gekommen ist. Aber den hab ich auch fast zehn Jahre gehabt! Du kennst die zwei Katzen doch kaum!«

Wie sollte ich ihr begreiflich machen, dass sich Samantha in der einen Stunde, die ich mit ihr verbracht hatte, unwiderruflich in mein Herz eingeschlichen hatte? Dass ich immer ihre blauen Augen vor mir sah und ihr anklagendes Miauen hinter der Haustür hörte? Und dass mir der Gedanke Panik bereitete, ihr könnte durch meine Schuld etwas zustoßen?

Ich zuckte mit den Schultern. »Ich kann dir das nicht erklären, für mich sind sie halt sehr wichtig.«

Zögernd meinte sie: »Weißt du, zuletzt bin ich noch schuldig, wenn dir etwas passiert. Ich hab dich doch erst in die ganze Sache hineingezogen!« Ausnahmsweise war sie mal mit Mama einer Meinung.

»Ich bin eine erwachsene Frau, Apollonia, und für mich allein verantwortlich. Und wenn es mich nicht selber interessiert hätte, dann hätte ich mich auch nicht da reinziehen lassen!«, versuchte ich sie zu beruhigen.

»Ha, wenn du meinscht«, sagte sie kleinlaut. »Was machen wir denn jetzt?«

Ich erzählte ihr, dass ich vorhatte, den Kater obduzieren zu lassen.

»Außerdem will ich noch bei Doktor Zoller vorbeifahren

und ihn fragen, was er von der ganzen Geschichte hält. Er kannte Rosa gut und war schließlich ihr Arzt. Vielleicht ist ihm ja doch etwas aufgefallen, oder er kann mir zumindest sagen, ob sich das Ganze so abgespielt haben könnte, wie ich glaube.«

»Ach, was willst du denn bei dem alten Dackel! Der tät einen unklaren Todesfall nicht einmal erkennen, wenn das Messer noch in der Brust stecken würde! Der hat seine Meinung und baschta. Wenn man einmal so alt ist, dann wird man einfältig und stur, da sollte man einfach nicht mehr schaffen!«

»Aber Doktor Zoller ist doch viel jünger als du!«

»Ich schaff ja auch schon lange nicht mehr!«

Ich lachte. »Aber mit der Sturheit könntest du recht haben!«

Entrüstet wollte sie etwas erwidern, dann wurde sie plötzlich nachdenklich. »Weißt du, das ist eine komische Sache mit dem Altwerden. Jeden Tag schaust du in den Spiegel und siehst jeden Tag das gleiche Gesicht. Und fühlst dich immer gleich jung. Dann stößt du irgendwann auf ein altes Foto, und da ist ein völlig anderes Gesicht drauf als das, was du jeden Tag im Spiegel siehst. Man hat so viel Zeit, um sich an seine Falten zu gewöhnen, und wenn man den Unterschied eines schönen Tages entdeckt, dann ist man auf einmal alt. Und dabei denkt man immer, bloß die anderen seien alt geworden.« Grimmig schaute sie ihren Gehwagen an. »Und außerdem braucht man immer mehr Ersatzteile: Ersatzzähne, eine Ersatzhüfte, so einen blöden Gehwagen als Ersatz für die schnellen Füße ...«

Ich bestand trotzdem darauf, bei dem alten Dackel vorbeizuschauen.

Dr. Zoller junior hatte zusammen mit seiner Gattin zwar offiziell die Praxis des Vaters übernommen, dieser praktizierte aber nach wie vor im alten Sprechzimmer. Die Jungen hatten einen modernen Glasanbau errichten lassen, in dem zwei weitere Sprechzimmer untergebracht waren, eins für sie und eins für ihn. Das Wartezimmer wurde generationen- und ehegattenübergreifend genutzt.

Als ich an diesem Montagmorgen eintrat, saßen nur zwei ältere Männer da, die mich neugierig anstarrten. Hinter der Empfangstheke stand eine junge Frau aus dem Dorf.

»Könnte ich bitte Herrn Doktor Zoller sprechen?«

»Den Junior oder den Senior?«

»Den Senior.«

In diesem Moment ging die Tür eines Sprechzimmers auf, und heraus trat Frau Zoller, Dr. Regula Zoller, wie auf dem Schild neben der Eingangstür stand, eine Göttin in Weiß. Ich fragte mich, warum diese Frau ausgerechnet einen kleinen Landarzt wie Hannes Zoller geheiratet hatte. Aber vielleicht hatte er nach dem Studium in Zürich ja gar nicht vorgehabt, in sein Heimatdorf zurückzukehren, vielleicht hatten sie beide von einer großen Karriere geträumt, und am Ende hatte die Ärzteschwemme sie eben doch nach Baselreute gespült. Jedenfalls konnte auch das dicke Make-up die Gramfalten um ihren Mund nicht ganz retuschieren. Ihr Blick glitt über mich und die beiden Herren, dann sagte sie mit Schweizer Akzent: »Christine, ich gehe dann für eine halbe Stunde nach drüben. Wenn etwas Wichtiges sein sollte, können Sie mich ja rufen.« Die beiden Männer und ich waren offenbar nicht wichtig genug.

Als sie verschwunden war, wandte sich Christine wieder an mich.

»Es tut mir leid, der Senior ist schon seit einigen Wochen selber krank, rheumatische Beschwerden. Er kann momentan nicht arbeiten.«

Vielleicht hatte Apollonia ja recht – wenn man als Arzt die siebzig überschritten hatte, sollte man besser abtreten, denn wie bei jedem Sterblichen kommt dann die Zeit, wo man ohnehin die Seiten wechseln muss, vom Sprechzimmer ins Wartezimmer, vom Sessel hinter dem Schreibtisch auf den Stuhl davor.

Aber dass ich nun nicht mit ihm sprechen konnte, war ärgerlich. Ich überlegte, was ich tun sollte.

»Sie können auch zum Junior gehen«, munterte mich die Sprechstundenhilfe auf.

Ich sah die beiden alten Männer an, die vermutlich denselben Bescheid bekommen hatten und nicht besonders glücklich darüber schienen. Sie waren auf jeden Fall vor mir an der Reihe. Eigentlich hatte ich keine Zeit zu warten, ich musste nach Konstanz zurück. Aber dann fiel mir ein, dass Hannes ja derjenige gewesen war, der die tote Rosa gefunden hatte. Vielleicht konnte ich auch von ihm etwas erfahren.

»Wie lange dauert es denn, wenn ich zu Herrn Zoller junior gehe?«

»Die beiden Herren sind vor Ihnen dran. So eine halbe Stunde.«

»Ich hab's halt ziemlich eilig.«

»Sia, Frollein, Sia sind doch die Polli vom Schreiner Katzenmaier, gell?«, fragte nun einer der beiden Alten. Offenbar kannte er mich noch, auch wenn sein Gesicht mir nichts sagte.

»Ja, die bin ich!«

»Wisset Se, wenn Sia's so eilig hond, also wega mir könnet Se ruhig zerscht neiganga. I hon Zeit!«

Er sah seinen Nachbarn auffordernd an, bis auch der schließlich etwas widerwillig zugestand: »Ha, meinetweaga. No gont se halt zerscht nei!«

Christine lächelte mich mit einem Blick an, als ob ich diese glückliche Wendung ihr zu verdanken hätte. In diesem Augenblick verließ eine Patientin das Sprechzimmer, und Hannes Zoller sah sich im Wartezimmer um. »Wer ist der Nächste?«

Die Sprechstundenhilfe wollte noch etwas sagen, wahrscheinlich, dass sie meine Daten noch nicht aufgenommen und meine Krankenkassenkarte noch nicht in den Computer eingelesen hatte, aber ich huschte einfach an Hannes vorbei ins Sprechzimmer.

Der sah mich überrascht an. »Hoi, Polli, was machst du denn hier? Bist du krank?« Auch er hatte mich sofort erkannt. In der Schule war er vier Klassen über mir gewesen, damals ein schier unüberbrückbarer Altersunterschied. Wie ich musste er immer mit dem Schulbus nach Waldsee fahren, zum Gymnasium. Als Zwölfjährige hatte ich eine Zeit lang für ihn geschwärmt, was ich nun allerdings nicht mehr so recht nachvollziehen konnte. Er hatte mich damals überhaupt nicht beachtet, und einen Monat lang hatte ich seinetwegen verzweifelte Einträge in mein Tagebuch gemacht, bis er schließlich von Winnetou abgelöst worden war.

Er gab mir die Hand, die ich wie gewohnt kräftig drückte. Als er laut aufschrie, sah ich erst, dass er ein Pflaster am Mittelfinger trug.

»Entschuldige bitte, meine Mutter sagt immer, ich hätte einen Händedruck wie ein Holzfäller und einen Gang wie ein Pferdeknecht!«

Hannes lächelte etwas gequält. »Ach, das stimmt doch nicht, Polli, dein Gang ist doch ganz normal.« Und fast entschuldigend fügte er hinzu: »Ich hab mich beim Kartoffelschälen geschnitten. Und, was hast du für ein Problem?«

Ich überlegte einen Augenblick, ob ich ihm die Wahrheit sagen sollte. Und wenn er etwas mit dem Mord zu tun hatte? Immerhin hatte er die Tote gefunden. Andererseits konnte ich mir den braven Hannes Zoller genauso wenig als Katzengrabräuber vorstellen wie Siggis Mutter. Ich beschloss, ihn zumindest teilweise einzuweihen. So erzählte ich, dass Siggi im Zweifel war, ob ihre Tante tatsächlich eines natürlichen Todes gestorben war, und dass wir vermuteten, dass ihr Herzversagen durch einen bewusst herbeigeführten Schock verursacht worden war. Ob das seiner Meinung nach möglich sei? Den toten Kater und die verschwundenen Katzen verschwieg ich.

Hannes überlegte eine Weile, dann meinte er, den Kopf hin und her wiegend: »Was soll ich dazu sagen? Herzversagen ist Herzversagen. Wodurch es letztendlich ausgelöst wurde, kann man im Nachhinein schlecht feststellen. Sie war halt nicht mehr so gesund. Bluthochdruck. Das kann schnell einmal gefährlich werden.«

Ich war etwas enttäuscht, aber was hatte ich erwartet?

Immerhin hielt er meine Theorie nicht für völlig ausgeschlossen.

»Sag mal, du hast die tote Rosa doch gefunden. Ist dir da irgendetwas aufgefallen? War in ihrem Zimmer etwas seltsam? Schmutz oder ein komischer Geruch?«

Täuschte ich mich, oder blitzte in seinen Augen etwas wie Furcht auf? Einen Moment nur kam es mir so vor, aber wahrscheinlich irrte ich mich.

»Es roch, wie es bei Toten meistens riecht, nach Seiche und ein wenig stickig, weil die Fenster zu waren.«

»Hast du sonst irgendetwas mitbekommen von Rosa in letzter Zeit, irgendwelche fremden Leute, die sie besucht haben, oder so?«

Er schüttelte langsam den Kopf. »Nicht dass ich wüsste. Aber sie war ja auch nicht meine Patientin. Sie ist weiterhin zu Vater gegangen. Wie die meisten seiner alten Patienten.«

»Warum bist an diesem Morgen dann eigentlich du bei ihr gewesen?«

Er zog ein blütenweißes Taschentuch aus der Hosentasche und wischte sich den Schweiß von der Stirn. »Vater ist schon seit einigen Wochen krank. Rheumatismus. Er kann nicht mehr gut aus dem Haus gehen momentan.«

»Aber den Totenschein hat er ausgestellt?«

Sein Gesichtsausdruck wurde abweisend.

»Sag mal, Polli, was willst du uns hier eigentlich unterstellen? Dass Papa eine Fehldiagnose gestellt hat? Dass der Totenschein falsch war? Ja, ich musste ihn gleich hinfahren, als er es erfahren hat, und dann hat er den Totenschein unterschrieben. Weil sie ja seine Patientin war. Aber es war eindeutig Herzversagen!«

»Daran zweifle ich ja auch überhaupt nicht«, versuchte ich ihn zu beruhigen. »Ich dachte nur, dass ihr vielleicht etwas bemerkt hättet, was uns weiterhilft.«

»Nein, nichts«, lautete seine kurz angebundene Antwort. »Und wenn du mich jetzt entschuldigen würdest, da draußen warten noch echte Patienten.«

Ich drückte zum Abschied vorsichtig seine Hand, die inzwischen unangenehm feucht war.

Als ich mich zum Gehen wandte, fragte er noch: »Was für ein Schock soll denn das gewesen sein?«

Nach kurzem Zögern antwortete ich unverbindlich: »So genau wissen wir das auch nicht. Manches kam uns halt ein wenig seltsam vor.«

Er zuckte nur mit den Schultern, dann war ich auch schon draußen, wo ich mich noch einmal bei den älteren Herren für ihre Großzügigkeit bedankte. Auf die Frage von Christine nach meiner Versichertenkarte antwortete ich, dass mein Besuch privater Natur gewesen sei. Erstaunt sahen mir alle drei nach, als ich das Wartezimmer verließ.

Mein Besuch bei Familie Dr. Zoller war nicht sonderlich ergiebig gewesen. Ich saß auf der Fähre und schaute übers Wasser nach Osten, wo der Morgennebel noch über dem See hing. Der Regen hatte sich über Nacht endgültig verzogen. Langsam stieg die Sonne über der Nebelwand hoch und zauberte einen zarten Lichtschimmer auf das Wasser, der sich mit dem Spiel von Wind und Wellen ausbreitete und schließlich zu einem Lichtsee auf dem Wassersee wurde. Ich nahm es als gutes Zeichen nach den schrecklichen Ereignissen der letzten Zeit. Zu Unrecht, wie sich zeigen sollte.

Diese Woche würde anstrengend werden. Neben dem Italienischunterricht stand der Volkshochschulvortrag über Heckel an, und danach musste ich mir gleich den Nächsten auf meiner Expressionistenliste vornehmen: Ernst Ludwig Kirchner.

Außerdem hatte ich in der darauffolgenden Woche in Meersburg einen Vortrag über Annette von Droste-Hülshoff zu halten, den es auch noch vorzubereiten galt. Im Fürstenhäusle, das sich die Dichterin gegen Ende ihres Lebens vom selbst verdienten Geld als Schriftstellerin gekauft hatte, würde ich zum Thema »Annette von Droste-Hülshoff – eine emanzipierte Frau?« referieren. Ich hatte in der Unibibliothek recherchiert, war aber auch persönlich auf ihren Spuren gewandelt, im besagten Häusle zwischen den Weinbergen und auf der alten Burg, wo sie bei Schwester und Schwager gewohnt hatte. Aus ihren Briefen und Gedichten hatte ich versucht herauszulesen, wie es eine nicht verheiratete adlige Dame in der Männerwelt des neunzehnten Jahrhunderts geschafft hatte, ihren eigenen Weg zu gehen, hatte in ihrem Turmzimmer gestanden und auf den See geschaut, so wie sie vor über hundertfünfzig Jahren, und dabei etwas von ihrem Schmerz und ihrer Sehnsucht nachfühlen können – *Wär' ich ein Jäger auf freier Flur, / Ein Stück nur von einem Soldaten, / Wär' ich ein Mann doch mindestens nur, / So würde der Himmel mir raten; / Nun muß ich sitzen so fein und klar, / Gleich einem artigen Kinde, / Und darf nur heimlich lösen mein Haar, / Und lassen es flattern im Winde!*

Ihr Schwager Laßberg und die Konventionen hatten sie fest im Griff gehabt, und die gelehrten Männer, die den selbst ernannten Mittelalterforscher und »Freund vaterländischer Geschichte« auf der Meersburg besuchten, waren nur »trockene Bohnenhülsen« für sie gewesen, alle, bis auf Levin Schücking, der Sohn ihrer besten Freundin. Doch der war zu jung, hatte ihr Feuer nur entflammt und nicht gelöscht, sondern eine Dame seines Alters vorgezogen.

Arme Droste, momentan konnte ich gut nachvollziehen, was es für sie bedeutet haben musste, ihn an eine andere zu verlieren!

Nach all meinen Recherchen wusste ich nicht wirklich eine Antwort auf die Titelfrage meines Vortrags. War sie emanzipiert gewesen? Aber was hieß schon emanzipiert? War ich emanzipiert? Meine Haare durfte ich im Wind flattern lassen, ganz offen, vor allen Leuten auf der Fähre, aber darüber hinaus? Wenn ich an meine Schwester und meinen Schwager dachte, kamen mir Zweifel. Die beiden hätten sich wahrscheinlich gut mit Herrn Laßberg verstanden, zumindest was ihre Beurteilung des Verhaltens von alleinstehenden weiblichen Verwandten anbelangte.

Ich seufzte. Wie hatte ich nur so ein dämliches Thema formulieren können! Es würde mich noch eine Menge Gehirnschweiß kosten, mein gesammeltes Material zu strukturieren und zu einem gescheiten Vortrag zu raffen.

Wegen des toten Katers wollte ich Angelika anrufen. Vermutlich würde sie nicht besonders begeistert sein, aber sie war eine gutmütige Seele, und wenn ich ihr die Sachlage schilderte, hatte sie bestimmt eine Idee, wie wir ihn obduzieren lassen konnten. Bis dahin legte ich das Plastiksackbündel in meinen Keller, in der Hoffnung, dass keiner meiner Hausgenossen etwas riechen würde.

Die nächste Woche verging, ohne dass wir der Lösung des Rätsels und den zwei verschwundenen Katzen irgendwie näher gekommen wären.

Am Montag lud ich mir von Rosas Internetseite ein Foto herunter, auf dem Samantha besonders frech in die Kamera schaute, und installierte es als Bildschirmhintergrund auf meinem Monitor. Die Folge waren tiefe Seufzer, jedes Mal wenn ich den Computer einschaltete.

Angelika erreichte am Dienstag endlich einen Kollegen, der in der Pathologie arbeitete. »Das ist echt ein netter Kerl. Er war früher bei uns auf der Intensivstation, da hatte er mal ziemlichen Ärger mit dem Chefarzt. Ich hab ihm damals aus der Patsche geholfen, und drum ist er mir noch einen Gefallen schuldig. Offiziell darf er das natürlich nicht machen. Aber morgen hat er Zeit, und da schaut er, dass er ihn untersuchen kann, nachts, wenn keiner dort ist. Aber wenn es sich um eine Vergiftung handelt, muss er natürlich auch Laboruntersuchungen machen. Vor nächster Woche kannst du sicher keine Ergebnisse erwarten.«

Angelika hatte mir das alte Haus auf dem Klinikgelände mal gezeigt, in dem die Pathologie untergebracht war. Ich stellte es mir ziemlich gruslig vor, dort nachts allein ein so schaurig zugerichtetes Tier zu sezieren. Aber als Mediziner war man wohl abgebrüht.

Meine Telefonate mit Siggi waren auch nicht sonderlich ergiebig. Sie hatte inzwischen alle Katzen losgekriegt; die letzten zwei hatte ihr Frau Schweikart abgenommen, Lioba, wie sie sie nun nannte. Offenbar waren sie beim Du angekommen. Spürte ich da einen kleinen Stachel von Eifersucht irgendwo in der Bauchgegend? Aber nein, ich würde mich natürlich freuen für Siggi! Auch wenn ich nicht viel über Frau Schweikart wusste, so hatte sie doch einen positiven Eindruck auf mich gemacht. Offenbar war sie eine Frau, die nicht aufgab. Na ja, ein bisschen alt vielleicht für Siggi, und über ihren beruflichen Hintergrund wusste man praktisch auch nichts … Aber es ging mich ja auch gar nichts an.

Was die verschwundenen Katzen anbelangte, hatte Lioba auch keine Idee, wo oder in welchen Kreisen man noch suchen konnte. Und die Geschichte mit Moritz hatte sie ebenfalls schockiert, wie mir Siggi berichtete. Was ja auch nicht weiter verwunderlich war. Jedenfalls wollte sie sich ein wenig unter ihren Katzenzüchterkollegen umhören.

Apollonia erzählte mir am Telefon, wie sie versucht hatte, im Dorf noch etwas zu erfahren. Sogar mit Siggis Mutter hatte sie gesprochen, aber die hatte wohl nur versucht, sie zu einer Leupolzfahrt zu bewegen. »Sie isch halt schon ein wenig bigott«, stellte Apollonia fest.

Zum Abschluss berichtete sie mir noch von ihren diversen Wehwehchen, mit dem Kreuz und mit der Verdauung und mit den Augen …

Ich versuchte, meine Ungeduld mit dem Gedanken zu bekämpfen, dass sich ihr Lebensumfeld eben immer mehr einschränkte und daher solche Kleinigkeiten immer wichtiger wurden. Wer weiß, was du alles erzählst, wenn du fast hundert bist, Polli! Wenn du überhaupt so alt wirst.

Am Mittwochnachmittag fuhr ich mit der Fähre nach Meersburg zu letzten Nachforschungen auf Drostes Spuren. Das regnerische Sudelwetter vom Wochenende war endgültig einem herrlichen Altweibersommer gewichen. Meine Lieblingsjahreszeit, stellte ich fest, und erschrak ein bisschen. War das immer schon so gewesen? Oder war ich tatsächlich bereits dabei, ein altes Weib zu werden? Ach, egal, es war einfach wunderschön. Mildes Licht lag über den Hängen um

Meersburg und über der ehemaligen »Schänke am See«, die man von der Fähre aus zwischen den gelb gesprenkelten Weinbergen liegen sah.

Ist's nicht ein heitrer Ort, mein junger Freund, / Das kleine Haus, das schier vom Hange gleitet, / Wo so possierlich uns der Wirt erscheint, / So übermächtig sich die Landschaft breitet? – Mit Levin Schücking hatte die Droste hier beim Wein gesessen, vielleicht ihre glücklichste Zeit verbracht. – *Frisch, greif in die kristallne Schale, frisch, / Die saftigen Rubine glühn und locken; / Schon fühl' ich an des Herbstes reichem Tisch / Den kargen Winter nahn auf leisen Socken.*

Mir gefiel diese Mischung aus Pathos und Alltagssprache, die ihren Gedichten einen untergründigen Humor verlieh. Ob die Droste wohl Katzen gemocht hatte?

An diesem Abend brachten wir Moritz zur Pathologie. Ich packte den Müllsack mit dem Kater in den Kofferraum und holte Angelika ab. Dann fuhren wir in die Mainaustraße und bogen in den Klinikpark ein, in Richtung des Gebäudes, in dem das pathologische Institut untergebracht war. Das Haus war eines der wenigen Überbleibsel des alten Krankenhauses, ein hübsches Relikt mit Walmdach und Erkern am Rande des Parks, der ansonsten von modernen Funktionsbauten zersiedelt war.

Wir stellten meinen alten Golf auf dem Parkplatz ab und holten den Kater aus dem Kofferraum. Es war ziemlich dunkel, offenbar wurde an der Parkbeleuchtung gespart. Die hohen Pappeln und Ahornbäume wiegten ihre gelb beblätterten Äste im Nachtwind, der schon recht kühl war. Mich fröstelte, und ich versuchte, mit der Linken den Kragen meiner Jacke zusammenzuhalten, während ich den Müllsack in der Rechten trug. Die Eingangstür zur Pathologie war auf der Rückseite des Hauses. Wenn Angelika nicht dabei gewesen wäre, hätte ich wohl Mühe gehabt, sie zu finden. Sie läutete, aber es dauerte eine Weile, bis geöffnet wurde. Ich sah mich um und lauschte auf die nächtlichen Geräusche des Klinikparks: Windrauschen, hin und wieder ein Auto oder ein Stadtbus von der Mainaustraße her und fern im Park die Stimmen von zwei jungen Mädchen, vielleicht zwei Krankenschwestern auf dem Heimweg vom Dienst.

Endlich ging die Tür auf, und im grellen Licht einer Neonlampe stand ein rothaariger, leicht übergewichtiger Mann mit Glatzenansatz und dickem Schnurrbart. Er sah gemütlich aus, gar nicht wie jemand, der das Herumschnippeln an menschlichen Überresten zu seinem Beruf gemacht hat.

Angelika begrüßte ihn mit »Hallo, Peter« und stellte uns vor.

Peter zog seine Gummihandschuhe aus und schüttelte mir die Hand. Offenbar war er noch mit einer anderen Arbeit, sprich Leiche, beschäftigt.

»Also, wo ist denn nun das Corpus Delicti?« Er grinste ein wenig und schien sich über unseren detektivischen Eifer zu amüsieren. Wer weiß, was Angelika ihm erzählt hatte!

»Hier drin!« Ich hielt ihm den Sack hin, den ich wegen des Gestanks gut verknotet hatte.

»Willst du dabei sein?«, fragte er mich, als er ihn mit interessiertem Blick entgegennahm.

»Danke, einmal Kotzen reicht mir!«

Er zog belustigt eine Augenbraue hoch. »Und du?«, wollte er nun von Angelika wissen.

»Ich will wenigstens mal einen Blick darauf werfen!«, antwortete sie. »Ich hab ihn noch nicht gesehen. Apollonia hat ihn mir nur beschrieben.«

»Na gut, hör zu, Apollonia, du kannst mit runterkommen und unten im Flur warten. Ich weiß nicht, wie lange ich brauche, aber wenn Angelika ihre Neugier befriedigt hat, könnt ihr ruhig gehen. Ich sag euch morgen Bescheid, wenn ich was rausgefunden habe.«

Wir gingen die Kellertreppe hinab, denn offenbar befand sich der Untersuchungsraum im Untergeschoss. Dankbar ließ ich mich auf einem Stuhl nieder, der im Korridor stand. Mehrere Türen gingen von hier ab, und ich stellte mir vor, dass hinter jeder dieser Türen eine Leiche lag. Gruslig! Und eine davon war jetzt Moritz. Angelika und Peter verschwanden hinter der Tür am Ende des Ganges, und ich hörte gedämpft, wie sie den Sack auf einen Metalltisch knallten. Etwas Metallisches wurde aus einem Gestell genommen, vielleicht eine Schere oder ein Messer, um den Sack aufzuschneiden. Nach kurzer Zeit ein Aufstöhnen.

Sie unterhielten sich noch einen Augenblick mit gedämpften Stimmen, dann öffnete sich die Tür, und mit den beiden drang der Gestank des verwesenden Katers in den Flur heraus. Ich fühlte schon wieder Übelkeit in mir hochsteigen.

Angelika war kreidebleich, und Peter putzte sich die Nase. Oder hielt er sie mit seinem karierten Taschentuch zu? Aber eigentlich musste er ja an solche Gerüche gewöhnt sein bei dem Job. Sein amüsierter Gesichtsausdruck war einer besorgten Miene gewichen.

»Jetzt verstehe ich, warum ihr glaubt, dass da etwas nicht stimmt. Wart ihr denn schon bei der Polizei?«

Ich hatte keine Lust, diese Diskussion auch noch mit ihm zu führen. »Ich wollte erst abwarten, was bei der Obduktion herauskommt.«

»Und warum habt ihr die nicht über die Polizei machen lassen?« Auch Angelika sah mich nun fragend an. Offenbar war ihr die Idee bisher noch gar nicht gekommen.

Ich begann herumzustottern, dass wir eben nicht sicher gewesen seien, und vielleicht handle es sich ja nur um einen Dummejungenstreich. Aber sie wirkten beide nicht sehr überzeugt.

»Außerdem wäre es wichtig zu schauen, ob er vergiftet wurde«, versuchte ich abzulenken und gleichzeitig Peters Pathologenehrgeiz anzustacheln. »Ich weiß natürlich nicht, ob ihr das hier überhaupt machen könnt.«

Es funktionierte. »Ich denke, das müsste schon gehen. Allerdings muss ich das im Labor machen, und das kann dauern. Mal schauen, bis wann ich die Ergebnisse habe. Ich sag euch dann auf jeden Fall Bescheid!«

Angelika und ich wandten uns zum Gehen, aber dann siegte meine Neugier. »Sag mal, sind hinter all diesen Türen Tote?«

»Was?« Er prustete los. »Na, du bist gut! Tote Fliegen vielleicht oder mal 'ne tote Maus. Nein, die Leichen kommen inzwischen praktisch alle nach Freiburg in die Gerichtsmedizin. Wir arbeiten hier fast nur noch mit Präparaten. Und dahinter …«, er zeigte auf die Tür rechts neben der Treppe, »… ist die Ölheizung.«

Als die Eingangstür hinter uns zugefallen war, atmete ich dennoch erleichtert auf. Endlich war ich meine stinkende Fracht los, und nun würden wir vielleicht auch Konkreteres erfahren über den Tod von Moritz, der ja die ganze schreckliche Geschichte in Gang gesetzt hatte. Und vielleicht würden dann auch andere Zusammenhänge in ein klareres Licht rücken.

Zum Dank für ihre Hilfe lud ich Angelika zu einer Pizza und einem Bier ins »La Grotta« ein, die Pizzeria auf der Laube, wo ich Stammgast bei Giannino war, seit ich vor fast fünfzehn Jahren in Konstanz angefangen hatte zu studieren. Giannino hatte inzwischen geheiratet, war Vater geworden und zehn Kilo schwerer, aber ich kam nach wie vor allein oder mit Freunden hierher, um stets am selben Tisch die immer gleiche Pizza zu essen und das gleiche Bier zu trinken, was ich lässig mit einem »Come al solito – das Übliche!« bestellte. Es tat einfach gut, dass manche Dinge sich nicht änderten.

Am nächsten Abend hielt ich meinen Vortrag über Heckel. Ich hatte zunächst den Eindruck, dass er beim VHS-Publikum gut ankam, aber anschließend wartete eine ältere Dame extra vor der Tür auf mich, um mir zu sagen, dass das mit dem Dresdener Lotterleben der »Brücke«-Künstler ja wohl seeehr übertrieben gewesen sei und dass Herr Professor Ebert vom Katholischen Bildungswerk bei seinem Vortrag zur Kunst der »Brücke« nichts Derartiges erzählt habe!

Da würde ich das expressionistische Bohemeleben beim nächsten Vortrag wohl besser weglassen.

Am Freitagnachmittag setzte ich mich an den Schreibtisch und baute alle Bücher zu Kirchner um mich herum auf, derer ich in meiner eigenen und der Unibibliothek hatte habhaft werden können. Dann begann meine Klausur fürs Wochenende.

Der Mond sandte sein silbernes Licht durch die Nacht, und das steile Dach des Hauses gegenüber glänzte wie von Fischschuppen bedeckt. Es war Samstagabend, gegen elf, und ich saß noch immer über den Büchern zu Kirchner. Seine Biografie hatte ich bereits zu Papier beziehungsweise in eine Worddatei gebracht, unter Auslassung jeglicher jugendlicher Ausschweifungen im Verein mit anderen Malern. Die »Brücke«-Zeit hatte ich sowieso eher kurz gefasst, da er sich am Ende mit den anderen Mitgliedern der Künstlergruppe zerstritten hatte. Dafür wollte ich besonders auf Kirchners psychische Leidenszeit und seinen Aufenthalt im Kreuzlinger Bellevue-Sanatorium im Jahr 1917 sowie sein Leben in der Schweiz eingehen.

Als ich einen der letzten Kataloge durchblätterte, blieb mein Blick plötzlich an einem dunkelfarbigen Bild hängen: Hannibal!, schoss es mir durch den Kopf. Eine schwarze Katze war dargestellt, mit leicht angelegten Ohren und gelben Augen. Na ja, Kirchners Kater Boby war kein Perser, insofern war die Ähnlichkeit nicht wirklich überzeugend; es waren vor allem die Augen, die mich an Rosas alten Kater erinnerten – gelb, mit grünen Pupillen und schwarzen Schlitzen in der Mitte. Wo er jetzt wohl war? Vielleicht saß er wie Boby an einem Fenster inmitten von Blumen und schaute ähnlich skeptisch auf den Betrachter? Ich blätterte weiter. Auf der nächsten Seite ein Holzschnitt. Diesmal lag der Kater auf einer Wiese vor einem Haus, im Hintergrund der mondерhellte Nachthimmel über dem Gebirge. »Weißes Haus in Wiesen« lautete der lapidare Titel.

In einem kleinen Aufsatz betonte der Autor des Katalogs, wie sehr Kirchner Tiere geschätzt hatte – im Leben und als Motiv für die Kunst –, er beschrieb die beinahe magische Stimmung der beiden abgebildeten Werke und wie Kirchner sich dabei mit einer alten Tradition auseinandergesetzt hatte: »Schon seit jeher galten Katzen als magische Wesen. Häufig sah man in ihnen die Mächte der Finsternis, sie waren die Begleiter von Hexen, und man begegnete ihnen mit entsprechender Furcht. Zu Kirchners Zeit gab es satanistische Gruppen, die schwarze Messen feierten, bei denen unter anderem auch Katzen geopfert wurden.«

Ich spürte plötzlich ein dumpfes Grollen des Entsetzens in meinen Eingeweiden, wie einen weit entfernten Basston. Schwarze Messen? Satanistische Gruppen, die Katzen opferten?

Nun komm wieder auf den Boden, Apollonia, rief ich mich selbst zur Ordnung. Samantha war nicht schwarz, im Gegenteil, sie war sogar relativ hell. Später würde sie dunkel werden, aber im Moment war sie wie alle jungen Birmas noch fast weiß, bis auf die Abzeichen an Kopf und Beinen – »Black-Silver-Birmas – schön wie der Mondschein in dunkler Nacht!«, hieß es auf Rosas Website, untermalt vom Klang von »Guter Mond, du gehst so stille«.

Ich blickte auf das silbrig glänzende Fischschuppendach gegenüber, das ich von meinem Arbeitszimmer aus fast auf Augenhöhe vor mir hatte. Wenn ich mich vorbeugte, konnte ich den Mond sogar hoch über dem First stehen sehen. Er war im ersten Viertel, zunehmend. Eine stille, träumerische Szenerie, wie im Lied beschrieben. Ich schüttelte den Kopf über meine düsteren Gedanken. So ein Unsinn! Satanisten? In Baselreute? Was sollten sie mit einer Birmakatze anfangen? Eine teure Zuchtkatze opfern? Wirklich lächerlich!

Der Basston hörte nicht auf zu vibrieren. Ich konnte ja morgen mal Volker Riemann anrufen.

Es war ein wunderbarer Morgen zum Joggen, Altweibersommer eben. Der herbstliche Frühnebel hatte sich verzogen und hing nur noch in Form schwerer Tropfen an den Ästen der Bäume. Die Sonne schien durch das goldene Buchenblätterdach des Lorettowaldes und ließ die Tropfen glitzern und impressionistische Schattenbilder auf den Wegen flirren. Wie Schneeflocken trieb der leichte Herbstwind einen Schauer von gelben Blättern über den Weg. Irgendwo tackerte ein Specht. Vom Turm der Maria-Hilf-Kirche setzte eine Glocke ein und erfüllte den Wald mit ihren hellen Klängen. Dann folgte eine zweite, tiefere. Sonntagmorgenfriedensstimmung.

Die dunklen Ahnungen der vergangenen Nacht schienen weit weg. Ich konzentrierte mich auf meine Atmung, zwei Schritte ein, drei Schritte aus, zwei Schritte ein, drei Schritte aus. Schließlich hatte ich meinen Rhythmus gefunden und konnte die Gedanken schweifen lassen. Ich wollte alles noch einmal von vorn durchdenken. Der Reihe nach.

Wie hatte es angefangen? Zuerst war Moritz gestorben, ob vergiftet oder durch den Autounfall, war noch nicht klar. Dann hatte man ihn drei Tage später wieder ausgegraben und wahrscheinlich Rosa mit dem toten Tier zu Tode erschreckt. Am selben Abend hatte Herr Bühler ein Auto wegfahren sehen, vielleicht denselben Chrysler, den auch Amalie Pingel ein paarmal gesehen hatte. Mit Berliner Kennzeichen. Und als Siggi und ich anfingen nach den beiden Katzen zu suchen, wurde es offenbar jemandem mulmig, und man schickte mir den toten Moritz als Warnung. Irgendeine unserer Spuren musste also tatsächlich die richtige gewesen sein. Wo hatten wir denn nachgefragt? Erst einmal bei den zwei alten Leuten, Herrn Bühler und Frau Pingel. Die beiden selbst waren als Täter wohl auszuschließen, aber wer konnte schon wissen, mit wem sie alles darüber gesprochen hatten? Wenn jemand aus Baselreute der Schuldige war, dann konnte er beim Bäcker, im Edeka-Laden oder beim Plausch nach der Kirche von unseren Nachforschungen erfahren haben. Die Tratschmöglichkeiten im Dorf waren schier unbegrenzt – »Hond er scho ghert, Katzemaiers Polli und d'Siggi vom Altbürgermoischter moinet, dass mit em Tod von dr Rosl ebbes it stimmt! Dia sind etz am Rumfroga. Wer woiß, was do rauskommt!«

Aber auch in Leupolz und bei der Katzenausstellung hatten wir Fragen gestellt, unbequeme Fragen. Pfarrer Tusche fährt nachts nach Baselreute, um den Antichristen in Form einer Katze zu bekämpfen? Viel zu eklig für den wohlgerundeten Manager göttlicher Wellness! Vielleicht sein fundamentalistischer Chef? Der mochte ein sturer, alter Mann sein, aber zu so einer Aktion würde er sich gewiss nicht herablassen. Irgendwelche Gläubigen, die von Tusche und Co. beauftragt waren? Eher unwahrscheinlich.

Dann vielleicht doch einer von den Katzenzüchtern? Warum dachte ich eigentlich immer an einen Mann? Unter den Züchtern waren viel mehr Frauen gewesen. Aber irgendwie schien es mir undenkbar, dass eine Frau so etwas wie mit Moritz veranstalten würde.

Ich hatte nun schon die halbe Runde meiner üblichen Joggingstrecke hinter mir und querte die Fontainebleau-Allee, die einzige geteerte Straße im Lorettowald. Mit meinen Überlegungen war ich an einem Punkt angekommen, wo es nicht mehr weiterging. Der gestrige Abend kam mir wieder in den Sinn, und in meinem Bauch begann es erneut zu rumoren. Ich wollte diesen Gedanken nicht zu Ende denken, aber der schwarze Kater von Kirchner drängte mit Macht vor mein inneres Auge, und auf einen Schlag war die Sonntagmorgenstimmung wie weggeblasen. Ich hörte das stampfende Tocktock-tock meiner Laufschuhe auf dem laubbedeckten Waldboden, die Glocken waren verstummt, sogar die Sonne war hinter einer Wolke verschwunden, und der herbstliche Wald lag nun in diffusem Schatten. Hinter mir knackte plötzlich ein Ast, und ich drehte mich erschrocken um, während ich gleichzeitig meinen Lauf beschleunigte. Da war nichts, bestimmt nicht, aber ich lief, so schnell ich konnte, bekam Seitenstechen und begann heftig zu schnaufen. Am liebsten hätte ich angehalten und einen Moment ausgeruht, aber da war etwas Unheimliches, das mich weitertrieb. Und doch schien außer mir kein Mensch unterwegs zu sein, ich war ganz allein im Wald.

Satanistische Gruppen, die Katzen opferten, satanistische Gruppen, satanistische Gruppen, skandierte mein Hirn im Takt meiner Schritte.

Ich blieb abrupt stehen. Das war doch total verrückt, so unwahrscheinlich blöd, dass ich lachen musste. Satanisten! Vermummte Gestalten, die schwarze Messen feierten! Tieropfer! Ich lachte noch lauter. Dann lief ich weiter.

Nachher würde ich gleich Volker Riemann anrufen.

Vom Lorettowald aus fuhr ich mit dem Fahrrad hinab ans Bodenseeufer und die Seestraße entlang zurück nach Hause. Die Sonne war inzwischen wieder hinter ihrer Wolke hervorgekommen, und an der Uferpromenade waren viele Leute unterwegs, Jogger, Skater, Familien mit Kinderwagen, alte Leute mit kleinen Hunden. Sonntagsidyll.

Ich gondelte mit meinem Fahrrad den breiten Fußgängerweg entlang und genoss den Blick auf den Konstanzer Trichter mit den unzähligen Booten, die den leichten Herbstwind ausnutzten.

»He!«, schrie plötzlich jemand direkt rechts von mir. »Pass doch auf!«

Ich konnte gerade noch bremsen und nach links ausweichen, wo ich zum Stehen kam. Beinahe hätte ich ein Pärchen überfahren, das von der Terrasse des Parkhotels rechter Hand kam und offensichtlich zu einer Bank am Ufer wollte. Ich hatte sie wirklich nicht gesehen. Das kam davon, wenn man nicht den Radweg nahm und dann auch noch vor sich hin träumte!

»Tschuldigung, tut mir leid!«, stammelte ich erschrocken und drehte mich nach den beiden um. Erst jetzt sah ich, wen ich da fast auf den Lenker genommen hätte: *Er* war es, mein Ex und seine Ex-Ex. Sie standen da und sahen mich etwas belämmert an, zwischen schuldbewusst und wütend. Ich schluckte.

»Ach du bist das.« Er hatte sich als Erster wieder gefangen. »Wie geht's denn so? Wir kommen grade vom Brunch.« Er wies mit dem Kopf Richtung Parkhotel, während sie mich giftig musterte.

Was sollte ich antworten? Wäre ich eine verschmähte Geliebte in einem Film gewesen, Bette Midler oder Diane

Keaton aus dem »Club der Teufelinnen« zum Beispiel, dann wäre mir bestimmt eine superherablassende Antwort eingefallen. Aber ich war nur ich, und darum stand ich einfach da, mit einem heftigen Stechen im Bauch – ob vom Beinahesturz oder vom plötzlich einsetzenden Liebesschmerz, konnte ich nicht entscheiden. Er sah gut aus, braun gebrannt mit verwuschelten Haaren, und er hatte das blaue Hemd an, das mir immer besonders gut an ihm gefallen hatte. Sie, sehr blond mit pinkem Lippenstift, schaute mich an, als hätte sie mich am liebsten erwürgt, eine Gefühlsregung, die ich durchaus verstand.

Ganz meinerseits!, hätte ich beinahe gesagt, presste aber nur ein »Mir geht's ganz okay« heraus, dann stieg ich auf mein Fahrrad und fuhr mit wackligen Knien davon.

Das hatte mir noch gefehlt zu meinem Glück! Ich hatte *Ihn* schon fast erfolgreich aus meinen Gedanken verdrängt gehabt. Und normalerweise war Konstanz groß genug, dass man jemandem, den man nicht mehr sehen wollte, nicht unbedingt über den Weg lief. Ausgerechnet in diesem Moment musste ich hier vorbeifahren! Und hätte er sich nicht ein anderes Lokal für sein Frühstück aussuchen können? Ich erinnerte mich, dass er mich auch einmal zum Brunch ins Parkhotel mitgenommen hatte. Wie einfallslos!

Die Umrisse der Bäume und Häuser verschwammen langsam und begannen zu zittern, mein Fahrrad wurde von Schluchzern durchgeschüttelt, aber ich wollte nicht absteigen, ich wollte nur fort, so schnell wie möglich, nach Hause, in meine Höhle, in mein Bett, und mir die Decke über den Kopf ziehen und nichts mehr sehen und nichts mehr hören.

Düdeldüdüdeldüdüdeldü …

Es dauerte eine ganze Weile, bis ich genügend wach war um zu kapieren, dass das Telefon läutete. Zu lange, denn als ich mich mühsam erhoben hatte, war mein Anrufbeantworter schon angesprungen, und der Anrufer hatte aufgelegt. Keine Nummer im Display.

Ich schleppte mich erst mal ins Bad und duschte, denn ich

hatte das Gefühl, überall zu kleben, von Tränen und Schweiß. Offenbar hatte ich schlecht geträumt und im Schlaf geschwitzt, aber ich konnte mich an nichts erinnern. Wahrscheinlich besser so.

Nach einem kalten Wasserschwall zum Abschluss fühlte ich mich wieder etwas besser und machte mir einen Kaffee. Es war schon später Nachmittag, und die letzten Sonnenstrahlen fielen durch den Filter der Kastanienblätter in mein Wohnzimmer.

Die Erinnerung an den Beinahezusammenstoß mit *Ihm* drängte sich langsam wieder in mein Bewusstsein, obwohl ich am liebsten nichts mehr davon gewusst hätte. Ablenkung tat not. Lieber beschäftigte ich mich mit der Katzengeschichte. Auch wenn diese noch so schrecklich war, sie tat zumindest nicht ganz so weh.

Also, Volker Riemann anrufen.

Volker war Journalist, ein großer, hagerer Kerl, Rennradfahrer, mit blonden Chaoslocken und Nickelbrille. Er war einer der letzten Mohikaner des investigativen Journalismus, ein unerschrockener Ermittler in Sektenkreisen und Rechtsradikalenzirkeln, der bereits mehrere Bücher und Filme veröffentlicht hatte. Wenn mir jemand etwas über Satanismus erzählen konnte, dann er. Wir kannten uns aus der »Seekuh«, dem Konstanzer Szenelokal, und hin und wieder hatte ich für ihn Texte aus dem Italienischen übersetzt, die er für seine Recherchen brauchte.

Ich ließ das Telefon lange läuten, aber seine sonore Stimme mit dem bayerischen »R« erklang nur auf Band: »... bitte hinterlassen Sie eine Nachricht, ich rufe Sie umgehend zurück.« Ich sagte ihm, dass ich ihn dringend sprechen wollte, und legte auf.

Auf Kirchner hatte ich heute keine Lust mehr, den Vortrag würde ich morgen fertig machen. So schaltete ich den Fernseher ein und geriet mitten in eine Sonntagnachmittagsschnulze mit Heinz Rühmann. »Lalelu, nur der Mann im Mond schaut zu«, sang er gerade herzzerreißend für seinen kleinen Sohn, und mir liefen schon wieder die Tränen herab.

Da düdelte zum Glück erneut das Telefon los. Vielleicht war es ja Volker.

Ich zog die Nase hoch und wischte sie zur Sicherheit noch am Ärmel ab, dann sagte ich: »Ja, hallo, Katzenmaier hier.«

»Hallo, Tante Polli!«, antwortete mir eine hohe Teenagerstimme.

»Jessy, bist du das?«, fragte ich erstaunt.

»Ja, also hör mal ...« Sie druckste ein wenig herum, dann entschuldigte sie sich für ihr Verhalten bei meinem letzten Besuch. Ich war baff. Offensichtlich war es meiner Schwester irgendwie gelungen, mit ihr zu reden und ihr klarzumachen, wie unmöglich sie sich benommen hatte. Teenagerhirne!

Ich freute mich natürlich sehr, aber noch traute ich ihr nicht wirklich. Vielleicht hatte sie es sich einfach anders überlegt mit der Katze, und jetzt bereute sie, dass sie mein großzügiges Angebot ausgeschlagen hatte. Ich erklärte ihr gleich, dass ich ihr leider keine Birmakatze mehr besorgen könne, weil Siggi inzwischen alle weggegeben hatte.

Sie versicherte mir, dass sie nicht deswegen anrufe. »Wahrscheinlich wäre es sowieso nicht gut gewesen, ich hätte ja gar nicht so viel Zeit, mich um eine Katze zu kümmern, wegen der Schule und so.«

Das klang wieder ganz nach der vernünftigen Jessy, so wie ich sie kannte. Fast tat es mir ein bisschen leid, dass ihre Protestphase so schnell vorbeigegangen war.

Sie wollte noch wissen, wann ich wieder zu Besuch kommen würde, und ich erzählte ihr, was ich diese Woche noch alles zu tun hatte – Droste-Vortrag und VHS-Veranstaltung und Italienischunterricht –, aber dass es vielleicht zum Wochenende hin klappen würde. Dabei wusste ich selbst, dass das eher unwahrscheinlich war, weil nach Kirchner schon August Macke auf mich wartete, aber ich wollte Jessy nicht enttäuschen, nachdem sie sich so überwunden hatte. Bestimmt war es ihr nicht leichtgefallen, mich anzurufen und sich zu entschuldigen.

Nachdem wir uns herzlich verabschiedet hatten, atmete ich erleichtert auf. Wenigstens eine positive Sache an diesem schrecklichen Tag! Aber es sollte noch besser kommen …

Auf den Film hatte ich keine Lust mehr, und außerdem meldete sich nun langsam der Hunger. Im Gefrierfach meines Kühlschranks fand ich noch eine Portion Tomatensoße mit Basilikum. Die taute ich auf, schnitt Zwiebeln und Knoblauch dazu und warf einen halben Pack Spaghetti ins kochende Wasser. Außerdem hatte ich noch eine Flasche Cabernet Sauvignon unter dem Küchentisch stehen, wo ich meinen Weinvorrat lagerte. Zwar erinnerte mich diese Flasche an *Ihn*, weil sie von einem gemeinsamen Abendessen übrig geblieben war, aber ich beschloss, *Ihn* damit ein für allemal aus meinen Gedanken zu vertreiben. Alles, was mit *Ihm* zu tun hatte, sollte verschwinden. Die Fotos von und mit *Ihm* hatte ich schon in die unterste Schublade meines Schreibtisches geräumt und seine Briefe gleich mit. Angelika hatte mich zwar gefragt, warum ich nicht einfach alles im Papiermüll entsorgte, aber ich warf niemals Briefe oder Bilder weg. Meiner Erfahrung nach kam irgendwann der Zeitpunkt, an dem ich sie wieder ohne den tiefen Groll betrachten konnte, der mich momentan erfüllte, und dann waren es einfach schöne, ein bisschen wehmütige Erinnerungen wie die herbe Note in einem guten Wein. Mit diesen Gedanken entkorkte ich den Cabernet und schenkte mir ein Glas ein, während ich die Spaghetti und die Soße umrührte.

Der Richtige wird schon noch kommen, hatte Apollonia gesagt. Recht hatte sie! Der würde schon noch kommen! Prost!

Da läutete erneut das Telefon. War er das womöglich schon? Gespannt nahm ich ab.

»Hallo, Polli, hier ist Thomas Arnold!«

Das war nun ganz bestimmt nicht der Richtige! Meine fast schon gute Laune war mit einem Schlag dahin. Dieser eingebildete Affe, der mich nur benutzt hatte, um Siggi eifersüchtig zu machen!

»Ja?«, erwiderte ich kurz angebunden.

Da legte er los. Dass es ihm leidtue, wenn ich etwas falsch verstanden hätte am letzten Samstag, und dass er den Abend toll gefunden habe, vor allem die Gespräche mit mir, und dass er die ganze Woche an mich gedacht habe und ob ich ihm noch böse sei und was er tun könne, um mich wieder gnädig zu stimmen.

Schon der Zweite, der sich heute bei mir entschuldigte! Was für ein Tag! Ob Siggi ihm ins Gewissen geredet hatte?

Nun, ich war nicht nachtragend und sein Eifer schon beinahe rührend. Und außerdem musste ich feststellen, dass seine Stimme am Telefon sehr angenehm klang, fast schon erotisch. Oder war das nur die Wirkung des Rotweins? Ich hatte allerdings noch nie gehört, dass Wein das Gehör veränderte.

Mit dem Telefon zwischen Ohr und Schulter schüttete ich das Spaghettiwasser ab, schaltete die Soßenplatte aus, nahm mir eine schöne Portion von beidem, rieb mir noch Parmesan darüber, dann bugsierte ich den Teller und mein Weinglas ins Wohnzimmer und machte es mir dort bequem. Dabei plauderte ich fortwährend mit Thomas Arnold.

Wir kamen vom Hundertsten ins Tausendste, abwechselnd erzählte er oder ich, wenn ich den Mund nicht gerade voller Spaghetti hatte, und als ich ihm verriet, was ich aß, machte er sogar einen Witz über mein Malheur vom letzten Samstag, der echt komisch war. Seltsam, dass manche Leute am Telefon so anders sind, als wenn man sie persönlich trifft!

Schließlich fragte er, ob ich am Mittwoch schon etwas vorhätte, da habe er nämlich nachmittags in Konstanz zu tun, und vielleicht könnten wir uns ja abends treffen. Es tat mir ernsthaft leid, dass ich ihm absagen musste, aber ich musste ja meinen Droste-Vortrag halten und hatte deshalb sogar schon meinen Italienischkurs auf Montag verlegt. Meine Einladung, einfach ins Fürstenhäusle zu kommen, wehrte er ab mit dem Hinweis, dass er kein großer Fan von Lyrik sei, abgesehen von Heinz Erhardt, und die Droste habe man ihm in der Schule gründlich ausgetrieben.

Obwohl ich ein kleines bisschen enttäuscht war, musste

ich lachen. Ich testete ihn, indem ich den Anfang von Heinz Erhardts Gedicht »Die Made« rezitierte: »*Hinter eines Baumes Rinde wohnt die Made mit dem Kinde …*« – »*Sie ist Witwe, denn der Gatte, den sie hatte, fiel vom Blatte*«, fuhr er fort, und gemeinsam rezitierten wir zu Ende, jeder immer einen Vers. Er kannte tatsächlich das ganze Gedicht von Anfang bis Ende auswendig. Dafür verzieh ich ihm gnädig seine Droste-Abneigung, und beim Abschied vereinbarten wir, bald wieder zu telefonieren.

Als er aufgelegt hatte, holte ich eine CD aus dem Regal, legte sie ein und drückte auf Play – *Nur nicht aus Liebe weinen, es gibt auf Erden nicht nur den Einen …* Dann trank ich den letzten Schluck Wein aus. Prost, Zarah!

Am Montag machte ich mich wieder an die Arbeit zu Kirchner. Immer, wenn ich zufällig die Seite mit dem Katzenbild aufschlug, meldete sich mein Unbehagen. Warum rief Volker Riemann nicht zurück? Ich versuchte es noch zweimal, bekam aber immer nur die Stimme vom Band zu hören.

Endlich, am späten Nachmittag, erwischte ich ihn. Er war übers Wochenende in Stuttgart gewesen, um beim SWR einen Film zu bearbeiten, den er über eine Sekte gedreht hatte. Ich sagte ihm, ich müsse dringend etwas mit ihm besprechen, und so verabredeten wir uns für abends nach meinem Italienischkurs in der »Seekuh«.

Ich war als Erste da und überlegte kurz, ob ich mich raussetzen sollte. Drinnen war es immer so verraucht. Aber der Altweibersommer wärmte nur noch tagsüber, am Abend sind die alten Weiber zu Hause, und so suchte ich uns drinnen einen Tisch, in der Ecke hinter dem Tresen, wo wir einigermaßen ungestört sein würden. Kurz nach neun kam auch Volker. Er setzte sich über Eck neben mich, sodass wir uns unterhalten konnten, ohne schreien zu müssen. Dann bestellte er sich ein Weizen, ich mir ein Schimmele, und wir prosteten einander erst einmal zu.

»Also, schieß los, was gibt's denn so Wichtiges?«, kam er schließlich zur Sache.

»Kannst du mir etwas zum Thema Satanismus sagen?«

Er stellte sein Glas ab und sah mich an. »Wieso interessiert dich das? Ist etwas passiert?«

»Ich weiß nicht so genau. Hast du nicht mal in der Szene recherchiert?«

»Hm, ja, das hab ich.« Pause. »Ist schon eine Weile her.« Er nahm sein Bierglas wieder zur Hand.

»Und, was kam dabei heraus?«, fragte ich ungeduldig.

Er zuckte mit den Schultern. »Nichts.«

Ich war enttäuscht. Fehlanzeige also.

Er drehte sich eine Zigarette, wir tranken noch einen Schluck und beobachteten eine Weile die anderen Gäste. Eine Frau kannte ich von der Uni. Sie nickte mir zu, und ich grüßte zurück. Volker zündete seine Zigarette an und betrachtete die brennende Spitze.

»Jedenfalls hab ich nichts darüber geschrieben.«

Also doch!

Er trank sein Weizen leer und winkte Robert, dem Wirt hinter der Theke, mit dem Glas.

Ich konnte warten.

Als das nächste Bier vor ihm stand, nahm er erst einmal einen kräftigen Schluck, dann wischte er sich den Schaum vom Mund, und endlich fing er an zu reden: »Also erstens wird das mit den Satanisten in den Medien fürchterlich übertrieben ...«

»Mhm.«

»... und zweitens gibt es gar nicht *die* Satanisten, es gibt ganz unterschiedliche Gruppierungen, die sich so nennen oder in diese Schublade gesteckt werden.«

»Ach ja? Und welche sind das?« Ich war ganz Ohr.

»Also, die einen, das sind im Prinzip Altherrenklubs, heißen ›Ordo Templi Orientis‹, ›Temple of Set‹ oder ›Church of Satan‹. Die findest du sogar bei Wikipedia, sie treffen sich regelmäßig in ihren Logen, halten Vereinssitzungen ab, mit ein bisschen Hokuspokus, aber im Prinzip sind das alles irgendwelche biederen Typen, die es im Leben zu nichts gebracht haben und sich zum Ausgleich in ihrem Klub Priester und Hohepriester nennen lassen. Da kannst du ganz einfach beitreten, die machen Werbung im Internet und sogar eine Menge Geld mit Merchandisingprodukten. So eine Art Mischung aus Freimaurern und Ku-Klux-Klan mit etwas Esoterik dabei. Die Gründer dieser Vereine, Aleister Crowley oder Anton LaVey, waren ziemliche Spinner, da ging es teilweise schon übel zu, mit Sexsklavinnen und Tieropfern et cetera, aber heutzutage distanzieren sich die Mitglieder eher von solchen Sachen. Vor allem wollen sie nicht in Verbindung gebracht werden mit den jungen Satanisten.« Er nahm noch einen Schluck von seinem Weizen und zog an seiner Zigarette. »Das ist die zweite Gruppe, von der man immer wieder liest. Jugendliche, die sich schwarz kleiden, Gruftis; hören Black Metal Music, treffen sich auf Friedhöfen und so. Da kann es dann schon mal vorkommen, dass eine schwarze Katze dran glauben muss.«

Sofort kam mir Jessica in den Sinn, mit ihrem schwarzen Outfit und den düsteren Musikplakaten. »Sag mal, ist jeder Jugendliche, der so ein Grufti ist, auch Satanist?«

»Nein, das nicht«, winkte Volker ab. »Es gibt auch eine Gruftiszene, die nichts mit Satanismus zu tun hat.«

Das beruhigte mich sehr, aber es hatte ohnehin den Anschein, dass sich Jessy wieder gefangen hatte. Und außerdem war sie bestimmt nicht der Typ, der eine Katze opferte!

Ich konnte mir auch nicht vorstellen, dass es in Baselreute und Umgebung andere Jugendliche gab, die solche Praktiken ausübten. Allerdings musste ich mir eingestehen, dass ich auch nicht sicher war, dass es sie nicht gab. Morgen würde ich Apollonia anrufen und fragen, ob sie irgendetwas von komisch schwarz gekleideten Jugendlichen gehört hatte, die im Dorf ihr Unwesen trieben.

»Hattest du mit so etwas zu tun?«, wollte Volker nun wissen.

»Nein, das nicht.«

»Diese Art von Satanismus legt sich auch meistens wieder, wenn die Jungs und Mädels über die Pubertät hinaus sind. Spätestens wenn sie eine Lehrstelle suchen und der Meister ihnen klarmacht, dass sie in ihrem Aufzug keine Chance haben.«

»Und was gibt es noch für Gruppen?«

Volker drückte seine Zigarette aus und trank sein Glas leer. Wieder gab er Robert ein Zeichen für ein neues Bier. »Es gibt noch die, die wirklich gefährlich sind. Sie sind zahlenmäßig aber die kleinste Gruppe.«

»Und was sind das für welche – die, die wirklich gefährlich sind?«

»Mit solchen Typen hatte ich damals zu tun. Das sind oft Aussteiger aus den Orden oder Logen, denen es da zu bieder zuging, nicht gewalttätig oder magisch genug. Oder die sich dem Meister nicht unterwerfen wollten. Manchmal wurden sie auch rausgeschmissen, weil sie den Ordensmitgliedern zu weit gingen. Die scharen dann eine Handvoll Anhänger um sich und gründen eine neue Gruppe. Sie treten nicht groß öffentlich in Erscheinung. Wenn sie im Internet sind, dann nur auf Seiten, die du nicht einfach über Google anklicken kannst. Da brauchst du ein Passwort. An die kommt man nur über Informanten aus der Szene ran.«

»Und was tun die?«, fragte ich bang.

»Die feiern tatsächlich schwarze Messen, mit Tieropfern, Ekeltraining, Orgien. Da findest du alles – Inzest, Vergewaltigung, Körperverletzung. Oft werden die Mitglieder zu kriminellen Handlungen gezwungen, damit man etwas gegen sie in der Hand hat und sie gefügig werden.«

»Aber warum machen sie so was? Ich meine, was haben sie davon? Warum wird jemand da freiwillig Mitglied?«

»Abgesehen davon, dass einige von denen perverse Spinner sind, krank im Kopf, geht es vor allem um Macht. Sie glauben, mithilfe ihrer Praktiken Macht über andere Menschen ausüben zu können. Innerhalb der Gruppen geschieht das ja auch ganz real, die sind streng hierarchisch geordnet, mit dem Meister oder Hohepriester an der Spitze und seiner Meute, die ihm ergeben dient. Aber diese Diener Satans glauben tatsächlich, ihre magischen Rituale würden ihnen auch

Macht über andere Menschen verleihen. Das geht vom Liebeszauber bis zu Rachezeremonien.«

Er verstummte wieder, trank einen Schluck und begann sich eine neue Zigarette zu drehen. Ich seufzte und dachte, dass so ein Liebeszauber ja vielleicht manchmal gar nicht schlecht wäre. Aber dafür Tieropfer bringen?

»Und was bedeutet Ekeltraining?«, wollte ich wissen.

»Na ja, so Sachen wie Urin trinken und Scheiße essen. Und dann sehen sie sich ja als Diener Satans, deswegen bilden sie kirchliche Rituale unter umgekehrten Vorzeichen nach, zum Beispiel schwarze Messen mit Hostien aus dem Sperma ihres Chefs. Die müssen dann vor allem die Frauen essen.«

Ich verzog das Gesicht. Das war ja widerlich! Aber bei seinem Ausdruck »Diener Satans« kam mir etwas anderes in den Sinn: »Dienerin des Antichristen«, hatte auf dem Drohbrief an Rosa gestanden. Vielleicht war es ja gar kein Drohbrief gewesen. Vielleicht hatte sie zu irgendeiner Gruppe gehört, die sich auf den Antichristen vorbereitete?

»Volker, glauben diese Gruppen auch an das Kommen des Antichristen?«

»Für manche von denen ist der Antichrist schon da. Sie fühlen sich selber in dieser Rolle.«

Da erzählte ich ihm von Rosa und dem Brief und dass wir zuerst gedacht hatten, jemand aus Leupolz müsse dahinterstecken.

»Ach die Leupolzer, ja, die sind auch so ein komischer Verein. Weißt du, Apollonia, im Grunde sind die beiden Gruppierungen – Satanisten und Leute wie in Leupolz – zwei Seiten derselben Medaille. Beide glauben an Satan und an den Antichristen, und beide beziehen sich auch auf ähnliche Schriften und Bibelstellen, um ihre Vorstellungen zu untermauern. Nur sind die einen für Satan und die anderen dagegen. Wenn du mich fragst, alles Spinner! Allerdings sind die Leupolzer harmloser.«

War es möglich, dass Rosa zu diesen »Spinnern« gehört hatte? Ich musste plötzlich an das Hexenfoto in ihrem Wohnzimmer denken.

Volkers Zigarette war ausgegangen, und er begann sich eine neue zu rollen. Er hatte mir noch nicht alles gesagt, was er wusste, das spürte ich.

»Volker, was ist damals passiert, bei deinen Recherchen?«

Er überlegte lange, während er seine Zigarette fertig drehte. Als er sie schließlich angezündet hatte, sah er sich um, wie um sich zu vergewissern, dass uns niemand zuhören konnte. Das Lokal war inzwischen jedoch gut gefüllt, und das Gemurmel der Leute vermischte sich mit den Jazzmelodien aus dem Lautsprecher zu einem Geräuschteppich, der verhinderte, dass irgendjemand am Nebentisch auch nur ein Wort von dem verstehen konnte, was wir beide sprachen.

»Es war das Schlimmste, was ich bisher erlebt habe, und ich habe es noch keinem erzählt.« Er spuckte ein paar Tabakkrümel aus, dann holte er tief Luft, wie um sich selbst Mut zu machen. »Ich kann dir sagen, damals haben mir richtig die Knie geschlottert, da waren meine Begegnungen mit Neonazis und Sektenheinis wahre Sonntagsspaziergänge dagegen.«

Gebannt sah ich ihn an.

»Ich hatte schon länger über eine mutmaßliche satanistische Gruppe im Dreiländereck um Basel recherchiert. Dann hab ich eines Tages einen Tipp bekommen von einem Informanten, aus Rheinfelden. Mit meinem Kollegen Werner ...«

»Dem Fotografen?«, unterbrach ich.

»Ja, genau. Mit dem bin ich losgefahren nach Rheinfelden. Am dortigen Bahnhof haben wir den Informanten aufgegabelt. Er wollte uns ein Haus zeigen, in dem sich nach seiner Aussage die Gruppe traf. Man wisse nicht genau, was da abgehe, aber die Nachbarn hätten sich schon öfter bei der Polizei beschwert wegen ›seltsamer Vorgänge‹, wie es hieß, nächtliche Ruhestörung, Hundegebell und Autos, die die Straße zuparkten. Große Autos, betonte er, die meisten mit Schweizer Kennzeichen. Er habe einige Kennzeichen recherchiert, alles hohe Tiere. Das Haus gehöre einer Frau, die es vor ein paar Jahren gekauft habe und dort Hunde züchte. Möpse, diese kleinen, krummbeinigen Viecher mit den vielen Falten und dem Ringelschwanz. Das Haus lag in einer kleinen Seitenstraße in einem Wohngebiet. Es klingt verrückt, aber bevor wir in diese Straße abgebogen sind, hätte ich dir schon sagen können, dass es dort lag. Ich weiß nicht, wie, aber ich habe gespürt, dass hier etwas ganz Grauenhaftes auf uns wartete. Die Straße sah ganz normal aus, wie hundert andere Wohnstraßen auch, mit Vorgärtchen und Blumenrabatten, und auch das Haus selber war nichts Besonderes. Und dennoch habe ich sofort gewusst, dass es dieses Haus sein musste. Es war ein Gefühl, als ob du dich einem Eiskeller näherst, meine Haare haben sich überall aufgestellt. Und trotzdem brach mir der Schweiß aus, denn ich wusste: Hier wohnt das Böse.«

Er zog wieder an seiner Zigarette, und ich schaute ihn fassungslos an. Was war mit ihm los? Er war doch ein astreiner Atheist, immer gewesen, einer, der gegen Sekten kämpfte und gegen jeden Esoterikquatsch, und nun tischte er mir eine solche Geschichte auf? Sollte Pfarrer Tusche doch recht gehabt haben? Gab es wirklich »das Böse«? Ach was, das war doch alles Kinderglauben! An solchen Dingen merkte man, dass auch Volker gut bayerisch-katholisch sozialisiert war. Irgendwo steckt das immer in einem drin.

Ich versuchte, einen neutralen Ton anzuschlagen. »Und was war dann in dem Haus? Wen habt ihr da getroffen?«

»Niemanden. Deswegen sind wir ja überhaupt hingefahren. Dem Informanten war aufgefallen, dass seit mehreren Tagen alles ruhig war dort, wie verlassen. Rollläden unten, kein Hundegebell, keine Autos. Wir haben am Anfang der Straße geparkt und gewartet, bis es dunkel wurde. Dann sind wir rein.«

Noch ein Zug an der Zigarette. Und ein Schluck Bier.

»Mit Taschenlampen und einem großen Strahler für die Fotos. Wir sind um das Haus herumgegangen und haben versucht, die rückwärtige Tür aufzumachen. Mit einem Dietrich. Aber da war nicht nur ein einziges Schloss, dieses biedere Häuschen war gesichert wie Fort Knox. Also sind wir durch ein Kellerfenster eingestiegen.«

»Das war offen?«

»Wir haben es eingeschlagen.«

Mein Freund Volker ein Einbrecher. Das wurde ja immer schöner!

»War gar nicht so einfach, durch das enge Fenster da reinzukommen. Zum Glück war es nicht vergittert. Zuerst ist Werner runtergeklettert. Ich hab ihm die Kamera und die Lampen gereicht. Der Informant hat draußen Schmiere gestanden. Er wollte nicht mitkommen. Vielleicht hat er geahnt, was wir dort finden würden.«

Ein Zug an der Zigarette. Ein Schluck Bier.

»Das Erste, was wir bemerkt haben, war der Geruch. Eklig! Verfault, süßlich, widerlich. Wir haben uns mit den Taschenlampen umgesehen. Im Keller sah es noch relativ normal aus, Kisten, Regale, ein paar alte Möbel. Nur dass an einer Wand so komische schwarze Kaftane hingen. Dann sind wir die Treppe hoch.«

Zigarette. Bier.

»Was wir da gesehen haben, war wirklich das Grauenvollste, das mir je begegnet ist. Ich weiß bis heute nicht, welche drogengeschwängerten, kranken Bestien da ihren Blutrausch ausgelebt haben. Es herrschte ein unglaubliches Chaos: Stühle umgeworfen, Schubladen herausgerissen, Gläser zerbrochen, ein Bücherregal umgestürzt und alle Bücher am Boden. Die Wände waren mit Blut verschmiert, komische Zeichen, Runen und Buchstaben. Es stank nach Blut und Scheiße und Verwesung. Aber das Schlimmste waren die Hunde.«

Zigarette. Das Bier war leer.

»Wo wir mit unseren Taschenlampen auch hinleuchteten, überall lagen tote Hunde herum. Aufgeschlitzt, erstochen, zerhackt, manche mit Messern regelrecht an die Wand genagelt, gekreuzigt. Werner hat sofort in eine Ecke gekotzt, und ich war auch kurz davor. Mach Fotos, hab ich ihn angeschrien, los, fang an! Ich hab ihm die Lampe gehalten, und er hat Fotos gemacht, hat einen ganzen Film verknipst, alles dokumentiert. Dann hab ich noch versucht, irgendwas zu finden, was auf die Identität der Besitzerin oder ihrer Gäste schließen ließ, aber Fehlanzeige. Die hatten das Feld gründlich geräumt. Wir sind, so schnell wir konnten, wieder raus.«

Er winkte Robert, ihm ein weiteres Bier zu bringen, und drückte seine Zigarette in den Aschenbecher.

Ich zerquetschte fast mein leeres Bierglas, denn vor lauter Aufregung hatte ich völlig vergessen, mir Nachschub zu bestellen. Mit wachsendem Entsetzen hatte ich seinen Worten gelauscht, und mir war immer kälter geworden. Nicht nur wegen der schrecklichen Dinge, die er erzählte, sondern weil ich ein regelrechtes Déjà-vu-Gefühl hatte. Zu sehr erinnerte mich die Szenerie an die Entdeckung des toten Moritz. Ich konnte nun verstehen, dass er dieses Haus für einen Ort des Bösen gehalten hatte. Ob schon im Vorhinein – nun, die Erinnerung konnte trügen, was die Reihenfolge gewisser Ereignisse anbelangte.

»Und was habt ihr mit den Fotos gemacht? Seid ihr zur Polizei gegangen? Oder hast du was darüber veröffentlicht?«

»Nein, das hab ich nicht.«

»Warum nicht? Solchen Verrückten muss man doch das Handwerk legen!«

»Du kannst mir glauben oder nicht. Als Werner die Filme entwickelt hatte – es war noch die Zeit vor der Digitalfotografie –, da waren alle Bilder schwarz. Es war einfach nichts drauf. Nur Schwärze. Erst hab ich gedacht, in dem Tohuwabohu ist ihm vielleicht die Kamera aufgegangen, und der Film ist aus Versehen belichtet worden. Aber er hat mir geschworen, dass das nicht der Fall war und dass der Film in Ordnung war, ganz neu. Er konnte es sich einfach nicht erklären. Und Werner ist ein guter Fotograf, ein Profi.«

Mir wurde unheimlich zumute. »Und hast du sonst noch was rausgefunden?«

»Ich hab nicht mehr weiter recherchiert. Ich hab Familie. Und Leute, die so etwas tun, die sind zu allem fähig. Es war mir einfach zu riskant.«

Volker war ein wirklich mutiger Journalist, aber offensichtlich gab es auch für ihn Grenzen. Ich wusste, dass er sehr an seinen Kindern hing. Aufgrund seiner freiberuflichen

Tätigkeit arbeitete er viel zu Hause, und so hatte er auch weitgehend die Erziehung der beiden Jungs übernommen. Daher war es nur zu verständlich, dass er Angst bekommen hatte. Mein vager Verdacht hatte sich durch seine Erzählung erhärtet.

»Und was hat nun diese Rosa mit Satanisten zu tun? War da nur der anonyme Brief, oder gab es noch mehr Hinweise?«, wollte er wissen.

Ich versuchte, ihm in fünf Sätzen das Ganze zu schildern, angefangen bei Apollonias Anruf wegen Rosas Tod, über unsere Zweifel und wie wir nach dem Verschwinden der Katzen recherchiert hatten und ich schließlich Moritz unter meiner Kühlerhaube gefunden hatte.

Volker schüttelte bedenklich den Kopf. »Das hört sich nicht gut an, nimm dich in Acht!«

»Was soll ich denn machen? Ich will unbedingt Samantha wiederfinden! Kannst du mir nicht irgendwie helfen?«

Er versprach, sich umzuhören. Mehr konnte er im Moment nicht für mich tun.

Wir saßen noch zusammen, bis er sein Bier ausgetrunken hatte, dann fuhr ich mit dem Fahrrad so schnell nach Hause, als ob der Teufel hinter mir her wäre.

Als Angelika am Dienstagmorgen anrief, war ich noch leicht verkatert, obwohl ich gar nicht so viel getrunken hatte. Das kam von dem blöden Rauch in der Kneipe, meine Haare und Kleider stanken immer noch danach. Mir war dringend nach einer Dusche, um wach zu werden. Aber was sie mir mitzuteilen hatte, machte die Dusche überflüssig, jedenfalls fürs Wachwerden.

»Moritz ist tatsächlich vergiftet worden! Peter hat grade angerufen und mir die Laborergebnisse durchgegeben. Eisenhut, Aconitum. Ist unglaublich giftig. Die Vergifteten, also in dem Fall der Kater, sterben an Herzstillstand. Zuerst spürt man ein Kribbeln, und dann folgen Magenkoliken, Durchfall. Und so nach einer halben, einer Dreiviertelstunde ist es vorbei. Ein paar Milligramm reichen aus, sagt Peter.«

»Eisenhut? Ist das nicht eine Gartenblume? So eine hohe, mit schönen blauen Blüten?«

»Ja, sie ist vor allem in Bauerngärten sehr beliebt.«

»In Schreinergärten auch, jedenfalls hatte meine Mutter auch immer welche in ihrem Garten.«

»Meinst du, deine Mutter hat den Kater vergiftet?«

»Ach Quatsch, du hast ja selbst gesagt, dass die beliebt sind. Das kann jeder gewesen sein. Und man muss sie nicht mal im eigenen Garten haben. Die kriegst du auch im Blumenladen oder auf dem Markt.«

»Auf jeden Fall wissen wir jetzt, dass sein Tod kein Zufall war. Jemand hat ihn absichtlich umgebracht. Die Wunden hat man ihm übrigens erst nach dem Tod beigebracht.«

»Ja, Rosa hat ihn ja begraben, da wird er wohl seine Pfoten noch gehabt haben. Sonst hätte sie bestimmt schon im Garten einen Herzinfarkt bekommen.«

»Apollonia, du musst unbedingt zur Polizei gehen. Die das getan haben, sind gefährlich! Erst bringen sie den Kater um, damit sie anschließend seine Besitzerin zu Tode erschrecken können. Das ist richtig heimtückisch. Und Katzenzüchter, wie du gedacht hast, waren das bestimmt nicht, die würden doch nicht so einen teuren Zuchtkater umbringen! Da steckt etwas ganz anderes dahinter!«

Da könntest du verdammt recht haben, dachte ich, sagte aber nur, wie dankbar ich ihr war für ihre Hilfe. Ich hatte zwar nicht das Gefühl, dass ihre Information den großen Durchbruch brachte, aber sie war ein weiteres Mosaiksteinchen zu einem Bild, das mit jedem neuen Teil beängstigender wurde. Bevor ich mir jedoch nicht sicher war, wollte ich meinen furchtbaren Verdacht nicht weitergeben.

Am Mittwochmorgen beschloss ich, mein Auto zu waschen. Ich wurde auch nach fast einer Woche das Gefühl nicht los, dass es nach dem toten Moritz stank. Normalerweise ließ ich meinem alten Golf höchstens einmal im Jahr eine solche Behandlung angedeihen, und auch dann mehr, weil es mir selbst Spaß machte, durch die Waschanlage zu fahren. Dort fühlte ich mich wie ein Kind in der Geisterbahn.

Welch köstlicher Schauder, wenn man ausgeliefert im Wagen saß und durch eine neblige Sprühwasserwand fuhr, dann tauchten plötzlich schwarze Kapuzenphantome auf, die beim Näherkommen wie von Geisterhand getrieben ihre langen Stoffbahnen in wildem Tanz um sich selbst und um das Auto schwangen, auf einmal stürzten Wasserkaskaden von allen Seiten auf den Wagen herab, Riesenföhne bliesen mit heißer Luft sämtliche Wasserreste fort, und schließlich warteten bunte, wippende Stoffstreifen, wie für den Karneval zurechtgemacht, am Ende der Waschstraße, dort wo es schon wieder hell wurde und man sich in Sicherheit glaubte. Aber plötzlich verwandelten sich die bunten Bänder in die zuckenden Fangarme eines Kraken, die sich mit aller Macht über Fenster und Türen ringelten, im Versuch, ins Wageninnere zu gelangen und einen zu erwürgen. Wenn am Ende das grüne Licht aufblinkte, musste man erst einmal tief durchatmen. »Herzlichen Dank für Ihren Besuch«, wünschte die Waschstraßengeisterbahn zum Abschied.

Heute gönnte ich meinem Auto noch eine Visite durch den Riesenschlangenstaubsauger, der gierig alles fraß, was irgendwo im Wageninneren herumlag, dann fuhr ich zutiefst befriedigt mit blitzblankem Golf von dannen. Und sogar der Gestank schien wie weggeblasen, wenn er denn nicht nur in meiner Einbildung existiert hatte.

Abends fuhr ich nach Meersburg zu meinem Vortrag über die emanzipierte Droste. Eigentlich wäre es sinnvoller gewesen, bei dem anhaltend schönen Herbstwetter das Fahrrad zu nehmen, aber der Weg von der Fähre hoch zum Fürstenhäusle war mir zu lang und steil, zumal ich meinen Diaprojektor dabeihatte. Ich wollte ein paar Bilder von Annette von Droste-Hülshoff, ihren Angehörigen und vor allem von Levin Schücking zeigen.

So war ich extra früh losgefahren, um auf Nummer sicher zu gehen, falls es an der Fähre Stau gab. Während meines ersten Jahres in Konstanz war ich einmal zu spät zu einem Vortrag an der Volkshochschule in Friedrichshafen gekommen, weil ich so lange auf die Überfahrt warten musste. Die peinliche Szene, als ich dort mit zwanzig Minuten Verspätung einlief und die ersten Zuhörer schon am Gehen waren, war mir sehr lebendig im Gedächtnis geblieben. Aber ich hatte Glück – außer einem schwarzen Sportwagen und einem Lieferwagen befand sich kein weiteres Auto auf dem Deck, als die Fähre ablegte.

Am Fürstenhäusle angekommen, musste ich allerdings feststellen, dass mein Thema in der breiten Bevölkerung offenbar nicht auf übertriebenes Interesse gestoßen war, nur elf Besucher hatten sich eingefunden, alles Damen, und alle älteren Semesters. Eine einzige war etwas jünger, in den frühen Fünfzigern. Ihre grellbunten Leggings wirkten leicht unterdimensioniert, und sie stellte sich mir vor als Frau Müller-Dingleid von der Schwäbischen Zeitung. Ich musste mir das Lachen verbeißen, weil ich sofort Loriots Knollennasenmännchen Müller-Lüdenscheidt in seiner Badewanne vor mir sitzen und um die Ente kämpfen sah.

Die Veranstalterinnen hatten die Stühle für die Besucher geschickt im Raum verteilt, sodass man den Eindruck gewann, dass es gar nicht mehr hätten sein dürfen. In dieser fast familiären Atmosphäre breitete ich nun meine Thesen bezüglich der Emanzipation der Dichterin aus, die darin gipfelten, dass ich den Genius Loci beschwor: Genau der Ort, an dem wir uns befanden, das Haus, das sich die Droste von ihrem eigenen Geld gekauft hatte, war der sichtbare Beweis ihrer Selbstbefreiung als Frau, auch wenn sie nicht mehr hier hatte wohnen können. Meine Zuhörerinnen klatschten begeistert Beifall dafür, dass ich das Fürstenhäusle zum »lebendigen Denkmal der weiblichen Emanzipation« ausrief, wie es zwei Tage später in der Schwäbischen Zeitung hieß. Im Anschluss an den Vortrag entspann sich noch eine angeregte Diskussion. Vor allem zwei reizende ältere Damen, Frau Schwälber und Frau Möwick, erläuterten mir ihre Theorien zu Annette, wie sie die Dichterin vertraulich nannten. Die beiden waren mir schon öfter aufgefallen, bei Konzerten oder Ausstellungen – dunkel, klein und schmal die eine, groß, hager und weißblond die andere. Sie traten immer gemeinsam auf, und ich hatte sie für mich die Schwalbe und die Möwe getauft. Die Schwalbe hatte sogar selbst ein Büchlein über Annette von Droste-Hülshoff veröffentlicht, auf das ich bei meinen Vorbereitungen gestoßen war und das mir interessante Impulse für meinen Vortrag geliefert hatte. Fast muteten die beiden Vogelfrauen selbst wie literarische Figuren an.

Es wurde schließlich fast zehn Uhr, bis ich mich herzlich von ihnen verabschiedete. Im Dunkeln ging ich zu dem kleinen Parkplatz hinter dem Haus und packte den Diaprojektor in den Wagen. Ach Mist, ich muss tanken, schoss es mir durch den Kopf, als ich einstieg. Wie die meisten Konstanzer fuhr ich dafür in die Schweiz, aber oft vergaß ich es einfach. Schon mehr als einmal hatte ich schließlich mit dem Kanister zur nächsten Tankstelle marschieren müssen, weil mein Auto irgendwo liegen geblieben war. Noch zu einem Viertel voll, sagte die Tankuhr, das würde ja doch noch eine Weile reichen. Als ich losfuhr, wurde mir plötzlich klar, warum ich auf die Idee mit dem Tanken gekommen war: Es stank nach Sprit, und der Geruch wurde ständig stärker. Oje, das wird wohl wieder ein Fall für Lutz, dachte ich.

Lutz Berger war mein Mechaniker, ein Juwel von einem Mechaniker, dem ich es zu verdanken hatte, dass ich mit meinem Fast-Oldtimer-Modell einigermaßen preiswert über die Runden kam. Es war noch gar nicht so lange her, dass ich bei ihm gewesen war. Aber vielleicht hatte er ja irgendetwas übersehen.

Prompt begann der Wagen zu stottern, als ich nach langem Stehen an der Ampelkreuzung bei der Meersburger Kirche weiterfuhr zur Fähre. War vielleicht in der Waschanlage etwas schiefgelaufen und Feuchtigkeit in den Motor geraten? Ich bremste, weil es in der Uhldinger Straße steil bergab ging zum Fährehafen, und da ließ das Stottern nach. Na also! Als ich die scharfe Kehre am Weinberg nahm, zugegeben etwas flott, stank es wieder stärker nach Sprit. Schließlich hatte ich den Berg hinter mir, bog um die letzte Kurve vor dem Fährehafen und gab Gas. Da passierte es. Eine Stichflamme schoss plötzlich mit mächtigem Knall vor meinen Augen aus der Motorhaube, die Haube schlug hoch, dann qualmte und stank es entsetzlich. Instinktiv trat ich auf die Bremse, und der Wagen kam zum Stehen. Hinter mir ein lautes Quietschen, der Fahrer schaffte es gerade noch rechtzeitig, sein Auto abzubremsen.

Ich riss die Tür auf und stürzte aus dem Wagen. Wie oft hatte ich in amerikanischen Filmen Autos explodieren sehen! Aber meinen Diaprojektor musste ich trotzdem retten. Ohne zu überlegen, öffnete ich schnell die hintere Tür auf der Fahrerseite, während aus dem Motorraum dichter Rauch quoll, und schnappte mir den Karton mit dem Projektor und meine Tasche mit den Unterlagen. Außer ein paar Kassetten mit italienischer Musik war sonst nichts Wertvolles mehr im Wagen.

Auch der Fahrer hinter mir war ausgestiegen. »Was ist denn passiert?«, schrie er, ohne näher zu kommen.

»Keine Ahnung!«, schrie ich zurück. »Mein Auto brennt!« Ich lief mit meinen Habseligkeiten zu ihm hinüber.

»Ich ruf die Feuerwehr!« Der Mann zog sein Handy aus der Jackentasche und begann drauf rumzutippen. Nach ein paar Sekunden meldete sich jemand, und er schilderte die Situation. Es dauerte nicht lange, da hörten wir von ferne die Sirene der Feuerwehr. Dann sah man das Blaulicht die Serpentinen der Uhldinger Straße herabschießen. Inzwischen kam nur noch wenig Rauch aus meinem Motorraum, und das Auto war nicht explodiert. Die Feuerwehrleute löschten dann auch nicht mit dem großen Schlauch, sondern nur mit einem banalen Feuerlöscher, dessen Schaum sie auf der Motorhaube und im Lüftungsschacht des Golfs verteilten.

»Alles paletti!«, sagte ihr Kommandant schließlich stolz, und sie schalteten die Sirene aus. Das Blaulicht war noch an, was auch besser war, denn inzwischen hatte sich den Berg hinauf ein kleiner Stau gebildet.

»Was soll ich denn jetzt machen?«, fragte ich ratlos, denn an Fahren war mit dem rußig-schwarzen Auto wohl nicht mehr zu denken. Und es war so schön weiß gewesen nach der Wäsche!

»Sind Sie beim ADAC?«, wollte der Feuerwehrkommandant wissen.

»Nein«, gab ich kleinlaut zu. Erst neulich hatte ich wieder einen Werbebrief in den Papierkorb gepfeffert.

»Dann kann's teuer werden. Sie müssen ihn abschleppen lassen.«

»Vielleicht kann ich Ihnen ja helfen«, mischte sich der Autofahrer ein, der die Feuerwehrleute gerufen hatte, während diese anfingen die anderen Autos langsam an der Unfallstelle vorbeizuleiten.

»Ich könnte Sie mit meinem Wagen abschleppen. Wo müssen Sie denn hin?«

Im zuckenden Blaulicht sah ich ihn mir zum ersten Mal richtig an. Er war um die fünfzig, groß und schlank, mit kurzen blonden Haaren, kräftiger Nase und ebenso kräftigem Kinn. Er wäre ein gut aussehender Mann gewesen, hätte er nicht einen leichten Überbiss gehabt, der jedoch seiner Sprache ein entzückendes Lispeln verlieh.

»Ich muss nach Konstanz. Danke für Ihr Angebot, aber ich möchte nicht, dass Sie sich schmutzig machen.« Dabei wies ich auf seine Lederjacke, die teuer aussah.

Er winkte ab. »Kein Problem. Ich muss nach Winterthur, da fahr ich sowieso über Konstanz. Kommen Sie, das kriegen wir schon hin, da müssen Sie nicht extra den Abschleppdienst anrufen.«

»Funktionieren denn wenigstens Bremse und Rücklichter?«, wollte der Mann von der Feuerwehr wissen. Vorsichtig setzte ich mich hinters Steuer, und in der Tat, beides war noch intakt. Daraufhin hielten die Feuerwehrleute den Verkehr für einen Moment an, ließen meinen Helfer vorfahren und unterstützten uns dabei, mein Auto an seines anzuhängen. Mit seinem Abschleppseil, denn ich hatte natürlich keins dabei, während sein BMW gut ausgestattet schien mit allem, was man für den Notfall so braucht. Bis auf einen Feuerlöscher.

Auf der Fähre wollte ich ihn zu einem Kaffee einladen, aber er lehnte dankend ab. »Dann kann ich nicht mehr schlafen.«

Da verzichtete auch ich auf den Aufputscher, aber vielleicht war das ein Fehler, denn langsam fiel die Spannung von mir ab, und ich begann plötzlich zu zittern. Mir wurde erst jetzt bewusst, in welcher Gefahr ich geschwebt hatte. Meine Hände versuchten sich aneinander festzuhalten, damit das Zittern nicht zu sehr auffiel. War das Ganze ein Zufall gewesen? In meiner Magengegend begann es wieder zu rumoren.

Mein Abschlepper tat, als bemerkte er das Zittern nicht, und stellte sich mir vor als Rainer Trost.

»Sie sind mir wirklich ein reiner Trost, vielen Dank!«, versuchte ich einen Witz.

Er lachte höflich, obwohl er das bestimmt schon öfter gehört hatte. »Und Sie scheinen sich ja schon wieder von diesem Schreck erholt zu haben. Wie ist das denn passiert?«

»Ich hab keine Ahnung! Erst hat er gestottert, und plötzlich kam diese Stichflamme aus der Motorhaube. Mann, bin ich erschrocken! Heute Nachmittag war ich in der Waschanlage, vielleicht ist da ja irgendetwas schiefgegangen.« Auf seinen fragenden Blick fügte ich fachmännisch hinzu: »Wasser im Verteiler oder so.«

Da grinste er mich von der Seite an. »Ach so, Wasser im Verteiler. Na, ich hätte vielleicht eher auf einen abgerissenen Benzinschlauch getippt. Oder vielleicht sogar auf einen abgebissenen. Von einem Marder zum Beispiel. Aber Wasser im Verteiler ... da wär ich nicht draufgekommen.«

Erleichtert musste nun auch ich lachen. Na klar, ein Marder! Ich erinnerte mich, dass mir schon einmal ein Marder einen Zündschlauch durchgenagt hatte. Und diesmal eben den Benzinschlauch!

»Ich sag ja, ich hab keine Ahnung. Das mit dem Auto macht alles mein Mechaniker. Der Lutz Berger.«

Er sah nett aus, wenn er so frech grinste. Ich schaute verstohlen auf seine Hand, ob er einen Ehering trug. Nichts zu sehen. Aber das musste nichts bedeuten.

»Ach ja, den kenn ich. In der Kreuzlinger Straße.«

»Ja, genau, mit diesem kleinen Werkstättchen. Der ist echt gut.«

»Mit meinem BMW muss ich in die Vertragswerkstatt. Aber den Lutz kenn ich noch von Studienzeiten her, da war ich immer mit meinem Käfer bei ihm. Ist ein netter Kerl.«

Die Lichter des Konstanzer Hafens kamen in Sicht. Mir graute ein wenig davor, am Abschleppseil von der Fähre zu fahren, aber Rainer Trost gab sehr vorsichtig Gas, und so kamen wir ohne Probleme auf die Straße. Ich hatte ihn gebeten, direkt zur Werkstatt von Lutz zu fahren, denn wenn jemand das Auto noch retten konnte, dann er. Wir stellten es im Hof ab, und ich warf den Autoschlüssel in den Briefkasten. Am nächsten Morgen würde ich ihn anrufen und die Situation schildern.

Mein reiner Trost fuhr mich noch nach Hause, und wir tauschten unsere Telefonnummern aus. Das heißt, ich suchte in meinem Geldbeutel vergeblich nach einer meiner wunderbaren Visitenkarten und schrieb ihm schließlich meine Nummer auf einen alten Kassenbon, während er eine edle Visitenkarte aus der Brieftasche nahm und mir in die Hand drückte, auf der stand, dass er ein Service Consultant bei SAP in Regensdorf war.

»Service Consultant?«

»Computerfuzzi.«

»In Regensdorf?«

»Ja, bei Zürich, aber wohnen tu ich in Winterthur. Heut war ich bei einem Kunden in München.«

Ich versprach, ihn zum Dank für seine Hilfe in nächster Zeit einmal italienisch zu bekochen.

Nur nicht aus Liebe weinen …, sang Zarah Leander in meinem Kopf.

»Sag mal, hast du irgendwelche Schulden bei der Mafia nicht bezahlt?«

Ich hatte ganz vergessen, dass Lutz Berger ein notorischer Frühaufsteher war. Was ich für früh am Morgen hielt, war bei ihm schon später Vormittag, und so war er mir mit dem Telefonat zuvorgekommen.

»Was?«, erwiderte ich wenig originell, weil noch völlig schlaftrunken.

»Ich tippe auf Russenmafia. Die sind technisch versierter als die Italiener.«

»Morgen erst mal, Lutz. Was meinst du?«

»Komm her, dann zeig ich's dir!«

Als ich eine halbe Stunde später zu Fuß in der Kreuzlinger Straße angekeucht kam, stand mein Golf bereits in der Werkstatt. Die Motorhaube, unter der sich in letzter Zeit einiges abgespielt hatte, war aufgeklappt. Lutz saß in seinem Büro, einem kleinen Raum im hinteren Teil der Werkstatt, der durch eine Glaswand vom Garagenteil abgetrennt war. Dort hingen nicht – wie sonst in Autowerkstätten üblich – Plakate mit Pin-up-Girls oder der obligatorische Pirelli-Kalender, sondern echte Gemälde, die Lutz von befreundeten Künstlern gekauft hatte. Das hatte mich vom ersten Werkstattbesuch an für ihn eingenommen.

»Komm rein! Ich bin gleich fertig.« Er tippte noch rasch etwas in den Computer ein, dann kam er hinter seinem Schreibtisch hervor und ging mir voraus zum Auto. Er war so groß wie ich, etwas untersetzt, und unter seinem blauen Overall war ein Bäuchlein zu erkennen. Mit seinen kurz geschorenen grauen Haaren und der spitzen, gebogenen Nase erinnerte er mich immer ein wenig an Papst Leo den Zehnten auf dem Porträt von Raffael. Hätte er statt des blauen Antons eine rote Samtrobe getragen …

»Was hast du nur angestellt?«, unterbrach er meine kunsthistorischen Gedankenspiele.

»Ich weiß doch auch nicht, Lutz!« Dann schilderte ich ihm genau, was am Abend vorher geschehen war. Sogar von der Waschanlage erzählte ich ihm, und von Rainer Trost.

»Ach der Rainer, der ist ein armer Teufel. Gerade zum zweiten Mal geschieden. Und mit jeder ein Kind! Ich hoffe, dass er es jetzt kapiert hat.«

Lutz hatte seine eigenen Ansichten über die Ehe, aber ich konnte bei dem Thema ohnehin nicht mitreden, darum erwiderte ich nichts. Immerhin war das eine interessante Information – Rainer Trost war solo!

Aber ich war nicht gekommen, um mit Lutz über Beziehungen zu diskutieren. »Was ist denn nun mit dem Auto?«

Er griff in den Motorraum, den er offensichtlich grob gereinigt hatte, und hielt mir ein Stück Schlauch hin.

»Was ist das?«, fragte ich.

»Das ist, besser gesagt, das war dein Benzinrücklauf. Erstaunlich, dass der Schlauch nicht geschmolzen ist, wahrscheinlich ist der Teil zur Seite weggerutscht, als der Rest Feuer gefangen hat. Schau ihn dir genau an!«

Ich schaute ihn genau an.

»Sauber durchgeschnitten, würd ich sagen!« Triumph lag in seiner Stimme ob dieser detektivischen Leistung.

Mir lief es kalt den Rücken hinab. Von wegen Marder! »Du meinst, den hat jemand absichtlich durchgeschnitten?«

»Hast du schon mal jemanden etwas unabsichtlich durchschneiden sehen?«

Mir passierte es andauernd, dass ich unabsichtlich Sachen zerschnitt, meine Finger zum Beispiel beim Zwiebelzerkleinern. Selbst Ärzte waren nicht dagegen gefeit; Hannes Zoller hatte sich ja auch in den Finger geschnitten. Aber ich hatte verstanden, was Lutz meinte, und das war nicht zum Witzemachen.

Auch er wurde plötzlich ernst. »Das hier ist kein Scherz. Da hat es jemand auf dich abgesehen. Die haben den Schlauch angeschnitten. Dadurch lief Benzin über den Motor und hat sich entzündet, als der heiß wurde. Zum Glück hat der Golf den Tank unten, drum ist kein Benzin mehr nachgelaufen, als du den Motor abgestellt hast. Aber das hätte bös ausgehen können. Stell dir vor, du wärst auf der Autobahn gewesen!«

Ich überlegte. Wer das getan hatte, musste gewusst haben, wo ich hinfuhr. Und auch, dass ich wahrscheinlich nicht auf die Autobahn fahren würde, sondern nach Hause. Also wollte man mich nicht umbringen. Das war eine weitere Warnung gewesen, und außerdem hatte man mir meine Mobilität genommen. Denn das war die schlimmste Nachricht, die Lutz für mich hatte: Der Wagen hatte einen Totalschaden. Nichts mehr zu machen!

»Und schau mal hier, da ist etwas eingekratzt. Kann mich nicht erinnern, das früher mal gesehen zu haben. Und wie du weißt, inspiziere ich deine Innereien immer sehr gründlich!«

Mit dem Schraubenschlüssel klopfte er auf eine Stelle am Motorblock. Nun sah ich es auch: ein Kreis, in den zwei miteinander verschränkte Dreiecke eingeschrieben waren, sodass eine Spitze nach unten und zwei nach oben zeigten. Im Inneren der Dreiecke war ein kleinerer Kreis flächig dunkel einschraffiert.

»Hast du 'ne Ahnung, was das sein könnte?«

Ich überlegte. Irgendwo hatte ich dieses Symbol schon mal gesehen. Aber wo? Ich kam nicht drauf und schüttelte den Kopf.

»Sieht nicht die brasilianische Flagge so ähnlich aus?«, fragte Lutz. »Ich meine, ich hätte so was bei der letzten WM gesehen.«

»Nein, die sieht so aus ...«

Einer meiner Verflossenen war Brasilianer gewesen, und die brasilianische Flagge hatte über seinem Bett im Studentenwohnheim gehangen, sodass sich mir dieses Symbol mit der Raute und dem eingeschriebenen Kreis in emotional aufwühlenden Situationen eingeprägt hatte, was ja bekanntermaßen entscheidend zum Erinnerungserfolg beiträgt.

Ich hätte die brasilianische Flagge blind mit links zeichnen können. Für Lutz malte ich sie mit dem rechten Zeigefinger in den Ruß am Kotflügel. Er zog einen Lappen aus der Hosentasche seines Overalls und reichte ihn mir. Nach der Reinigung damit war mein Finger nicht mehr rußig, sondern ölverschmiert. Mit einem gebrauchten Tempo aus meiner eigenen Hosentasche bekam ich ihn schließlich einigermaßen sauber.

Wir rätselten weiter über das seltsame Symbol. Lutz fühlte sich an das Victory-Zeichen oder den Mercedes-Stern erinnert, ich tippte wegen des großen und kleinen Kreises eher auf ein Sonnen- oder Mondsymbol. Schon wieder der Mond. Was hatte es nur damit auf sich?

Lutz beschwor mich noch einmal, zur Polizei zu gehen. »Wer immer das getan hat, wusste sehr gut, was er tat. Er wollte dich nicht umbringen. Eine nette kleine Warnung. Ich weiß ja nicht, in welchen Geschichten du gerade steckst, aber ich würde auf jeden Fall die Polizei einweihen.«

Ich versprach es ihm, um dann noch ein weiteres Problemchen anzusprechen. »Lutz, ähm, könntest du mir vielleicht ein Auto leihen? Ich weiß nicht, wie ich sonst zur Polizei kommen soll.«

Belustigt sah er mich an. »Dies ist eine Autowerkstatt, kein Autoverleih. Und in dieser Stadt gibt es Busse. Die fahren bis zum Sternenplatz, und dort in der Nähe ist, wie du sicher weißt, das Polizeirevier.«

Ich setzte meinen treuherzigsten Blick auf. »Ja aber, ich müsste vielleicht auch noch nach Baselreute fahren am Wochenende ...«

Er schüttelte lächelnd den Kopf, über mich und über sich selbst, weil er auf die Masche reinfiel, dann sagte er: »Also gut, komm mit.«

Im Büro überreichte er mir Autoschlüssel und Papiere eines uralten Opel Corsa, den er sich für Notfälle hielt. »Ich hoffe, dass der keinem Attentat zum Opfer fällt. Hat mir nämlich lange, treue Dienste geleistet. Es täte mir richtig leid, wenn ich ihn verkohlt wieder in Empfang nehmen oder aus dem Konstanzer Hafenbecken fischen müsste.«

Sein Humor kam heute nicht so gut bei mir an, aber ich bedankte mich überschwänglich für seinen Beistand. Außerdem bat ich ihn, sich nach einem neuen Gebrauchten für mich umzuschauen. Dann fuhr ich mit dem alten Corsa nach Petershausen zum Konstanzer Polizeirevier und bekam dabei das deutliche Gefühl, dass mein Golf ein Luxusauto gewesen war. Immerhin funktionierte das Radio.

Auf dem Weg überlegte ich mir, wer von meinem Vortrag gewusst hatte, wer mir gefolgt war, um auf dem Parkplatz beim Fürstenhäusle in aller Ruhe meinen Benzinschlauch durchzuschneiden, während ich über die Droste referierte. Oder war es schon vorher geschehen? Aber vorher war mir kein Benzingeruch aufgefallen. Also musste der Parkplatz der Ort des Anschlags gewesen sein. Ich zermarterte mir das Hirn bei dem Versuch, mich an andere Autos oder Personen zu erinnern, die dort gestanden hatten. Vergeblich. Mein Gedächtnis war ein Sieb. Ich ging in Gedanken zurück. Auf die Fähre. Ein Lieferwagen mit der Aufschrift »Metzgerei Otto Meier« war mir in Erinnerung geblieben. Und ein schwarzer Sportwagen.

Beinahe wäre ich an der roten Ampel am Sternenplatz auf das Auto vor mir aufgefahren. Der Sportwagen! Es war kein üblicher Porsche oder Mazda gewesen, sondern ein größeres Auto, bulliger. Ein Chrysler. Das Auto mit den Engelsflügeln! Ich war so in Gedanken mit meinem Vortrag beschäftigt gewesen, dass ich ihn nur nebenbei wahrgenommen hatte. War es womöglich derselbe gewesen, den Frau Pingel und Herr Bühler in Baselreute gesehen hatten? War er mir gefolgt? Aber er hatte schon dagestanden, als ich auf die Fähre fuhr. Wenn der Fahrer allerdings wusste, wo ich hinwollte, hätte er ja ohne Weiteres vorher da sein und auf mich warten können. Mist, hätte ich nur das Kennzeichen angeschaut!

Die Ampel schaltete auf Grün, und ich bog in die Reichenauer Straße ab. Dabei schaute ich nervös in meinen Rückspiegel, ob irgendwo ein bulliges schwarzes Auto auftauchte.

Woher hatten sie nur gewusst, wo ich hinwollte? Wem hatte ich von meinem Vortrag erzählt? Thomas Arnold war der Einzige, der mir einfiel. Hatte er mich am Sonntag deshalb angerufen? Um in Erfahrung zu bringen, wo ich mich während der Woche aufhalten würde, sodass sie die günstigste Gelegenheit ergreifen konnten, mir einen Denkzettel zu verpassen? Aber er war so nett gewesen am Telefon! Trotzdem musste ich Siggi darauf ansprechen.

Dann fiel mir ein, dass ja im Grunde jeder, der den Südkurier las, hatte erfahren können, dass ich an diesem Abend im Fürstenhäusle über die Droste sprechen würde. Das erweiterte den Kreis der Verdächtigen natürlich beträchtlich. Es musste aber auf jeden Fall jemand sein, der mein Auto kannte. Derselbe, der mir Moritz unter die Haube geschmuggelt hatte? Ein Anschlag in Baselreute, einer in Meersburg. War es derselbe Täter? Oder waren es mehrere? Eine Gruppe, die sich absprach? Satanisten?

Als ich im Hof des Polizeireviers stand, blieb ich erst einmal einen Augenblick im Auto sitzen, um meine Gedanken zu ordnen. Ich wusste nicht recht, wie viel und was ich der Polizei erzählen sollte. Man hatte mich zum zweiten Mal gewarnt, also musste ich auf der richtigen Spur sein. Würde dic Polizci mir glauben? Was würde sie unternehmen? Was konnte sie überhaupt unternehmen? Und wenn sie etwas unternahm, wie würden die Entführer von Samantha reagieren?

Der Beamte, der meine Anzeige aufnahm, trug ein Namensschild, das ihn als POM, als Polizeiobermeister, auswies. Wie sich herausstellte, war der Herr Pom nicht sonderlich gewillt, irgendetwas zu unternehmen. Er fragte genauestens nach, wann, wo und warum ich geboren war, wie hoch mein Einkommen war und wie alt mein Auto, und vor allem, welchen Wert es noch gehabt hatte. Irgendwann ging mir ein Licht auf: Er glaubte, ich wollte die Versicherung betrügen. Da müsse ein externer Gutachter her, sagte er, aber vor Ende nächster Woche sei wohl nichts zu machen.

Ich dankte und ging. Sollte er doch glauben, was er wollte. Mit dem Handy rief ich Volker Riemann an, aber wieder antwortete nur die Stimme vom Band. Ich bat ihn, mich baldmöglichst zurückzurufen.

In der Bäckerei holte ich mir noch einen Leberkäswecken als Mittagessen, dann zog ich mich in meine vier Wände zurück, um die letzten Vorbereitungen für den abendlichen Kirchner-Vortrag zu treffen.

Als ich den Leberkäswecken zur Hälfte gegessen hatte, rief Siggi an. Als ob sie geahnt hätte, dass ich gerade an sie gedacht hatte! Mich hatte nämlich die Frage umgetrieben, ob ich ihr meinen Verdacht bezüglich der Satanistenspur mitteilen sollte. Falls Thomas Arnold etwas damit zu tun hatte, wer sagte mir, dass Siggi nicht auch mit drinsteckte?

Mein Gefühl sagte es mir, und so wurde es ein langes Telefonat. Ich erzählte ihr von meinen unguten Ahnungen, ausgelöst durch Kirchners Kater, von dem Gespräch mit Volker, wenn auch nicht in allen Einzelheiten, und von dem, was am Abend vorher passiert war, ich schilderte meinen morgendlichen Besuch bei Lutz und was er herausgefunden hatte, und schließlich berichtete ich von dem missglückten Versuch, bei der Polizei Hilfe zu bekommen. Siggis Reaktionen wechselten von Ungläubigkeit über Bestürzung zu Wut. Nachdem sie sich wieder etwas beruhigt hatte, fragte ich sie ganz direkt nach Thomas Arnold. Ich verheimlichte ihr auch mein Telefongespräch mit ihm nicht und dass ich ihn danach ganz nett gefunden hatte, dass mir aber das Ganze inzwischen seltsam vorkam und ich nicht wusste, ob er mich nur ausgehorcht hatte.

»Meinst du, es wäre möglich, dass er etwas damit zu tun hat?«

Sie zögerte ein wenig. »Also das kann ich mir einfach nicht vorstellen. Der Thomas ist zwar manchmal ein wenig schräg drauf, aber so etwas … nein, das glaub ich einfach nicht!« Ganz überzeugt klang es nicht. Und dann gab sie noch etwas anderes zu bedenken. »Was ich aber trotz allem nicht verstehe, ist, warum die Katzendiebe auch die Zuchtunterlagen mitgenommen haben. Glaubst du, dass Satanisten Birmakatzen züchten wollen?«

Das war tatsächlich eigenartig, darüber hatte ich noch gar nicht nachgedacht, aber dann fielen mir die Hunde ein, von denen Volker erzählt hatte. »Vielleicht züchten sie ja Tiere, um sie zu opfern.«

»Teure Rassekatzen.« Sie klang skeptisch.

»Ich weiß doch auch nicht, Siggi, ich wäre ja froh, wenn irgendein normaler Züchter die Katzen geklaut hätte, aber warum dann diese Anschläge auf mich?«

Und warum eigentlich nicht auf Siggi? Sie war an den Recherchen doch genauso beteiligt. Warum wurde nur ich unter Beschuss genommen? Gehörte sie doch zu »ihnen«? Oder war das womöglich ein weiteres Indiz, dass Thomas Arnold hinter allem steckte? Es hätte gepasst, dass er sie immer noch liebte und nicht wollte, dass ihr etwas zustieß. Womöglich brauchte er die Katzen sogar für irgendeinen Liebeszauber! Das klang nun aber zu blöd, und ich traute mich nicht, Siggi von dieser Idee zu erzählen.

So berichtete ich noch von Rainer Trost, der so hilfreich gewesen war, und dass ich vorhatte, ihn demnächst zu bekochen.

»Einen Computermenschen kann man immer gebrauchen«, bestärkte mich Siggi ganz pragmatisch. »Den muss man sich warmhalten!«

»Ich glaube, ich würde mich von ihm auch ganz gerne warm halten lassen, vor allem meine Füße, die sind immer kalt«, sagte ich grinsend.

Ich sah geradezu, wie sie am anderen Ende der Leitung die Augen verdrehte und den Kopf schüttelte. »Polli, du bist unverbesserlich!«

Wir mussten beide lachen, dann bat ich sie noch, irgendwann bei Apollonia vorbeizuschauen und ihr zu erzählen, wie der Stand der Dinge war, allerdings möglichst ohne sie aufzuregen.

»Na, du bist gut, wie soll ich das denn machen?«, fragte sie.

»Fass halt zusammen, wähl aus, sag, dass es bisher nur ein Verdacht ist.«

»Das kannst du ihr alles selber erzählen. Ich schau morgen mal bei ihr vorbei, aber nur, um ihr schöne Grüße zu bestellen. Ich muss sowieso nach Baselreute, zu meinen Eltern, wir müssen einiges besprechen wegen dem Haus. Demnächst ist Termin beim Notar.«

Was für eine Überraschung dieser Termin mit sich bringen würde, ahnten wir zu diesem Zeitpunkt noch nicht.

Volker Riemann war den ganzen Tag nicht zu erreichen. So zerstreute ich mich, indem ich die Dias für meinen Abendvortrag zu Kirchner herrichtete. Immer wieder traf ich dabei auf Kater Boby, der mich aus seinen gelbgrünen Augen anstarrte, vorwurfsvoll, wie mir schien, als würde Hannibal durch ihn sprechen. Wo bleibst du denn?, fauchte er mir zu. Warum rettest du uns nicht endlich?

Als ich dann den Computer hochfuhr, um meinen Vortragstext auszudrucken, schaute mir vom Monitor Samantha aus blauen Augen entgegen. Hilf uns doch!, schien sie leise zu miauen.

Ich fluchte vor mich hin, verdammte meine Hilflosigkeit und Ohnmacht.

Der einzige Lichtblick an diesem Nachmittag war ein Telefonat mit Rainer Trost, der anrief, um sich nach meinem Befinden zu erkundigen. Ich erzählte ihm nicht, was Lutz herausgefunden hatte, nur, dass mein Auto einen Totalschaden hatte. Sollte er nur weiterhin an einen Marder glauben. Wir unterhielten uns eine ganze Weile und kamen schließlich beim Du an. Am Ende schlug Rainer sogar vor, am Wochenende etwas zusammen zu unternehmen, aber ich winkte ab, denn ich wollte mir die Zeit frei halten, um weiter nach Samantha zu suchen. Wenn die glaubten, dass sie mich abgeschreckt hatten, dann hatten sie sich gründlich getäuscht! Jetzt würde ich erst recht zur Rächerin der Enterbten werden. Apollonia Hood!

Nachdem ich meine Vorbereitungen beendet hatte, machte ich mir einen Kaffee und schrieb mehrere E-Mails, darunter eine an Jessy, in der ich ihr noch einmal sagte, wie sehr ich mich gefreut hatte über ihren Anruf und dass ich vielleicht doch am nächsten Wochenende nach Baselreute kommen und sie dann auch besuchen würde.

Gegen halb acht fuhr ich mit dem Fahrrad zum Kulturzentrum in der Stadt, gegenüber dem Münster, wo in einem Seminarraum der Volkshochschule im historischen »Haus zur Katz'« mein Vortrag stattfinden sollte. Nomen est omen, dachte ich, ein passender Ort für die Präsentation von Kirchners Kater!

Den Diaprojektor transportierte ich mühsam im Fahrradkorb, während ich die restlichen Unterlagen in meinem Lederrucksack verstaut hatte, den ich auf den Rücken nahm. Noch nie war mir der Weg zum Rhein durch den Herosépark, über die Rheinbrücke, dann die Schottenstraße entlang, am Gefängnis vorbei, die Wallgutstraße hoch und schließlich über die Laube durch die Katzgasse zum Kulturzentrum so lang vorgekommen. Ständig drehte ich mich um, ob irgendjemand hinter mir fuhr. Aber nur ein paar Jugendliche rasten auf unbeleuchteten Mountainbikes an mir vorbei. Es war recht kalt, sodass es nicht erstaunlich war, dass so wenige Leute mit dem Rad unterwegs waren. Aber ich hatte nicht das Auto nehmen wollen, weil man beim Kulturzentrum nicht parken konnte und ich keine Lust gehabt hatte, den Diaprojektor zu Fuß zu schleppen. Die Dame von der VHS hatte mir zwar versichert, dass sie dort auch einen Projektor hätten, aber in diesem Punkt war ich eigen. Ich zeigte Dias immer nur mit meinem einfachen, alten Carena-Gerät, denn mehr als einmal hatte ich schlechte Erfahrungen mit Geräten vor Ort gemacht, die phantastisch multifunktional waren und die niemand bedienen konnte, mich eingeschlossen.

So lief der Vortrag wunderbar; es gab danach noch eine kleine Diskussion, aber keine Kritik mehr, vielleicht auch, weil die bissige Dame vom Heckel-Abend seither nicht mehr erschienen war.

Während der Veranstaltung war Nebel aufgekommen. Wie ein feines graues Tuch lag er anschließend über den Straßen und verzerrte Schritte und Stimmen in der nächtlichen Stadt. Zum Glück begleitete mich auf dem Heimweg eine Freundin, die auch immer mit dem Fahrrad unterwegs war und noch weiter draußen wohnte als ich, nämlich in

Wollmatingen. Eigentlich hatten wir noch in eine Kneipe gehen wollen, um ein Bier zu trinken, aber als nach dem Vortrag die Anspannung nachließ, merkte ich erst, wie erschöpft ich war. Der Schock vom Abend zuvor und die Ungewissheit wegen der Katzen zehrten an meinen Kräften. Ich wollte nur noch heim ins Bett. Ruth ahnte wahrscheinlich nicht, wie dankbar ich ihr war, dass ich nicht allein über die Brücke und durch den Park nach Hause fahren musste. Sie war zwar klein und schmal, aber sie trainierte schon seit Jahren Taekwondo. Wir hatten zusammen Kunstgeschichte studiert, und sie war zu meinem Expressionistenseminar gekommen, weil sie sich während des Studiums nie recht für diese Jungs hatte erwärmen können, wie sie sagte. Und nun, wo sie in Amt und Würden in der wunderbaren Schlossbibliothek des Napoleonmuseums auf dem Arenenberg saß und sich dort vorwiegend um das neunzehnte Jahrhundert kümmerte, hatte sie Lust bekommen, doch wieder einmal den Sprung ins zwanzigste zu unternehmen und dabei das Versäumte nachzuholen. Insgeheim war ich sehr stolz darauf, dass sie zu mir ins Seminar kam.

Wir unterhielten uns während der ganzen Fahrt, ich ein wenig lauter als nötig, über Kirchner und die Expressionisten, wobei sie zugab, dass sie sich immer noch nicht wirklich dafür begeistern konnte.

»Nur der Kater, der hat mir gefallen! Fast wie mein Filou!«

Ich hatte gar nicht gewusst, dass sie auch eine Katze besaß, aber sie fügte gleich hinzu, dass ihr Kater leider im letzten Jahr verstorben sei. Am liebsten hätte ich sie ein wenig ausgefragt, wie sie das denn organisiert hatte, so ganz allein mit einer Katze, aber ich war einfach zu müde und beschloss, irgendwann einmal auf dieses Thema zurückzukommen. Irgendwann, wenn ich Samantha gefunden haben würde. Konjunktiv II – reine Hypothese.

Als ich nach Hause kam, blinkte der Anrufbeantworter. Gleich drei Anrufe:

Hallo, Apollonia, hier Rainer Trost. Ich wollte mich nur

noch mal melden und fragen, ob du vielleicht deine Meinung geändert hast bezüglich dieses Wochenendes. Es soll gutes Wetter werden, und wir könnten in die Berge fahren. Wär schön, wenn du noch mal anrufst. Meine Nummer hast du ja!

Obwohl ich mich schon entschieden hatte, freute mich seine Hartnäckigkeit.

Hier ist Thomas, Thomas Arnold. Hey, Apollonia, wollte nur hören, wie's dir geht und ob du vielleicht am Wochenende in der Gegend bist! Kannst dich ja mal melden.

Wollte er mich schon wieder aushorchen? Meine Pläne fürs Wochenende wissen, damit er mich dann endgültig erledigen konnte? Oder hatte er doch nichts mit der Sache zu tun und wollte sich tatsächlich nur nach meinem Befinden erkundigen? Thomas Arnold war mir ein Rätsel, ich wusste nicht, was ich von ihm halten sollte.

Apollonia, was ist denn los?, fragte anschließend die bayerische Bassstimme von Volker. *Du hast dich ja fürchterlich angehört. Kannst mich jederzeit zurückrufen. Ich bin mindestens bis Mitternacht auf.*

Lächelnd hörte ich mir alle drei Anrufe noch einmal an und ging dann getröstet zu Bett. Ich würde morgen zurückrufen.

Als ich ausgeschlafen hatte, wählte ich als Erstes die Nummer von Rainer Trost. »Ich hab mich sehr gefreut, dass du dich noch mal gemeldet hast, aber es geht wirklich nicht, tut mir leid!«, sprach ich auf seinen Anrufbeantworter.

Auf den Anruf bei Thomas verzichtete ich; mir fiel einfach nichts ein, was ich ihm unbefangen hätte erzählen können.

Dann rief ich bei Volker an und fragte ihn, ob ich vorbeikommen könne. Mit einer Tüte Brezeln bewaffnet stand ich gegen halb zehn vor seiner Haustür. Seine Frau und die Kinder waren bereits zu Arbeit und Schule gegangen, und er führte mich in sein Büro unter dem Dach. Der Kaffee war schon fertig, und so schilderte ich ihm zwischen einem Schluck Kaffee und einem Bissen Brezel, was passiert war, während er mir aufmerksam zuhörte und nur hin und wieder den Kopf schüttelte.

»Ich hab dir gesagt, sei vorsichtig!«, meinte er am Ende.

Als ich ihm das Zeichen beschrieb, das auf den Motorblock eingeritzt war, zuckte er mit den Schultern. »Tut mir leid, das sagt mir überhaupt nichts. Aber in der Esoszene – und dazu gehören auch die Satanisten – gibt's so viele Symbole, wie jeden Tag Verrückte aufstehen.«

Ich zeichnete es ihm auf und erzählte ihm von meiner Idee, dass es sich vielleicht um ein Sonnen- oder Mondsymbol handeln könnte.

»Mond wäre möglich. Der spielt als Gestirn der Nacht eine wichtige Rolle für satanistische Gruppen, als Gegenstück zur Sonne. Die stellt ja traditionell das Symbol für Christus dar. Der Mond als Symbol des Antichristen …«

»Das würde auch wieder zu dem anonymen Schreiben passen.«

Die ineinandergestellten Dreiecke erinnerten ihn hingegen an ein Pentagramm. »Auch ein satanistisches Symbol. Allerdings ist es hier nicht vollständig. So wie es hier gestaltet ist, mit den zwei Spitzen nach oben und einer nach unten, könnte es einen Bockskopf darstellen. Der ist häufig mit dem Pentagramm verbunden.«

Er erzählte mir dann, dass er versucht habe, über verschiedene Kanäle etwas herauszufinden, dass aber niemand von einer satanistischen Gruppe gehört habe, die zurzeit hier am Bodensee oder in Oberschwaben aktiv war.

»Und wenn wir mal im Internet recherchieren? Ich hätte es schon selber probiert, aber ich hab keine Ahnung, wo ich da anfangen sollte. Über Google?«

Er lachte. »Da wirst du zwar einiges finden, aber bestimmt nicht das, was du suchst. Es wird ohnehin schwierig sein. Ich hab dir ja gesagt, ich hab's auch schon versucht. Aber vielleicht finden wir über dieses Symbol eine Spur. Oder über deine Idee mit dem Mond.«

Daraufhin loggte er sich ein, denn sein Computer war selbstverständlich mit einem Passwort gesichert.

»Also, schauen wir mal.« Er ging zunächst auf eine Seite namens »Satanismus.com«. Dort fanden wir eine Reihe von Textauszügen aus der Satanischen Bibel von Anton LaVey.

Ich begann zu lesen: *Gesegnet seien die Starken, denn sie sollen die Welt besitzen – Verflucht seien die Schwachen, auf dass sie das Joch erben. Gesegnet seien die Mächtigen, auf dass sie unter den Menschen verehrt werden – verflucht seien die Kraftlosen, auf dass sie ausgelöscht werden! Gesegnet seien die Kühnen, auf dass sie die Herren der Welt werden – Verflucht seien die gerechten Demütigen, auf dass sie von gespaltenen Hufen zertreten werden! Gesegnet seien die Siegreichen, denn der Sieg ist die Grundlage des Rechthabens – Verflucht seien die Eroberten, auf dass sie ewig Vasallen bleiben! Gesegnet seien die Strengen, auf dass die Unfähigen vor ihnen fliehen – Verflucht seien die Geistesschwachen, auf dass sie angespuckt werden!*

»Das ist ja entsetzlich! Was für ein furchtbares Menschenbild, damit kannst du jede Gewalttat rechtfertigen, alles!« Ich war fassungslos.

»Ja, LaVeys Anti-Bergpredigt.«

»Und das ist nicht irgendwie ironisch gemeint?«

»Nein, der meinte das vollkommen ernst.«

»Wer war dieser LaVey?«

»Ein Amerikaner. Ehemaliger Löwenbändiger. Ist vor fünf oder sechs Jahren gestorben. Er ist sozusagen der Begründer des modernen Satanismus. Hat die ›Church of Satan‹ gegründet. Vielleicht erinnerst du dich an den Mord an Sharon Tate damals Ende der Sechzigerjahre durch Anhänger von Charles Manson? In diese Geschichte war LaVey auch irgendwie verstrickt. Diese modernen Satanisten glauben, dass sie sind wie Gott. Sie glauben, sie hätten vom Baum der Erkenntnis gegessen«, erklärte mir Volker richtig biblisch. »Sie akzeptieren keine Grenzen dessen, was erlaubt ist und was nicht. Jedenfalls nicht für sich selber. Aber wage es ja nicht, zwei Zeilen von ihnen ohne Genehmigung zu kopieren, dann sind sie sofort mit dem Anwalt zur Stelle. Da sind die Grenzen dann ganz schnell erreicht!«

»Und glauben sie wirklich an den Teufel?«

»Manche von ihnen ja, die Mitglieder des ›Temple of Set‹ zum Beispiel. Daher der Name. Ihr Teufel heißt Set.«

Ich schüttelte den Kopf. Der Teufel als Person! Dantes »Göttliche Komödie« kam mir in den Sinn, mein Lieblingsbuch während des Literaturstudiums. Dort steckte der Oberteufel Luzifer im Zentrum der Erde fest, gefangen in Eis und Felsgestein, wie ein großes, wildes Tier, das in einem zu engen Käfig festgehalten wird, eine Vorstellung, die eher mein Mitleid erregt hatte als Abscheu.

Inzwischen hatte Volker weitergeklickt, auf den Menüpunkt »Links«. Von »Devil's House« zu »HailSatanas« bis »Lex Satanicus« hatten die verlinkten Homepages phantasievolle und gleichzeitig verräterische Titel. Sie warteten auf mit einem Gemisch aus dunklen Bildern von Friedhöfen und Totenschädeln, Pentagrammen und Bocksköpfen, lateinischen Formeln und deutschen Zitaten von LaVey, außerdem mit Hinweisen auf nordische Mythologie, Vampirismus und Edelboutiquen, wo man die für Satanisten passende Kleidung erwerben konnte. Einzig die Pentagramme erinnerten vage an das Symbol auf meinem Motor. Allerdings war nirgends ein Kreis eingeschrieben.

Einige Internetseiten trugen einen Eigennamen im Titel, waren also von Privatpersonen ins Netz gestellt worden, um ihre satanistischen Umtriebe publik zu machen. Allerdings waren es keine Namen wie Franz oder Gerlinde, sondern Suhrim und Agaku, Gusion und Ipos.

Auf meine Nachfrage erklärte Volker, dass dies Namen von Dämonen seien, die sich die Satansanhänger zu eigen gemacht hätten.

Eine gewisse Glasya bezeichnete sich als Hexe und verwies auf den historischen Hintergrund, dass nämlich im Mittelalter vor allem Hebammen als Hexen verbrannt worden seien, weil sie geheimes Wissen besaßen und damit den Männern Angst einflößten. Wenn Apollonia gewusst hätte, wofür ihr Berufsstand hier herhalten musste! – »Noch heute müssen wir Hexen um die Gleichberechtigung der Frauen kämpfen!«, schloss der Geschichtsabriss. Schon wieder eine Kämpferin für die Emanzipation der Frauen. Das Thema schien mich zu verfolgen. Was wohl die Droste zu dieser Art von Befreiung gesagt hätte?

Unter dem Menüpunkt »Fotogalerie« stellte die Dame dann ihren satanistischen Werdegang vor, von den ersten Schritten als herzigem Kleinkind mit Dirndl und blonden Zöpfen in den Sechzigerjahren bis zum Anschneiden der Hochzeitstorte, nun selbstverständlich mit schwarzen, krallenbewehrten Fingernägeln. Es war zum Lachen.

»Ich hab's dir gesagt, Apollonia«, entschuldigte sich Volker fast, »das sind eine Menge Spinner, aber die meisten harmlos.«

»Vielleicht«, räumte ich ein. »Sie versuchen halt, ein anderes Leben zu führen als ihre Eltern. Oder als das, was die Gesellschaft ihnen bietet. Das ist ihnen offenbar zu langweilig.«

Etwas Ähnliches hatte ich ja auch gemacht, nur war ich nicht Satanistin geworden, sondern frei schwebende Lebenskünstlerin.

»Ja, und solange sie sich darauf beschränken, in schwarzen Klamotten rumzulaufen und ein paar harmlose Rituale zu zelebrieren, ist das ja auch kein Problem. Aber wenn sie anfangen Benzinschläuche durchzuschneiden, dann kann ich das nicht mehr so harmlos finden«, meinte Volker.

Da musste ich ihm allerdings recht geben, und so sprang er weiter von Website zu Website, immer auf der Suche nach etwas, das mit dem halben Pentagramm oder dem Mond zu tun hatte. Das Einzige, was wir fanden, waren auf der Homepage einer anderen »Hexe« ein paar alberne Rituale, mit denen die Mondgeister beschworen werden sollten. Diese waren angeblich »von hoher, voller Gestalt, die Farbe ähnlich einer dunklen Wolke, das Gesicht aufgedunsen, die Augen rot und triefend«.

»Hört sich nach einer Fasnachtsmaske an.«

Volker lachte über meine Assoziation.

Als besonders geeignete Orte für Mondrituale wurden Einöden, Wälder, Felsen, Berge, Quellen oder Flüsse genannt.

Dann folgten ein paar Beschwörungsformeln in einer seltsamen Sprache.

»Die Wörter sind rückwärts geschrieben«, klärte mich Volker auf. Und tatsächlich, wenn man sie von rechts nach links las, ergaben sich ganz banale Zaubersprüche, wie man sie in jedem Märchenbuch finden konnte.

Das Symbol aus meinem Auto war allerdings auch hier nirgends zu sehen. Vielleicht hatte ich mich ja doch getäuscht.

Wir wollten schon aufgeben, da stutzte ich plötzlich. »Chiesa di Satana« las ich auf einer Link-Liste. »Gibt es in Italien auch Satanisten?«, fragte ich.

»Ja klar, was hast du denn gedacht?« Volker schüttelte den Kopf. »Die Italiener sind doch ohnehin so furchtbar abergläubisch. Wusstest du, dass in Italien jedes Jahr sechzigtausend schwarze Katzen umgebracht werden, weil man sie für Unglücksbringer hält? Hab ich neulich gelesen!«

»Das ist ja schrecklich! Ich hab doch in Italien studiert, in Perugia!«

»Abergläubische Italiener findest du in ganz Italien, aber echte magische Zirkel gibt es vor allem im Piemont. Turin ist sozusagen die Hauptstadt der schwarzen Magie.«

In meinem Hinterkopf regte sich etwas. Turin, Turin …, wo hatte ich neulich etwas von Turin gehört?

»Auch dort findest du wieder beide Seiten: Satanistische Gruppen und jede Menge katholische Exorzisten, die den Teufel austreiben, wenn er aufgrund irgendwelcher Flüche in jemanden reingefahren ist.«

»Aber warum ausgerechnet Turin?«

»Das hängt mit der piemontesischen Geschichte zusammen, hab ich mal gelesen. Als die Savoyer im neunzehnten Jahrhundert Italien geeint haben, wollte der Papst ums Verrecken seine Stadt Rom nicht aufgeben, nachdem sie ihm schon den Kirchenstaat weggenommen hatten. Und um einen Gegenpol zum Zentrum des Katholizismus aufzubauen, haben die Savoyer alle möglichen Sekten und magischen Zirkel eingeladen, sich in Turin niederzulassen. Nirgends findest du so viele selbst ernannte Hexer, Heiler und sonstige Gurus wie im Piemont. Und da war es natürlich klar, dass irgendwann auch Satanisten die Stadt entdeckten. Einen ehemaligen Friedhof musste die Stadtverwaltung bereits mit hohen Gittern verschließen lassen, weil dort immer schwarze Messen abgehalten wurden.«

Er hatte inzwischen die Seite aufgerufen. Ich übersetzte ihm in groben Zügen, was da stand. Turin sei Teil eines schwarz-magischen Dreiecks, hieß es, zusammen mit San Francisco und London, und große Magier aller Zeiten hätten hier gelebt, wie Cagliostro oder Nostradamus. Und so sei es nur folgerichtig, dass hier schließlich auch eine Gruppe gegründet worden sei, die nach der Bibel Anton LaVeys lebte.

Neben den üblichen Menüpunkten lautete einer »Cerimonie«.

»Klick mal an!«, forderte ich Volker auf.

Eine Reihe von Fotos war hier zu sehen, nach Datum geordnet. Sie zeigten jedoch keinen Satanistennachwuchs im Dirndl, sondern Bilder von magischen Zeremonien. Vermummte Gestalten tauchten auf, ein Altar mit Kerzen und darüber das unvermeidliche Pentagramm mit dem eingeschriebenen Bockskopf, dessen Hörner die oberen Spitzen des fünfzackigen Sterns bildeten. Auf weiteren Bildern sah man einen etwas schmierigen Typ mit spitzem Kinnbart, der einen Kelch hob, offenbar der Priester dieser Loge, dann die ganze Gruppe in feierlicher Runde, diesmal ohne Vermummung, Frauen und Männer gemischt. Danach kam eine Einzeldarstellung des Priesters vor einem Stein mit eingravierten Runen.

»Halt! Geh noch mal zu dem Gruppenbild zurück!«, bat ich Volker.

Nach kurzem Augenschein war ich mir sicher: »Die Frau da neben dem Priester kenn ich!«

Sie war Anfang fünfzig, trug lange, schwarze Haare und war auffällig geschminkt. Als ich sie zum ersten Mal gesehen hatte, hatte sie am Grab von Rosa gestanden, und beim zweiten Mal hatte sie ihre Katze zum Richtertisch von Herrn

Ramsgit gebracht. Nun stand sie neben einem satanischen Priester.

»Bist du sicher?«, fragte Volker skeptisch. »In diesem Aufzug sehen die doch alle ähnlich aus.«

»Findest du nicht, dass sie ein bisschen an Cher erinnert?«

»Na ja, mit etwas Phantasie.«

»Ich sag dir, das ist die Frau von Rosas Grab!« Ich wurde ganz aufgeregt. Endlich eine Spur! Aber wie kam diese Frau auf eine italienische Internetseite? Wer war sie? Eine Italienerin? Was hatte sie dann mit Rosa zu schaffen gehabt? Plötzlich fiel mir der Faun ein, Frau Schweikart. Mit ihr war sie damals auf der Beerdigung gewesen.

»Ich muss sofort Siggi anrufen. Sie kennt jemanden, der die Frau kennt.«

»Wer ist Siggi?«

»Sigrid Maurer von der Werbeagentur Maurer und Arnold in Ravensburg … eine alte Schulfreundin von mir …«

Noch während ich Volker über Siggi ins Bild setzte, wusste ich plötzlich wieder, wo von Turin gesprochen worden war. Siggi hatte erzählt, dass Thomas Arnold in Turin gewesen war! Parliamo italiano!

Nun hatten sich plötzlich gleich zwei Hinweise ergeben. Hatte Thomas Arnold etwas mit der Cher-Frau zu tun? Gehörten sie beide derselben Satanistengruppe an?

Volker klickte noch einmal alle Fotos durch, aber Thomas war nirgends mit drauf.

»Das heißt aber nichts!«, sagte ich. »Aus welchem Jahr stammt das Bild mit Cher?«

Nach kurzem Suchen antwortete er: »1996.«

»Also schon alt.«

»Die Seite ist überhaupt schon lange nicht mehr gewartet worden. Mindestens zwei Jahre. Die letzten Einträge stammen von Januar 2000.«

»Bitte druck mir das Bild aus, dann kann ich es Siggi faxen. Sie hat die Frau doch auch gesehen!«

Während der Drucker Tinte strahlte, rief ich Siggi auf dem Handy an. »Hallo, hier ist Polli! Wo bist du gerade?«

»Hier im Büro. Warum denn? Ist wieder etwas passiert?«

»Siggi, wir haben eine Spur! Oder besser gesagt, sogar zwei. Erinnerst du dich an die Frau mit den langen schwarzen Haaren, die bei der Beerdigung war und die wir auch bei der Katzenausstellung gesehen haben?«

»Ja, die hatte so was Indianerhaftes. Ich hab sogar ein Foto von ihr, zusammen mit diesem belgischen Katzenrichter. Hab die Bilder gestern entwickelt. Da sind einige recht gute dabei.«

»Du hast ein Foto von ihr?«

»Ja, wieso schreist du denn so?«

»Kannst du es mir rüberfaxen?«

»Ich kann's dir auch einscannen und per Mail schicken, da siehst du mehr drauf.«

»Nein, das schafft mein E-Mail-Programm nicht, das stürzt dann immer ab. Bitte fax es an folgende Nummer ...« Dann las ich ihr die Nummer vor, die auf Volkers Faxgerät stand.

»Und Siggi, ich fax dir auch gleich ein Bild, es ist nicht optimal, aber schau mal, ob du die Frau wiedererkennst.«

Ich legte auf und wartete, bis die beiden Faxe durch waren, erst ihres, dann unseres. Danach rief ich sie wieder an.

»Also, ich denke schon, dass das dieselbe Frau ist«, meinte Siggi, und sogar Volker nickte, als er die beiden Fotos nebeneinander sah. »Sieht wirklich sehr ähnlich aus.«

Dann wollte Siggi aber endlich wissen, was es mit der Frau auf sich hatte und wo wir das Bild gefunden hatten. Ich sagte ihr, dass es von der Homepage einer Satanistengruppe aus Turin stammte. Dann wartete ich auf ihre Reaktion.

»Aus Turin? Du meinst, aus Turin in Italien?«

»Kennst du noch ein anderes Turin?«

»Nein, natürlich nicht, ich meine nur, weil, na ja ...« Sie begann herumzustottern, und ich vollendete ihren Satz: »Weil Thomas dort war.«

Ich hörte, wie sie schluckte.

»Siggi, was hat Thomas in Turin gemacht? Kennt er diese Frau?«

»Mensch, Polli, woher soll ich denn das wissen? Keine Ahnung! Soll ich ihn vielleicht fragen? Er sitzt hier nebenan im Büro!«

»Was glaubst du denn, was er dir erzählen würde?«

»Natürlich würde er sagen, dass er wegen Geschäften da war. Und ich weiß, dass er geschäftlich dort war. Martina war ja auch einmal dabei!«

Martina? Ach ja, die Texterin mit dem Madonnengesicht, die unglücklich verliebt war in Thomas. Ob sie auch etwas mit der Szene zu tun hatte?

Das Ganze wurde immer unübersichtlicher, und ich war einigermaßen ratlos, was wir nun anfangen sollten mit unseren Informationen. Thomas Arnold direkt zu fragen war wohl ziemlich sinnlos.

»Mit wem hatte Thomas denn in Turin zu tun?«

»Wenn er nach Turin fährt, geht es immer um das Bieri-Projekt.«

»Das Bieri-Projekt?«

»Ja, du hast Bieri neulich getroffen, als du bei uns warst. Eine große Firma für Metzgereibedarf in Bern. Schneidemaschinen für Wurst und so was. Die haben eine Filiale in Turin, und nun soll der Markt in Italien noch stärker aufgerollt werden. Wir haben zusammen mit einem italienischen Designerbüro eine Werbekampagne entworfen. Dafür ist Thomas nach Turin gefahren.«

Bieri aus Bern. Metzgereibedarf. Das klang eher profan. Auch wenn der Mann mir nicht sympathisch gewesen war, mit seinen stechenden, blauen Henry-Fonda-Augen.

»Siggi, vielleicht wäre es das Beste, du würdest Frau Schweikart anrufen. Sie kennt doch die Frau! Vielleicht kann sie uns irgendeinen Hinweis geben.«

»Ja, das ist eine gute Idee. Ich werd gleich mal versuchen, sie zu erreichen.«

Ich war so froh, endlich einen Faden in der Hand zu halten, der uns vielleicht zur Lösung des Rätsels führen würde, dass ich ganz übersah, wie dünn dieser Faden war. Ein altes Foto auf einer italienischen Internetseite.

»Lass uns noch die Links durchgehen«, schlug ich Volker vor.

Die wichtigste Seite war die der amerikanischen »Church of Satan«, der Mutterorganisation, eine andere trug den Namen »Schwarzer Orden von Luzifer«. Deren Internetadresse endete mit »ch«.

»Das ist eine Gruppe in der Schweiz«, bemerkte ich.

»Ja, die sind häufig international organisiert.«

Wir klickten rüber. Das Übliche: Erklärungen zu Satanismus, Zitate von LaVey, Forum, Impressum, Kontakt, Links. Eine Gruppierung in Bern mit Ablegern in Luzern und Weinfelden. Ein nichtssagender Name im Impressum.

Satanisten in Bern. Bieri in Bern.

»Na, schau an, Weinfelden, im Thurgau, direkt vor der Haustür!«, kommentierte Volker die Ableger. Aber mir ging Bieri in Bern nicht aus dem Kopf. War das hier eine Dreiecksgeschichte? Ein magisches Dreieck, Ravensburg–Turin–Bern?

Wir durchsuchten die Website noch genau, fanden aber weder Fotos noch das Zeichen mit den Dreiecken, noch irgendeinen sonstigen Hinweis, der uns weitergeholfen hätte.

Da läutete mein Handy. Siggi.

»Ich kann Lioba leider nicht erreichen. Sie hat ihr Handy abgestellt.«

Etwas enttäuscht fragte ich sie: »Siggi, was weißt du über Bieri?«

»Bieri? Na ja, nicht so viel, er ist hauptsächlich Thomas' Kunde. Ich weiß nur, dass er der Chef eines Familienunternehmens ist. Hat es von seinem Vater geerbt. Ich habe das Gefühl, dass es nicht mehr ganz so gut läuft in letzter Zeit. Er ist verheiratet und hat zwei Kinder. Und er ist ein knallharter Geschäftsmann. Da haben wir manches Mal um unser Honorar kämpfen müssen. Wieso? Meinst du, er hat etwas damit zu tun?«

»Ich weiß nicht. Wir haben eine Website von einer Satanistengruppe in Bern gefunden.«

»Stand da sein Name?«

»Das nicht.«

»Also das kommt mir jetzt aber schon ein wenig weit hergeholt vor. Ich meine, deine Theorie in allen Ehren, aber Caspar Bieri ist ein ganz normaler Geschäftsmann.«

»Können normale Geschäftsmänner nicht auch dunkle Seiten haben?«

»Ich weiß nicht. Verrennst du dich da nicht in etwas?«

Nach allem, was ich heute Morgen schon gesehen hatte, kam mir meine Idee durchaus plausibel vor, aber vielleicht hatte Siggi ja recht, und ich verlor mich zu sehr in Spekulationen. Wahrscheinlich war es besser, sich auf die Frau mit den dunklen Haaren zu konzentrieren.

Siggi versprach, es später noch einmal bei Lioba zu versuchen.

Aber was konnte ich tun?

»Ich hab eine Idee!«, sagte Volker, als ob er meine Gedanken gelesen hätte. »Wir sprechen mal mit Gunter.«

Er kam jeden Tag hierher zum Mittagessen. Oder fast jeden Tag. Er war groß und früher wohl muskulös gewesen. Auch seine Kluft schien von früher zu sein: schwarze Lederhose und schwarze Lederjacke, dazu Schnürstiefel. Man sah ihm an, dass seine guten Zeiten vorbei waren. Er wirkte ausgebrannt, sein Gebiss war unvollständig, seine Haare ungeschnitten und strähnig. Seine braunen Augen baten beständig um Nachsicht.

Volker hatte mir erzählt, dass Gunter früher einmal Mitglied einer Musikgruppe gewesen war, auf die Volker bei seinen Recherchen in der Satanistenszene gestoßen war. Überhaupt hatte der Mann schon bei allen erdenklichen Bewegungen mitgemacht, ob bei Rockern, Atomkraftgegnern oder Hausbesetzern, ständig auf der Suche nach Anschluss, nach Nestwärme, die er dann doch nicht fand. Drogen hatten in seinem Leben immer eine wichtige Rolle gespielt, und schließlich war er von einem LSD-Trip nicht mehr runtergekommen. Er hatte wohl einige Jahre in einer psychiatrischen Einrichtung verbracht, bevor man ihn als harmlos, wenn auch nicht ganz geheilt wieder entlassen hatte. Nun hauste er allein in einer kleinen Wohnung am Salzberg, bezog Sozialhilfe und ging zum Mittagstisch in die »Lammklause«, wo wir ihn heute erwarteten. Das ungemütliche, verrauchte Bistro schien ihm wenigstens für die Zeit des Mittagessens eine Art Daheim zu bieten. Aber vor allem traf er hier einen Freund: den Hund des Bistrowirtes, einen Yorkshireterrier ohne Schleifchen, dessen Haare ebenfalls ein wenig strähnig wirkten.

Als der Schwarzlederne zur Tür hereinkam, lief ihm der Hund schwanzwedelnd entgegen. Der Mann setzte sich an einen Tisch in der Ecke, wohin ihm der Wirt ohne großen Wortwechsel das Mittagsmenü und ein Bier brachte. Kaum hatte er sich gesetzt und seine Ellbogen auf den Tisch gestützt, sprang ihm der Hund auf den Schoß und legte seinen Kopf auf den Tisch. Das strubbelige Tier starrte gebannt auf den Teller, der fast in der Mitte des kleinen Tisches stand, denn von dort bekam er nun in regelmäßigen Abständen einen Bissen zugeschoben. So teilte der Mann sein Mahl mit dem kleinen Hund, der vollkommen geborgen zwischen seinen mächtigen Armen saß und ihm damit wohl eine Ahnung von Zärtlichkeit vermittelte.

Volker hatte mir gesagt, dass wir Gunter beim Mittagessen nicht stören dürften, sonst würde er ärgerlich werden und uns überhaupt nichts erzählen. Also warteten wir ab.

Als er seinen leer gegessenen Teller wegschob und ein Päckchen Tabak aus der Lederjacke nahm, stand Volker auf, nahm seine Cola und ging zu Gunters Tisch. Die beiden unterhielten sich kurz, dann gab mir Volker einen Wink, ebenfalls zu kommen, und setzte sich. Ich ließ mich auf dem dritten Stuhl nieder. Die Audienz konnte beginnen.

Volker stellte uns einander vor, und Gunter sagte mit tiefer, heiserer Stimme Hallo, während sich der Hund auf seinem Schoß einrollte.

»Hör zu, Gunter, Apollonia hat ein Problem. Vielleicht könntest du uns einen Tipp geben.«

»Worum geht's?« Er leckte quer über das Zigarettenpapier, steckte die fertige Zigarette in den Mund und klopfte mit beiden Händen seine Jacke ab, auf der Suche nach einem Feuerzeug.

Volker kam ihm zuvor, gab ihm Feuer und begann dann ebenfalls eine Zigarette zu drehen. »Du hattest doch mal mit Satanisten zu tun«, erklärte er in ruhigem Ton, als würde er über Gunters ehemalige Kirchenchormitgliedschaft reden.

»Ja«, antwortete dieser fast ebenso ruhig. »Ist schon eine Weile her. Hab keine Ahnung, wie lange.«

»Hast du da noch irgendwelche Kontakte?«

»Bin ausgestiegen.«

»Ja, das weiß ich, aber du kennst doch alle möglichen Leute. Hast du irgendetwas gehört von einer Gruppe hier in der Region? Bodensee, Oberschwaben?«

Gunter schien einen Moment zu überlegen, dann schüttelte er langsam den Kopf.

Volker zog die beiden Fotos von der schwarzhaarigen Frau aus der Tasche und zeigte sie ihm. »Hast du die Frau schon mal gesehen?«

Die breiten Schultern unter dem schwarzen Leder bewegten sich langsam auf und ab. Dann schüttelte er wieder den Kopf. »Ich kann es euch nicht sagen, wirklich nicht. Möglich, dass ich sie mal irgendwo gesehen habe, aber ich weiß es nicht sicher.«

Mir schien, dass Volkers Idee nicht besonders gut gewesen war. Was hatte er sich von diesem Menschen versprochen? Es war doch ganz offensichtlich, dass er geistig nicht ganz auf der Höhe war.

Das Letzte, was mir noch einfiel, war, ihm das Symbol zu zeigen, das in meinen Motorblock eingeritzt war. Ich legte ihm das Blatt hin, auf dem ich es für Volker aufgezeichnet hatte. Die Reaktion darauf war nun allerdings bemerkenswert. Als Gunter es sah, schien er vor Schreck zu erstarren. Dann schob er, ohne den Blick davon zu wenden, mit einem Ruck seinen Stuhl zurück, als wollte er möglichst viel Distanz zwischen sich und dieses Blatt bringen. Das geschah so unvermittelt, dass der Hund von seinem Schoß herabfiel und jaulend davonlief. Er selbst saß nun reglos da und hörte nicht auf, das Bild anzustarren.

Volker war ebenso überrascht wie ich. »Gunter, was ist das? Was bedeutet dieses Symbol?«

Mit zitternder Hand bedeutete uns dieser, das Blatt wegzunehmen. Ich steckte es schnell wieder ein, und Volker rief dem Wirt zu, er solle noch ein Bier bringen. Langsam beruhigte sich Gunter wieder, und die Starre ließ nach.

»Hier, trink mal einen Schluck«, sagte Volker und hielt ihm das Bier hin. Gunter schüttelte den Kopf, dann schlug er die Hände vors Gesicht und blieb eine ganze Weile so sitzen.

Irgendwann wurde Volker die Zeit zu lang. »Gunter, was weißt du über dieses Symbol?«

Der Schwarzlederne atmete tief durch, dann nahm er die Hände vom Gesicht. Seine Augen starrten ins Leere. »Dark Moon.«

»Dunkler Mond?«

»Dark Moon. Das war unser Name. Wir haben Musik gemacht, gute, starke Musik, aber dann haben sie schreckliche Dinge getan.«

Er schwieg eine Weile, in Gedanken versunken.

»Grauenvolle Dinge! Eine ist gestorben.« Er schüttelte sich, als wollte er alle Erinnerungen fortschütteln. »Aber die Gruppe gibt es nicht mehr. Schon lange! Woher habt ihr dieses Zeichen? Nur sie haben es benutzt! Gehört ihr dazu?« Plötzlich kam sein Blick aus weiter Ferne zurück und blieb erschrocken an uns hängen. In seinen Augen lag echte Angst. »Gehört ihr dazu?«, fragte er noch einmal, flüsternd.

»Komm, Gunter, du kennst mich doch! Natürlich gehören wir nicht dazu. Außerdem hast du doch gesagt, die Gruppe gibt es nicht mehr!«, versuchte Volker ihn zu beruhigen.

»Ein anderer Name. Danach haben sie einen anderen Namen angenommen. Es war zu gefährlich. Die Polizei …« Er verstummte.

»Was haben sie getan, Gunter? Wer war dabei? Welchen Namen haben sie angenommen?«

Volker wurde langsam ungeduldig und ich ebenso. Aber

ich mischte mich nicht ein, sollte er die Konversation führen, er kannte Gunter und wusste, wie er mit ihm umgehen musste. Und der Ex-Junkie schien ihm zu vertrauen, denn er redete weiter, wenn auch stockend und zusammenhanglos.

»Keine Namen, ich darf keine Namen nennen. Der Fluch, ihr wisst nicht, was der Fluch bedeutet, er tötet, es ist grauenhaft. Sie ist gestorben, ihre blauen Augen, ich habe ihre blauen Augen gesehen, sie waren offen, und Wasser ist ihr übers Gesicht gelaufen. Sie konnte es nicht ertragen, was sie mit ihr gemacht haben, ich habe sie gesehen, mit all dem Wasser. Tot. Sie war tot.«

»Gunter, wer war sie?«

»Sie hatte blaue Augen.«

Ich musste an Samantha denken.

»Wo war das, Gunter?«

Volker versuchte verzweifelt, irgendeine sinnvolle Information aus ihm herauszukriegen, aber Gunter hatte zu große Angst. Er tat mir leid, und plötzlich, aus einem spontanen Impuls heraus, nahm ich seine Hand.

Er zuckte zusammen und sah mich groß an. Dann breitete sich langsam ein Lächeln von seinen Augen zum Mund aus. »Du hast auch blaue Augen.«

Ich erwiderte sein Lächeln. Und versuchte, die Information zu erhalten, die mir momentan die wichtigste schien. »Wie heißt die Gruppe jetzt?«

Er lächelte weiter, und ich dachte schon, dass er mir vielleicht antworten würde. Aber dann begann er mit seltsamem Singsang Kinderreime aufzusagen: »*Dunkel war's, der Mond schien helle, als ein Wagen blitzeschnelle langsam um die runde Ecke fuhr … im Osten geht die Sonne auf, im Süden steht ihr Mittagslauf, im Westen geht sie unter …*«

Ich sah Volker an, während Gunter immer wieder von vorn begann mit seinem Singsang und gleichzeitig meine Hand drückte. Volker zuckte die Schultern. Hier war nichts mehr zu holen. Er bezahlte, und wir verabschiedeten uns. Doch Gunter wollte meine Hand gar nicht mehr loslassen, und mir wurde beinahe unheimlich.

Endlich verstummte er, sah mir plötzlich in die Augen, gab mir einen Handkuss und sagte dann mit vollendeter Höflichkeit: »Es hat mich sehr gefreut, dich kennenzulernen, Apollonia.«

»Tut mir leid, Apollonia, das war ein Griff ins Klo. Der arme Kerl ist völlig durchgeknallt.«

Wir standen noch vor der »Lammklause«, an unsere Fahrräder gelehnt, ganz benommen von dem Erlebten.

»Meinst du nicht, dass er uns vielleicht irgendetwas sagen wollte mit seinem Singsang?«, fragte ich. »Irgendeine Botschaft mitteilen?«

»Was sollte das denn für eine Botschaft sein?«

»Na ja, ich meine, er hat ja vom Mond gesprochen, der Mond schien helle, vielleicht ist der neue Name der Gruppe jetzt ›Heller Mond – Bright Moon‹ oder so.«

»Und was sollte das mit der Sonne?«

»Ich weiß auch nicht, dann vielleicht ›Dark Sun‹?«

»Ach, Apollonia, das ist doch alles an den Haaren herbeigezogen. Ich bin wirklich erschüttert, wie fertig er war und wie viel Angst er hatte.«

»Weißt du irgendetwas über die Gruppe, in der er war? ›Dark Moon‹? Da scheinen ja richtig kriminelle Sachen gelaufen zu sein.«

»Nein, ich wusste nur seit meinen Recherchen damals, dass Gunter sich früher irgendwie in dieser Szene rumgetrieben hatte, und jetzt, wo er den Namen der Gruppe genannt hat, kam mir der auch irgendwie bekannt vor. Aber das war lange vor der Zeit, in der ich recherchiert hab. Und es gab auch keine Verbindung zwischen Gunters Band und den Typen, hinter denen ich her war, jedenfalls hab ich keine gefunden.«

»Aber wenn da wirklich so schlimme Dinge passiert sind und die Polizei kam, dann müsste das doch irgendwo festgehalten sein. Dann müsste es eine Anzeige geben und Polizeiprotokolle, oder?«

»Vielleicht wäre es sowieso das Beste, die Polizei zu informieren«, schlug Volker vor.

Ich hatte ihm noch gar nicht von meinem erfolglosen Besuch im Konstanzer Polizeirevier berichtet und holte dies nun nach.

»Hm.« Er war offenbar meiner Meinung, nämlich dass der Gang zur Polizei hier keine Option darstellte, und überlegte weiter. »Ich hab's! Carla Ostertag!«

»Wer ist Carla Ostertag?«

»Staatsanwältin. Eine toughe Frau. Und die ist schon eine Ewigkeit in Konstanz. Ich kenn sie von einem Prozess gegen eine Neonazitruppe her. Die werd ich mal fragen, ob sie was weiß über ›Dark Moon‹, ob es damals ein Gerichtsverfahren gegeben hat oder nicht.«

»Hast du eigentlich noch mehr Asse im Ärmel?«

»Das grade eben war ja wohl kein Ass, eher ein Kreuzbube. Aber versuchen wir's mal mit der Herzdame. Was haben wir heute? Freitag. Vielleicht ist sie ja noch im Büro. Ich probier's einfach.«

Er hatte ihre Nummer in seinem Handy eingespeichert, und ich fragte mich, wie gut er Carla Ostertag damals wirklich kennengelernt hatte. Nach einigem Läuten antwortete sie tatsächlich, und er begann unser Anliegen ins Handy zu flöten. Sein Charme zeigte Wirkung. Die Staatsanwältin war noch in ihrem Büro, und nicht nur das, sie würde uns sogar einige Minuten ihrer Zeit schenken, wie Volker sich ausdrückte. So bestiegen wir unsere Fahrräder und fuhren Richtung Stadtzentrum, zur Laube, wo die Staatsanwaltschaft ihre Büros hatte.

Als wir vor ihrer Tür im ersten Stock standen, erwartete ich dahinter eine Dame mittleren Alters mit Brille, grauem, streng frisiertem Haar und ebenso grauem Outfit. Als sich die Tür jedoch öffnete, kam uns eine Frau mittleren Alters mit wilder, schwarzer Lockenmähne entgegen, die einen schicken Nadelstreifenanzug trug und Volker mit Küsschen, Küsschen, Küsschen begrüßte. Die Herzdame. Oh, là, là, dachte ich, dieser alte Schlawiner!

Nachdem sie auch mir herzlich die Hand gedrückt hatte, bat Carla Ostertag uns, Platz zu nehmen. Volker erklärte ihr, was mir passiert war – allerdings ohne die Katzen-Rosa-Vorgeschichte – und dass wir vermuteten, dass eine satanistische Gruppe dahintersteckte. Dann gab er unser Gespräch mit Gunter wieder, nannte ihn aber nur seinen »Informanten«.

»Du und deine Informanten«, maulte die Staatsanwältin gutmütig. »Ich denke, ich weiß schon, wer das ist. An die Geschichte kann ich mich erinnern, obwohl es so lange her ist. Über fünfzehn Jahre. War einer meiner ersten Fälle, und gleich so schrecklich! Eine junge Frau ist damals vergewaltigt worden und hat sich umgebracht. Aber den Typen konnte man nie nachweisen, dass sie es gewesen waren.«

»Was waren das für Typen?«

»Typen wie dein Informant! Die hatten so eine Black-Metal-Band. Die Obduktionsergebnisse waren leider so, dass man nicht mehr feststellen konnte, wer sie vergewaltigt hatte. Wir haben die Kerle tagelang verhört. Aber die schwiegen. Manchmal hatte ich das Gefühl, dass sie aus Angst schwiegen. Wenn du mich fragst, steckte da noch jemand anders dahinter, den sie gedeckt haben. Weißt du, diese Musiker schienen mir nicht gerade die Hellsten zu sein. Aber sie waren perfekt gebrieft! Niemand konnte ihnen irgendeine Unrechtmäßigkeit nachweisen, keine Widersprüche in den Aussagen, nichts. Alle mit Alibis. Die hatten angeblich nur Musik gemacht, und das Mädchen war freiwillig mitgekommen und war dann wieder gegangen. Von Vergewaltigung oder Selbstmord hatten sie nichts mitgekriegt. Nur dass sie auf Drogen gewesen sei. Was übrigens stimmte, das hat die Obduktion immerhin ergeben. Sonst haben sie nichts gesagt, und wir konnten ihnen nichts nachweisen. Und als die Ermittlungen dann eingestellt wurden, hatte ich kein gutes Gefühl. Überhaupt kein gutes Gefühl!«

An der Geschichte mit dem toten Mädchen, die Gunter uns erzählt hatte, war also offensichtlich etwas dran.

»Wie hat sich das Mädchen umgebracht?«

»Sie hat sich ins Wasser gestürzt, in einen Weiher bei Singen. In der Nähe vom Industriegebiet. Dort hatten die Typen einen Probenraum in einer alten Lagerhalle. Ein Spaziergänger hat die Leiche ein paar Tage später gefunden.«

»Ein Spaziergänger? Aber G…, ich meine, der Informant hat doch gesagt …«, wandte ich ein.

»Das war alles wirres Zeug, was der geredet hat!«, griff Volker rasch ein. Offenbar wollte er Gunter schützen. »Aber sag mal, wie seid ihr überhaupt auf diese Band gekommen? Gab es keine anderen Verdächtigen?«

»Wir haben natürlich die Umgebung durchkämmt, Gebäude für Gebäude. Und in einer der Lagerhallen hatte die Band ihren Probenraum. Einer von ihnen, ein gewisser G., hat dann, nachdem wir ihm vierundzwanzig Stunden Entzug verpasst hatten – der war nämlich auch auf Drogen, und nicht zu knapp –, zugegeben, dass er sie kannte und dass sie dort gewesen war.«

»Und bist du sicher, dass es sich um einen Selbstmord handelte? Konnte es nicht auch ein Unfall oder Mord gewesen sein?«

»Also ein Unfall war es bestimmt nicht. Die Stelle, wo sie ins Wasser gegangen ist, war ziemlich schwer zugänglich, da ist sie bestimmt nicht zufällig spazieren gegangen und dann irgendwie ins Wasser gefallen. Und für eine Mordhypothese fehlten Kampf- oder Abwehrspuren.«

»Und wenn jemand sie – zugedröhnt, wie sie war – einfach ins Wasser gestoßen hat?«

»Ja, an diese Möglichkeit haben wir natürlich auch gedacht, aber nachweisen konnten wir niemandem etwas.«

»Carla, kannst du uns irgendeinen Namen nennen, irgendjemanden, der im Prozess dabei war?«

Carla sah ihn streng an, antwortete ihm dann aber: »Na, so gut ist mein Gedächtnis auch wieder nicht. Da müsste ich im Archiv nachschauen. Aber selbst wenn, dürfte ich es dir nicht sagen, das weißt du doch. Datenschutz. Ich könnte höchstens selber recherchieren.« Sie sah auf die Uhr. Es war schon nach drei. »Im Archiv ist aber jetzt sowieso keiner mehr. Da müssen wir bis Montag warten.«

»Weißt du vielleicht, wie sich diese Band jetzt nennt?«

»Ich wusste nicht mal, dass die weitergemacht haben. Müssten ja jetzt auch schon Rock-Opas sein. Warum geht ihr eigentlich nicht zur Polizei?«

Zum dritten Mal erzählte ich von meinem Versuch, Anzeige zu erstatten, der vergeblich gewesen war, weil Herr Pom mich des Versicherungsbetrugs verdächtigt hatte.

»Ja, kann ich mir vorstellen. Kommt ja auch nicht grade selten vor. Aber wenn diese Typen von damals etwas damit zu tun haben, dann solltest du unbedingt die Polizei informieren!«, insistierte die Staatsanwältin. »Wenn du willst, kann ich dir helfen.«

»Aber was kann die Polizei tun?«

»Sie könnten überprüfen, was aus den Leuten von damals geworden ist, ob die wieder etwas am Laufen haben. Ich werd mir am Montag auf jeden Fall die Akten kommen lassen, und wenn ihr wollt, sprech ich mal mit dem zuständigen Kommissar.«

Da wir die Katzengeschichte verschwiegen hatten, konnte ich schlecht sagen, dass ich Angst hatte um Samantha und Hannibal, wenn die Polizei eingriff. Ich zuckte mit den Schultern, was sie offenbar für ein Ja nahm.

Volker und ich saßen anschließend noch im »Café Bohe«, dem winzigen, uralten, verrauchten Café in der Wessenbergstraße, wo einem von einem Foto an der Wand die mainaugräfliche Familie beim Kaffeetrinken zusah. Ich wollte Volker für seine Mühe und seinen Zeitaufwand wenigstens zu einem schönen Stück Torte einladen, was er dankend annahm.

»Volker, weißt du, was mir die ganze Zeit im Kopf herumgeht? Meine Mutter hat mir erzählt, dass sich bei Baselreute vor Kurzem ein Mädchen umgebracht hat. Und soll ich dir sagen, wie? Sie ist ins Wasser gegangen! Und jetzt diese Geschichte mit dem Mädchen, das sich in einen Weiher gestürzt hat. Da gibt es doch eine Verbindung! Und wer weiß, ob sie sich wirklich umgebracht hat. Gunter hat das Mädchen doch noch im Wasser gesehen! Das heißt, dass die Typen dort waren.«

»Ja, das hat er gesagt, aber was immer er in seinem Drogenrausch gesehen hat, ich wollte vorhin nicht, dass Carla es erfährt. Gunter ist gestraft genug, und ich glaube nicht, dass er jemandem was zuleide getan hat.«

»Na gut, das mag ja sein. Aber seine Kumpane? Ich will auf jeden Fall wissen, was es mit den toten Mädchen auf sich hat. Ich fahre heute noch nach Baselreute. Mein Gefühl sagt mir, dass das mit den Selbstmorden kein Zufall ist.«

»Frauen und ihr Gefühl! Na, wenn du meinst. Aber ich kann dich leider nicht begleiten. Ich hab Dörte versprochen, dieses Wochenende etwas mit den Kindern zu unternehmen.«

Warum zum Teufel hatte ich das Gefühl, dass es ihm ganz recht war, dass seine Frau ihn fürs Wochenende als Kindersitter verpflichtet hatte?

»Macht nix, ich kann schon auf mich selber aufpassen.«

Dachte ich.

Nachdem ich das Wichtigste gepackt hatte, wollte ich mit dem Corsa losfahren. Aber als ich den Zündschlüssel umdrehte, tat sich nichts. Absolut nichts. Hatten sie jetzt meine Batterie entleert? Oder den Anlasser zerstört? Würde das Auto gleich in die Luft fliegen? Dann fiel mein Blick auf das Radio, und mir wurde klar, dass diesmal nicht der große Unbekannte am Werk gewesen war, sondern meine eigene Schlampigkeit den Wagen lahmgelegt hatte. Ich hatte das Radio angelassen, und jetzt war die Batterie leer.

Lutz Berger hatte am Freitag um diese Zeit schon Feierabend. Welchen Nachbarn konnte ich nun verpflichten, mir Starthilfe zu geben?

Ich läutete bei Sandra, einer Studentin, die mit zwei weiteren Kommilitonen auf demselben Stockwerk wohnte wie ich. Nichts. Keiner daheim. Wahrscheinlich waren sie schon alle ins Wochenende gefahren.

Dann der Zollbeamte über mir. Wieder nichts. Vermutlich war er im Dienst. Ich hatte ihn in der Tat heute noch gar nicht stöhnen gehört. Seit er eine neue Freundin hatte, war er entweder am Stöhnen oder nicht da.

Die einzige Person, die ich sonst noch kannte im Haus, war Barbara, eine frühpensionierte Lehrerin mit Tinnitus und Tigerkatze, aber ohne Auto.

Wie kam ich nun nach Baselreute? Die Zugverbindungen waren schon nach Ravensburg denkbar schlecht, und weiter aufs Dorf würde ich heute mit öffentlichen Verkehrsmitteln überhaupt nicht mehr kommen.

Ich überlegte hin und her. Dann fiel mir Rainer Trost ein mit seinem Vorschlag, in die Berge zu fahren. Baselreute lag doch schon fast im Allgäu, und es verfügte immerhin über ein paar Hügel. Vielleicht würde er sich ja damit zufriedengeben? Aber was würde Mama sagen, wenn ich einen Mann mitbrachte, den ich gerade mal einen Abend und zwei Telefonate lang kannte? Außerdem wollte ich ja daheim übernachten. Wo sollte ich ihn unterbringen? Er gefiel mir zwar, aber ihn gleich mit in mein Bett zu nehmen erschien mir doch ein wenig überhastet. Wenn ich es aber recht bedachte, gab es in Mamas Haus genügend freie Zimmer, immerhin hatte es früher Platz für eine fünfköpfige Familie geboten, und nun wohnte sie allein darin.

Aber dann kamen mir andere Bedenken. Wenn ich nach Baselreute fahren wollte, um dort zu recherchieren, musste ich Rainer einweihen, zumindest in groben Zügen. Sollte ich das wirklich tun? Würde er mir überhaupt glauben oder mich für komplett verrückt erklären? Eigentlich wollte ich ihn mir doch warmhalten. War es nicht der sicherste Weg, ihn in die Flucht zu schlagen, wenn ich ihm meine Katzen- und Satanistengeschichte vorsetzte?

Die Zeit verstrich. Womöglich war Rainer ja schon allein oder mit jemand anderem in die Berge gefahren. Ich musste eine Entscheidung treffen und beschloss, das Schicksal bestimmen zu lassen: Ich würde ihn anrufen, und wenn er antwortete und noch keine anderen Pläne hatte, würde ich ihn einweihen. Wenn nicht, dann musste ich halt Siggi anrufen und sie bitten, mich in Meersburg abzuholen, wo ich mit Bus und Fähre hinkommen konnte. Das war zwar umständlich, aber meine Ultima Ratio.

»Hallo, Apollonia, hast du es dir anders überlegt?«, antwortete Rainer schon nach dem zweiten Läuten. Offenbar hatte er meine Nummer in seinem Handy gespeichert, sodass er sehen konnte, dass ich am Telefon war. Die Würfel waren gefallen.

Er war sehr erfreut über meinen Vorschlag, zumal das Wetter nun doch etwas unsicher werden würde am Wochenende, also nicht wirklich ideal für die Berge, wie er sagte. Außerdem kenne er das Allgäu kaum und würde es gerne mit mir als Führerin entdecken.

Nicht einmal eine Stunde später fuhr er mit seinem BMW vor und lud mich ein. Ich hatte noch schnell Mama angerufen, um ihr zu sagen, dass ich mit einem Mann vorbeikäme, dass er aber nur ein guter Freund sei, ja, ganz bestimmt, und vielleicht könne er ja oben schlafen, im ehemaligen Zimmer von Thomas, meinem Bruder, der mittlerweile in Frankfurt lebte. Am Ende war sie einverstanden, wenn auch ein wenig brummelig, weil sie noch das Bett für Rainer herrichten musste.

Der See war aufgewühlt. Die letzten Strahlen der Abendsonne fielen grell auf ein brodelndes, dunkles Becken, auf dem weiße Schaumkronen tanzten und das sich mit seiner blauschwarzen Farbe scharf von den schmutzig gelben Sandbänken am Seeufer abhob. Man konnte deutlich erkennen, wo der flache Uferbereich in die Tiefe abstürzte.

Während wir mit der Fähre den Abgrund überquerten, rief Siggi an. Ich hatte Rainer noch nicht erzählt, warum ich so dringend nach Baselreute fahren musste, und daher antwortete ich etwas maulfaul am Telefon, damit er sich nicht wunderte über die seltsame Konversation. Wenn wir erst dort wären, würde schon noch Zeit sein, Siggi auf den neuesten Stand zu bringen. Aber es war sowieso vor allem sie, die erzählte.

»Lioba hat sich sofort an die Frau erinnert, aber sie kennt

sie nicht näher, wusste kaum ihren Namen. Hasinger oder Hasmann oder so ähnlich. Auf meine Frage, warum sie dann mit ihr und den anderen Frauen bei Rosas Beerdigung gewesen sei, hat sie geantwortet, dass die Frau sie angerufen habe, um ihr zu sagen, dass sie gerne mitkäme zur Beerdigung, weil sie mit Rosa befreundet gewesen sei und nicht alleine gehen wolle. Da Lioba sie bei einer Katzenausstellung mit Rosa im Gespräch gesehen hatte, gab es für sie keinen Grund, an dieser Aussage zu zweifeln. So haben sie sich in Wangen getroffen, wo Lioba wohnt, und sind gemeinsam mit den anderen Katzenfreundinnen nach Baselreute gefahren. Das Einzige, was Lioba sicher weiß, ist, dass sie Schweizerin ist und mit Vornamen Jolanda heißt.«

Keine Italienerin, sondern eine Schweizerin! Schon wieder die Schweiz-Verbindung!

»Weiß sie auch, aus welcher Stadt?«

»Nein, das nicht. Aber sie will versuchen, es herauszufinden über die Organisatoren der Katzenausstellung in Kempten. Sobald sie Bescheid weiß, ruft sie wieder an.«

Inzwischen hatte die Fähre in Meersburg angelegt, und wir fuhren los. Als wir zu der Stelle kamen, an der mein Auto in Brand geraten war, musste ich tief durchatmen. Ich kam mir ein wenig vor wie der Reiter überm Bodensee von Gustav Schwab, der erst im Nachhinein begreift, in welcher Gefahr er sich befunden hat. Rainer sah mich an. »Das war knapp neulich, gell?«

Er legte seine Hand kurz auf meine, tröstlich, und ich lächelte ihn dankbar an. Dann begann ich ihm zu erklären, warum wir auf dem Weg nach Baselreute waren. Dabei versuchte ich das Ganze so gut wie möglich zusammenzufassen, ohne Namen zu nennen, jedoch auch ohne die wichtigen Punkte auszulassen.

Mit gelegentlichem »Aha«, »Das gibt's doch nicht« und »Also, so was!« begleitete er meine Geschichte, und obwohl er an manchen Stellen etwas ungläubig wirkte, hatte ich nicht den Eindruck, dass er mich für völlig durchgeknallt hielt. Manchmal stellte er sogar Fragen, die echtes Interesse zeigten – ob ich denn nun wisse, wie die Gruppe heiße, oder ob ich schon einen Verdacht hätte. Am Ende fand er alles »superinteressant, unglaublich, der helle Wahn«. Dann wollte er genauer wissen, was wir in Baselreute unternehmen würden. Ich freute mich über das »wir« und erklärte ihm, dass ich mich heute Abend erst mal mit Mama unterhalten wollte, ob sie Näheres wusste über das Mädchen, das sich umgebracht hatte. Morgen früh würde ich mich mit Siggi treffen und auch noch bei Apollonia vorbeigehen. Die alte Hebamme war über das, was im Dorf ablief, meist besser informiert als jeder andere. Trotz ihres Alters und ihrer Gehbehinderung hatte sie noch immer zuverlässige Quellen.

Rainer bekannte sich zu jeder Schandtat bereit.

Mit dem BMW waren wir viel schneller in Baselreute, als ich gedacht hatte, zumal Rainer den Weg kannte, weil er die Strecke schon öfter gefahren war, zu seinem Kunden nach München. Als wir in Baselreute ankamen, war Mama noch gar nicht fertig mit ihren Vorbereitungen für das Veschper, und sie jammerte, dass wir viel zu früh da seien. Es dauerte dann aber nicht lange, bis sie uns eine Wurstplatte auftischte, die für eine Großfamilie gereicht hätte, dazu frisches Bauernbrot und richtig guten Kartoffelsalat, so einen schmotzigen, mit Fleischbrühe angemacht und mit Endivie gemischt. Dabei entschuldigte sie sich in einem fort, dass sie nicht mehr anzubieten habe. Rainer war sehr galant, lobte das reichhaltige Essen und die schönen Herbstblumen auf dem Büfett und brachte Mama schließlich doch noch zum Strahlen. Nun verschwand sie sogar im Keller und spendierte eine gute Flasche von Papas Wein. Wir ließen uns nicht zweimal bitten, und so saßen wir nach dem Veschper noch eine ganze Zeit lang gemütlich beisammen, bis ich irgendwann das Gespräch auf das tote Mädchen brachte.

»Mama, du hast mir doch neulich erzählt, dass sich irgendwo in der Nähe ein Mädchen umgebracht hat …«

»Ja, die aus Altann. Warum willscht du das wissen? Polli, du kannsch es einfach nicht lassen! Was geht dich das an?«

»Wir vermuten, dass es vielleicht eine Verbindung gibt

zwischen dem toten Mädchen und den verschwundenen Katzen.«

»Was isch das denn für ein Blödsinn? Das Mädchen hat sich umgebracht, wahrscheinlich wegen Drogen oder so. Was soll das mit den Katzen zu tun haben? Außerdem, vergiss doch diese Katzen! Du bringscht dich nur wieder in Gefahr. Hat dir das neulich nicht gereicht?«

Was hatte ich erwartet? Sie war halt meine Mutter, und als solche machte sie sich Sorgen. Das war völlig normal. Und dabei hatte ich ihr noch gar nichts von dem Unfall erzählt! Ich hatte nur gesagt, dass mein Auto in Reparatur sei und ich deshalb mit Rainer käme.

»Wo hat man das Mädchen genau gefunden?«, ließ ich nicht locker.

»Ach, unten im Achtal, ein Stück unterhalb der Brücke, wo man zum Weißen Bronnen fährt. Sie sagen, dass sie da an einem umgestürzten Baumstamm hängen geblieben isch.«

»Und wer hat sie gefunden?«

»Zwei Waldarbeiter. Die haben dort geschafft, wollten den Baumstamm wegräumen, und da haben sie sie gesehen.«

»Weißt du auch, wer sie war oder warum sie da unten war?«

»Sie haben gesagt, sie sei eins von den Obermaier-Mädchen, die in Altann das Café haben. Aber warum sie da unten war, weiß man nicht. Es hieß eben, sie habe Drogen genommen.«

»Weißt du, ob sie vergewaltigt wurde?«

Mutter sah mich wütend an, weil ich ihr in Gegenwart von Rainer solche Fragen stellte. Dann schüttelte sie den Kopf und meinte nur: »Davon hab ich nichts gehört.«

Ich überlegte, wen ich noch fragen konnte. Ob Apollonia mehr wusste? Am besten wäre es wohl gewesen, mit der Polizei zu sprechen, aber wahrscheinlich würden die mir auch nichts sagen.

Schließlich ging ich mit Rainer nach oben und zeigte ihm sein Zimmer und das Bad. Als ich mich zurückziehen wollte, griff er nach meinem Arm und sah mich an.

»Gute Nacht!«, sagte er sanft mit seinem unvergleichlichen Zungenschlag. In meinem Bauch begann es zu kribbeln. Nur ein Schritt, ein Zeichen von meiner Seite, und ich würde in dieser Nacht nicht allein schlafen müssen. Aber das konnte ich Mutter nicht antun, sie hätte es nicht verstanden.

So drückte ich seine Hand und versuchte ebenso sanft und verheißungsvoll zu hauchen: »Schlaf gut!«

Dann ging ich in mein eigenes Zimmer, doch es dauerte lange, bis ich einschlief, weil ich mir die ganze Zeit vorstellte, dass er ebenso wach jenseits des Korridors lag und an dasselbe dachte wie ich.

Am nächsten Morgen hatte Mama schon Kleinbrot geholt und Kaffee gemacht, als ich aufstand. Wie schön, so bemuttert zu werden! Sogar eine Zeitung gab es zum Frühstück. Ab und zu las ich gern die Schwäbische Zeitung, ihr vertrautes Layout weckte Heimatgefühle in mir.

Vor allem die Lokalseite interessierte mich: Eine Kunstausstellung in der Städtischen Galerie in Ravensburg mit Aquarellen von Otto Dix wurde besprochen, mit Kommentar des Kulturamtsleiters, den ich noch aus seiner Konstanzer Zeit kannte, Leserbriefe waren abgedruckt zu einem modernen Brunnen, der offenbar bei den Ravensburgern nicht so gut ankam, ja auf der Lokalsportseite fand ich sogar eine Nachricht zu Baselreute: Der FC hatte einen neuen Trainer und damit neue Hoffnungen auf einen Aufstieg in die Kreisliga.

Ich wollte die Zeitung schon weglegen, als mein Blick an einer Schlagzeile auf der Wetterseite hängen blieb: »Mondfinsternis am Montag«, hieß es da, und im Artikel wurde erklärt, dass es am Montagabend, dem 21. Oktober, gegen 23.15 Uhr zu einer totalen Mondfinsternis kommen würde. Der Autor beschrieb, wie eine Mondfinsternis zustande kommt und dass sie vom ersten Eintritt des Mondes in den Erdschatten bis zum Verlassen etwa vier Stunden brauchen würde. Der Zeitpunkt der maximalen Verfinsterung sei gegen 1 Uhr nachts. Vermutlich würde es eine klare Nacht werden, sodass die Verdunkelung des Mondes gut beobachtet werden könne.

Die Verdunkelung des Mondes! Dark Moon. Das Symbol mit der dunklen Mondscheibe. In meinem Kopf fügte sich ein Gedanke zum anderen. Vollmond, Mondfinsternis, Mondrituale, satanische Rituale, schwarze Katzen, black-silver, silbern wie der Vollmond, schwarz wie der finstere Mond …

War das des Rätsels Lösung? Ein satanisches Ritual während der Mondfinsternis?

Ich rief sofort Siggi an. Sie war noch reichlich schlaftrunken und daher etwas schwer von Begriff, als ich ihr aufgeregt erzählte, dass ich gerade in der »Schwäbischen« etwas über eine Mondfinsternis gelesen hatte und dass die Katzen vielleicht für ein Mondritual entführt worden waren und dass ich nachher mit Rainer zu Apollonia gehen würde und dass sie doch auch kommen solle.

»Wer ist Rainer? Was für ein Mondritual? Polli, du spinnst!«

Immerhin versprach sie, in einer Stunde bei Apollonia zu sein. Ich wollte eine Art Lagebesprechung abhalten, aber nicht im Beisein von Mutter, da die sich wieder viel zu viele Sorgen machen würde.

So klopfte ich Rainer unsanft aus dem Bett, genehmigte ihm noch einen Kaffee, während ich im Bad war, und rief anschließend Apollonia an, um sie über unseren geplanten Überfall in Kenntnis zu setzen.

Zu dritt drängten wir uns auf Apollonias Kanapee, während sie auf einem gepolsterten Stuhl saß, der ihren Rücken schonte, wie sie sagte. Rainer thronte in der Mitte zwischen Siggi und mir, aber meine alte Schulfreundin schaffte es, auf dem engen Sofa zehn Zentimeter Abstand zu ihm zu halten. Misstrauisch hatte sie ihn beäugt, als ich die beiden einander vorgestellt hatte, und ihr »Ach, der Computermensch! Freut mich!« hatte geklungen, als würde sie sich gar nicht freuen. War sie doch eifersüchtig? Aber ich hatte ihr doch deutlich gesagt, dass ich nicht an Frauen interessiert war! Oder war sie der Meinung, dass ich Rainer nicht hätte einweihen dürfen? Ich hatte ja selbst meine Zweifel gehabt, aber wie hätte ich hierherkommen sollen ohne ihn? Außerdem hatte er mir in einer Notsituation geholfen, und ich vertraute ihm. Gar nicht zu reden von dem Kribbeln in meinem Bauch! So schwankte ich zwischen schlechtem Gewissen, weil ich ihm alles erzählt und ihn hierher mitgebracht hatte, und meinem Ärger über Siggis Misstrauen und ihre Unhöflichkeit ihm gegenüber. Was mich jedoch nicht davon abhielt, die Enge des Sofas schamlos für heimlichen Körperkontakt zu nutzen.

Zum Glück bemerkte Apollonia nichts von den atmosphärischen Störungen auf dem Kanapee. Ich berichtete ihr zunächst in groben Zügen von den Ereignissen der vergangenen Tage.

Als ich auf das Thema »Satanisten« kam, sah sie mich ungläubig an. »Du meinst, Leute, die den Teufel anbeten?«

»Ja, so könnte man es nennen.«

»So wie früher die Hexen?«

»Es scheint, dass die Satanisten sich in dieser Tradition sehen, vor allem die Frauen.« Ich erzählte ihr von den historischen Darstellungen auf der Homepage von Glasya und von dem Hinweis auf die Hebammen.

Apollonia schnaubte. »Die spinnt ja! Das waren doch keine Hexen. Die wussten einfach viel über Kräuter und andere Heilmethoden. Aber deswegen waren sie doch nicht mit dem Teufel im Bund. Da gab es andere!«

»Wie meinst du das, andere?«, wollte Siggi wissen.

»Na, Hexen! Richtige Hexen, die mit dem Teufel einen Pakt geschlossen hatten.«

»Die gab es hier?«, fragte Rainer erstaunt.

Apollonia sah ihn an, und plötzlich schien sie sich ein wenig unbehaglich zu fühlen, vor diesem fremden Mann, der aus der Stadt kam und sie nun wahrscheinlich für völlig rückständig hielt. Ich biss mir auf die Lippen. Vielleicht hätte ich ihn doch besser nicht mitbringen sollen.

»Na ja, im Dorf hat man halt gemunkelt«, fuhr sie etwas gehemmt fort, »die alte Linderin sei mit dem Teufel im Bund, sie habe die Försterin krank gemacht, indem sie einen Pferdehuf in deren Garten vergraben hat, und der Braunegger, der sowieso, der konnte alle möglichen Kunststückchen, das Handtuch melken zum Beispiel, und da kam Milch raus und dafür hat die Kuh des Nachbarn keine Milch mehr gegeben. Aber wahrscheinlich war sowieso alles Unsinn.«

Der letzte Satz war Rainer geschuldet, da war ich mir sicher, auch wenn Apollonia im Allgemeinen nicht sehr bigott war und selbst Zweifel an den alten Geister- und Hexengeschichten hatte, wie ich wusste. Aber die Erzählungen von der Linderin und vom Braunegger gehörten zur Dorfmythologie, die hatte auch ich als Kind zu hören bekommen, ja auf der Empore der Baselreuter Kirche hing sogar ein Bild, das von den Nachkommen des Brauneggers gestiftet worden war und ihn zeigte, wie er auf dem Sterbebett liegend von einem bocksfüßigen Teufel an seinen Pakt erinnert wurde, während von einem Madonnenbild über dem Bett schützende Strahlen ausgingen, weil er in der letzten Minute bereut hatte. Er wurde gerettet. So jedenfalls lautete die Botschaft des Bildes.

»Und einmal hab ich ihn gesehen.« Apollonias Stimme war ein Flüstern.

»Wen?«, fragte ich.

»Den Teufel.«

»Was??« Das war nun eine Geschichte, die ich auch noch nicht kannte.

»Ja, als Kind.«

Wir starrten sie alle drei ungläubig an, und sie wich unseren Blicken aus, als wäre ihr klar, dass wir Stadtmenschen ihr sowieso nicht glauben würden. Und diesmal zählte nicht nur Rainer als Stadtmensch.

Trotzdem sprach sie weiter. »Es war an einem Niklausabend. Ihr wisst ja« – und damit meinte sie Siggi und mich, uns zwei Eingeborene –, »da kommen immer die Hörnerklausen.«

»Das sind ganz wilde Klausen«, versuchte ich Rainer zu erklären. »Die Jungs vom Dorf ziehen sich Felle an, mit Ketten als Gürtel und dicken Kuhglocken dran, und auf dem

Kopf tragen sie Kuhhörner. Die sehen wirklich so aus, wie man sich den Teufel vorstellt! Sie streifen in Banden durchs Dorf, und wehe, wenn sie jemanden erwischen, der noch spät unterwegs ist! Der wird mit dicken Ruten unbarmherzig verprügelt! Als Kinder war das für uns immer ein wahnsinniges Abenteuer, am Niklausabend, wenn der Bischof und Knecht Ruprecht fort waren, durchs Dorf zu ziehen und die Hörnerklausen zu suchen. Und wenn man so einen Trupp sah, dann musste man natürlich flüchten. In Scheunen und Schuppen und Keller, immer gefolgt vom unheimlichen Rasseln der Ketten und vom Kuhglockengeläute, und da fand man sich in Winkeln des Dorfes wieder, die man noch nie gesehen hatte. Das war wahnsinnig aufregend!«

Während Rainer gespannt meinen Ausführungen folgte, sah Siggi mich missbilligend an. »Ja, und manch einen haben sie so zusammengeschlagen, dass er sie angezeigt hat. Und zwar zu Recht! Das sind einfach wilde Schläger, die die Masken nutzen, um sich ungestraft auszutoben! Genau wie an Fasnacht!«

»Na ja, es ist halt eine Tradition. Und manche übertreiben vielleicht ein bisschen«, versuchte ich die ungestüme Dorfjugend zu entschuldigen.

»Ein bisschen ist gut!«, gab Siggi gallig zurück.

Apollonia verfolgte unseren Disput still, bevor sie weitererzählte, was an jenem Nikolausabend in ihrer Kindheit passiert war. »Mein Vater, der fand das auch immer so spannend wie du, Polli, der hat die Hörnerklausen ins Haus gelassen, um uns Kindern ein wenig Angst zu machen. Wir sind natürlich geflüchtet, in den Keller oder ins Klohäuschen, wo man den Riegel vorlegen konnte. Wenn sie uns dann genug erschreckt hatten, hat Vater ihnen einen Schnaps kredenzt. Und da sind wir dann langsam aus unseren Löchern hervorgekrochen, denn wir wussten, jetzt hatten sie sich beruhigt und würden uns nichts mehr tun, höchstens noch ein wenig mit der Rute drohen. Ich war noch sehr klein damals, und als ich in die Stube gekommen bin, wo sie alle standen mit ihren Schnapsgläsern, da hab ich vor allem Beine gesehen, Beine und schwere Stiefel. Aber einer, der an der Tür stehen geblieben war und nicht mittrank, der seine Maske die ganze Zeit aufbehielt, der hatte nur einen einzigen Stiefel an. Und ich schwör's euch, statt des zweiten Stiefels hatte der einen Bocksfuß! Ich kann mich noch genau erinnern, dass ich dachte: Wie kann so ein großer, schwerer Mann auf einem so dünnen Fuß laufen? – Versteht ihr? Ich hab als Kind nicht gedacht: Das ist der Teufel. Ich hab mich einfach gewundert über den seltsamen Fuß. Und als ich später Geschichten gehört habe vom Teufel und dass er einen Bocksfuß hat, da ist mir dieser Niklausabend wieder eingefallen, und mir war klar, dass ich den Teufel gesehen hatte.«

In Apollonias Küche war es sehr still geworden. Ich hatte eine Gänsehaut, die mir über den ganzen Rücken hinablief, und meinen beiden Sofagenossen schien es nicht anders zu gehen. Es war die nüchterne, kindliche Logik, die ihre Erzählung so unheimlich machte. Die Unbefangenheit, mit der die kleine Apollonia das Wahrgenommene hinterfragt und das Erlebte später vor dem Hintergrund der gehörten Geschichten eingeordnet hatte, schien ein echtes Zeugnis für die Existenz des Teufels zu sein. Kinder und Narren sagen bekanntlich die Wahrheit. Hatten Satanisten und fundamentalistische Christen doch recht? Gab es den Teufel tatsächlich? Mir wurde mulmig in der Magengegend.

Ach was! Wer weiß, was man dem Kind alles erzählt hatte, und wer weiß, was es wirklich gesehen hatte in seiner Angst und Aufregung, an jenem Nikolausabend vor so vielen Jahren!

Und ich musste an eigene Kindheitsnächte denken, in denen ich, vor Angst zitternd, im Bett gesessen und einen Rosenkranz gebetet hatte, weil ich aus einem teuflischen Traum aufgeschreckt war. Die bunten Muster meiner Kinderzimmertapete schienen dann plötzlich Dämonen zu werden, und nur wenn ich fünf Gesätzchen vom schmerzhaften Rosenkranz betete, konnte ich Satan entkommen, handelte ich mit mir selbst die Bedingungen meiner Rettung vor dem Bösen aus. Noch bis weit in meine Jugend hinein verfolgten mich derartige Angstzustände, und wirkliche Rettung fand ich erst, nachdem ich allem abgeschworen hatte, Gott und dem Teufel zusammen. Und nun kamen sie plötzlich von allen Seiten daher und wollten mir einreden, dass es den Teufel doch gab! Nicht Gott, sondern den Teufel!

Siggi sprach aus, was ich dachte: »Na ja, Apollonia, das ist lange her. Da erinnert man sich an manches nicht mehr so genau.«

Apollonias Blick sagte: Ich hab's ja gewusst, dass ihr mir nicht glaubt.

»Vielleicht haben Sie recht, Frau Katzenmaier, und der Teufel existiert wirklich. Vielleicht stimmt Ihre Erinnerung.«

Ich traute meinen Ohren nicht! Der das sagte, war Rainer Trost, der Stadtmensch, der Computerfreak. Jetzt übertreibst du aber ein bisschen mit Liebkindmachen, dachte ich. Er schien meine Gedanken zu lesen.

»Ich meine das ernst!«, sagte er, zu mir gewandt. »Wer weiß, was es alles gibt zwischen Himmel und Erde. Wir Menschen wissen so wenig.«

Apollonia lächelte überrascht, weil sie von unerwarteter Seite Zustimmung geerntet hatte, während ich zu spüren glaubte, dass Siggi noch ein Stück weiter von Rainer abrückte. Diese Art von esoterischem Gemeinplatz – »zwischen Himmel und Erde« – war selbst ihr zu viel. Und das Kribbeln in meinem Bauch hatte auf einmal merklich nachgelassen.

»Wie auch immer«, versuchte ich das Thema zu wechseln, »ich wollte euch noch erzählen, was ich heute morgen gelesen habe.«

Zuerst beendete ich aber meinen Bericht über das, was sich in Konstanz ereignet hatte, das Zusammentreffen mit Gunter und Carla Ostertag und die seltsame Geschichte mit dem toten Mädchen. Außerdem erzählte ich von »Dark Moon« und Gunters Reaktion auf das Symbol. Und jetzt stand die Mondfinsternis bevor!

»Versteht ihr? Samantha ist eine Katze mit der Farbe Black-silver. Das passt perfekt! Silbern wie der Vollmond und schwarz wie der Mond bei der Mondfinsternis!«

»Momentan ist Samantha eher noch weiß«, meinte Siggi nüchtern.

»Hm. Stimmt.« In meiner Begeisterung für die neue These hatte ich gar nicht mehr daran gedacht. »Aber es kann ja dennoch sein, dass sie ein Ritual durchführen wollen, dann halt mit Hannibal.«

»Ach, ich hab auch ein paar Freundinnen, die manchmal Mondrituale veranstalten, die sind völlig harmlos, von wegen Frauen und Mondzyklus und so. Die würden bestimmt keine Katzen opfern, eine von denen hat sogar selber eine Katze!«

»Ja, aber das hier ist doch etwas völlig anderes!«

Und dann begann ich, detailliert über unsere Internetrecherchen auf den Satanismus-Seiten zu berichten, und was Volker und ich dort über Mondrituale gelesen hatten. Zu jenem Zeitpunkt hatte ich das noch als albernen Kram abgetan, den man nicht ernst zu nehmen brauchte, aber inzwischen schien es mir die plausibelste Erklärung zu sein für die seltsamen Ereignisse der letzten Tage und Wochen.

»Einöden, Wälder, Felsen, Quellen, Flüsse – das sind die typischen Orte, die dort genannt wurden. Das würde doch passen auf die Umgebung von Baselreute. Wald gibt es hier schon mal jede Menge. Und wo gibt's Felsen und Wasser?«

»Im Weißen Bronnen!«, antwortete Apollonia ohne Zögern. »Da sind Kalkfelsen, da gibt es einen Wasserfall und viele Quellen, und es ist mitten im Wald! Da hast du alles beieinander!«

»Und wisst ihr was?«, ergänzte ich. »Das tote Mädchen ist in der Nähe vom Weißen Bronnen gefunden worden!«

Wir fuhren Richtung Giras ins Tal hinab und am Eckhäusle rechts zwischen den Bauernhöfen von Salmtal hindurch, bis wir die Talsohle erreichten und an die Ach kamen. Dort teilte sich die Straße: Rechts führte ein Holzweg in den Wald, links ging es über eine Brücke zum Weißen Bronnen. Wir stellten das Auto in den Holzweg. Das Aussteigen gestaltete sich ein wenig mühsam, weil Apollonia darauf bestanden hatte mitzufahren. Als wir sie mit vereinten Kräften aus dem BMW gehievt hatten, stand sie zunächst reichlich wacklig auf den Beinen, aber als sie sich auf ihren Gehwagen stützen konnte, ging es besser.

Die Sonne war inzwischen hinter den Wolken hervorgekommen, sie suchte sich ihren Weg durch die Zweige des Herbstwaldes, und an manchen Stellen wärmte sie sogar ein bisschen.

Wir gingen zur Holzbrücke, die über die Wolfegger Ach führte. Ich kletterte rechts von der Brücke die Böschung hinab und ging ein Stück das Ufer entlang, um die Stelle in Augenschein zu nehmen, an der das tote Mädchen gefunden worden war, konnte jedoch keine Spuren der Tragödie erkennen, die sich hier abgespielt hatte.

Der Boden war feucht und rutschig wegen des Herbstlaubs. Beim Hinaufklettern nahm Rainer meine Hand und half mir wieder auf den Weg. Apollonia und Siggi sahen sich an, meine alte Tante sichtlich amüsiert, während Siggi die Augen verdrehte.

Wir überquerten die Brücke und gingen langsam den Berg hoch zum Weißen Bronnen. Je näher wir kamen, desto kräftiger toste das Wasser des Waldbaches, der hier zunächst über bemooste Kalkfelsen in mehreren Katarakten zu Tal rauscht, um nach ein paar Hundert Metern, in denen er sich als munteres Wiesenbächlein gebärdet, in die Ach zu münden. Nicht weit vom Wasserfall stand ein altes Gasthaus. Der Legende nach hatte hier der Schwarze Veri gehaust, ein wilder Räuber, der mit seiner Bande im neunzehnten Jahrhundert den ganzen Altdorfer Wald unsicher gemacht hatte. Als der Weiße Bronnen nach dem Krieg zu einer Attraktion für Naherholung suchende Baselreuter geworden war, hatte man den Räuberhauptmann mit Bruder und Gespielin in Lebensgröße auf die Fassade des Wirtshauses gemalt. Das Bild war inzwischen ausgebleicht, aber noch zu erkennen.

»Wisst ihr noch, wie man in den Sechzigerjahren Sonntagnachmittagsspaziergänge zum Weißen Bronnen gemacht hat?«, fragte ich. »Auf der Wiese am Bach wurde die Picknickdecke ausgebreitet, und wenn man brav war, bekam man ein Eis im Gasthaus.«

»Oh ja, ich erinnere mich sehr gut an diese Sonntagsspaziergänge«, antwortete Siggi mit sarkastischem Unterton. »Ganz adrett, mit Sonntagskleidchen und weißen Söckchen! Ich werde nie vergessen, wie ich mal ins Wasser gefallen bin und Papa mich schimpfend wieder herausgezogen hat. Es war ja nicht tief, aber mein Sonntagshäs war völlig durchnässt. Mann, war das ein Theater!«

Sie schüttelte noch in der Erinnerung schaudernd den Kopf, aber wir anderen mussten lachen, und selbst Apollonia erinnerte sich nun an diverse Ausflüge zum Weißen Bronnen.

»Ich hab mich aber immer ins Gasthaus gesetzt und ein Bierle getrunken. Und dazu gab's Landjäger mit Brot!«

In den Siebzigerjahren war der Zustrom der Ausflügler immer geringer geworden, denn nun lockten fernere Ziele die inzwischen durchweg motorisierten Dorfbewohner. Zeitweise war noch ein Kindererholungsheim in einem nahen Anbau untergebracht gewesen, aber schließlich fand sich niemand mehr, der das Anwesen mitten im Wald nutzen wollte. Seit Jahren stand es leer, dem Zerfall preisgegeben.

Als wir am Haus vorbeigingen und uns dem Wasserfall näherten – Rainer und ich hatten Apollonia zwischen uns genommen und den Gehwagen am Wegrand zurückgelassen –, mussten wir lauter reden, um uns noch zu verstehen.

»Das wäre doch ein idealer Platz für so ein Mondritual!«, stellte ich fest.

»Ach, ich weiß nicht«, zweifelte Siggi. »Ob der Mond überhaupt über den Berg da kommt?«

Hinter dem Wasserfall stieg der waldige Hügel tatsächlich steil an, und je nachdem, wie die Mondbahn verlief, konnte Siggi vielleicht sogar recht haben. Allerdings hatte ich keine Ahnung von Mondbahnen. Das Einzige, was ich wusste, war, dass die Sonne im Osten aufging und im Süden ihr Mittagslauf war ... Ich schaute auf die Uhr: kurz vor zwölf. Dann war ungefähr da, wo die Sonne jetzt stand, Süden. Aber nahm der Mond die gleiche Bahn wie die Sonne?

»Na ja, so gut kenn ich mich da nicht aus«, musste ich zugeben und fühlte mich plötzlich hilflos angesichts Siggis Zweifeln. Vielleicht hatte sie ja recht, und ich hatte mir wieder etwas zusammengesponnen.

Da meldete sich Rainer zu Wort. »Also, soviel ich weiß, steht der Vollmond – und nur bei dem kann es eine Mondfinsternis geben – um Mitternacht genau im Süden.« Er zeigte das kleine Tälchen entlang in Richtung Sonne, und es war klar, dass der Mond, wenn er dort stehen würde, den Wasserfall, das Gasthaus, den ganzen Weißen Bronnen bescheinen würde.

Rainer hatte eindeutig Punkte gutgemacht. Er kannte sich nicht nur mit Computern aus, sondern auch mit Astronomie! Bewundernd lächelte ich ihn an.

Siggi hingegen zuckte die Achseln und schnaubte. Sie schien immer noch nicht überzeugt. Oder war sie nur trotzig, weil der Hinweis von Rainer gekommen war?

Da war mir plötzlich, als hätte ich durch das Getöse des Wasserfalls eine Katze schreien gehört.

»Wartet mal, seid doch mal still, habt ihr nichts gehört?«

»Was denn?«, wollte Apollonia wissen, aber auf ihr Gehör zählte man sowieso besser nicht. Gut sehen kann ich schlecht, aber schlecht hören kann ich gut!, lautete einer ihrer Sprüche, der der Wahrheit ziemlich nahekam.

»Eine Katze, da hat eine Katze geschrien! Da, beim Haus!« Ich war schon auf dem Weg zum alten Gasthaus und nahm in einem Satz die drei Stufen, die zur Eingangstür hochführten. »Samantha? Samantha!«

Ich rüttelte an der Tür, aber sie war fest verschlossen. Die anderen waren inzwischen auch dazugekommen. Siggi und Rainer hatten meine alte Tante in die Mitte genommen, aber in der Eile schleppten sie sie mehr hinter sich her, als dass sie selbst ging.

»Glaubst du wirklich, dass Samantha hier ist?«, fragte Siggi ungläubig.

»Ich hab eine Katze gehört, ganz bestimmt!«

»Aber der Wasserfall ist doch so laut«, wandte nun auch Rainer ein. »Bist du dir sicher?«

»Mensch, ich bin doch nicht blöd!«

»Im Wald gibt es viele Geräusche«, gab Siggi zu bedenken. »Vielleicht war es ja irgendein wildes Tier, ein Fuchs oder so?«

Ich wurde laut: »Glaubst du, ich kann einen Fuchs nicht von einer Katze unterscheiden?«

»Lasst es uns mal an den Fenstern versuchen!«, schlug Rainer vermittelnd vor. »Vielleicht kommen wir ja irgendwie ins Haus.«

»Ich bleib hier stehen«, keuchte Apollonia ganz außer Atem und hielt sich am eisernen Treppengeländer fest, um nicht umzufallen. »Geht ihr nur und schaut nach!«

Rainer stellte sich auf einen Stein, der unter dem Fenster rechts der Tür lag, und machte sich lang, um an den hölzernen Läden zu rütteln. Der Putz bröckelte von der Wand und rieselte auf sein Jackett.

»Die Fenster sind zugenagelt«, stellte er fest, während er sich den weißen Staub abklopfte. »Und die Nägel sind schon ganz rostig. Hier war anscheinend schon länger niemand mehr.«

»Da links ist ein weiterer Eingang!« Ich gab noch nicht auf. Diese zweite Tür lag ebenerdig und führte offenbar in einen Schuppen oder Lagerraum. Daneben befand sich ein kleines Fenster, aber auch hier war alles verriegelt und vernagelt. Die Tür war mit einem schweren Vorhängeschloss gesichert.

Wir gingen an der rechten Seite um das Haus herum, aber dort befanden sich nur Fenster und ein offener Schuppen, in dem verwittertes Holz lagerte. Auch diese Fenster waren alle verschlossen. Durch den Schuppen hindurch gelangten wir schließlich zur Rückseite des Hauses. Hier gab es einen kleinen Anbau mit eigenem Giebeldach, offenbar eine ehemalige Backstube, denn darüber erhob sich ein eigener Kamin. Auf jeder Seite befand sich ein vergittertes Fenster. Doch was auch immer sich heute dahinter verbergen mochte, man konnte durch die blinden Scheiben innerhalb der Gitter nichts erkennen.

Alles hier wirkte dem Zerfall preisgegeben und gleichzeitig abweisend, als versuchte das alte Haus mit aller Macht, seine paar Ziegel und Bretter noch zusammenzuhalten und gegen jeden Eindringling zu verteidigen.

Ich musste plötzlich an Volkers Geschichte vom Einbruch in das Haus in Rheinfelden denken, und mir wurde unbehaglich. Mich fröstelte, ob wegen der beklemmenden Umgebung oder wegen der Kühle des Hausschattens, in dem wir standen, wusste ich selbst nicht so recht. Wie mochte es wohl nachts hier sein? Dann fiel mir das tote Mädchen ein.

»Ob das Mädchen, das Selbstmord begangen hat, auch hier war? Vielleicht haben sie sie hier festgehalten, mit Drogen vollgepumpt und ...«

»... dem Satan geopfert!«, fiel mir Siggi sarkastisch ins Wort. Sie hatte bisher mehr oder weniger teilnahmslos danebengestanden, während wir versuchten, uns Einlass in das Haus zu verschaffen. »Oder doch lieber dem Mond? Ich bringe das schon ganz durcheinander!«, fuhr sie mit hohntriefender Stimme fort. »Du hast wirklich zu viele Gruselgeschichten gelesen. Mir kommt das alles einfach lächerlich vor!«

Betroffen schaute ich zu Rainer. Warum war sie nur so unausstehlich? Ich versuchte doch nur, irgendetwas zu tun, um die Katzen zurückzubekommen. Und da wir von ihrer Lioba noch nichts bezüglich der Schweizerin gehört hatten, konnten wir keine andere Spur verfolgen. Aber Siggi hatte Volkers Geschichte ja auch nicht live gehört und keine Satanistenseiten im Internet gesehen, auf denen stand: »Verflucht seien die Kraftlosen, auf dass sie ausgelöscht werden!« Und sie hatte keine Stichflamme aus ihrem Motorraum schießen sehen und auch nicht Gunters Reaktion auf das seltsame Symbol erlebt. Vielleicht hätte ich an ihrer Stelle das alles auch lächerlich gefunden.

»Weißt du eigentlich, wem der Weiße Bronnen gehört?«, versuchte ich abzulenken.

Sie schüttelte den Kopf. »Keine Ahnung.«

»Vielleicht sollten wir da mal nachforschen.«

»Das kannst du erst am Montag, wenn das Rathaus aufhat.« Sie schien wieder etwas versöhnlicher zu sein. Vielleicht war es ja doch geheime Eifersucht, die sie so gereizt reagieren ließ.

Wir gingen zurück zur Haustür und zu Apollonia, die sich inzwischen auf die Treppe gesetzt hatte. Rainer machte einen letzten Versuch, aber sosehr er an der Tür rüttelte, es gab keine Möglichkeit hineinzugelangen. Und eine Katze hörten wir auch nicht mehr schreien.

So packten wir Apollonia ein und fuhren unverrichteter Dinge wieder nach Hause.

Auf meinen Wunsch gab es bei Mama Linsen mit Spätzle und Saitenwürsten zum Mittagessen. Auch Apollonia war eingeladen worden. Sie aß mit gutem Appetit, obwohl sie die Wursthaut nicht mehr richtig zerkauen konnte. Die Reste zupfte sie mit den Fingern aus dem Mund und entsorgte sie am Tellerrand, wo mit der Zeit ein kleiner Haufen entstand. Wir anderen versuchten taktvoll, nicht hinzuschauen.

Plötzlich läutete das Telefon. Mama stand auf und ging ran. Kurze Zeit später brachte sie mir das schnurlose Gerät. »Für dich! Siggi!«, formten ihre Lippen tonlos.

Siggi sprudelte sofort los, als ich das Telefon ans Ohr nahm. Keine Spur mehr von Ärger oder Unwirschheit. Da klang eher detektivischer Eifer aus der Muschel.

»Lioba hat gerade angerufen. Die Frau heißt Haslinger und kommt aus Bern!«

Aus Bern! Bieri in Bern!

»Mensch, Siggi, dann ist an der Sache mit Bieri vielleicht doch was dran. Und Thomas Arnold könnte auch mit drinstecken!«

»Aber was sollen wir denn jetzt machen?«

»Nach Bern fahren?«, schlug ich vor.

Mama schaute erschrocken auf. »Ihr wollt nach Bern fahren? Heute noch? Das ist doch furchtbar weit, das liegt noch ein ganzes Stück hinter Zürich!« Sie hatte als blutjunge Frau eine Zeit lang als Kindermädchen bei einer reichen Familie in Zürich gearbeitet. Deshalb kannte sie sich aus. »Da sind wir mit den Streulis manchmal hingefahren, in die Bundeshauptstadt. Das sind bestimmt zwei Stunden von Zürich aus!«

»Auf der Autobahn eine gute Stunde«, widersprach ihr Rainer. Er arbeitete auch in der Schweiz und kannte sich ebenfalls aus.

»Da müssen Sie aber schnell fahren!«, meinte Mutter zweifelnd. »Das dürfen Sie in der Schweiz doch gar nicht, oder? Da wird man doch geblitzt!«

Er grinste breit: »Wenn man weiß, wo die Starenkästen hängen, nicht!«

Während sich die beiden noch weiter über Schweizer Verkehrswege und deren Überwachung unterhielten, beschäftigte mich etwas anderes. Etwas, das Mutter gesagt hatte.

Ich bat Siggi, rüberzukommen. Dann fragte ich Mutter nach einem Blatt Papier und einem dicken Stift.

Frau Pingel hatte offenbar gerade ihr Mittagsschläfchen gehalten. Der Hund kläffte eine ganze Weile hinter der verschlossenen Tür, ehe sie uns öffnete. Die ansonsten frische Dauerwelle wirkte auf der einen Seite etwas zerdrückt, und über ihre Wange zog sich ein roter Streifen, wo sie auf der Naht des Sofakissens gelegen hatte. Es dauerte einen Augenblick, ehe sie uns erkannte. Dabei hatten wir Rainer extra im Auto gelassen.

»Ach, Sie sind's!« Die Information war von ihren Augen bis ins Gehirn vorgedrungen.

»Grüß Gott, Frau Pingel, wir hätten noch eine Frage!«

»Was wollen Sie denn noch wissen?«

»Sie haben doch gesagt, das Auto sei aus Berlin gewesen.«

»Welches Auto?« Dieser Teil des Gehirns schlief noch.

»Na, dieses schwarze Auto mit den Engelsflügeln, das Sie in der Einfahrt neben Rosas Haus gesehen haben.«

»Ach das! Jaja, aus Berlin war das.«

»Sagen Sie, sah das Kennzeichen so aus?« Ich hielt das Blatt Papier hoch, auf das ich »BE-12345« geschrieben hatte.

»Jaja!«, rief sie aus. »Genau, Berlin! Aber mit den Zahlen ... also da bin ich mir nicht mehr ganz sicher!«

»Wie bist du draufgekommen?«, wollte Siggi wissen, als wir zum Auto zurückgingen.

»Weil Mama was von Bundeshauptstadt gesagt hat«, antwortete ich. »Und da hat's in meinem Kopf klickklick gemacht – Bern, Bundeshauptstadt, Bundeshauptstadt, Berlin ... Siggi, was für ein Auto hat Bieri?«

Alle Spuren führten zu dem Mann mit den kalten Augen – die Satanistin und Katzenzüchterin Jolanda Haslinger, die in Bern wohnte, das Auto mit Berner Kennzeichen, die Turinverbindung ...

»Ich weiß es nicht, Polli. Da müsste ich Thomas fragen. Soll ich ihn anrufen?«

»Und wenn er mit drinhängt?«

»Ich könnte sagen, dass ich glaube, ich hätte Bieri grade hier vorbeifahren sehen.«

»Na, das klingt ja superglaubwürdig!«

»Fällt dir was Besseres ein?«

»Ist Thomas heute im Büro?«

»Nein, soviel ich weiß, nicht. Es ist doch Samstag.«

»Sonst jemand?«

»Vermutlich nicht, wir haben momentan kein dringendes Projekt anstehen.«

»Dann lass uns hinfahren und in den Unterlagen von Bieri nachschauen, ob wir was finden.«

»Mensch, Polli, ich weiß nicht, das gefällt mir nicht.«

»Du wolltest wissen, ob ich eine bessere Idee habe.«

Sie atmete tief durch. »Na gut, aber was machen wir mit dem da?«

Sie wies mit dem Kopf zum Auto, in dem Rainer saß. Er telefonierte gerade. »Das ist mir nicht recht, wenn er mitkommt.«

Siggis Misstrauen gegenüber Rainer ärgerte mich immer

noch, aber ich wollte nicht schon wieder mit ihr streiten. »Wir schicken ihn solange in die Ausstellung in der Städtischen Galerie. Da kann er was für seine Kultur tun, okay?«

»Also gut.«

Was hatte sie nur gegen ihn?

»... ja, dann tschüss!«, hörten wir ihn noch sagen, als wir in das Auto stiegen. Dann steckte Rainer sein Handy in die Jackentasche.

»Meine Mutter«, meinte er entschuldigend. »Sie hat sich beklagt, weil ich schon so lange nicht mehr bei ihr war.«

Dieses Problem kannte ich, wenn auch nicht aktuell.

Wir erklärten ihm, dass wir dringend in Siggis Büro etwas holen müssten. Ob es ihm etwas ausmachen würde, mit uns nach Ravensburg zu fahren. Er könne ja in die Städtische Galerie gehen so lange, da sei gerade eine hochinteressante Ausstellung. Wir würden dann nachkommen.

»Ja, klar, kein Problem«, antwortete Rainer leichthin, aber seine Miene wirkte gekränkt. Es tat mir leid, aber schließlich war es Siggis Büro. Einfach blöd, dass sie sich so anstellte! Ich zuckte bedauernd die Schultern, und Rainer lächelte bemüht. Während der ganzen Fahrt sprach er kein Wort mehr.

Es waren drei dicke Ordner mit der Aufschrift »Bieri«, die wir in Thomas' Büro fanden, außerdem große Plakatmappen mit Entwürfen für Werbekampagnen.

»Er hat sicher auch im PC noch einen Ordner«, meinte Siggi seufzend. »Und das willst du jetzt alles durcharbeiten? Was glaubst du denn genau zu finden? Ein Foto von Bieris Auto? Thomas ist sein Werbeberater, nicht sein Autohändler!«

»Das ist mir schon klar. Aber vielleicht finden wir sonst irgendeinen Hinweis, irgendwas! Ich weiß doch auch nicht. Lass uns einfach mal anfangen.«

Wir nahmen uns jede einen Ordner vor und begannen zu blättern. Angebote, Rechnungen, Mahnungen, Briefe mit Verabredungen, Kommentare Bieris zu Kampagnen. Die ältesten

Unterlagen datierten elf Jahre zurück. So lange war Bieri schon Kunde bei »Maurer & Arnold«. In einem Ordner fanden wir Dokumente zu den Italientreffen. Der Name Haslinger tauchte nirgends auf, und von den Namen der hier genannten italienischen Geschäftspartner hatte ich keinen auf der Internetseite gesehen, soweit ich mich erinnern konnte.

Bei den älteren Unterlagen stießen wir auf eine Firma Diener in Holderloch.

»Das liegt ja gleich bei Baselreute!«

»Ja«, informierte mich Siggi, »die sind vor einiger Zeit umgezogen in das neue Baselreuter Industriegebiet.«

»Wie kommt Bieri denn zu denen?«

»Die stellen auch Schneidemaschinen für Metzgereien her.«

»Dann sind sie eher Konkurrenten.«

»Vielleicht wollte er eine Art Joint Venture mit ihnen machen. Soviel ich weiß, ist er bisher auf dem deutschen Markt noch nicht groß vertreten.«

»Aber wenn er Kontakte zu denen hatte, kannte er auf jeden Fall Baselreute.«

»Ich weiß nicht, ob er jemals selber da war oder nur schriftlichen Kontakt hatte. Da müsste man Thomas fragen.«

Was sollte ich nur von Thomas halten? Auf wessen Seite stand er? Gehörte er wirklich zu den Verrückten, die Katzen opferten und den Teufel anbeteten? Thomas, der Heinz Erhardt rezitieren konnte? Der sich abmühte, Italienisch zu lernen, und so nett am Telefon plauderte? Der auf der anderen Seite arrogant und aufschneiderisch sein konnte? Ein Mann mit zwei Gesichtern, wie der Mond, hell und dunkel. Wer konnte schon wissen, welche Seite überwog!

»Nein, das tun wir nicht. Jedenfalls haben wir hier eine Verbindung zwischen Bieri und Baselreute. Er könnte doch nach einem Termin bei Diener noch Rosa besucht haben. Vielleicht wollte er ja eine Katze kaufen, und als Rosa sich geweigert hat, da hat er beschlossen, sich mit Gewalt eine zu holen.«

»Ach, was sollte Bieri mit einer Katze anfangen? Ich seh

ihn wirklich überhaupt nicht als satanistischen Opferpriester. Das ist doch alles irgendwie bescheuert, Polli.«

Jetzt hatte ich genug. Sollte Siggi doch glauben, was sie wollte! Dann würde ich eben allein weiterforschen. »Also lass uns gehen!«, sagte ich kühl.

Wir räumten die Ordner an ihren Platz zurück, und ich machte gar keinen Versuch mehr, Siggi noch zu einem kurzen Blick in Thomas' Computer zu überreden. Wahrscheinlich wären wir ohne Passwort sowieso nicht reingekommen.

Die Ausstellung zu Otto Dix in der Städtischen Galerie war tatsächlich interessant. Es gab vorwiegend Porträts aus den Zwanzigerjahren zu sehen, von Bettlern und Huren, Kriegsversehrten und fiesen Zuhältern. Als wir den großen, hellen Saal über den Gewölben der Brotlaube betraten, stand Rainer vor dem Bild eines Dienstmannes, dessen rote Nase mich an Siggis Vater erinnerte.

»Na, habt ihr's gefunden?«

Siggi sah mich an und runzelte die Stirn. »Was meinst du?«

»Ihr habt doch gesagt, ihr müsst etwas im Büro holen. Hat ganz schön lange gedauert. Und da hab ich mir gedacht, dass ihr wohl suchen musstet.«

»Ach so. Ja, wir haben alles gefunden«, antwortete ich harmlos. »Und, wie ist die Ausstellung?«

»Sehr spannend! Wirklich, außerordentlich spannend! Schaut mal da, diese Hure. Sieht sie nicht richtig verdorben aus? Oder die beiden Dienstmädchen da, die eine im Schatten, die andere im Licht. Aber beide sind gleich hässlich! Kleine, unbedeutende Menschen hat er gemalt, Abschaum, und alle mit realistischer Hässlichkeit! Der scheute sich nicht, die Welt zu zeigen, wie sie ist!«

Sein verächtlicher Kommentar befremdete mich ein wenig, aber ich musste zugeben, dass er nicht ganz unrecht hatte. Dix hatte die Randfiguren der Gesellschaft ungeschönt dargestellt und den Charakter jedes Einzelnen mit ein paar Strichen seines Aquarellpinsels deutlich hervorgehoben. Sie sahen wirklich verdorben und hässlich und versoffen aus. Immerhin freute es mich, dass Rainer sich offenbar auch für Kunst interessierte.

Nach dem abendlichen Veschper bei Mama und einem Gutenachtbesuch bei Apollonia schlug ich Rainer vor, noch auszugehen. Er sollte auch das oberschwäbische Nachtleben kennenlernen, und so wollte ich ihn in eine Szenekneipe in Waldsee entführen.

Siggi hatte ich eher kühl verabschiedet mit dem Versprechen, sie anzurufen. Ihre Skepsis ging mir auf die Nerven; außerdem fragte ich mich langsam, ob ihr Verhalten wirklich nur der Skepsis geschuldet war oder ob es nicht doch andere Gründe dafür gab.

So ließ ich mich von Rainer nach Waldsee chauffieren, und unterwegs erzählte ich ihm von den Fahrten meiner Kindheit in die Nachbarstadt, mit dem Schulbus, vom frühen Aufstehen und von der Übelkeit im Bus und von meiner Leidenszeit als »Auswärtige«, als Nicht-Waldseeerin, die nie so modisch, nie so fortschrittlich, nie so chic war mit ihren langen Zöpfen wie die städtischen Mädchen und Jungs. Ich gab ein paar Anekdoten aus jener Zeit zum Besten, und als wir beide herzlich darüber lachten, dachte ich, wie gut es war, kein Kind mehr zu sein.

Im »Josl« tranken wir ein Bier und spielten Darts, wir plauderten und lachten, und ich vergaß beinahe, warum ich eigentlich dieses Wochenende heimgefahren war und welche Sorgen ich mir wegen Montag machte. Rainer entpuppte sich als angenehmer Gesprächspartner, der vor allem gut zuhören konnte. Er interessierte sich für alte und neue Geschichten, für Allgemeines und Persönliches. Nur sah er mir nie richtig in die Augen, das war das Einzige, was mich ein wenig störte. Dafür gab er mir das Gefühl, dass er mich richtiggehend bewunderte für all das, was ich schon getan und erlebt hatte – Balsam für mein gekränktes Ego!

Als ich doch irgendwann auf die Geschichte mit den verschwundenen Katzen zurückkam, meinte er fürsorglich, ich solle das Ganze doch auf sich beruhen lassen, womöglich sei die Gruppe wirklich gefährlich, und es gehe doch nur um eine Katze. Aber da hörte ich schon gar nicht mehr richtig, was er sagte, sondern nur noch, wie er es sagte, denn während er sprach, stieß seine Zunge immer wieder sanft gegen die Schneidezähne, und ich begann mir vorzustellen, was sie wohl mit meinen Zähnen anstellen würde.

Als wir zu Hause angekommen waren und ich aus dem Wagen aussteigen wollte, erfuhr ich es. Er hielt mich zurück, dann packte er mit beiden Händen meinen Kopf und küsste mich auf den Mund. Ich überließ mich ganz seinen Händen und seiner Zunge, und sie machten wunderbare Sachen mit mir, immer heftiger, immer wilder, bis sein Griff in meine Haare wehtat und meine Lippen schmerzten. Als ich versuchte, mich zu befreien, ließ er nicht los, sondern packte noch fester zu, und auch sein Kuss wurde nun richtig brutal. Ich schrie auf und stieß ihn weg. Er keuchte heftig.

»Entschuldige«, meinte er atemlos, »du machst mich ganz wild!«

»Aber das hat wehgetan! Du hast mich in die Zunge gebissen!« Ich strich meine Haare zurecht.

»Bitte verzeih, das wollte ich nicht, ich wollte dir nicht wehtun, wirklich nicht, aber ich war so in Fahrt …«

»Das hab ich gemerkt!«

»Bitte, bitte, nicht böse sein. Das war total bescheuert von mir! Soll nicht wieder vorkommen, großes Indianerehrenwort!« Er nahm meine Hand und drückte ganz sanft seine Lippen darauf. Dann sah er mir direkt in die Augen. »Ich schwör's!«, flüsterte er.

»Ist schon in Ordnung.«

Er küsste mich noch einmal sehr liebevoll. »Kommst du heut Nacht zu mir?«

»Das geht hier nicht, Rainer. Ich weiß, es klingt blöd, aber das kann ich meiner Mutter nicht zumuten.«

Er wandte sich ab, schaute aus dem Fenster und sagte nichts.

»Komm«, sagte ich, »ist doch nicht so schlimm. Wir haben

doch noch genug Zeit. Morgen, in Konstanz, oder nächste Woche!«

Sein Kopf wandte sich wieder zu mir. Er öffnete den Mund, als ob er etwas sagen wollte, doch dann hielt er inne und wandte sich wieder ab. Schließlich zuckte er mit den Schultern – »Alles klar, ist schon okay« – und stieg aus.

Schweigend gingen wir ins Haus und in unsere Zimmer. Vor seiner Zimmertür nahm ich ihn in den Arm. Mit einem bemühten Lächeln gab er mir einen kleinen Gutenachtkuss, dann schloss er die Tür hinter sich.

Als ich ins Bad ging, hatte ich Blutgeschmack im Mund.

Am nächsten Tag fuhren wir nach Konstanz zurück. Beim Frühstück hatte sich Rainer ganz normal verhalten, er schien nicht mehr eingeschnappt wegen meines Korbes vom Abend zuvor. Danach hatte er gefragt, ob es mir recht sei, gleich nach Hause zu fahren. Er müsse noch einiges vorbereiten für Montag, da habe er wieder einen Termin bei seinem Kunden in München.

Ich war einverstanden, denn auch auf meinem Schreibtisch wartete genug Arbeit; die Expressionisten hörten nicht mit Kirchner auf, und ich musste auch noch meine Italienischkurse vorbereiten. Am Montagmorgen dräute außerdem ein Zahnarzttermin. Aber am Nachmittag wollte ich dann mit dem Corsa, den Lutz bis dahin hoffentlich wieder zum Laufen gebracht hatte, nach Baselreute zurückfahren, um abends im Weißen Bronnen nachzuforschen, ob ich recht hatte mit meiner Idee. Mir war noch nicht ganz klar, wen ich mitnehmen würde zu dieser Unternehmung. Apollonia schied natürlich aus, aber auch bei Siggi war ich mir nicht sicher. Sie hatte so sehr den Advocatus Diaboli gespielt, dass ich mich lieber nicht fragte, was dahintersteckte. Vielleicht würde sich Volker diesmal überreden lassen? Oder sollte ich doch Rainer noch mal fragen? Aber wenn er in München war, würde er abends nicht schon wieder nach Baselreute fahren wollen.

Mutter war ein wenig enttäuscht, dass Rainer und ich nicht noch meine Schwester und Jessy in Wangen besuchten. Sie war ganz begeistert von Rainer – »So ein netter junger Mann!«, flüsterte sie mir beim Abschied zu –, und wahrscheinlich hätte es ihr gefallen, wenn ich bei meiner Schwester endlich mal mit einem ordentlichen Mann in einem ordentlichen Auto aufgetaucht wäre. Aber diesen Gefallen konnte ich ihr nicht tun, und Jessy würde auch noch ein Wochenende ohne mich auskommen. Ich rief kurz bei meiner Nichte an, um ihr Bescheid zu geben, dass ich erst an einem der nächsten Wochenenden kommen würde. Aber Jessy war gar nicht da, nur Anna, die sich bitterlich beklagte, dass sich nicht viel geändert habe, sondern dass ihre Tochter immer noch mit derselben Frisur herumlaufe und dieselben furchtbaren Klamotten trage. Ihr mütterliches Spießertum ging mir langsam auf die Nerven. Sollte sie doch Jessy endlich in Ruhe lassen! Vielleicht waren Tanten ja doch die besseren Mütter. Ich bat sie, Jessy meine Grüße auszurichten, und legte auf.

Nach dem Frühstück fuhren Rainer und ich los nach Meersburg, und unterwegs plätscherte unsere Unterhaltung so dahin. Ich fragte ihn, was das denn für ein Kunde in München sei, und er erzählte, dass es sich um einen Autozulieferer handle. Dann wollte er wissen, was ich denn nun vorhätte, und ich sagte ihm, wie ich mir den Montag vorstellte. Auf meine vorsichtige Frage, ob er denn eventuell noch mal mitkommen würde, antwortete er erwartungsgemäß bedauernd, dass er noch nicht genau wisse, wann er von München zurückkommen werde.

Als wir auf der Fähre waren, blieb ich unter Deck im Auto sitzen. Das Wetter war – entgegen den Aussagen der Schwäbischen Zeitung – schlechter geworden. Es nieselte, und ich hatte keine Lust, mir den wolkenverhangenen, bleiernen See von oben anzuschauen. Rainer stieg aus, weil er zur Toilette musste.

Als er eben auf der Treppe verschwunden war, klingelte plötzlich sein Handy, das in der Tasche seines Mantels auf dem Rücksitz steckte. Ich wartete einen Moment, aber es klingelte immer weiter. Schließlich konnte ich meine Neugier nicht mehr bezähmen. Ich beugte mich nach hinten und zog es heraus. Natürlich hätte ich mich niemals getraut zu antworten, aber vielleicht sah man ja auf dem Display, wer anrief. In der Tat schien es eine gespeicherte Nummer zu sein: Kaia ruft an, stand da. Kaia, der Spitzname einer Frau – einer Frau, deren Nummer er gespeichert hatte wie die meine. Ich atmete tief durch. Das musste nichts bedeuten, vielleicht war sie ja eine Kollegin. Am Sonntagmorgen? Dann vielleicht seine Schwester.

Das Handy verstummte. Ich wollte es schon in die Manteltasche zurückstecken, aber dann siegte noch einmal die Neugier. Ich schaute mich um, Rainer war nirgends zu sehen. Also drückte ich auf die Menütaste und dann auf »Anrufprotokoll«. Kaia, Kaia, Kaia, stand da für die letzten beiden Tage, keine Mama oder Mutter oder wie immer er sie auch nannte, auch keine Nummer ohne Namen, immer nur Kaia. Dann schaute ich unter »Angenommene Anrufe«, und da war meiner vom Freitag – Apollonia – und davor Kaia und danach Kaia. Telefoniert man so oft mit seiner Schwester?

Plötzlich fiel ein Schatten auf das Fenster. Ich drückte schnell auf »Aus« und ließ das Handy gleichzeitig in die Manteltasche zurückgleiten. Dann drehte ich mich rasch wieder nach vorn und schleuderte dabei zielsicher mit dem Ellbogen meinen Lederrucksack, der auf meinen Knien gestanden hatte, zu Boden, sodass er seinen Inhalt gleichmäßig über die Fußmatte vor dem Beifahrersitz verstreute. In diesem Moment öffnete Rainer die Fahrertür und stieg ein.

»Was treibst du denn da?«, fragte er, amüsiert über mein Missgeschick.

»Ach, ich bin manchmal so dusslig!«, regte ich mich über mich selbst auf, obwohl ich mich eigentlich viel mehr über ihn ärgerte. So ein Filou! Wollte unbedingt mit mir ins Bett gehen, während er das halbe Wochenende mit Kaia telefonierte! Meine Mutter hätte wahrscheinlich noch wesentlich härtere Ausdrücke für ihn gefunden.

»Wohl eher ein bisschen schusslig«, meinte er wohlwollend spöttisch, während ich mich abmühte, Handy und Lippenstift, Tampons und alte Hustenbonbons wieder in meinem Rucksack zu verstauen. Die Wut, die langsam in mir hochstieg, brachte mich fast zum Weinen. Aber wenn Kaia doch seine Schwester war? Ich klammerte mich an diesen letzten Strohhalm. Im Grunde wusste ich ja gar nicht viel über ihn, fiel mir auf, am Abend vorher hatte die meiste Zeit ich geredet.

»Sag mal, du hast gestern von deiner Mutter erzählt«, begann ich so harmlos wie möglich, als ich meine Siebensachen wieder aufgelesen hatte, »hast du eigentlich auch Geschwister?«

»Ja, zwei Brüder, aber die leben nicht hier, der eine ist in den USA und der andere in Berlin. Wir haben nicht mehr viel Kontakt.«

So, jetzt war also auch das klar. Am liebsten hätte ich ihm entgegengeschleudert: Und wer ist dann Kaia? Aber auf der anderen Seite, welches Recht hatte ich dazu? Ich war ja diejenige gewesen, die ihn angerufen und gebeten hatte, mit nach Baselreute zu fahren, weil ich einen Chauffeur brauchte. Es war unser erstes Wochenende, und er hatte mir nichts versprochen. Er war ein freier Mann und konnte telefonieren, mit wem er wollte. Auch mit irgendeiner gottverdammten Kaia!

Unser Abschied fiel – zumindest von meiner Seite – recht kühl aus, aber wir versprachen einander, wieder zu telefonieren. Ich wünschte ihm eine gute Fahrt nach München, und er meinte, ich solle auf mich aufpassen. Ich war froh, als er endlich weg war.

Als ich mir am nächsten Morgen eine Brezel zum Frühstück holen wollte, merkte ich, dass mein Geldbeutel fehlte. Ich durchsuchte Rucksack und Manteltaschen, aber er blieb verschwunden. Die einzige Möglichkeit war Rainers Auto. Der Geldbeutel musste unter den Beifahrersitz gerutscht sein, als mein Rucksack zu Boden gefallen war. Und vor lauter Wut und Enttäuschung hatte ich meine Siebensachen nicht gründlich genug aufgesammelt. Was nun? Ich brauchte ihn unbedingt, denn ich bewahrte nicht nur Geld darin auf, sondern auch Ausweis, Führerschein, Bank- und Kreditkarte sowie Rabattstempelkärtchen für sämtliche Lebenslagen, angefangen vom Zebra-Kino bis zur Bäckerei. Also wählte ich Rainers Handynummer, aber da hieß es nur, der Teilnehmer sei momentan nicht erreichbar. Die Mailbox war ausgeschaltet. Ich schickte ihm eine SMS: »Mein Geldbeutel ist weg. Bei dir im Auto? Gruß Apollonia.«

Ungeduldig wartete ich auf Antwort. Nach etwa fünf Minuten wurde mir die Zeit zu lang, und ich überlegte, wie ich ihn sonst erreichen konnte. Zu Hause war er sicher nicht, er war ja nach München gefahren. Vielleicht hatten seine Kollegen irgendeine Möglichkeit, dort mit ihm in Verbindung zu treten. Ich suchte in meinem Rucksackchaos nach dem Visitenkärtchen, das er mir gegeben hatte, und fand es schließlich an der Pinnwand im Flur.

In seiner Firma nahm eine Sekretärin mit junger Stimme und Thurgauer Akzent ab. Ob sie Kaia war?

Ich erklärte ihr, dass ich unbedingt Rainer Trost sprechen müsse, und fragte, ob sie mir eine Telefonnummer in München geben könne, unter der ich ihn anrufen konnte.

»Wieso in München?«, fragte sie erstaunt.

»Er musste doch heute zu einem Kunden nach München fahren, oder nicht?«

»Nein, er arbeitet schon seit zwei Wochen bei einer Firma in Bischofszell, das ist nicht so weit von hier.«

Ich wusste, wo Bischofszell war, im Thurgau, kaum zwanzig Kilometer hinter Konstanz.

»Die Nummer kann ich Ihnen geben«, fuhr sie fort.

Wie in Trance schrieb ich mit und bedankte mich. Dann legte ich auf.

Rainer hatte mich belogen. Nicht nur dass er gleichzeitig auf zwei Hochzeiten tanzte, er log mich auch noch eiskalt an. Wahrscheinlich wollte er den Abend mit Kaia verbringen, anstatt sich mit mir im Wald herumzutreiben und seltsamen Ritualen auf den Grund zu gehen, und so hatte er mir diese Story von München aufgetischt.

So etwas Gemeines! Sollte doch diese Kaia mit ihm glücklich werden! Vielleicht schätzte sie ja Zungenküsse mit Biss.

Da fiel mir ein, dass ich auch noch zum Zahnarzt musste und mein Versicherungskärtchen im Geldbeutel war! Und eine Brezel konnte ich mir auch nicht kaufen!

Ich setzte mich hin und heulte zum Steinerweichen, ich schluchzte und schniefte. Als ich mich schließlich etwas beruhigt und die Nase geputzt hatte, suchte ich in allen möglichen Winkeln und Schubladen nach Kleingeld und bekam tatsächlich noch einen Euro zusammen. So konnte ich mir doch noch meine Brezel holen, denn bevor ich in Bischofszell anrief, um Rainer nach dem Geldbeutel zu fragen, musste ich mich erst stärken. Die Verkäuferin im Bäckerladen versprach, mein Rabattkärtchen beim nächsten Mal doppelt zu stempeln.

Auf dem Rückweg von der Bäckerei holte ich noch die Post aus dem Briefkasten. Zwischen diversen Rechnungen und Reklameschreiben tauchte plötzlich ein handgeschriebener Zettel auf: »Hallo, Frau Katzenmaier, habe Ihren Geldbeutel gefunden. Musste zur Frühschicht und wollte nicht so früh stören. Bin gegen 13 Uhr zurück. Bruno Meyer.«

Und da sage einer, dass Zollbeamte zu nichts gut wären! Offenbar war mir der Geldbeutel aus dem Rucksack gefallen, als ich gestern die Tür aufgeschlossen hatte. Und Bruno Meyer hatte ihn gefunden! Noch nie hatte ich mich über die Existenz dieses Menschen so gefreut. Dafür verzieh ich ihm auch sämtliche lautstarken Rammeleien. Ich war heilfroh, dass ich Rainer nicht mehr anrufen musste. Jetzt konnte ich ihn endgültig aus meinen Gedanken verbannen!

Ich machte mit frischem Elan einen Kaffee und rief als nächstes Lutz an. Der versprach, innerhalb der nächsten Stunde vorbeizukommen und eine neue Batterie für den Corsa zu bringen. Die alte sei sowieso nicht mehr gut gewesen.

Biipbiip! Biipbiip! Mein Handy hatte eine SMS empfangen: »Sorry, Geldbeutel ist nicht hier! Liebe Grüße Rainer.«

Liebe Grüße! Vaffanculo!, dachte ich. Fluchen war auf Italienisch am befreiendsten. Doch ich schrieb: »Alles klar, hab ihn gefunden. Gruß Apollonia.«

Noch eine Stunde bis zum Zahnarzttermin. Ich versuchte, wenigstens meine Post und die E-Mails zu lesen und zu beantworten. Für Unterrichtsvorbereitung oder Ähnliches reichte die Zeit sowieso nicht mehr aus.

Da läutete das Telefon.

»Schönen guten Morgen, Polli!«

Apollonia. Diesmal würde ich ihr nichts vorheulen am Telefon!

Ich hielt mich auch ganz gut, zumindest am Anfang.

Sie erzählte, dass sie in Baselreute auf der Gemeinde angerufen hatte, um nach dem Weißen Bronnen zu fragen. Dort hatte man sie an Wolfegg verwiesen, weil der Weiße Bronnen auf Wolfegger Gemarkung lag und dem Fürsten von Waldburg-Wolfegg gehörte. Beim Büro des Fürsten wiederum hatte sie erfahren, dass das ganze Gelände vor zwei Jahren von einer Familie Koch aus Unterankenreute gepachtet worden war, um dort Schafe zu halten. Nichts mit Bieri, nichts mit Satanisten. Keine Katzenopfer, sondern Schafe. Offenbar hatte ich mich doch getäuscht.

»Aber da waren doch gar keine Schafe!« Ich gab noch nicht auf.

»Das hab ich denen auch gesagt, aber die Dame hat gemeint, was die Pächter mit dem Grundstück machten, gehe sie nichts an. Es sei denn, es wäre etwas Ungesetzliches.«

»Vielleicht tun sie ja etwas Ungesetzliches! Tierquälerei zum Beispiel!«

»Na ja, wenn man es halt genau wüsste, gell!« Plötzlich klang auch bei Apollonia Skepsis durch.

Konnte denn keiner mehr meine Gedankengänge nachvollziehen?

»Und wie geht's deinem Rainer?«

Das war ein echter Tiefschlag. Vor allem das »deinem«! Ich hielt den Hörer zu, aber es war zu spät.

»Kind, was ist denn jetzt wieder los?«

Nach Heulen und Naseputzen erklärte ich ihr kurz den Sachverhalt, und sie hatte echt apollonianischen Trost parat: »Weißt du, er hat dich enttäuscht, aber darüber kannst du nur froh sein. Enttäuschung kommt von Täuschung, und die ist jetzt beendet. Jetzt weißt du wenigstens, was los ist, und siehst wieder klar!«

Doch diesmal hatte sie sich getäuscht. Wie weit ich noch entfernt war vom Klarsehen, sollten wir bald erfahren.

Meinen Zahnarzttermin hatte ich einigermaßen glücklich hinter mich gebracht. Nur das schrille Fauchen des Ultraschallgeräts beim Entfernen des Zahnsteins war mir direkt ins Hirn gefahren und hatte dort mit seinem grauenhaften Bohrerklang gewisse Areale erreicht, die offenbar auf Schmerz geeicht waren, sobald dieses Geräusch ertönte. Der Vorteil war, dass der Zahnschmerz jede andere Art von Schmerz überlagerte, Herzschmerz eingeschlossen. Solange ich auf dem zahnärztlichen Folterstuhl saß, hatte ich keine Sekunde an Rainer gedacht. Und an *Ihn* sowieso nicht mehr.

Als ich nach Hause zurückkam, versuchte ich, am Schreibtisch zu arbeiten, meine Vorbereitungen vom Sonntagnachmittag zu ordnen und fertigzustellen, aber ich konnte mich nicht konzentrieren. Sollte ich wirklich nach Baselreute und zum Weißen Bronnen fahren? Oder hatte Siggi recht, und ich hatte mich in etwas verrannt? Aber was war mit dem Zeichen in meinem Motorblock? Was mit all den Hinweisen auf die Satanisten? Und wo war Samantha?

Mein Gefühl sagte mir, dass ich auf der richtigen Spur war. Auch wenn die Verbindung zum Weißen Bronnen recht vage war – ich hatte dort eine Katze gehört, da konnten die anderen sagen, was sie wollten. Vielleicht war es Samantha gewesen, und vielleicht fand dort heute Nacht ein Ritual statt, das sie in Gefahr bringen würde. Dieses »vielleicht« genügte mir.

Und dann kam mir die Idee, bei Familie Koch in Unterankenreute anzurufen. Auch wenn Apollonia diese Leute für ungefährlich hielt, wer konnte schon wissen, was das für Zeitgenossen waren.

Im Ravensburger Telefonbuch fand ich zwei Kochs in Unterankenreute, einen Albert und einen Dirk mit Kerstin. Welcher klingt eher nach Schafzüchter? Albert, beschloss ich, und rief an. Eine Frau meldete sich. Ich schätzte sie auf Mitte fünfzig.

Auf meine Frage, ob sie und ihr Mann den Weißen Bronnen gepachtet hätten, um dort Schafe zu züchten, fing sie an zu lachen.

»Hören Sie, mein Mann arbeitet für die evangelische Kirche, der hat keine Zeit zum Schafezüchten!«

Ich fragte sie, ob sie Dirk und Kerstin Koch kenne, worauf sie antwortete, das seien ihr Sohn und ihre Schwiegertochter. Aber auch die seien keine Schafzüchter.

Ich konnte förmlich sehen, wie sie den Kopf schüttelte über die seltsame Anruferin. Dennoch wünschte sie mir freundlich einen guten Tag, bevor sie auflegte.

Was hatte das zu bedeuten? Wer hatte denn nun den Weißen Bronnen gepachtet? Offensichtlich jemand, der den Namen von Familie Koch benutzt hatte anstatt seines eigenen. Das konnte doch nur bedeuten, dass derjenige etwas zu verbergen hatte. Ich sah meinen Verdacht erhärtet.

Nachdem ich von Bruno Meyer mit ausführlichen Dankesworten meinen Geldbeutel zurückgeholt hatte, rief ich Volker Riemann auf dem Handy an und fragte ihn, was er denn heute Abend vorhabe. Im Hintergrund hörte man Motorenrauschen, und dazu passend antwortete er, er sei auf der Autobahn nach Stuttgart, wo er heute und morgen im Sendestudio des SWR zu tun habe.

Also gut, dann nicht. Wen konnte ich noch fragen? Carla Ostertag. Ich suchte die Nummer der Staatsanwaltschaft im Telefonbuch heraus und wurde gleich verbunden. Sie war zum Glück nicht im Gericht, sondern in ihrem Büro.

Zunächst fragte ich, ob sie schon etwas herausgefunden hatte über die Leute, die damals zusammen mit Gunter in der Black-Metal-Band gespielt hatten und in den Selbstmord des

Mädchens verwickelt gewesen waren. Sie sagte, sie habe die Akten im Archiv angefordert, aber die seien offenbar noch unterwegs.

Ich nannte ihr noch einmal die Namen, auf die sie besonders achten sollte: Caspar Bieri, Thomas Arnold, Jolanda Haslinger.

Carla Ostertag war so freundlich und so ernsthaft interessiert, dass ich es schließlich wagte, ihr meine Theorie von der Mondfinsternis darzulegen.

Sie war die Erste, die nicht mit Skepsis reagierte: »Ja, das hab ich auch schon gelesen, dass manche Gruppen solche Termine für spezielle Rituale nutzen. Und hast du eine Idee, wo das stattfinden könnte?«

Ich schilderte ihr meine Vermutung bezüglich des Weißen Bronnens und dass ich heute Abend da hinwollte.

»Aber du willst da hoffentlich nicht allein hingehen!«

Etwas kleinlaut antwortete ich: »Na ja, Volker ist leider in Stuttgart …«

»Apollonia!«, unterbrach sie mich streng. »Ich hab euch schon mal gesagt, mit diesen Typen ist nicht zu spaßen! Du darfst da keine Alleingänge machen, das ist viel zu gefährlich!«

»Weißt du, ich hab gedacht, dass du vielleicht …«

Sie zögerte einen Augenblick. »Ach so, na ja, eigentlich würde ich gerne mitkommen, aber ich hab morgen einen Gerichtstermin, für den ich noch so viel vorbereiten muss. Das schaffe ich nicht, jetzt noch wegzufahren. Ich werde heute Abend bis spät in die Nacht an der Sache sitzen.«

Es tat mir leid, dass ich sie in Verlegenheit gebracht hatte, deshalb sagte ich schnell: »Das ist kein Problem, dann nehm ich einen Freund aus Baselreute mit!«

Ich hatte keine Ahnung, wen ich damit meinte.

»Also, ich würde es für das Beste halten, wenn du in Ravensburg zur Polizei gingst«, meinte sie. »Ich hab heut schon versucht, Hauptkommissar Hansen hier in Konstanz zu erreichen, der damals bei dem Selbstmord ermittelt hat, aber er ist diese Woche auf einer Fortbildung.«

»Ich schau mal, dass ich, wenn ich heut Nachmittag nach Baselreute fahre, beim Polizeirevier vorbeigehe, versprochen!«

Sie wiederum versprach, mich sofort anzurufen, wenn sie etwas Neues wüsste.

Es war kalt geworden, fast schon winterlich. Die Nacht würde klar werden und die Mondfinsternis gut zu sehen sein. Ich suchte mir einen Eckplatz in Innern der Fähre, um beide Hände auf die Heizung legen zu können, die rundherum die Wände entlanglief. Das Wasser war heute von einem frischen Blau, die Ufer verschwanden im Dunst, und der kalte Himmel über dem Überlinger See changierte von Orange über Gelb bis Grün, wie auf manchen Winterbildern des Berlinger Malers Adolf Dietrich, die nur für diejenigen nicht kitschig sind, die am See wohnen und wissen, dass der Himmel manchmal tatsächlich so aussieht. In der Ferne grüßte die Barockkirche Birnau mit ihrem phallischen Turm.

Ich fuhr wie versprochen erst einmal zum Polizeirevier Ravensburg, das inzwischen in der Gartenstraße lag. Unterwegs war mir eingefallen, dass ich ja noch jemanden kannte von meinen Recherchen vor ein paar Jahren, den damaligen Assistenten von Hauptkommissar Martin Manz. Allerdings konnte ich mich nicht mehr an seinen Namen erinnern, und besonders sympathisch war er mir auch nicht gewesen. Also fragte ich erst gar nicht nach ihm, sondern sagte der jungen Frau an der Pforte einfach, es gehe um die Gefahr eines bevorstehenden Verbrechens und ich wolle jemanden von der Kriminalpolizei sprechen. Sie schickte mich in den zweiten Stock, Zimmer 207. Dort klopfte ich an die Tür eines gewissen Kommissar Freitag. Herein bat mich ein untersetzter Endfünfziger mit blondem Haar, das über die Ohren herab gewachsen war und eine Wäsche vertragen hätte.

»Na, schöne Frau, wo brennt denn der Schuh?«, fragte der Kommissar in jovialem Ton und offensichtlicher Metaphernverwirrung. Er musterte mich von oben bis unten, während er mit der Rechten auf den Stuhl vor seinem Schreibtisch wies und gleichzeitig auf die Uhr an der Linken schaute. Wahrscheinlich hatte er demnächst Feierabend.

Ich sagte ihm, dass ich auf Anraten der Konstanzer Staatsanwältin Ostertag hierhergekommen sei. Meine Hoffnung, dass er mein Anliegen dann ernster nehmen würde, trog nicht. Er setzte sich sofort aufrechter hin, faltete die Hände unter dem Kinn und schaute mir aufmerksam in die Augen.

Als ich ihm dann aber meine Geschichte erzählte, angefangen bei der toten Rosa und den entführten Katzen über die Anschläge auf mein Auto, unsere Recherche auf den Satanistenseiten und die früheren Ermittlungen von Carla Ostertag, da wurde seine Miene zunehmend ungläubiger. Am Ende sah er mich mit hochgezogenen Augenbrauen an und fragte spöttisch: »Sie glauben also ernsthaft, dass sich bei uns eine gefährliche Satanistengruppe herumtreibt, die Katzen für Mondscheinrituale entführt, alte Frauen killt und junge Mädchen vergewaltigt?«

Ich sackte zusammen. Die Hoffnung war trügerisch gewesen. »Also, Carla Ostertag hat gemeint, da könnte was dran sein, an meiner Vermutung ...«

»Na ja, ich kenne Frau Ostertag nicht persönlich, weiß auch nicht genau, wie sie so drauf ist, aber ich muss ehrlich sagen, das kommt mir alles sehr weit hergeholt vor.«

»Aber die Anschläge?«, wagte ich einzuwerfen.

»Eine tote Katze unter der Motorhaube? Also für mich hört sich das eher nach einem Dummejungenstreich an. Haben Sie mal die Nachbarskinder befragt? Und sind Sie sicher, dass das kein Marder war mit Ihrem Benzinschlauch? Vor einem halben Jahr hat mir auch einer das Zündkabel durchgebissen. Das sind elende Mistviecher!«

»Und die beiden toten Mädchen?«

»Was mit dem Singener Mädchen war, kann ich nicht beurteilen, aber bei dem Fall von dem Mädchen im Weißen Bronnen habe ich auch mitermittelt. Das war ganz klar Selbstmord!«

»Ja, aber der Grund dafür?«

Er sah auf die Uhr und sagte kurz angebunden: »Sie wird schon ihre Gründe gehabt haben.«

»Ist sie vergewaltigt worden? Hatte sie Drogen genommen?«

Nach kurzem Zögern antwortete er: »Das sind Sachen, die ich Ihnen nicht mitteilen darf.«

Es war kurz nach siebzehn Uhr, und Kommissar Freitag hatte mich aus seinem Büro komplimentiert, nachdem er der Ordnung halber noch ein Protokoll von meiner Aussage aufgenommen hatte.

Etwas unsicher stand ich im Flur, da kam mir eine Idee. Wenn ich mir alle Namensschilder an den Türen ansah, entdeckte ich vielleicht den Namen von Martin Manz' Assistenten und erinnerte mich wieder, wie er hieß. Langsam ging ich den Korridor entlang und las die Namen und Titel von verschiedenen Polizeiobermeistern, Kommissaren und Hauptkommissaren. Dann stieß ich auf einen Hauptkommissar namens Andreas Illig. Andreas! So hatte er geheißen. Den Nachnamen hatte Martin nie erwähnt. Aber da Herr Illig der einzige Andreas war, klopfte ich bei ihm. Nichts rührte sich. Ich drückte die Klinke nach unten. Abgeschlossen.

Beim Hinausgehen fragte ich die Pförtnerin nach Andreas Illig. Der habe heute Spätdienst, hieß es. Vielleicht konnte ich ihn ja später noch anrufen. Andererseits, warum sollte er mir glauben, wo sein Kollege gezweifelt hatte?

Dann gehe ich heute Nacht eben allein in den Weißen Bronnen!, dachte ich trotzig. Was sollte mir schon passieren? Ich war keine alte Frau, die man mit einem toten Kater zu Tode erschrecken konnte, und kein junges Mädchen, das sich mit Drogen vollpumpen ließ. Und ich wollte Samantha wiederfinden!

Zuerst stattete ich aber Apollonia eine Stippvisite ab. Als ich ihr erklärte, was ich vorhatte, schwankte sie zwischen Zustimmung und Angst um mich, dann verfluchte sie wieder einmal ihre Gebrechlichkeit und dass sie mich nicht begleiten konnte.

Schließlich verabschiedete ich mich und ging zu Mutter zum Abendessen. Die war freudig überrascht, mich so schnell wiederzusehen. Ich sagte ihr, ich hätte mich für den Abend mit Siggi verabredet, wir wollten gemeinsam etwas unternehmen. So ganz nahm sie mir die Geschichte aber nicht ab. Ihre Fragen nach Rainer beantwortete ich ausweichend, worauf sie vielsagend mit dem Kopf nickte.

Noch während wir beim Vesper saßen, klingelte das Telefon. Mama ging mit einem fröhlichen »Katzenmaier, Baselreute!« ran. Doch ihre Fröhlichkeit verschwand im Handumdrehen.

»Was??«

Ich horchte auf.

»Seit wann denn? ... Um Gottes willen! ... Die ist hier! ... Jaja, ich geb sie dir.« Dann hielt sie mir den Hörer hin.

Während mich Mama ängstlich anschaute, hörte ich Annas kummervolle Stimme am anderen Ende der Leitung. »Ach, Gott sei Dank bist du da!«

»Was ist denn passiert?«

»Jessy ist verschwunden!«

»Wie meinst du das – verschwunden?«

Wahrscheinlich waren ihr Annas Predigten auf die Nerven gegangen, und sie war für eine Weile zu einer Freundin geflüchtet.

»Sie ist gestern Abend zu Melanie gegangen, das ist ihre Freundin aus der Schule. Sie hat gesagt, sie würde bei Melanie übernachten und dann mit ihr zusammen am Morgen in die Schule gehen. Aber bei Melanie ist sie nie angekommen. Ich hab's erst erfahren, als sie nicht zum Mittagessen heimgekommen ist. Da hab ich Melanie angerufen, und die war ganz verwundert und hat gesagt, dass Jessy nicht bei ihr war und auch nicht in der Schule.« Anna fing an zu weinen.

»Hast du denn ihre anderen Freundinnen angerufen?«

»Natürlich, es waren in letzter Zeit sowieso nicht mehr viele. Sie hat ja immer am Computer gesessen! Aber von denen hat keine sie gesehen. Ich hatte gehofft, dass sie vielleicht bei dir …«

»Tut mir leid, Anna, aber sie hat sich nicht bei mir gemeldet und ist auch nicht aufgetaucht. Ich war gestern den ganzen Abend und heute den halben Tag daheim.«

Annas Schluchzen wurde noch lauter, sie war völlig verzweifelt. »Wir hatten gestern noch einen Streit, und vielleicht ist sie ja deshalb abgehauen. Was soll ich denn jetzt machen, Polli?«

»Hast du schon bei der Polizei angerufen?«

»Ja, klar! Die haben gesagt, sie schreiben sie zur Fahndung aus. Und sie haben versucht, ihr Handy zu orten, aber das ist offenbar ausgeschaltet. Bis jetzt hat sich noch nichts ergeben. Polli, ich hab solche Angst um sie! Und da hab ich gedacht, dass du vielleicht etwas weißt, weil dein Verhältnis zu ihr doch wieder ganz gut war. Sie hat dich doch extra angerufen.«

Anna schaffte es, dass ich mich in der Pflicht fühlte. Das hatte mir gerade noch gefehlt, dass ich mich heute Abend auch noch um die pubertären Eskapaden meiner Nichte kümmern musste! Und soo gut war unser Verhältnis auch wieder nicht gewesen, ich hatte keine Ahnung, wo sie steckte.

»Hatte sie vielleicht einen Freund?«

»Ich hab jedenfalls nie was mitbekommen.«

»Hast du mal ihre Mails gecheckt?«

»Eigentlich mach ich so was nicht gern, das ist ja ihre Privatsphäre, und da hat sie auch großen Wert darauf gelegt. Außerdem kenn ich mich auch nicht so gut aus. Aber Peter hat's probiert. Weil wir uns doch solche Sorgen machen! Aber er ist gar nicht reingekommen, sie hat ein Passwort, das wir nicht kennen.«

Anna tat mir wirklich leid, aber wie konnte ich da helfen? Bestimmt gab es eine ganz harmlose Erklärung für Jessicas Verschwinden. Dennoch sagte ich: »Also gut, ich fahr jetzt gleich los zu euch nach Wangen. Dann schauen wir mal.«

Anna schniefte noch ein wenig. »Danke, das ist wirklich nett von dir.«

Ich wusste zwar nicht, was ich ausrichten konnte, aber vielleicht konnte ich ihr ein wenig schwesterlichen Trost spenden. Und bis zur Mondfinsternis war noch genug Zeit, die sollte ja erst nach dreiundzwanzig Uhr beginnen.

Es war gegen acht, als ich bei Hartmanns in die Auffahrt bog. Die auffälligste Veränderung im Vergleich zu meinem letzten Besuch war, dass es vollkommen still war im Haus. Keine Bässe, die gegen das Trommelfell wummerten.

Anna öffnete mir die Tür, noch bevor ich geklingelt hatte. Zu meinem Erstaunen fiel sie mir sofort um den Hals und begann wieder zu weinen. »Mensch, Polli, ich mach mir solche Sorgen!«

Ich wusste gar nicht, wie ich reagieren sollte. Sie hatte mich noch nie spontan umarmt. Hinter ihr tauchte Peter im Flur auf. Er hatte Ringe unter den Augen, und sein Gesicht war ganz grau. Nur Tobias schien sich keine großen Gedanken wegen Jessys Verschwinden zu machen, zumindest hielt es ihn nicht vom Fernsehen ab. Durch die halb geöffnete Wohnzimmertür ertönte die Stimme von Bart Simpson.

»Ja, also«, räusperte ich mich, »lass uns doch reingehen.«

Anna ließ mich los, etwas verlegen über ihren Gefühlsausbruch, als käme er ihr jetzt erst zu Bewusstsein. Dann schloss sie die Tür, und Peter ging voraus in die Küche.

»Setz dich doch«, sagte er mit sorgenschwerer Stimme.

»Was hat denn die Polizei gesagt?«, wollte ich wissen.

Beide zuckten mit den Schultern.

»Sie haben gesagt, ihr Bild wird an alle Polizeidienststellen weitergeleitet. Und sie haben versucht, das Handy zu orten. Aber das hat nichts gebracht. Mehr können sie momentan nicht tun. Wo könnte sie denn nur sein, Polli?« Beim letzten Satz hatte Anna mich fast angeschrien, beschwörend, als könnte ich ihr eine Antwort auf diese Frage geben.

Ich überlegte. »Als ich so in Jessys Alter war, da wollte ich auch mal abhauen«, gestand ich ihnen dann, und Annas Blick verfinsterte sich augenblicklich.

»Ach?«, fragte sie hart. »Und wo wolltest du hin?«

Gegen meinen Willen musste ich ein wenig lachen, weil ich wusste, dass sie gleich noch schockierter sein würde. »Nach Hamburg, in die Hafenstraße, wo die besetzten Häuser waren.«

Sie stand schlagartig auf, verschränkte ihre Arme und ging kopfschüttelnd zum Fenster. »Sie muss deine Gene haben! So etwas Verrücktes! Nach Hamburg in die Hafenstraße!«

»Polli«, mischte sich Peter ein, »vielleicht kannst du dich ja besser in sie hineindenken. Ihr seid euch wirklich irgendwie ähnlich. Komm doch mal mit in ihr Zimmer, vielleicht hast du ja eine Idee, wie wir in ihren Computer reinkommen!«

»Homiiie!«, flötete Marge Simpson aus dem Wohnzimmer, als wir die Treppe zu Jessys Zimmer hochgingen. Es war immer noch gleich düster mit den lila Tüchern und den Plakaten an den Wänden.

Peter schaltete den Computer ein und setzte sich davor. Dann zog er mir einen Stuhl heran, während Anna hinter uns stehen blieb. Aber wir kamen nur bis zur Passworteingabe.

Peter seufzte bekümmert. »Ich hab's schon mit allen möglichen Passwörtern probiert, mit allen Namen von ihren Freunden und Klassenkameraden, die ich so kenne, mit deinem natürlich auch, und dann mit Kombinationen von Namen und Geburtsdaten und allem, was mir irgendwie in den Sinn kam. Aber ich komme einfach nicht rein. Fällt dir denn noch was ein?«

Ich überlegte, was mir Jessy in unserem letzten Gespräch alles erzählt hatte, aber da waren keine Namen gewesen, die sich als Passwort geeignet hätten. Dann sah ich mich im Zimmer um. »Hast du die Namen der Musikgruppen von den Plakaten schon mal probiert?«

»Ja, klar, aber da ging nichts.«

Ich stand auf und sah mir die Plakate genauer an, um vielleicht irgendeine Inspiration zu bekommen. Und die bekam ich tatsächlich, ja sie traf mich wie ein Schlag.

»Dark Sunrise« – schrie es mir in fetten, roten, bluttriefenden Lettern auf schwarzem Grund von einem der Musikplakate entgegen. Ich konnte es nicht fassen. Gunters Kinderreime – *dunkel war's, der Mond schien helle ..., im Osten geht die Sonne auf ...* Der Name, nach dem Volker und ich gesucht hatten – »Dark Sunrise«, der dunkle Sonnenaufgang, musste der neue Name von »Dark Moon« sein! Also hatte uns Gunter doch eine Botschaft übermittelt. Aber ich war völlig perplex, dass ich hier im Zimmer von Jessica darauf stieß. Die Katzendiebe, die Satanistengruppe – hatte meine Nichte etwas damit zu tun? War ein solcher Zufall möglich? Oder war es gar kein Zufall? Ich suchte das Plakat nach dem Symbol aus meinem Auto ab, und tatsächlich: In der unteren rechten Ecke befand sich der Kreis mit den zwei gegeneinandergestellten Dreiecken und dem darin eingeschriebenen dunklen Kreis. Hier hatte ich es bei meinem letzten Besuch gesehen!

Mit zitternder Stimme wies ich Peter an: »Versuch mal ›Dark Sunrise‹!«

»Hab ich schon.«

»In allen Variationen?«

Ergeben tippte er den Namen der Band noch einmal ein, mit Leerzeichen und ohne, mit kleinen Anfangsbuchstaben und mit großen, aber immer hieß es »Access denied«, Zugriff verweigert. Es wäre ja auch zu schön gewesen.

Ich schaute mir das Plakat noch einmal genau an. Die Namen der Bandmitglieder waren darauf, irgendwelche dämonischen Phantasienamen wie Halphas und Asaruludu. Peter versuchte alle, aber keiner führte zum Erfolg.

Doch dann kam mir eine neue Idee. »Lass mich mal hin!« Es wäre zu kompliziert gewesen, es ihm zu erklären.

Peter stand auf und überließ mir seinen Stuhl.

Ich setzte mich hin und tippte ein: »esirnus krad«.

Access denied.

Dann: »krad esirnus«.

Der Bildschirm flimmerte einen Augenblick, dann kam das erlösende blaue Windows-Feld mit den diversen Icons.

»Wir sind drin!«, jubelte Peter.

»Was heißt das denn – krad esirnus?«, fragte Anna ängstlich.

»Dark Sunrise rückwärts gelesen. Es gibt Gruppen, die machen gern solche Spielchen.« Ich hatte mich an die Homepage über die Mondrituale erinnert, die mit den Zaubersprüchen, bei denen die einzelnen Wörter auch rückwärts geschrieben waren.

Doch wir hatten uns zu früh gefreut. Was immer ich auch anklickte – Outlook, Favoriten, Verlauf –, es war das Gleiche wie bei Rosa: Alles, was uns irgendeinen Hinweis auf Jessicas Verbindungen, Freunde oder Mailkontakte hätte liefern können, war gelöscht.

Peter sah mich beklommen an. »Was hat das zu bedeuten? Ich meine, warum löscht sie alles? Hängt das mit ihrem Verschwinden zusammen?«

Mir war sofort derselbe Verdacht gekommen. Spuren verwischen, danach sah es aus. Aber was hatte Jessica vor? Würde sie an der Mondfinsterniszeremonie teilnehmen? Und wenn ja, in welcher Rolle?

Anna schaute mich groß an.

Ich hatte den Eindruck, dass sie kurz davor stand zusammenzubrechen, und so beschloss ich, sie nicht zu sehr zu beunruhigen. »Hört zu, ich hab vielleicht eine Idee, wo sie sein könnte. Peter, komm du mit mir, und du, Anna, ruf die Polizei an und sag denen, sie sollen zum Weißen Bronnen kommen.«

»Zum Weißen Bronnen?« Annas Stimme überschlug sich. »Wieso denn zum Weißen Bronnen? Bist du verrückt geworden?«

Peter holte schon seinen Mantel, und ich zog meine Lederjacke an, die ich über den Stuhl gehängt hatte.

»Polli«, kreischte Anna und packte mich am Arm, »was weißt du? Wo ist Jessy? Was geht hier vor?« Bevor ich sie mit irgendeiner Lüge beruhigen konnte, rannte sie die Treppe hinab. »Ich komme auf jeden Fall mit!«

Ich lief hinter ihr her. »Anna, hör zu, ich weiß doch auch nicht genau, ob sie im Weißen Bronnen ist, das ist nur so eine

Vermutung. Da trifft sich anscheinend bei Vollmond manchmal eine Gruppe Jugendlicher. Ich hab nur gedacht, dass sie vielleicht zu denen gegangen ist.«

»Warum soll dann die Polizei kommen, wenn es nur eine Gruppe Jugendlicher ist?«, fragte sie voller Misstrauen.

Es war ein Fehler gewesen, das mit der Polizei zu sagen. Ich nahm Annas Hände und sah ihr fest in die Augen. »Du hast ja recht, es ist gar nicht nötig, die Polizei noch mal anzurufen. Aber du musst unbedingt hierbleiben. Einer muss doch da sein, falls Jessy zurückkommt! Stell dir vor, sie will reumütig heimkehren, und keiner ist da! Da geht sie womöglich gleich wieder fort!«

Obwohl ich mir sicher war, dass Jessy heute Abend nicht mehr heimkehren würde, schien meine Argumentation Anna einzuleuchten. Sie ließ die Arme sinken, die schon nach dem Mantel gegriffen hatten, und wischte sich mit dem Ärmel über die tränennassen Augen. »Ist gut, ich bleib hier. Aber Peter, du hast doch das Handy dabei und rufst mich sofort an, wenn was ist?«

Peter zeigte ihr das Handy, dann steckte er es in die Manteltasche und umarmte sie kurz, bevor wir gingen.

Wir brachen mit zwei Autos auf. Ich fuhr mit dem alten Corsa voraus, er mit seiner Familienkutsche hinterher. Vor dem Ortsausgang Wangen hielt ich kurz rechts an, um Peter zu erklären, warum ich zum Weißen Bronnen wollte. Er wurde ganz blass, soweit ich das im Licht der Straßenlaterne erkennen konnte.

»Bitte ruf jetzt die Polizei an, Peter, ich wollte Anna nicht noch mehr beunruhigen. Sie sollen zum Weißen Bronnen kommen. Am besten die in Wolfegg, die sind am nächsten dran!«

»Ich denke, wir sollten die Wangener anrufen, die wissen erstens schon Bescheid wegen Jessy, und zweitens haben die kleineren Dienststellen wie Wolfegg bestimmt schon alle zu. Lass uns doch hier auf sie warten!«

Ich musste ihm zustimmen, es war besser zu warten, auch wenn ich am liebsten sofort losgefahren wäre.

Die Nummer der Polizeidienststelle Wangen war in seinem Handy eingespeichert. Er sagte nur, dass er Hinweise habe, wo sich seine Tochter aufhalte, aber dass sie dort vielleicht gegen ihren Willen festgehalten werde. Ob eine Streife uns begleiten könne.

Während wir warteten, fragte er: »Was glaubst du, passiert da mit Jessy?«

»Ich kann es dir doch auch nicht sagen, Peter. Ich hoffe, nichts, weil wir noch rechtzeitig kommen.«

»Und was war mit den anderen Mädchen?«

»Man weiß nur, dass sie sich wohl umgebracht haben. Aber was davor mit ihnen passiert ist – keine Ahnung!«

Er stellte keine weiteren Fragen, und in bedrückender Stille warteten wir, bis endlich ein Streifenwagen heranfuhr.

Auch die beiden Beamten, ein Mann und eine junge Frau, wollten erst mal wissen, warum sie vierzig Kilometer quer durchs Allgäu fahren sollten. Ich versuchte, meine Geschichte kurz und bündig darzustellen, ohne wichtige Punkte auszulassen, und offensichtlich war ich bei ihnen überzeugender als bei ihrem Kollegen in Ravensburg. Aber hier ging es ja auch um ein verschwundenes Mädchen und nicht nur um Katzen. Oder vielleicht hatten die Allgäuer einfach mehr Phantasie hinsichtlich magischer Praktiken, gehörten hier doch Teufelsaustreiber und Gesundbeter eher zum Alltag als in der Kreishauptstadt.

Schließlich fuhren wir im Konvoi nach Wolfegg und von dort über Wassers nach Salmtal oberhalb des Weißen Bronnens. Nach dem letzten Haus des kleinen Ortes fuhr ich rechts an den Straßenrand. Die anderen Autos hielten hinter mir.

»Ich denke, es ist besser, wenn wir zu Fuß runtergehen, sonst sehen sie, dass jemand kommt, und wer weiß, was dann passiert.«

Die anderen waren einverstanden. Es war inzwischen zehn Uhr geworden, und der Mond strahlte hell über das Waldtal, als wir uns auf den Weg machten. Peter und ich waren mit Taschenlampen bewaffnet, die Polizisten mit Pistolen. Wir sprachen kein Wort. Man hörte nur das Rauschen der Ach, das mit jedem Schritt stärker wurde. Die kleine Straße konnte man im Mondlicht gut erkennen, zumindest bis zum Waldrand. Doch dort, wo der Weg auf die Brücke mündete, lief man wie in eine schwarze Wand. Die Strahlen des Mondes drangen nicht durch das dichte Dach der Bäume. Um uns nicht zu verraten, ließen wir die Taschenlampen aus. Auf der Brücke wurde mir langsam mulmig zumute. Was erwartete uns wohl im Weißen Bronnen? Das Böse? Spürte ich es womöglich schon, so wie Volker damals? Ich war so froh, dass ich nicht allein hierhergekommen war!

Je näher wir dem Waldgasthaus kamen, desto unheimlicher erschien es mir. Mich fröstelte geradezu, obwohl ich mit Lederjacke und Schal warm eingepackt war. Wir hielten uns im Schutz der Baumschatten und setzten unsere Schritte auf dem Kiesweg möglichst leise, um unbemerkt heranzukommen. Dann wurde mir plötzlich bewusst, warum ich so ein unheimliches Gefühl hatte. Es war eine windstille Nacht, und eigentlich hatte ich erwartet, irgendetwas zu hören oder zu sehen, Stimmen, Lichter, irgendwas. Aber nur das gleichmäßige Rauschen der Ach und das stärker werdende Tosen des Wasserfalls begleiteten uns.

Vielleicht sind sie noch im Haus, dachte ich. Aber dann hätte man zumindest ein wenig Licht durch die Fenster schimmern sehen müssen. Die waren doch alle mit Läden zugenagelt, fiel mir da ein. Aber es stand auch nirgends ein Auto. Wenn sie aus Bern gekommen waren, dann hätten doch Autos dastehen müssen. Vielleicht hatten sie ja irgendwo im Wald geparkt, oberhalb des Weißen Bronnens.

Als wir das Haus erreichten, schlichen wir vorsichtig hintereinander die Wand entlang bis zur Ecke, diesmal mit dem Polizisten voraus, der seine Pistole gezogen hatte.

Aber alles blieb dunkel und still. An der Treppe steckte der Beamte seine Waffe zurück in das Holster.

»Hier ist doch gar nichts!«, meinte er mit ärgerlichem Unterton.

Wie war das möglich? Hatte ich mich so getäuscht?

Ich ging die Stufen hoch und rüttelte an der Tür. Sie war genauso verschlossen wie am Samstagnachmittag. Dann schaltete ich die Taschenlampe ein und ging einmal rund ums Haus, Peter voller Hoffnung hinter mir her, wir leuchteten alles ab, aber es hatte sich nichts verändert. Abweisend und verschlossen, so wirkte das alte Gasthaus im Mondlicht, nicht anders als im Sonnenlicht bei Tage.

Als Letztes versuchte ich es noch bei der ebenerdigen Tür neben der Treppe. Irgendetwas war hier anders, schien mir. Dann erkannte ich es: Das Schloss war weg. Der Türriegel war durch ein Vorhängeschloss gesichert gewesen, und nun war es verschwunden. Nur noch der Riegel war vorgeschoben, und als ich daran zerrte, gab er ohne Weiteres nach.

»Hier ist offen!«, rief ich aufgeregt, worauf die anderen herbeistürzten. Langsam zog ich die Tür auf. Der Polizist hatte seine Waffe wieder zur Hand genommen, während Peter und ich mit unseren Taschenlampen den Raum ausleuchteten. Aber er war leer bis auf ein paar Bretter, die an der Wand lehnten, und einen Stapel alter Dachziegel an der gegenüberliegenden Seite.

So ein Mist! Nun hatte ich Peter völlig umsonst Hoffnungen gemacht, seine Tochter wiederzufinden. Und die Polizisten waren auch nicht gerade begeistert von ihrer fruchtlosen Fahrt durch die Nacht. Würde ich diesen Einsatz womöglich sogar bezahlen müssen?

Enttäuscht wollten wir den Schuppen wieder verlassen, da fiel der Lichtkegel meiner Taschenlampe auf etwas Weißes an den aufgestellten Brettern. Ich bückte mich danach und sah, dass es ein Büschel weicher, weißer Haare war, das an einer Ritze hängen geblieben war. »Schaut mal, die könnten von Samantha sein!«

Auf den fragenden Blick der beiden Polizisten erklärte ich, dass Samantha die verschwundene Katze war.

Etwas mürrisch meinte der Mann: »Sie könnten aber auch von irgendeinem anderen Vieh sein. Also, ich meine, das bringt hier alles nichts. Ich glaube, da haben Sie sich in etwas verrannt, Frau … äh …«

»Katzenmaier«, half ich ihm auf die Sprünge.

»Frau Katzenmaier, ich habe den Eindruck, Sie sehen Katzen, wo keine sind!«, versuchte er sogar noch einen lahmen Witz.

»Aber verstehen Sie denn nicht? Wenn Samantha hier war, dann heißt das, dass meine Theorie zumindest teilweise stimmt! Und nun hat man sie halt weggebracht, warum auch immer. Vielleicht hat ja das Verschwinden von Jessy etwas damit zu tun!«

»Und was glauben Sie, wo sie jetzt ist?«

Darauf wusste ich nun auch keine Antwort.

Skeptisch schüttelte der Beamte den Kopf und wandte sich zum Gehen. Peter sah mich müde und enttäuscht an. Ich konnte ihm ansehen, was er dachte. Wieder so eine Spinnerei von Polli!

»Peter, es tut mir so leid! Aber ich bin überzeugt, dass Samantha hier war. Die Tür war verschlossen, als wir am Samstag nach ihr gesucht haben. Sie war da drin, ich hab sie gehört, ich schwör's dir!«

»Na und?«, fragte er müde. »Was hat das mit Jessy zu tun? Ich dachte, wir würden Jessy hier finden.«

»Glaub mir, das hängt alles irgendwie zusammen!«

Aber ich hatte meine Glaubwürdigkeit bei Peter Hartmann verspielt. Er folgte den Polizisten, die schon wieder auf dem Weg nach Salmtal waren, und mir blieb nichts anderes übrig, als ebenfalls hinterherzutrotten. Auf keinen Fall wollte ich allein an diesem düsteren Ort zurückbleiben.

Als wir am Auto waren, versuchte Peter bei Anna anzurufen.

»Scheiße, kein Empfang!«, schrie er plötzlich und schleuderte das Handy wütend zu Boden. Seine Verzweiflung brach sich Bahn, er verbarg sein Gesicht in den Händen und begann heftig zu weinen. Unsicher legte ich ihm die Hand auf die Schulter. »Peter, komm, lass uns zu Mama fahren, da kannst du dich erst mal beruhigen! Und dann kannst du ja mit meinem Handy anrufen oder mit Mamas Telefon.«

Er schüttelte mich wütend ab. »Ach lass mich in Ruhe, du,

mit deinen bescheuerten Ideen. Mondfinsternisritual! Wo hat man so etwas je gehört! Ich fahr jetzt heim zu Anna, vielleicht ist Jessy ja schon dort.«

Die Polizisten hatten taktvoll versucht wegzuhören, aber wahrscheinlich sprach Peter nur aus, was auch sie dachten. Ich fühlte mich schuldig und ungerecht behandelt zugleich. Gut, sie war nicht hier gewesen, alle waren enttäuscht, aber irgendeine Verbindung gab es zwischen dem Diebstahl von Samantha und dem Verschwinden von Jessy, da war ich mir sicher! Nur welche? Und wo waren die beiden?

Ich hob Peters Handy auf, das zum Glück auf der Wiese gelandet war, und steckte es in seine Manteltasche, dann verabschiedeten wir uns, und der Polizeiwagen und Peter fuhren los Richtung Wangen.

Ich warf noch einen letzten Blick zurück auf das vom Mond erleuchtete Achtal, wo man den Weißen Bronnen als dunklen Schatten hinter den Bäumen wahrnehmen konnte. Alles sah vollkommen friedlich aus. Hier hatten wir das Böse jedenfalls nicht gefunden. Es hatte nur eine schwache Spur zurückgelassen. Zwischen meinen Fingern hatte ich das Haarbüschel mittlerweile zu einem Haarwürstchen gedreht.

Ich seufzte tief, dann beschloss ich heimzufahren. Als ich ins Auto stieg, zeigte die Uhr Viertel vor elf.

Apollonia hatte ferngesehen, irgendeine Quizshow, in der man eine Million gewinnen konnte, wenn man wusste, welche von vier unaussprechlichen Inseln nicht zu einem ebenso unaussprechlichen Archipel irgendwo in der Südsee gehörte.

Ich hatte nach einem kurzen Gespräch mit Mama, der ich von meinem Misserfolg berichtet hatte, beschlossen, noch bei Apollonia vorbeizuschauen. Vielleicht hatte sie ja irgendeine Idee. Die Rotkreuzschwester hatte sie zwar bestimmt schon bettfertig gemacht, aber es war noch Licht in ihrer Wohnung gewesen.

Sie erschrak, als es so spät noch läutete. »Polli, um Himmels willen, isch ebbes passiert?«

Nachdem sie den Fernseher ausgeschaltet hatte, erzählte ich ihr von Jessys Verschwinden und von meinem neuerlichen Besuch im Weißen Bronnen. »Ich war mir so sicher, dass dort heute Abend etwas stattfindet, aber da war nichts, Apollonia, einfach nichts!« Ich war dem Heulen nahe, vor Anspannung, vor Sorge um Samantha und auch um Jessy. Mein Blick fiel auf das weiße Haarwürstchen, das ich immer noch in der Hand hielt.

»Das ist alles, was wir gefunden haben.« Ich streckte es ihr hin.

Apollonia versuchte zu erkennen, was auf meinem Handteller lag, aber ihre Augen waren zu schwach. Ich erklärte ihr, was es war und wo ich es gefunden hatte.

»Na also, Polli, das ist doch nicht nichts! Das zeigt doch, dass du recht hattest!« Ihre Skepsis vom Morgen war wie weggeblasen. »Du hast richtig gehört am Samstag, das Kätzle war da! Und nun haben sie es eben woanders hingebracht und Jessy vielleicht gleich mit!«

»Aber warum?«

»Vielleicht haben sie mitgekriegt, dass wir dort rumgeschnüffelt haben. Vielleicht isch es ihnen zu unsicher geworden. Womöglich war einer von ihnen in der Nähe und hat uns beobachtet am Samstag.«

Plötzlich krachte mir ein Stein in den Magen. »Oder jemand hat uns verraten.«

Apollonia sah mich erschrocken an. »Meinst du? Wer hat denn davon gewusst?«

»Du und ich und Mama ...«

»Und Siggi und dein Rainer.«

»Also erstens ist es nicht ›mein‹ Rainer«, sagte ich etwas heftiger als nötig, »und zweitens glaub ich nicht, dass er es war, der war ja nur zufällig dabei. Es muss Siggi gewesen sein.«

»Meinst du wirklich?«, fragte sie ungläubig.

»Erinnerst du dich, wie skeptisch sie die ganze Zeit getan hat? Wie lächerlich sie das alles fand? Du hast recht, Samantha und vielleicht auch Hannibal waren dort, da bin ich mir jetzt sicher. Da war ein Vorhängeschloss, als wir am Samstag an der Tür gerüttelt haben. Es war abgeschlossen, verstehst du? Und als wir daheim waren, hat Siggi ihren Genossen Bescheid gegeben, dass ich dort rumschnüffle, und die haben die Katzen fortgebracht.«

Eigentlich konnte ich es selbst nicht recht glauben. Siggi, meine Freundin seit Kindertagen, sollte in einer Satanistengruppe sein? Andererseits – was wusste ich schon von ihr? Wir hatten uns viele Jahre aus den Augen verloren gehabt. Sie konnte weiß Gott was getrieben haben! Ich hatte ja nicht einmal gewusst, dass sie lesbisch war. Und irgendwie schien plötzlich alles zu passen.

»Sie hatte Kontakt zu Bieri, auch wenn sie immer so getan hat, als ob der nur Thomas' Kunde wäre. Und sie konnte am einfachsten die zwei Katzen verschwinden lassen. Ihr Pech, dass ihre Mutter es bemerkt und dir erzählt hat.«

Apollonia sah mich schief an. »Und Rosa?«

Tja, und Rosa? Konnte ich wirklich glauben, dass Siggi ihre geliebte Tante Rosa zu Tode erschreckt hatte? Dass sie mir den Kater unter die Motorhaube gesteckt hatte, war ja noch denkbar, aber Rosa?

»Vielleicht ist Rosa ja doch eines natürlichen Todes gestorben?«, wagte ich eine neue Hypothese.

»Und das kam Siggi gut zupass«, spann Apollonia den Faden fort. »So konnte sie die beiden Katzen fortschaffen, ohne dass Rosa noch etwas dagegen unternehmen konnte.«

»Aber warum hat sie nicht einfach gesagt, dass sie sie verkauft hat, so wie die anderen? Warum diese Geschichte mit dem Diebstahl? Da war doch die Gefahr viel größer, dass jemand nachforschen könnte.«

»Vielleicht hätte ihre Mutter ihr das nicht abgenommen, dass sie ausgerechnet den ältesten Kater und die wertvollste Katze verkauft hat.«

Ich musste tief seufzen. »Das darf einfach nicht wahr sein. Siggi ... ist doch ...« Mir fehlten die Worte. »... ist doch ... Siggi!«

Apollonia schaute mich traurig an.

»Was sollen wir denn jetzt machen?« Ich war ratlos.

»Ruf sie doch mal an!« Apollonia hielt mir ihr Telefon hin. »Vielleicht sitzt sie ja auch ganz brav daheim vor dem Fernseher, und wir haben uns getäuscht.«

Aber sowohl auf ihrem Handy als auch zu Hause erklang nur der Mailboxtext.

»Wenn sie bei diesem Ritual ist« – ich sah auf die Uhr: halb zwölf, die Mondfinsternis hatte schon begonnen – »dann hat sie das Handy wahrscheinlich ausgeschaltet. Mensch, Apollonia, überleg doch mal, welcher Ort käme denn sonst noch infrage? Wasser, wo gibt es noch Wasser und Wald und Felsen und Einöde?«

»Unten am Giras zum Beispiel.«

»Das ist zu nah am Weißen Bronnen, da sind wir ja fast dran vorbeigefahren. Ich hab die Giras-Weiher sogar von oben gesehen, als ich von Salmtal hochgefahren bin. Wenn da irgendwelche Lichter gewesen wären, dann wär mir das aufgefallen.«

»Oder im Waldbad? Da gibt es den alten Badeweiher und die Ach.«

»Aber wohnt da nicht noch jemand? Außerdem liegt das direkt an der Straße. Also ich weiß nicht.«

»Der Stuckweiher in …«

»Holderloch! Das muss es sein! Bieri kannte das, weil er geschäftlich bei Diener war, ich hab mit Siggi neulich noch darüber gesprochen! Das ist es!« Ich stand sofort auf und holte meine Lederjacke.

»Polli, du willst da jetzt doch nicht allein hingehen?«

»Soll ich vielleicht schon wieder die Polizei anrufen? Was glaubst du, was die mir erzählen?«

»Das gefällt mir nicht!«

»Apollonia, hör zu, wir machen es so: Du gehst jetzt ins Bett und machst dir keine Sorgen. Ich schau nur nach, ob sie dort sind, und wenn ich es sicher weiß, ruf ich mit dem Handy die Polizei. In Ordnung?«

»Ich werde bestimmt nicht ins Bett gehen, während du

allein dort draußen herumschleichst!«, protestierte sie lauthals. Wollte sie womöglich mitkommen?

»Also gut, wenn ich was rausfinde, dann ruf ich erst die Polizei an und dann dich. Einverstanden?«

»Ich weiß nicht, Polli!«

»Außerdem hab ich ein Pfefferspray im Rucksack. Für alle Notfälle! Und glaubst du wirklich, dass Siggi mir etwas antun würde?«

»Sie vielleicht nicht ...«

Ich drückte Apollonia einen Kuss auf die Wange und lief zum Auto. Sogar mit bloßem Auge konnte man deutlich erkennen, dass aus dem Mond ein Stück herausgeschnitten war.

Holderloch war ein kleiner Ort im Achtal, etwa drei Kilometer von Baselreute entfernt, an einer Stelle gelegen, wo der Talkessel immer enger wurde, sodass die Sohle zwischen den steil ansteigenden Wiesen und Waldhängen gerade Platz genug bot für den Fluss, ein paar Häuser rechts und links der Straße und die ehemalige Nudelfabrik am Ende des Tals. Das Gebäude war bereits im neunzehnten Jahrhundert errichtet worden. Dass ihre Besitzer dieses gottverlassene Tal gewählt hatten, hing mit der Wasserkraft zusammen. Man hatte einen Kanal von der Ach abgeleitet, der direkt an den Mauern der Fabrik vorbeifloss und sich erst weiter unten im Tal wieder mit dem Fluss vereinte. Die Nudelmaschinen wurden mit der Kraft der Ach betrieben, und im Zuge der Elektrifizierung zu Beginn des zwanzigsten Jahrhunderts wurde über Turbinen sogar der Strom für die neuen Anlagen damit hergestellt. Viele Baselreuter hatten einst beim alten Ludwig, dem früheren Besitzer, oder später beim Nudel-Stuck gearbeitet. Entlang der Straße, die durch das Tal führte, war im Laufe der Zeit ein kleiner Weiler entstanden: Holderloch. Von hier aus wurden zunächst Nudeln der Marke »Erzberger« und später »Stuck-Nudeln« überallhin in deutsche Lande verkauft. Die Nudelproduktion war jedoch in den Siebzigerjahren verlagert und der Standort Holderloch aufgegeben worden. Danach hatte das Werksgebäude lange Zeit leer gestanden, bis die Firma Diener es zu ihrem neuen Firmensitz erkoren hatte. Aber auch diese Wiederbelebung war nicht von Dauer gewesen, wie mir Siggi ja erzählt hatte. Und so stand das Anwesen wieder leer.

Die Straße endete vor der Fabrik in einem großen Parkplatz. Dahinter führte nur ein Holzweg weiter in den Wald hinein. Vereinzelt standen dort, in der immer schmaler werdenden Talsohle, noch Schuppen und Nebengebäude.

Und dann kam der Stuckweiher, ein kleiner Fischteich, den wir früher als Badeweiher genutzt hatten. Hier hatte ich als Neunjährige schwimmen gelernt und wäre dabei beinahe ertrunken. Bevor ich richtig schwimmen konnte, hatte ich mich auf Zehenspitzen zu weit ins tiefe Wasser gewagt. Plötzlich war unter mir ein Loch im Teichboden gewesen, und ich war abgesoffen. Panik hatte mich ergriffen, ich ruderte unkoordiniert mit Armen und Beinen und kam doch nicht mehr hoch an die Oberfläche. Keiner hatte es offenbar bemerkt, niemand kam mir zu Hilfe. Doch da begann mein Verstand zu arbeiten. Wenn du in ein Loch getreten bist, Apollonia, dann hat dieses Loch auch einen Rand, sagte er mir. Und dann brauchst du nur den Fuß zur Seite zu setzen, um wieder Boden unter die Füße zu bekommen. Es funktionierte, ich überlebte und wurde sogar noch eine recht passable Schwimmerin. Allerdings zog ich inzwischen den Bodensee zum Baden vor.

Ich stellte das Auto bei den ersten Häusern ab und ging rasch zu Fuß weiter, mit hochgeschlagenem Kragen, damit mich eventuelle Neugierige nicht erkennen konnten. Vielleicht hatte ich mich ja wieder getäuscht, und dann würden sich die Leute fragen, was ich um diese Zeit hier zu suchen hatte. In einigen Häusern brannte noch Licht, aber Straßenlaternen gab es keine. Schließlich kam die Fabrik in Sicht, und hier, am Ende des Tals, leuchtete nur noch der Mond über Wald und Fluss und Kanal.

Eine Melodie summte plötzlich in meinem Kopf, Basstöne, eine Oboe, und dazu die heisere Stimme von Sting, »Moon over Bourbon Street«, mit seinem unheimlichen Text über einen wahnsinnigen Mädchenmörder. – *You'll never see my shade or hear the sound of my feet, while there's a moon over Bourbon Street …*

Schaudernd duckte ich mich in den Schatten der Fabrikmauer und lauschte in die Nacht. Den Weiher konnte ich nicht sehen, weil ein großer Schuppen wie ein Riegel davorstand. Der Mond war nun schon zur Hälfte schwarz. Hinter dem Schuppen glaubte ich den Widerschein eines Feuers zu erkennen und Stimmen zu hören, war mir jedoch nicht sicher, denn das Tosen des Kanals, dessen Wasserfall hier einst alle Räder angetrieben hatte, übertönte jedes andere Geräusch.

Auf dem Parkplatz stand eine Reihe von Autos. Trotz der Dunkelheit erkannte ich am zweiten Wagen die Engelsflügel, die im Mondlicht schimmerten. Ich hatte also recht gehabt. Nun konnte ich die Polizei anrufen. Ich nahm mein Handy aus dem Rucksack, doch als ich auf das Display schaute, erlebte ich eine böse Überraschung: Da sah ich nämlich nichts. Das blöde Ding hatte sich ausgeschaltet, weil seine blöde Besitzerin vergessen hatte, es aufzuladen! Und jetzt? Vielleicht konnte ich ja an einem der Häuser läuten und fragen, ob ich mal das Telefon benutzen dürfe. Aber dann musste ich mir vorher ganz sicher sein, dass hier wirklich kriminelle Machenschaften im Gange waren!

Mit einem Schlag fühlte ich mich furchtbar allein. Was tat ich nur hier? Was für eine Schnapsidee, schalt ich mich selbst, ganz ohne Begleitung hierherzukommen. Und ohne das Handy vorher zu kontrollieren! Ich musste an die Alleingänge mancher Tatort-Kommissarinnen denken, die sich sehenden Auges in größte Gefahr begaben, wobei man sich als Zuschauer immer fragte, warum sie so leichtsinnig waren. Aber was sollte ich tun? Wieder nach Hause fahren mit dem Gefühl, dass in der Zwischenzeit hier schlimme Dinge passierten, die ich vielleicht hätte verhindern können?

Ich beschloss, so weit um die Fabrik herumzugehen, dass

ich den Weiher sehen konnte, und dann sofort zur Straße zurückzukehren, bevor mich jemand sehen konnte. Immerhin hatte ich mein Pfefferspray mit, allein schon der Gedanke daran beruhigte mich ein wenig. Zur Sicherheit nahm ich es aus dem Rucksack und steckte es griffbereit in die Tasche meiner Lederjacke.

Zwischen Kanal und Ach, neben der Fabrik, war früher eine Wiese gewesen. Heute stand hier nur noch ein altes Transformatorenhäuschen. Von hier war der Strom, den die Nudelmaschinen nicht verbrauchten, im Tal verteilt worden. Allerdings war es jetzt nicht mehr in Gebrauch. Keine Leitungen führten davon weg, was auch wegen der jungen Bäume, die ringsum überall in die Höhe geschossen waren, nicht mehr möglich gewesen wäre. Dafür boten die Bäume mir Schutz, und nachdem ich in ihrem Schatten einen kleinen Hügel erklommen hatte, sah ich den Weiher zwischen den Baumstämmen im Mondlicht glitzern. Und noch etwas anderes sah ich: Am Ufer brannte ein Feuer, und in der Nähe des Feuers standen einige Gestalten.

Ich ging in die Hocke und versuchte, noch ein wenig näher heranzukommen. Dabei hoffte ich inständig, dass niemand meinen Schatten sehen oder das Geräusch meiner Füße hören würde. Doch die Baumstämme und das Rauschen des Wassers waren mir behilflich. Allerdings verhinderte das Rauschen auch, dass ich verstehen konnte, was am Weiher gesprochen wurde. Aber auch ohne Worte war die Szenerie unheimlich genug: Die Gestalten am Feuer trugen alle lange Gewänder und spitze Kapuzen, wie der Ku-Klux-Klan, nur nicht in Weiß, sondern in Schwarz. Am Weiher befand sich zwischen den Schilfrohren ein kleiner, quadratischer Steg, auf dem sie eine Art Altar aufgebaut hatten. Und dann sah ich es: das Zeichen von »Dark Moon«! Der Kreis mit den zwei ineinandergeschobenen Dreiecken und dem zweiten Kreis im Zentrum. Er war aus Metall geformt, an einer Holzstange hinter dem Altar befestigt und zeigte nach Süden, dorthin, wo der Mond stand. Aber wo waren die Katzen? Und Jessy? Steckte sie unter einer der Kapuzen?

Mir blieb keine Zeit mehr, das herauszufinden, denn plötzlich traf mich etwas am Kopf, und mir wurde schwarz vor Augen.

Langsam kam ich zu mir, weil ich etwas Feuchtes an der Nase spürte. Gleichzeitig hörte ich wie von ferne eine Stimme: »... selbst schuld!«

Ich glaubte zu träumen. Was war nur passiert? Wo war ich? Und was tat Rainer hier?

Langsam schlug ich die Augen auf und sah noch, wie eine Tür geschlossen wurde. Dann war ich im Dunkeln allein. Allein? Nein, jemand leckte mir die Nase ab. Außerdem hörte ich ein Murmeln irgendwo in der Nähe. Und dann, als meine Augen sich an die Finsternis gewöhnt hatten, erkannte ich im fahlen Mondlicht, das von oben einfiel, dass es eine kleine Katze war, die meine Nase mit ihrer rauen Zunge bearbeitete.

»Samantha!«

Sie begann zu schnurren, und ich drückte sie vorsichtig, aber überglücklich an mein Gesicht. Dann versuchte ich mich zu erinnern, was passiert war. Ich hatte die schwarzen Gestalten am Weiher beobachtet, als mir offenbar jemand einen Schlag versetzt hatte. Danach war ich wohl hierher geschleppt worden, und schließlich hatte Rainers Stimme gesagt, ich sei selbst schuld. Es traf mich wie ein zweiter Schlag. Rainer! Er war es, der zu ihnen gehörte, nicht Siggi! Aber er war doch nur zufällig dabei gewesen! Ich versuchte, meine Gedanken zu ordnen. Offensichtlich war es kein Zufall gewesen. Ich überlegte, wie ich Rainer kennengelernt hatte. Er war im Auto hinter mir gewesen, als das meine in Flammen aufging. Damals hatte er sich mir als Helfer in der Not angedient. War er womöglich schuld gewesen an dem Unfall? Oder einer seiner Kumpane? Und war er mir dann nachgefahren, um sicherzugehen, dass es auch klappte? Anschließend hatte er mit mir angebandelt, um mitzukriegen, was ich weiter unternehmen würde. Und ich war auch noch so dumm gewesen, ihn in alles einzuweihen! Vermutlich hatte er sich ins Fäustchen gelacht, als ich ihn angerufen und gebeten hatte, mit mir nach Oberschwaben zu fahren.

Als ich versuchte aufzustehen, tat mein Kopf entsetzlich weh, und mir wurde schwindlig. Geschieht dir recht, Apollonia, bei so viel Dummheit und Naivität! Das kommt davon, wenn man sich von jedem Mann umgarnen lässt. Nie wieder!, schwor ich mir.

Aber nun musste ich erst einmal sehen, wie ich hier herauskam. Ich versuchte zu erkennen, wo ich mich überhaupt befand. Weit über mir war ein kleines Fenster, durch das ein wenig Licht einfiel, gerade so viel, dass ich feststellen konnte, dass wir in einer Art Turm eingesperrt waren – das Transformatorenhäuschen!

Und dann bemerkte ich, dass nicht nur Samantha und ich hier gefangen waren. Ich konnte die Umrisse eines Korbes erkennen und neben mir auf dem Boden einen hellen Fleck: ein menschliches Wesen in einem weißen Gewand.

»Jessy?«

Sie murmelte nur unzusammenhängendes Zeug.

Ich setzte Samantha ab, kroch näher zu meiner Nichte und hob ihren Kopf hoch. »Jessy!«

Langsam sah sie mich an. »Tante Polli!«, lallte sie und begann zu kichern.

Offenbar stand sie unter dem Einfluss von Drogen oder irgendwelchen Medikamenten. Ihr Körper war völlig schlaff.

»Jessy, was haben sie mit dir gemacht?«

Sie kicherte wieder.

»Komm, wir müssen hier raus!« Ich versuchte aufzustehen, setzte mich aber gleich wieder hin, weil mir schwindlig wurde. In meinem Kopf hämmerte es. Dann sah ich, dass auch Hannibal im Korb lag. Ich fuhr ihm über das Fell. Er war warm, und aus irgendeinem Grund war ich besonders erleichtert, dass er noch lebte. Es erschien mir wie ein gutes Omen.

»Armer schwarzer Kater«, tröstete ich ihn.

»Armer schwarzer Kater!«, äffte Jessy mich lallend nach.

Beim zweiten Anlauf, den ich langsamer nahm, gelang es mir schließlich, auf die Füße zu kommen. Ich wankte zum Ausgang, den eine zweiflügelige Blechtür versperrte. Mit ganzer Kraft drückte ich dagegen, aber sie war von außen zugeschlossen. Dann tastete ich rundherum die Wand ab, wobei ich fast über eine Kiste fiel, die in der Ecke stand. Als ich mich vom Schreck erholt hatte, kletterte ich darauf, um das Fenster über uns zu erreichen, aber es war zu hoch. Auf Augenhöhe gab es noch eine zweite Fensteröffnung, aber auch die war durch Blechläden fest verschlossen.

Frustriert ließ ich mich auf den Boden neben Jessy nieder. Samantha war mir die ganze Zeit hinterhergelaufen, und nun nahm ich sie wieder hoch und setzte sie auf meine Schulter, von wo sie ihr Köpfchen gegen meine Wange und das linke Ohr rieb und mir schnurrend mitteilte, wie glücklich sie über unser Wiedersehen war.

»Jessy!«, versuchte ich noch einmal meine Nichte anzusprechen. Als sie nicht reagierte, nahm ich ihren Kopf hoch und schüttelte sie. »Jessy! Komm!«

Sie schlug die Augen auf und blickte mich hämisch an. Jedenfalls kam es mir im dämmrigen Dunkel so vor. »Tante Polli, du hast schon wieder versagt. Du bist eine Versagerin!«

So war das also! Die liebe Jessy hatte mir am Telefon etwas vorgespielt, und ich war darauf reingefallen. Hatte geglaubt, dass ich als verständnisvolle Tante eben doch die bessere Mutter sei.

Ich konnte nicht behaupten, dass sie unrecht hatte mit dem, was sie sagte. Ich hatte versagt. Aus Eitelkeit, aus Dummheit. Hatte mich selbst ins Schlamassel reingeritten und keine Ahnung, wie ich da wieder herauskommen sollte. Niemand wusste, dass ich hier war, außer Apollonia, die ich ins Bett geschickt hatte. Ich sah mich nach meinem Rucksack um, aber den hatte Rainer mir anscheinend abgenommen. Das Handy war ohnehin leer. Versagerin! Dann fiel mir mein Pfefferspray ein, und ich kontrollierte meine Jackentasche. Es war noch da. Wenigstens etwas. Ich wandte mich wieder an meine Nichte.

»Jessy, was haben die vor?«

Kichern. »Jetzt hast du Angst, was? Du bist schwach, Tante Polli, und die Schwachen müssen ausgemerzt werden. Nur die Starken haben das Recht zu leben!«

Sie machte mir wirklich Angst, aber anders, als sie dachte. Was war nur mit meiner kleinen Nichte geschehen? Wie war es möglich, dass ein schüchternes, liebes Kind zu so einer Teufelin wurde? Wer hatte sie so verführt, und womit?

»Jessy, sie haben dir Drogen gegeben, und vielleicht werden sie schlimme Dinge mit dir anstellen! Wir müssen hier raus!«

Da richtete sie sich plötzlich auf, ich sah im schwachen Mondlicht das Weiße in ihren Augen glitzern, und aus ihrem Blick traf mich unaussprechliche Verachtung. »Sie helfen mir nur, mein Bewusstsein zu erweitern. Mein Geist muss offen sein und bereit für IHN, denn heute werde ich aufgenommen in den Kreis der Erwählten.« Ihre Stimme war durchtränkt von Hochmut. »Aber du? Ich weiß nicht, was sie mit dir tun werden, es ist mir auch egal. Die Schwachen sind ohnehin verdammt.« Dann ließ sie sich wieder zurücksinken und schwieg.

Ich war zutiefst betroffen. Sie ist noch ein Kind, versuchte ich mir einzureden. Sie plappert irgendwelche Phrasen nach, die ihr eingetrichtert wurden. Sie kann nichts dafür, sie ist noch ein Kind. Aber es gelang mir nur schwer, mich selbst zu überzeugen.

»Warum haben sie dich dann hier eingesperrt, wenn sie es nur gut mit dir meinen? Kannst du mir das mal sagen?« Klang meine Stimme wirklich genauso hämisch wie die ihre?

»Sie müssen Vorbereitungen treffen, da soll ich nicht dabei sein, haben sie gesagt. Sonst wirkt die Magie nicht.«

Mein Gott, welche Naivität! Was konnte ich nur tun?

Plötzlich waren draußen Stimmen zu hören. Ich beeilte mich, auf die Beine zu kommen, setzte Samantha hinter den Korb, dann holte ich das Pfefferspray aus der Tasche und stellte mich neben die Tür.

Jessy richtete sich auf. Als die Tür aufgeschlossen wurde, schrie sie: »Vorsicht! Sie steht neben der Tür!«

Einer der Männer war aber schon über die Schwelle getreten und bekam eine Ladung Pfefferspray ab. Ich hatte einfach auf seinen Kopf gezielt, und weil er mir wegen Jessys Warnung plötzlich das Gesicht zuwandte, traf ich voll in seine Augen hinter den Schlitzen. Er schrie auf und riss sich die Kapuze vom Kopf. Rainer! Mit den Händen vor dem Gesicht hörte er nicht auf zu schreien. Ich versuchte, an ihm vorbei hinauszulaufen, durch die Pfefferspraywolke hindurch, dabei begann auch ich zu husten, aber kaum war ich draußen, packten mich zwei andere Kerle von hinten und drehten mir die Arme auf den Rücken, dass mir vor Schmerz Tränen in die Augen schossen. Dann warfen sie mich zu Boden, einer kniete sich auf meinen Rücken, und der andere band mir die Handgelenke zusammen.

Rainer kam heulend herausgelaufen und trat mir mit dem Stiefel in die Seite, dass ich aufstöhnte. »Du Miststück! Ich hätte dir deine verdammte Zunge abbeißen sollen!«

Die zwei Typen rissen mich hoch auf die Beine, dann stieß mich einer vorwärts Richtung Weiher, während zwei andere Jessy mitschleppten und einer den Korb mit den Katzen nahm.

Am Weiher standen weitere Mitglieder der Gruppe am Feuer. Es war ganz schön kalt inzwischen, doch das Feuer war offenbar nicht nur deshalb angezündet worden. Ein scharfer Geruch lag in der Luft, nach Kräutern und vor allem nach Cannabis. Ein paar der dunklen Gestalten hatten sich über die Flammen gebeugt und sogen tief den Rauch ein. Der Mond war zu drei Vierteln schwarz.

Nun konnte ich auch den Altar besser sehen, der auf dem Steg aufgebaut war: Vor dem Hintergrund der silbern glitzernden Wasseroberfläche stand eine Art länglicher Tisch mit leicht nach vorn geneigter Platte, an dessen Ende die Stange mit dem Dark-Moon-Zeichen befestigt war. Der Tisch war mit einem schwarzen Tuch bezogen. Was mich aber wirklich erschreckte, waren zwei Lederfesseln an den oberen Ecken des Tisches und eine Art Gürtel weiter unten, die anscheinend dazu dienten, jemanden an Armen und Körper festzubinden. Aber wen?

Dann fiel mein Blick auf Jessy, die von zwei Kapuzenmännern festgehalten wurde, als Einzige in einem weißen Gewand. Sie würde das Opfer sein! Mir wurde übel. Was konnte ich nur tun? Ich versuchte, meine Hände freizubekommen, aber der Mann, der neben mir stand, bemerkte es und hielt mich grob davon ab.

Ich fragte mich, wer unter den Kapuzen steckte. Einer, der mittelgroß war, schien der Oberboss oder Hohepriester zu sein, jedenfalls führten sie mich ihm vor. Von Nahem sah ich, dass sein Gewand nicht schwarz war wie das der anderen, sondern rot. Im zuckenden Licht des Feuers glich seine Kapuze einer züngelnden Flamme. Neben ihm stand eine schmalere Gestalt mit ebenfalls rotem Umhang, den Bewegungen nach eine Frau.

Als der Satanspriester anfing mit unangenehm hoher und heiserer Stimme auf mich einzureden, lief es mir eiskalt den Rücken hinab. Von diesem Menschen war keine Gnade zu erwarten, das kapierte ich sofort.

»Nun, Apollonia, hast du gefunden, wonach du gesucht hast?« Offenbar hatte Rainer ihn genau über mich informiert. »Du bist eine gute Schnüfflerin und gibst nicht auf. Schade nur, dass es keiner jemals erfahren wird.«

Wenn nicht schon sein Schweizer Akzent mich hätte vermuten lassen, dass dieser Mann tatsächlich Bieri war, so wäre es mir spätestens zur Gewissheit geworden, als ich in die eisblauen Augen sah, die mich im Feuerschein anfunkelten. Mit genau derselben Kälte hatten sie mich damals in Siggis Büro gemustert.

»Ich hab deine Visitenkarte gesehen. Respekt, das klingt alles sehr eindrucksvoll!«

Thomas Arnold! Ihm hatte ich meine Visitenkarte gegeben, und offenbar hatte er sie an Bieri weitergereicht. Ich sah mich um und versuchte zu erraten, unter welcher Kapuze Siggis Kollege steckte, während Bieri ironisch fortfuhr: »Literaturwissenschaftlerin, Ausstellungsmacherin – du hättest bei Kunst und Literatur bleiben sollen, Apollonia, das Detektivspielen war keine gute Idee!«

Nun gab er demjenigen, der den Katzenkorb herbeigetragen hatte, ein Zeichen. Es war ein einfacher Wäschekorb aus Weidengeflecht mit Deckel. »Mach auf!«

Der Angesprochene öffnete den Deckel. »Verdammt!«, entfuhr es ihm. »Die kleine Katze ist weg!«

»Findet sie! Los, sofort!«, befahl sein Chef in scharfem Tonfall.

Ein paar der anderen stürzten los, zurück durch das kleine Waldstück zum Transformatorenhäuschen. Sie versuchten die Katze anzulocken, aber nach einigen Minuten kamen sie unverrichteter Dinge wieder.

Ich konnte meine Erleichterung nicht verbergen. Die Kleine musste bei dem Durcheinander, das ich mit dem Pfefferspray angerichtet hatte, entwischt sein.

»Gut gemacht, Samantha«, murmelte ich lächelnd vor mich hin. Das hätte ich nicht tun sollen. Ein Schlag mit dem Handrücken traf mich mit voller Wucht ins Gesicht, sodass ich taumelte und wegen meiner gefesselten Hände beinahe gestürzt wäre. Es war der größte der Kapuzenmänner gewesen, ein echter Schrank. Schon wieder hatte ich Blutgeschmack im Mund.

»Das wird dir eine Lehre sein!«, sagte die heisere Stimme.

»Was sollen wir denn jetzt tun, Samiel?«, fragte die Frau neben Bieri. War sie die Cher-Frau?

»Wir werden sie später mit Taschenlampen suchen, aber die Zeremonie müssen wir jetzt eben ohne sie durchführen«, erwiderte Bieri-Samiel wütend. »Die Zeit drängt, bald ist die Mondfinsternis perfekt. Dann wird der Fürst der Finsternis heraufsteigen.«

»Und was tun wir mit ihr?«, wollte Rainer wissen und zeigte auf mich. Inzwischen hatte er sich eine neue Kapuze besorgt.

»Wir machen es so wie mit dem anderen Mädchen.«

»Wo, in der Ach?«

Der rot Gewandete zögerte einen Augenblick. Dann sah er mich an und entgegnete langsam, wobei er unter seiner Kapuze zu grinsen schien: »Nein, wir machen es hier im Weiher, als Opfer für den dunklen Fürsten. Dann wird der Zauber noch stärker, und wir alle werden noch mehr Macht erlangen! Hinterher können wir sie immer noch im Fluss entsorgen.«

Das Entsetzen schnürte mir die Kehle zu. Mit dem anderen Mädchen meinten sie bestimmt das Mädchen, das angeblich Selbstmord begangen hatte. Mir drohte nun dasselbe Schicksal!

»Aber vorher darf sie noch zusehen, wofür wir ihre Nichte und den schwarzen Kater brauchen!«

Sie packten Jessy und legten sie auf den Altar. Zum ersten Mal sah ich so etwas wie Angst in den Augen des Mädchens aufblitzen.

»Lasst sie!«, rief ich.

Jessy machte einen schwachen Versuch, sich zu wehren, aber die Drogen und die Männer waren viel stärker als sie. Schon nach wenigen Sekunden war sie festgezurrt, sodass nur ihre Beine und ihr Unterkörper frei blieben. Langsam begann ich zu ahnen, was sie mit ihr vorhatten.

Nun hob der Hohepriester Bieri pathetisch die Arme und fing an, seine gespenstische Show abzuziehen: »Wenn der Mond blutrot ist und im Kreis unseres Zeichens steht, dann wird der dunkle Fürst aus der Tiefe emporsteigen. Sein Blut komme über uns!« Mit pathetischem Crescendo zog er seine Anhänger in den Bann seiner Worte. »Diese schwarze Kreatur« – er packte Hannibal im Nacken und zerrte ihn aus dem Korb – »wird ihr Blut anstelle des schwarzen Engels über die Jungfrau vergießen, und dann wird ER in sie hineinfahren, und wir alle werden es ihm gleichtun und teilhaben an seiner Macht!«

Einige Männer begannen geil zu stöhnen. Sie würden Jessy vergewaltigen.

»Ihr Schweine! Sie ist doch noch ein Kind!« Ich zerrte an meinen Fesseln.

Bieri drehte sich zu mir um. »Sie wird in den Kreis der Erwählten aufgenommen«, sagte er kalt. »Der Fürst der Finsternis wird durch sie wirken.«

»Bitte, lasst sie, nehmt mich statt ihr!«

Langsam schien Jessy zu begreifen, was sie erwartete. Sie fing an zu weinen.

Der Rote hingegen lachte über meinen Vorschlag. Dann kam er auf mich zu, sah mir direkt in die Augen und drehte dann mit der Hand mein Gesicht so, dass ich auf Jessy schauen musste. »Schau sie dir an, Apollonia, wie schön sie ist in ihrer Unschuld, so rein wie das weiße Gewand, das sie trägt. Du bist keine Jungfrau mehr, das Blut des Fürsten verlangt nach reiner Unschuld!«

»Ihr widerlichen geilen Säcke!« Plötzlich fiel mir ein, dass ja auch Frauen in der Gruppe waren. »Seid ihr denn alle wahnsinnig hier? Frauen, wollt ihr das zulassen?«

Bieri schüttelte langsam den Kopf. »Apollonia, du hast nichts verstanden. Wenn wir Männer erst einmal die Macht erlangt haben, geben wir sie selbstverständlich an die Frauen weiter. Auch sie werden SEINER teilhaftig werden. Nicht wahr, Kaia?«

Damit wandte er sich an die kleinste Gestalt der Gruppe. Das war also Kaia. Nun war auch dieses Rätsel gelöst. Offensichtlich waren ihm Frauen wie Männer blind ergeben, denn Kaia sah zu ihm auf und schmiegte sich an ihn. »Ja, Meister.«

Auch ihre Stimme kam mir bekannt vor, aber mir fiel nicht ein, woher.

Nun begaben sich alle zum Steg, der rot Gewandete trat vor den Altar und hob seine Arme. Die ebenfalls rot gekleidete Hohepriesterin stand neben ihm. Der Mond bestand nur noch aus einer schmalen Sichel, der Rest war von einem rötlichen Schwarz, als würde er von innen glühen.

»Großer Fürst der Finsternis!«, fing Bieri wieder an mit seinem Theater, während sich seine Jünger bis auf meine zwei Bewacher im Halbkreis um den Steg scharten und ihre Hände in Richtung des Altars erhoben. »Deine Namen sind Legion, du bist Satanas und Luzifer, Belial und Leviathan, Marduk und Enbilulu, Zahrim und Suhgurim, Hegal und Baraschakuschu. Du wohnst in den Wassern, im Feuer, in der Erde und in der Luft. Wir rufen dich an in dieser Nacht, auf die wir so lange gewartet haben, zu dieser Stunde, in der der Mond sein Antlitz verhüllt, um blutrote Finsternis über die Welt zu bringen. Dies ist die Stunde, in der du heraufsteigst, o Gebieter, die Stunde, in der deine dunkle Macht am stärksten wirkt. Sieh diese Jungfrau, die wir dir zum Opfer darbringen, sieh diese schwarze Kreatur, die ihr Blut an deiner statt über sie ergießen wird!«

Die Gruppe stöhnte bei jedem seiner Sätze auf und steigerte sich mit dem Priester zusammen in eine Art Ekstase hinein.

Hannibal saß auf Jessys Bauch, Bieris Hand hatte ihn fest im Nacken gegriffen. In der anderen Hand hielt der rote Teufelsanbeter ein langes Messer. Zum ersten Mal hörte ich das Tier Laute von sich geben: ein kontinuierliches Murren, das manchmal fast in ein Heulen überging. Jetzt wo es für ihn ans Sterben ging, schien sich der traurige Kater wieder auf das Leben besonnen zu haben. Jessy rührte sich nicht, aber sie starrte den Satanspriester mit aufgerissenen Augen an. Nicht mehr Verachtung, Todesangst war darin zu sehen.

Ich hatte das Böse gefunden. Und langsam begann das Grauen auch in meinen säkularen Geist zu sickern. Der flackernde Schein des Feuers, der vage Schatten über dem Weiher tanzen ließ, die dunklen Gestalten mit ihren Kapuzen, der Mond, dessen fahles Licht fast völlig einem roten Glühen gewichen war ... Würde Satan aus dem dunklen Weiher emporsteigen?

Fern geglaubte Kinderängste drängten an die Oberfläche meiner Seele, die Angst vor dem Teufel, die ich längst überwunden gewähnt hatte, Bilder von Apollonias bocksfüßigem Hörnerklaus mischten sich in meinem Kopf mit der Fratze des toten Moritz, und wie ätzende Säure stieg Panik in mir hoch. Es gab ihn doch, den Teufel, dies hier waren seine Diener, und gleich würde er erscheinen!

Ich musste etwas tun. Wenn ich noch länger zuhörte und zuschaute, würde ich genauso verrückt werden wie sie. Es gibt keinen Teufel, Apollonia!, versuchte ich meinen Verstand beisammenzuhalten. Höchstens im Kasperletheater! Irgendwie musste ich diese grauenvolle Andacht stören, den Zauber brechen und diesen selbst ernannten Hohepriester aus dem Konzept bringen. Nur so konnte ich Zeit gewinnen, wenn ich auch nicht recht wusste, wofür.

Da fiel mir Fontane ein. Während des Deutschstudiums hatte ich mich mit seinen Schriften beschäftigt, und darin hieß es unter anderem, dass Humor die Realität verklärt und Distanz schafft zur Wirklichkeit. Worüber man lacht, das kann man nicht mehr völlig ernst nehmen. Wenn es mir gelänge, überlegte ich, die Zeremonie ins Lächerliche zu ziehen, dann würden sich vielleicht die noch nicht völlig Durchgeknallten von ihrem Herrn und Meister distanzieren, und ich konnte einen Keil in die Gesellschaft treiben. War Bieris Vorname nicht Caspar?

»He ihr, wisst ihr eigentlich, wie euer toller Meister heißt, der hier so einen Mummenschanz abzieht?«, rief ich und wehrte mich dagegen, dass man mir den Mund zuhielt. »Samiel – dass ich nicht lache! Er heißt ganz einfach Caschpar. Caschpar Bieri!« Dabei betonte ich die Dialektaussprache seines Namens, um das Ganze noch komischer klingen zu lassen. Dann improvisierte ich ein Lied, gegen den Widerstand meiner Bewacher: »Kaschper Bieri holt ein Bier, Kaschper, Kaschper, seht ihr nicht, dass das alles Kaschperletheater ist? Kaschperle, Kaschperle, mit der roten Zipfelmütze!«

Die Gruppe wurde tatsächlich unruhig, einige ließen ihre Arme sinken und schauten zu mir herüber.

Bieri hielt in seinem Sermon inne und drehte sich wütend um. Bei Fontane hatte es auch geheißen, dass Humor verdrießt, wenn man nicht in der Stimmung dafür ist. Bieri war absolut nicht in Stimmung. »Könnt ihr sie nicht zum Schweigen bringen?«, schrie er seine Genossen an.

»Kaschperle, Kaschperle! Mit der roten Zipfelmütze!«

Der Schrank drückte mir seine Hand auf den Mund, dass ich glaubte zu ersticken. Ich versuchte ihn zu beißen und erwischte ein wenig Haut.

»Aua!«, schrie er auf und versetzte mir eine Ohrfeige.

Die Mondfinsternis war jetzt vollkommen, eine rot glühende Kugel wie aus flüssiger Lava stand über dem Tal.

»Kaschperle! Kaschperle!«

Da rastete Bieri aus. »Jetzt reicht's! Los, erledigt sie!«, schrie er mit sich überschlagender Stimme.

Der Schrank und noch ein zweiter Mann packten mich und stießen mich zu einer Stelle am Weiher, wo das Ufer gut zugänglich war. Dort waren wir früher immer zum Baden ins Wasser gegangen.

»Ist das wirklich nötig?«, ließ sich plötzlich eine schüchterne Männerstimme vernehmen, die mir vertraut klang.

»Halt dein Maul, du Kretin!«, zischte wütend eine Frau zur Antwort. Auch sie sprach mit Schweizer Akzent. War sie Jolanda Haslinger? Nein, diese Stimme kannte ich doch ebenfalls!

Und dann fiel es mir wie Schuppen von den Augen: Die Zollers! Hannes und seine arrogante, blonde Frau gehörten auch zu der Gruppe! Dann war er es gewesen, der den toten Kater aus Rosas Zimmer entfernt und danach alles gesäubert hatte. Und wahrscheinlich hatte er mir auch die böse Überraschung mit dem Kadaver in meinem Auto bereitet. Ob er sogar Rosa umgebracht hatte? Nein, vermutlich nicht, Hannes war eher ein Mitläufer, das zeigte auch die Reaktion seiner Frau. Instinktiv kapierte ich, dass hier die Bresche war, in die ich schlagen musste.

»Hannes!«, schrie ich. »Hannes, hilf mir! Lass das nicht zu! Du bist doch kein Mörder! Hannes, bitte!«

Da wir am Ufer angelangt waren, konnte ich nicht sehen, was hinter mir geschah, aber offenbar hatte sich Hannes von der Gruppe gelöst und war hinter uns hergelaufen. In dem Augenblick, als die beiden mich mit dem Kopf voraus ins eiskalte Wasser stießen, um mich dann unterzutauchen, wurde einer von ihnen zur Seite gezerrt.

»Lasst sie los!«, hörte ich Hannes schreien. Die beiden versuchten ihn abzuwehren und ließen mich tatsächlich einen Moment los. Diese Chance nutzte ich und drückte mich mit den Füßen vom Ufer weg. Da meine Hände immer noch gefesselt waren, konnte ich nur wie ein Frosch durch die kräftigen Stöße meiner Beine vorankommen. Dabei hatte ich noch zusätzlich gegen das Gewicht meiner Stiefel und der Lederjacke anzukämpfen. Lange würde ich das nicht durchhalten, vor allem nicht in diesem kalten Wasser.

»Sie haut ab!«, brüllte einer.

»Dann haltet sie auf!«, schrie ihm die heisere Stimme zu.

Ich schwamm um mein Leben. Immer wieder verzweifelt nach Luft schnappend, hörte ich hinter mir etwas ins Wasser tauchen. Jemand befolgte den Befehl des Meisters. Wenn er mich erwischte, hatte ich mit den Fesseln keine Chance. Ich holte noch einmal tief Luft, dann tauchte ich unter und änderte unter Wasser sofort die Richtung. Teilweise berührte ich den Grund und stieß mich mit den Füßen immer weiter vorwärts. Nun half mir die schwere Kleidung, dass ich nicht gegen meinen Willen an die Oberfläche getragen wurde, wo man mich hätte sehen können. Mit letzter Kraft schaffte ich es unter den Steg, der gut dreißig Zentimeter über der Wasseroberfläche lag. So langsam wie möglich tauchte ich auf, und so leise wie möglich sog ich die Luft ein.

Der Mann, der ins Wasser gesprungen war, hatte inzwischen das andere Ufer erreicht und rief von dort aus: »Ich kann sie nicht finden, sie ist verschwunden!« Zum Glück konnte er mich hinter den Balken des Stegs im Dunkeln nicht sehen, zumal er gegen das Feuer schaute, das ihn sicherlich blendete.

Lange würde ich es aber im kalten Wasser nicht aushalten. Wenn nicht bald Rettung kam, brauchten sie gar nicht mehr Hand anlegen, um mich umzubringen. Doch in diesem Moment hörte ich über dem Rauschen der Ach, dem Knacken des Feuers und den aufgeregten Stimmen der Satanisten ein neues Geräusch, weit entfernt zunächst, kaum wahrnehmbar, aber dann immer lauter.

»Scheiße, Polizei!«, schrie jemand.

»Los, räumt die Sachen zusammen! Nehmt das Mädchen mit!«, versuchte Bieri noch einmal seine Autorität auszuspielen, aber ich wusste, dass sie in der Falle saßen. »Fahrt den

Waldweg hoch!«, wies er seine Kumpane an, in offensichtlicher Unkenntnis des Straßenverlaufs, denn der Waldweg endete an einer steilen Wiese. Ich hörte sie zum Parkplatz davonhasten.

Dann klatschte etwas ein Stück neben dem Steg ins Wasser. Bieri hatte den schwarzen Kater in hohem Bogen in den Weiher geworfen. Hatte er ihn vorher aufgeschlitzt? In der Eile offenbar nicht, denn ich sah, wie Hannibal in Richtung Ufer nun ebenfalls um sein Leben schwamm. Dabei kämpfte er gegen sein schweres Fell wie ich zuvor gegen das Gewicht von Jacke und Stiefeln. Aber irgendwann hatte er es geschafft und verschwand im Schilfrohr am Ufer. Erleichtert atmete ich auf.

»Los, komm!« Bieri war immer noch auf dem Steg. Anscheinend hatte er Jessy losgemacht und wollte sie mitnehmen. Er konnte sie auch schlecht hierlassen, festgebunden auf dem Altar, als Zeugin seiner Schandtaten. Und um sie einfach umzubringen war er wohl doch nicht skrupellos genug, dafür hatte er ja seine Handlanger gehabt. Die dachten aber nur noch an ihre eigene Rettung.

»Lass mich los, lass mich los!«, jammerte Jessy und wehrte sich gegen seinen Griff. Offenbar schaffte er es nicht allein, denn plötzlich stieß er einen Fluch aus und lief weg.

Inzwischen war das leise Jaulen der Polizeisirenen zu einem ohrenbetäubenden Geheul geworden, und das rote Flackern des Feuers wurde vom Blaulicht überstrahlt. Dann verstummte die Sirene plötzlich. Nun hörte ich startende Autos, durcheinanderschreiende Menschen und durch all den Lärm hindurch plötzlich eine Stimme, die meinen Namen rief: »Polli!« Es war Siggi.

Nun würde alles gut werden, wir würden gerettet, ich spürte schon die Wärme des Feuers, dabei war ich unendlich müde, wollte nur noch schlafen. »Ich bin hier, Siggi«, konnte ich noch murmeln. Dann schlug das Wasser über mir zusammen.

»Wo ist Samantha?«, war meine erste Frage. Die Antwort hörte ich nicht mehr. Nur noch blitzlichtartige Erinnerungsfetzen waren mir von den Geschehnissen jener Nacht geblieben, nachdem man mich aus dem Wasser geholt hatte. Das nächste Bruchstück war das Gesicht von Hannes und seine sonst so sorgfältig über die Glatze gekämmten Haare, die nass und wirr herabhingen, während er sich über mich beugte. Dazu erklang Siggis weinende Stimme: »Polli! Es kommt alles in Ordnung. Die kriegen dich wieder hin!« Und dann eine geschäftige, männliche Stimme: »Bitte gehen Sie zur Seite, damit wir sie einladen können.« Die letzte Erinnerung dieser Nacht war mein Blick aus dem Fenster des Ambulanzfahrzeugs auf den Mond, der als schmale Sichel über dem Wald hing.

Ich musste lange geschlafen haben. Mutters Stimme weckte mich. »Mädle, woisch, du machst Sachen! Wirscht du denn nie gscheider?«

Ich schlug die Augen auf, unendlich dankbar, ihr Schelten zu hören. Es gelang mir sogar, ein wenig zu lächeln. »Hallo, Mama!«

Dann sah ich, dass auch Apollonia und Siggi gekommen waren. Und nun erkannte ich erst, wo ich mich überhaupt befand: im Krankenhaus, an diverse Schläuche angeschlossen.

»Was ist denn passiert?«, wollte ich wissen und hatte Mühe, meiner Stimme einen Ton zu verleihen.

Alle drei redeten durcheinander, sodass ich gar nichts verstand. Als sie meine Miene voller Unverständnis sahen, hielten sie abrupt inne.

»Sie hätten dich beinahe umgebracht!«, sagte Mama, diesmal allein und ein wenig zu laut. »Und was sie mit Jessy vorhatten, das weiß der Himmel!«

Die Hölle!, dachte ich, denn langsam kehrte meine Erinnerung wieder.

Bevor sie mir aber berichteten, wie ich hierhergekommen war, stellte mir Mama einen Teller mit einem Stück Zwetschgenkuchen auf die Bettdecke. »Hier im Krankenhaus bekommst du bestimmt nichts Gescheites zum Essen!«

Damit hatte sie nicht unrecht, bisher hatte ich noch gar nichts gegessen, weil ich ja geschlafen hatte. Immerhin schaffte ich zwei Bissen von Mamas Kuchen.

Nachdem ich mich gestärkt hatte, wollte ich als Erstes wissen, wieso die Polizei ins Holderloch gekommen war. Ich hatte sie jedenfalls nicht angerufen, das war mir klar, denn ich erinnerte mich nun auch wieder an das nicht aufgeladene Handy.

»Also, das war so …«, begann Apollonia zu erzählen und ließ sich dazu auf einem Stuhl nieder. »Mir hat das keine Ruhe gelassen, dass du dorthin gefahren bist. Natürlich bin ich nicht ins Bett gegangen, sondern hab neben dem Telefon gewartet und gewartet. Und irgendwann hat es endlich geläutet, und ich hab schon geglaubt, dass du es bischt, aber es war Siggi. Sie wollte wissen, wo du bischt. Zuerst wusste ich nicht recht, ob ich ihr trauen kann …«

Sie sah schuldbewusst zu Siggi hinüber, die nur den Kopf schüttelte.

»… aber sie hat dann gesagt, dass diese Frau Staatsanwältin aus Konstanz, Weihnachtstag oder so …«

»Ostertag!«

»… Frau Ostertag, richtig, ich wusste doch, irgendein Feiertag. Also, die hätte bei ihr angerufen und ihr gesagt, wir müssten dich unbedingt finden, du seist in Gefahr. Sie hatte nämlich schon x-mal probiert, dich zu erreichen, aber da ischt immer nur der Anrufbeantworter angesprungen.«

Ich konnte ihnen einfach nicht sagen, dass mein Handy leer gewesen war, es war zu dämlich. Darum stellte ich gleich die nächste Frage: »Und wie bist du an Frau Ostertag gekommen, Siggi?«

»Frau Ostertag ist an mich gekommen! Sie hatte zuerst versucht, dich zu erreichen. Als das nicht klappte, hat sie einen Freund von dir angerufen, Volker, und der hat ihr meinen Namen gegeben, weiß Gott, wo er ihn herhatte. Sie hat mich daheim in meiner Wohnung erwischt und mir erzählt, worauf sie beim Durchstöbern der alten Akte gestoßen war.«

»Und worauf?«, fragte ich gespannt.

»Auf den Namen Bieri. Der tauchte dort als Zeuge auf, hat einem der Beklagten ein Alibi gegeben, und außerdem hat sie festgestellt, dass das tote Mädchen in Singen vier Tage nach einer Mondfinsternis entdeckt worden war. Das war im Mai 1985.«

»Also hatte ich recht mit meinem Verdacht! Die beiden Geschichten hingen zusammen.«

»Ja, und Frau Ostertag wollte natürlich wissen, wo du bist. Aber ich hatte keine Ahnung. Also hab ich Apollonia angerufen, die mir gesagt hat, dass du ins Holderloch wolltest. Dann bin ich zum Polizeirevier in Ravensburg gefahren. Frau Ostertag hatte dort Bescheid gegeben, damit jemand mit mir mitkommt. Und da war ein Kommissar Illig ...«

»Andreas!«

»Ja, genau. Kennst du den?«

»Mit dem hatte ich vor ein paar Jahren mal zu tun. Und weiter?«

»Also, der hat gesagt, er habe im Protokoll gesehen, dass du schon einmal da gewesen seist, vorgestern Nachmittag ...«

»Vorgestern? Wie lange hab ich denn geschlafen?«

»Gestern den ganzen Tag und noch mal eine ganze Nacht«, erklärte Mama. »Du warscht doch so unterkühlt, sie hatten schon Angst, dass sie dich gar nicht mehr wach kriegen!«

»Ja, und dieser Herr Illig hat gesagt, dass sein Kollege deine Aussage nicht so ernst genommen habe, aber das, was Frau Ostertag jetzt sagte, würde natürlich eine ganz neue Sachlage schaffen. Der Mann ist ein ziemlicher Bürokrat, glaube ich. Wir sind dann sofort losgefahren, nachdem wir zur Sicherheit noch die Ambulanz angerufen hatten. Die Mondfinsternis war ja auch schon so weit fortgeschritten, wir hatten wirklich Angst um dich!« Sie nahm liebevoll meine Hand.

»Das war auch knapp, kann ich dir sagen!« Dankbar drückte ich ihre Hand. »Aber was ist mit den Satanisten? Hat man sie alle gekriegt? Und wie geht's Jessy? Und was ist mit Samantha?«

Fragen über Fragen, aber ich schaffte es einfach nicht, länger wach zu bleiben. Apollonia begann ebenfalls schon zu schnarchen auf ihrem Stuhl, und so verabschiedete ich die drei, nachdem Siggi mir noch versprochen hatte, beim Sprachendienst und bei der Volkshochschule in Konstanz anzurufen, um meine Kurse für diese Woche abzusagen.

Am nächsten Tag kamen sie wieder, alle drei, und da erfuhr ich, dass ich Jessy mein Leben verdankte. Nachdem Bieri sie losgelassen hatte, war sie hingefallen und auf dem Steg liegen geblieben. Deshalb hörte sie, dass ich darunter war und noch etwas flüsterte, bevor ich unterging. Sie schrie um Hilfe, und Hannes war es dann, der mich aus dem Wasser zog. Anschließend legte er bei der Polizei ein umfassendes Geständnis ab. Offenbar war er froh gewesen, dass er sich endlich erleichtern konnte, und hatte geredet wie ein Wasserfall. So hatte es jedenfalls Andreas Illig Siggi erzählt.

Hannes war, wie ich vermutet hatte, über seine Frau zu der Gruppe gestoßen. Diese kannte Bieri von früher, und irgendwann hatte sie heimlich den Kontakt zu ihm wiederaufgenommen. Das eintönige Leben in Baselreute hatte ihr einfach nicht genügt, zumal es den Zollers auch finanziell nicht gerade rosig ging. Mithilfe der magischen Praktiken in Bieris Zirkel hatte sie sich einerseits Abwechslung verschafft und andererseits gehofft, zu Geld zu kommen. Als Hannes ihr geheimes Treiben entdeckte, stellte sie ihn vor die Wahl: Entweder er würde mitmachen, oder sie würde ihn verlassen. Welche auch immer seine Beweggründe waren, bei den Satanisten mitzumachen – die Angst, seine Frau zu verlieren, der Wunsch, ihr zu beweisen, dass er ebenso stark und furchtlos war wie die anderen Männer der Gruppe, oder auch die Hoffnung auf Geld –, jedenfalls wurde er zu ihrem Handlanger.

Am Morgen nach Rosas Tod schickte ihn seine Frau zu der Wohnung mit dem Auftrag, alles in Ordnung zu bringen. Er hatte keine Ahnung, was ihn dort erwartete, und obwohl er entsetzt war, als er es sah, räumte er den Kater aus dem Weg und machte alles sauber. Erst danach holte er seinen Vater zum Ausstellen des Totenscheins.

Hannes hatte beim Verhör jedoch geschworen, dass nicht er es gewesen war, der mir den toten Moritz unter die Motorhaube geschmuggelt hatte. Er habe ihn nur mitgenommen und in seinen Schuppen gelegt. Später wollte er ihn begraben, aber da sei er verschwunden gewesen. Er habe seine Frau nicht weiter danach gefragt. Irgendeiner von Bieris Spießgesellen hatte mir wohl nach Frau Zollers Anweisung einen Schrecken eingejagt.

Auf die Frage, ob Hannes etwas von dem toten Mädchen aus Altann wisse, wollte er zunächst nicht antworten. Aber am Ende gab er zu, dass sie tatsächlich wie Jessy unter Drogen gesetzt worden war. Sozusagen als Test für den Abend der Mondfinsternis. Dann hatten ein paar Mitglieder der Gruppe sie vergewaltigt. Er selbst habe sich geweigert, ihm sei schlecht geworden. Daraufhin habe seine Frau ihn nach Hause geschickt. So hatte er nicht mitbekommen, was hinterher mit dem Mädchen geschehen war. Er habe geglaubt, sie hätte sich selbst umgebracht. Erst als er beim Mondfinsternisritual gesehen habe, was sie mit mir vorhatten, sei ihm klar geworden, dass dem Mädchen wohl auch etwas Derartiges zugestoßen sein müsse. Dass Bieri schon vor Jahren mit einer Gruppe wahrscheinlich eine ähnliche Zeremonie bei Singen abgehalten hatte, davon wusste Hannes nichts.

Nach seinem Geständnis waren jedoch auch von den anderen einige weich geworden und hatten seine Geschichte bestätigt. Nicht Bieri und nicht Jolanda Haslinger, die sich Lilith nannte. Sie waren die Anführer der Gruppe, die Hohepriester, und sie schwiegen eisern. Aufgrund der Geständnisse der anderen Mitglieder wurden jedoch auch sie verhaftet.

Als ich nach Jessy fragte, verstummten die drei einen

Moment, dann antwortete Mutter mit belegter Stimme: »Sie isch momentan in der Weißenau.«

Die Weißenau war die psychiatrische Klinik des Landkreises Ravensburg, die auch für Baselreute zuständig war. Dorthin zu kommen galt im Dorf als etwas Ehrenrühriges. Und wenn jemand von der Verwandtschaft in der Weißenau landete, redete man nicht gerne darüber. Daher fuhr Mutter schnell fort: »Aber sie soll Ende der Woche wieder heimkommen. Es ist mehr zur Beobachtung. Weil sie so durcheinander war.«

»Die Ärztin hat gesagt, die Satanisten hätten ihr eine regelrechte Gehirnwäsche verpasst«, bestätigte Siggi. »Sie hätte wahrscheinlich sogar ihre Eltern geopfert, wenn man es von ihr verlangt hätte.«

»Wie ist sie denn überhaupt da reingeraten?«

»Über die Band ›Dark Sunrise‹. Drei Mitglieder aus Bieris Gruppe haben dort mitgespielt. Jessy war wohl mal auf einem Konzert von denen, mit Schulkameraden. Und einer von ihnen hat sie angesprochen. Wahrscheinlich hat sie sich in ihn verknallt. Wie das halt ist bei so jungen Mädchen.«

Und bei manchen älteren, dachte ich. »Aber das sind doch Rock-Opas, bestimmt alle um die vierzig! Wie konnte sich Jessy in so einen verlieben?«

»Von der ursprünglichen Band sind wohl nur noch zwei dabei. Die anderen sind jünger. Die weiteren Kontakte liefen dann offenbar vor allem übers Internet. Jessy nannte sich Marukka. Die hatten sich alle irgendwelche Dämonennamen zugelegt.«

»Aber die Mails waren komplett gelöscht«, warf ich ein. »Wie habt ihr das alles rausgefunden?«

»Die Polizei hat ihren Computer mitgenommen«, erklärte Mutter, ganz erleichtert. Inzwischen musste ich ihr sogar recht geben mit ihrer Skepsis gegenüber dem Teufelswerk Internet. Zumindest in diesem Fall.

»Die haben Spezialisten, die Daten rekonstruieren können, auch wenn sie gelöscht sind. Teilweise ist es ihnen schon gelungen«, ergänzte Siggi.

»Von Jessy wussten diese Satanisten übrigens auch, dass du deinen Vortrag in Meersburg hattest, das hat Hannes erzählt. Thomas Arnold war ganz unschuldig!«, beteuerte Siggi.

»Ach, Thomas war nicht dabei?«

»Nein, aber dein Rainer!«

»Er ist nicht mein Rainer!«, begehrte ich laut auf, bekam aber gleich einen Schweißausbruch vor Anstrengung.

Apollonia, die auf ihrem Stuhl eingenickt war, schreckte hoch. »Was isch?«

»Nix, nix«, beruhigte sie meine Mutter. »Polli hat sich nur mal wieder mit dem falschen Mann eingelassen.«

»Das ist nicht wahr, ich hab mich nicht mit ihm eingelassen!«

Allerdings hätte ich es fast, dachte ich, und bei dem Gedanken wurde mir speiübel.

»War er das mit meinem Unfall?«

»Nein, er hat nur kontrolliert, ob ihre Abschreckungsstrategie auch funktioniert. Der Fahrer von Bieri, vielleicht erinnerst du dich, so ein großer Kerl, angeblich der Schwingerkönig des Kantons Nidwalden von 1999, der war für solche Sachen zuständig.«

Oh ja, an den Schrank erinnerte ich mich sehr gut! Ich fuhr über meine Wange, die immer noch schmerzte. Überhaupt wurde mir langsam bewusst, wie viele Körperteile mir wehtaten, vom Kopf übers Gesicht zu den Handgelenken bis hin zum Muskelkater in den Beinen wegen der ungewohnten sportlichen Betätigung beim Umslebenschwimmen.

»Sagt mal, wie seh ich eigentlich aus?«

Sie drucksten ein wenig herum. Dann meinte Siggi charmant: »Schau lieber für eine Woche nicht in den Spiegel, sondern behalte dich so in Erinnerung, wie du warst und hoffentlich bald wieder bist!«

»Das klingt ja wie bei einem Verstorbenen! Ist es so schlimm?«

»Na ja, sie haben dich ganz schön vermöbelt.«

»Und was ist mit den Katzen?«, fiel mir plötzlich ein. »Hannibal und Samantha?«

»Hannibal ist so weit in Ordnung. Wir haben ihn im Schilf neben dem Steg gefunden, und ich hab ihn vorläufig mit zu mir genommen«, antwortete Siggi. »Das Seltsame ist, dass er jetzt wieder ganz normal wirkt, er frisst und schnurrt … So wie vor dem Tod von Rosa.«

Ich musste daran denken, wie der arme Kerl um sein Leben geschwommen war. »Die Todesangst hat wahrscheinlich seinen Lebenstrieb wieder aktiviert«, mutmaßte ich, ganz Katzenpsychologin. »Aber wo ist Samantha?«

Siggi zögerte und zuckte mit den Schultern. »Sie ist leider verschwunden. In dem ganzen Tohuwabohu ist sie abgehauen. Wir haben sie lange gesucht, aber ohne Erfolg. Entweder treibt sie sich noch im Wald herum oder…« Sie stockte.

»Oder was?«

»Lioba meint, dass sie wahrscheinlich einem Fuchs zum Opfer gefallen ist.«

Mir kamen plötzlich die Tränen. Da hatte ich die kleine Katze endlich wiedergefunden, und nun war sie erneut verschwunden, womöglich sogar tot!

»Habt ihr in Holderloch gefragt, bei den Leuten?«

»Wir haben sogar in allen Häusern Zettel mit meiner Telefonnummer verteilt. Momentan können wir nichts tun als warten.«

»Was wollten sie denn überhaupt mit Samantha? Habt ihr das rausgefunden?«

»Martina hat gesagt …«

»Wer ist Martina?«

»Ach, das weißt du noch gar nicht. Martina Koch, unsere Texterin, gehörte zu der Gruppe. Sie trug den Namen Kaia und war neben der Frau von Hannes Zoller die Hauptfigur hier in Oberschwaben.«

»Martina? Die Frau mit dem Madonnengesicht war Kaia?«

»Unfassbar, nicht wahr?«

Nun wusste ich auch, warum mir ihre Stimme bekannt vorgekommen war. Wahrscheinlich war sie es gewesen, die meine Visitenkarte an Bieri weitergegeben hatte.

»Aber wie kam sie nur dazu? Sie hat so einen normalen Eindruck auf mich gemacht!«

»Damals, als Thomas zum ersten Mal nach Turin gefahren ist, war sie doch auch dabei, und tatsächlich hat die ganze Geschichte dort angefangen. Bieri hat sich mit Jolanda Haslinger getroffen, die teils in Bern, teils in Turin lebt. Es war wohl schon spät an diesem Abend, und Thomas hatte anscheinend keine Lust mehr auszugehen. Aber Bieri hat Martina überredet mitzukommen, und so ist sie in diesen Kreis geraten. Zunächst habe sie nur aus Neugier mitgemacht, hat sie gesagt, aber dann habe sie gesehen, welche Macht die schwarze Magie verleihen könne. Und offenbar glaubte sie, sie könnte durch so ein magisches Ritual endlich Thomas für sich gewinnen. Sie muss vollkommen verrückt nach ihm sein und war bereit, sich auf alles einzulassen, und sei es noch so kriminell. Du warst wirklich in Gefahr, Polli! Erinnerst du dich an den Abend im Restaurant? Wie sie völlig aufgelöst davongerauscht ist?«

Und ob ich mich erinnerte! Nicht nur an Martinas Abgang, sondern auch an den Fleck auf Siggis Bluse und meinem Busen, und an den melancholischen Thomas, der Siggi vergeblich beim Tanzen angeschmachtet hatte.

»Du kannst von Glück sagen, dass Bieris Begleiter an jenem Abend im fernen Bern weilte, sonst hätte sie dein Auto vielleicht da schon außer Gefecht setzen lassen.«

»Und das auch noch völlig unberechtigt, Thomas war ja in Wirklichkeit nur an dir interessiert!«

»Na ja, an dem Abend hat er schon ganz schön mit dir geflirtet. Und dass er bei mir nicht landen kann, wusste Martina ja.«

»Aber wie kamen sie nur auf die Idee mit Samantha und den Birmas?«

Siggi holte tief Luft. »Das war meine Schuld.«

»Wieso das denn?«

»Ich hab doch vor einiger Zeit Fotos gemacht von Moritz und Samantha und den anderen Katzen. Und die hab ich Martina gezeigt und ihr von den Black-Silver-Birmas vorgeschwärmt, schön wie der Mond in dunkler Nacht, und so weiter. Wir saßen in der Kaffee-Lounge, so wie wir beide neulich, und sie war sehr interessiert. Als Bieri das nächste Mal kam, hat sie darauf bestanden, dass er die Bilder auch sehen kann, aber ich hatte sie nicht mehr da. So hab ich ihn auf die Homepage verwiesen. Ich hab mich noch gewundert, dass sich jemand wie er für Katzen interessiert, aber dann musste ich an die Katzenausstellungen denken, wo es ja auch immer Männer gibt. Jedenfalls haben er und Jolanda Haslinger nach Begutachtung von Rosas Internetseite offenbar beschlossen, die Black-Silver-Birmas zum Symboltier der Gruppe zu machen. Sie haben sich selbst und den anderen Mitgliedern eingeredet, dass sich mit den Tieren magische Kräfte verbanden.«

»Und wie wollten sie diese magischen Kräfte nutzen?«

»Was sie später im Einzelnen mit den Tieren vorhatten, weiß ich nicht. Das konnte uns keiner sagen. Offenbar ist das ein Geheimnis, das die Hohepriester ihren Anhängern noch nicht verraten haben. Vorläufig hatten sie nur vor, die Katzen zu züchten.«

Ich musste an Volkers Geschichte von der Mopszüchterin denken. Ob die Birmas auch so geendet hätten?

»Aber Rosa wollte nicht so wie sie, oder?«

»Nein, sie wollte nicht. Zuerst hat Bieri selber bei ihr vorgesprochen, wollte ihr den Zuchtkater abkaufen. Das war wahrscheinlich der Besuch, bei dem ihn Frau Pingel gesehen hat. Dann haben sie Jolanda Haslinger auf sie angesetzt, die ja Kartäuserkatzen züchtet. Sie hat Rosa wie zufällig auf einer Katzenausstellung angesprochen. Schließlich haben sie mitbekommen, dass Jessy Verwandte in Baselreute hat, und haben das Mädchen vorgeschickt in der Hoffnung, dass meine Tante bei ihr weich wird. Und als auch das nicht funktionierte, haben sie Rosa gedroht. Doch die hat sich nicht beeindrucken lassen.«

»Ob Rosa gewusst hat, mit wem sie da zu tun hatte?«

»Gewusst vielleicht nicht, aber wahrscheinlich hat sie es geahnt. Sonst hätte sie sie nicht gleich verdächtigt wegen Moritz.«

»Und Samantha, wieso sollte sie überhaupt bei diesem Ritual dabei sein, wenn sie nur für die Zucht vorgesehen war? Hannibal jedenfalls wollten sie töten.«

»Sam sollte dabei wohl nicht umgebracht werden, sondern nur etwas von Hannibals Blut abbekommen, so wie Jessy, um ›eingeweiht‹ zu sein, wie Martina sich ausdrückte.« Siggi schüttelte den Kopf. »Mein Gott, was für Spinner! Das hätte ich niemals gedacht. Wo doch Martinas Vater für die Kirche tätig ist!«

»Für die Kirche?«, fragte ich überrascht.

»Ja, für die evangelische Kirche in Ravensburg. Sektenbeauftragter oder so was. Wohnen tut er aber in Unterankenreute.«

Nun wurde mir einiges klar. Ich hatte offenbar mit Martinas Mutter telefoniert, als ich wegen der Schafzucht im Weißen Bronnen nachgefragt hatte.

»Dann hat Martina den Weißen Bronnen gepachtet. Und hat ihre Familie als Pächter angegeben, ohne dass die es wusste!«

Beim Stichwort »Weißer Bronnen« wurde auch Apollonia wieder munter, die eingenickt war. Sie war es ja gewesen, die herausgefunden hatte, an wen der Weiße Bronnen verpachtet worden war. »Das war also die Familie Koch. Die Schafzüchter!«, stellte sie fest.

»Schafzüchter?« Siggi sah uns verständnislos an.

Wir erklärten es ihr.

»Aber das heißt, dass ich recht hatte mit dem Weißen Bronnen, nicht wahr?« Ich hatte es zwar ohnehin schon gewusst, wollte es aber gern von Siggi persönlich hören, als kleine Rache, weil sie in diesem Punkt so misstrauisch gewesen war.

»Jaa«, gab sie zu, »da hast du wohl recht gehabt. Sie hatten die Katzen zuerst dort untergebracht und wollten auch ihr Ritual dort abhalten. Dann hat dein Rainer ...«

»Er ist nicht mein Rainer!!«

Sie lachte, ein klein wenig schadenfroh. Die Retourkutsche für den Weißen Bronnen. »Dann hat Rainer ihnen von deinem Verdacht erzählt, und da haben sie kurzfristig umdisponiert. Holderloch kannten sie ja, und offenbar haben sie da für ihr Ritual auch ganz gute ›Bedingungen‹ vorgefunden, wie Hannes es formulierte.«

»Sag mal, wusste Martinas Vater denn, was seine Tochter so treibt?«

»Nein, er ist aus allen Wolken gefallen. Dabei hat sie über ihn manche Informationen bekommen. Er war bei irgend so einer Liste im Internet, wo sich Sektenbeauftragte über Satanismus und Ähnliches austauschen, und da ist sie wohl manchmal heimlich über seinen PC reingegangen. So wusste sie immer Bescheid, was der Gegner macht.«

»Ich glaube, Volker ist auch bei dieser Liste. Au Mann, er hat noch gesagt, dass er dort den Fall mal schildern will und nachfragen, ob jemand was weiß.«

»Sie war ganz schön schlau, was?«

Plötzlich packte mich die Wut. Dank ihrer Schlauheit wären ich und Jessy beinahe ums Leben gekommen! Dank ihrer Schlauheit war Samantha verschwunden und vielleicht schon tot! »Nicht schlau genug!«, antwortete ich mit kalter Genugtuung darüber, dass Martina nun hoffentlich ins Gefängnis wandern würde.

Siggi seufzte. »Jedenfalls wird sie bei Maurer und Arnold fehlen! Zumal ja jetzt auch unser größter Kunde, Bieri, wegfällt. Thomas ist ziemlich fertig deswegen.«

Was erwartete sie von mir? Dass ich ihn bemitleidete? Andererseits konnte er ja gar nichts für das Ganze. Ich hatte ihn zu Unrecht verdächtigt, obwohl er am Telefon so nett gewesen war. »Sag ihm mal schöne Grüße«, versuchte ich eine kleine, innere Wiedergutmachung.

»Werd ich ausrichten.«

»Aber weißt du, was ich immer noch nicht verstehe? Warum haben sie Moritz umgebracht? Nur um Rosa einen tödlichen Schreck einzujagen?«

»Also, das ist eigenartig. Sie haben alles Mögliche gestanden, auch dass sie Moritz bei Rosa aufs Bett gelegt haben, aus Wut und Rache, weil Rosa nicht bereit gewesen war, den

Kater zu verkaufen. Aber keiner hat zugegeben, Moritz vergiftet zu haben. Sie wollten ihn lebend haben, eben für die Zucht. Vielleicht ist der Kater doch nur überfahren worden.«

»Aber Angelika hat doch bestätigt, dass er vergiftet wurde!«

Sie zuckte die Schultern. »Ich weiß doch auch nicht, Polli, vielleicht hat er das Gift ja irgendwo in Rosas Garten erwischt!«

Ich konnte mich nicht erinnern, dort Eisenhut gesehen zu haben, aber vielleicht täuschte mich meine Erinnerung ja.

Obwohl mich all die Neuigkeiten ziemlich aufgeregt hatten, überkam mich langsam wieder die Müdigkeit.

Tatsächlich musste ich bis zum Wochenende im Krankenhaus bleiben, dann waren sich die Ärzte sicher, dass ich nicht noch eine Lungenentzündung bekommen würde, und meine Blessuren waren auch einigermaßen abgeheilt. Erst am Samstag traute ich mich, in den Spiegel zu schauen, nachdem ich Siggis Ratschlag brav die ganze Woche befolgt hatte. Nun wunderte ich mich auch nicht mehr über die Reaktion meiner Besucher. Ob Anna und Peter, Carla Ostertag, Volker Riemann oder Thomas Arnold, sie alle hatten bei meinem Anblick schmerzlich das Gesicht verzogen, als wären sie selbst von einem Schlag getroffen worden. Inzwischen war die Farbe meines blühenden Veilchens bereits ins Schwärzlichgelbe übergegangen, aber ich sah noch immer ziemlich übel aus. Das störte mich vor allem bei Thomas Arnold, für den ich gerne ein wenig hübscher gewesen wäre.

Er war am Mittwochabend noch vorbeigekommen und hatte mir eine weiße Calla in einer edlen schwarzen Vase mitgebracht. Sein Schwarzweißtick machte selbst vor Blumen nicht halt. Allerdings passte das Ensemble hervorragend zu seiner Arbeitskleidung: schwarze Hose, schwarzes Hemd, schwarze Haare.

Ich war gerade wieder aufgewacht, und nachdem er seinen Schock über mein Äußeres überwunden und ich ihm versichert hatte, dass mein innerer Zustand dem äußeren keineswegs mehr entspreche, fragte er zögernd, ob ich denn wirklich ernsthaft geglaubt hätte, er sei in die Sache verwickelt. Anscheinend hatte Siggi geplaudert. Er wirkte nun nicht mehr arrogant, sondern eher ein bisschen unsicher.

Ich war ehrlich und sagte Ja.

Eine Weile lang schwieg er, dann brach es plötzlich aus ihm heraus: »Ich benehm mich manchmal wie ein Arschloch, oder?«

Ich war ehrlich und sagte nicht Nein.

Da mussten wir beide lachen ob dieses Anfalls von Selbsterkenntnis, und nun entspann sich – wie schon am Telefon – ein lebhaftes Gespräch, ganz locker und ohne dass er den Helden markiert hätte wie an dem Abend im Restaurant. Als ich schließlich wieder müde wurde, nahm er zum Abschied meine Hand. Mit beiden Händen hielt er sie fest und sah mir fest in die Augen. Mir lief ein angenehmer Schauer über den Rücken. »Ich komm wieder, sobald ich kann!«, versprach er.

Und er kam am Donnerstag und am Freitag und am Samstag und am Sonntag. Und zum Abschied nahm er jedes Mal meine Hand. Und jedes Mal drückten wir heftiger und sahen uns länger in die Augen, und der Schauder über meinem Rücken wurde prickelnder. Die Unmöglichkeit, sich unter diesen Umständen näher zu berühren, erhöhte noch den Kitzel.

»Von der einen Katastrophe genesen und auf dem Weg in die nächste!«, war Siggis lakonischer Kommentar am Montagmittag, als sie mich abholte und Grüße von Thomas ausrichtete, der wegen eines Termins in Reutlingen verhindert war.

Die Tage im »14 Nothelfer«-Krankenhaus in Weingarten waren schnell vorbeigegangen und alles andere als ruhig gewesen.

Andreas Illig war mit Glencheckjacke und Pullunder aufgetaucht, um meine Zeugenaussage aufzunehmen. Ich erzählte ihm alles, was in den letzten Wochen passiert war, mit besonderer Betonung auf meinen vergeblichen Versuchen, die Polizei zu informieren. Er entschuldigte sich damit, dass es eben überall Personalmangel gebe, auch bei der Polizei. Dann schilderte er mir ausführlich, in welche Richtungen sie derzeit noch ermittelten, sogar länderübergreifend in Bern. Anscheinend waren auch dort in den letzten Jahren einige Mädchen auf mysteriöse Weise ums Leben gekommen, und die Schweizer Kollegen überprüften nun, ob es bei diesen Fällen irgendeinen Zusammenhang mit Bieri und seiner Gruppe gab.

Volker und Carla Ostertag hatten zusammen den See überquert, um ausdauernd an meinem Bett den Kopf zu schütteln über meinen Leichtsinn, wo sie mich doch beide gewarnt hatten. Carla wollte den alten Fall in Singen wiederaufrollen, auch wenn ihrer Meinung nach die Chancen nicht gut standen, Bieri deswegen noch dranzukriegen. Aber man konnte ja nie wissen.

Anna und Peter kamen mit einem Riesenblumenstrauß und Pralinen, um sich zu entschuldigen und mir zu danken, dass ich Jessy gerettet hatte. Die war immer noch in der Weißenau. Peter erzählte, dass die Polizei die Mails wieder komplett rekonstruiert habe und dass daraus klar geworden sei, wie sehr Jessy in die Sache verstrickt gewesen war. Sie hatte Jolanda Haslinger als ihre »echte Mutter« bezeichnet, natürlich unter deren Satanistennamen Lilith. Immer wieder hatte sie sich gehässig über Anna ausgelassen, und in einer Mail hatte sie sogar angekündigt, ihre Mutter umzubringen, wenn es zu Hause so weitergehe.

Außerdem hatte sie inzwischen erzählt, dass sie nach dem Streit am Tag vor der Mondfinsternis zu Familie Zoller geflüchtet war. Frau Zoller war anscheinend nicht sehr glücklich darüber gewesen, aber sie hatte sich auch nicht getraut, das Mädchen wieder zurückzuschicken, um das geplante Ritual nicht zu gefährden. Also hatte sie ihr ein Beruhigungsmittel gegeben und sie in ihrem Gästezimmer übernachten lassen.

Die beiden waren noch immer sichtlich schockiert, und

ich sagte Anna, wie leid es mir tat, dass ich ihre Bedenken nicht ernster genommen hatte. Ich schämte mich im Stillen für die Arroganz, mit der ich ihre mütterlichen Sorgen als Spießigkeit abgetan hatte. Zum Abschied umarmten wir uns lange.

Und immer wieder kamen Siggi, Mama und Apollonia. Siggi mit Informationen, Mama mit Kuchen und Apollonia mit gutem Willen, der jedoch meist schnell dem Schlaf zum Opfer fiel.

Alle kümmerten sich rührend um mich.

Dann geschah das Wunder.

Am Sonntag kam Siggi schon vormittags gegen elf mit Verschwörermiene in mein Krankenzimmer. Ich war am Donnerstag von der Intensivstation in ein normales Zweibettzimmer zu einer älteren Frau verlegt worden, die gerade eine Magenoperation hinter sich hatte und die meiste Zeit schlief.

Siggi trug eine Sporttasche bei sich. Vorsichtig stellte sie sie mitten auf meine Bettdecke.

»Was soll das denn?«, fragte ich etwas unwillig.

Dann hörte ich ein Miauen.

»Neein!!« Ich strahlte Siggi ungläubig an und begann an dem Reißverschluss zu zerren. Er war noch nicht zur Hälfte auf, als sich ein freches, schwarzes Schnäuzchen hindurchzwängte.

»Samantha!«

Sie antwortete tatsächlich mit »Miau«.

Die Frau im Bett neben mir begann zu stöhnen, aber dann schlief sie weiter.

»Wir müssen aufpassen, dass die Schwestern sie nicht sehen. Tiere sind verboten im Krankenhaus!«, warnte Siggi.

Vorsichtig nahm ich Samantha mit beiden Händen aus der Tasche und setzte sie vor mir aufs Bett. Ich beugte mich zu ihr hinab und redete zärtlich auf sie ein, und schon beim ersten Streicheln begann sie zu schnurren, stellte sich auf ihre Beinchen und stupste mit ihrer Nase an mein Kinn.

»Wo hast du sie gefunden?« Vor Freude und Erleichterung hätte ich fast geweint.

»Sie ist einer Familie in Holderloch zugelaufen, gestern Abend, als es angefangen hat zu regnen. Da war's ihr dann wohl doch zu ungemütlich im Wald. Hat sich vor die Terrassentür gesetzt und miaut, und die Leute haben mich dann angerufen.«

Sie blieb etwa eine halbe Stunde, wir redeten, und ich streichelte die ganze Zeit Samantha, die sich an meine Brust kuschelte und hingebungsvoll schnurrte. Dann hörte man draußen plötzlich geschäftige Schritte, und wir verfrachteten die Katze schnell wieder in die Tasche.

»Also dann, ich hol dich morgen ab, so gegen Mittag!«, sagte Siggi etwas lauter als nötig, als die Tür aufging und eine Schwester hereinkam. »Und Samantha wird dann auch dabei sein. Sie will mit dir nach Konstanz fahren!« Als würde sie von einer gemeinsamen Freundin sprechen. Dann war sie samt ihrer Tasche verschwunden.

Ich strich schnell die Decke glatt, damit die Schwester die kleinen Pfoteneindrücke auf der Bettwäsche nicht sah.

Es war Donnerstagabend, als ich von meinem Volkshochschulkurs nach Hause kam und Siggis Stimme vom Anrufbeantworter hörte, die düster schepperte: »Polli, wir müssen dringend reden!« Das Scheppern war dem Gerät geschuldet, doch der Tonfall schlug mir nach all den Ereignissen der vergangenen Wochen sofort auf den Magen. Was war passiert?

Mit Samantha auf dem Arm drückte ich auf Rückruf, obwohl es schon spät war …

Die kleine Katze war wie selbstverständlich bei mir eingezogen. Auf dem Weg nach Konstanz hatten Siggi und ich bei dem größten Tierbedarfsgeschäft der Stadt haltgemacht, um eine Grundausstattung zu besorgen. Transportkorb und Katzenklo, Futternäpfe und Kratzbaum, das teuerste Kitten-Futter und natürlich jede Menge Spielzeug. Ich kam mir vor, als würde ich ein Kind bekommen. Und ich war genauso aufgeregt. Es würde bestimmt nicht einfach werden mit Job und Wohnung und Katze, aber eins war mir klar: Samantha hatte mich gefunden, und ich würde mich nicht mehr von ihr trennen. Tatsächlich gestaltete sich das Ganze weniger schwierig, als ich gedacht hatte. Barbara, die frühpensionierte Lehrerin, war hellauf begeistert, als ich vorsichtig anfragte, ob sie vielleicht mal nach der Katze schauen könnte, wenn ich nicht da war.

»Aber natürlich, da wird sich mein Paulchen freuen, dass er ab und zu Gesellschaft bekommt!«

Da mich Katzen bis vor Kurzem nicht interessiert hatten, war Paulchen für mich nur die Tigerkatze von Barbara gewesen, die ich manchmal im Flur oder im Garten hinter dem Haus gesehen hatte. Nun bekam die Tigerkatze plötzlich Persönlichkeit, und sofort fragte ich mich, ob Paulchen wohl der richtige Umgang für Samantha war. Und überhaupt, sollte ich sie ins Freie lassen? Und wenn sie nicht mehr nach Hause fand? Oder geschwängert wurde? Oder unter ein Auto kam?

Vorläufig würde sie in der Wohnung bleiben müssen, entschied ich, und auch Barbara riet mir dazu. Später konnte man immer noch sehen. Hin und wieder brachte sie Paulchen vorbei, um ihn mit der Kleinen spielen zu lassen. Was er zu Barbaras Verwunderung auch ausgiebig tat.

»Jetzt schau dir diesen alten Knaben an!«

Der Kater ließ sich von Samantha durch die ganze Wohnung scheuchen, und sie flitzte voller Begeisterung und ohne jeden Respekt vor Alter oder Größe hinter ihm her. Zum Ausgleich bediente er sich ausgiebig an ihrer Futterschüssel.

Als Ruth von meiner neuen Hausgenossin hörte, schleppte sie einen ganzen Korb voll Katzenspielzeug an – »Noch von meinem Filou!«, erklärte sie seufzend –, sodass Samanthas Krempel bald in der ganzen Wohnung verstreut war. Wie bei anderen Leuten die Kinderspielsachen!, musste ich denken. Aber ihr zuzuschauen, wie sie filmreife Ballkunststückchen absolvierte oder mit einem Salto und zwei Schrauben nach einer Vogelfeder an der Angel sprang, war besser als jeder Film im Fernsehen.

Doch es schien Samantha auch nichts auszumachen, wenn sie mal zwei oder drei Stunden allein war. Sie schlief ohnehin viel, und zwar am liebsten in meinem Bett, unter die Decke gekuschelt, außer früh am Morgen, wenn ich meinerseits noch gerne dem Schlaf gefrönt hätte. Spätestens um halb sieben wurde ich von einem herzzerreißenden »Miaooo« geweckt, was so viel heißen sollte wie: »Ich stehe kurz vor dem Hungertod, rette mich!« Wenn ich mich trotzdem noch schlafend stellte, setzte sie sich auf meine Brust und sah mir unverwandt in die Augen. Und wenn auch das nichts nützte, begann sie zu treteln wie ein kleines Katzenbaby an der Mutterbrust. Da blieb mir dann nichts anderes mehr übrig, als ihrem Drängen nachzugeben.

Mein Lieblingsgericht, Spaghetti, fand Samanthas ungeteilte Zustimmung, denn sie bekam von den frisch abgeseihten Nudeln jedes Mal eine ab, einen Spaghettiwurm, den ich vor ihr in der Luft baumeln ließ und den sie mit einer Mischung aus Gier und Grauen vor dem klebrigen, warmen Etwas erlegte. Am Ende musste ich dann regelmäßig die Reste aus ihrem langen Fell klauben, wo sie zu Samanthas Entsetzen festgepappt waren.

Die ersten Tage verliefen also relativ problemlos, und wir gewöhnten uns aneinander.

Dann kam der Donnerstag.

Siggi nahm nach dem zweiten Läuten ab.

»Was ist denn passiert?«, fragte ich, auf alles gefasst.

»Polli, ich muss dir einiges erzählen«, antwortete sie mit Grabesstimme.

Ich spürte einen Knoten im Magen.

»Wir waren heute Morgen beim Notar.«

»Ach so. Hat Rosa tatsächlich alles dem Tierschutzverein vermacht?«

»Nein, uns!«

»Wen meinst du mit ›uns‹?«

»Dich und mich.«

Ich musste lachen. Siggi nahm mich auf den Arm. »Was erzählst du denn da für einen Quatsch? Rosa kannte mich doch kaum!«

»Es ist folgendermaßen, Polli: Sie hat alles mir vermacht, aber unter der Auflage, dass ich Moritz oder seine Nachkommen übernehme und mit ihnen weiterzüchte. Rosa wollte offenbar dafür sorgen, dass ihr Black-Silver-Zuchtprogramm auf alle Fälle weiterläuft. Aber Moritz ist tot, und Samanthas Besitzerin bist jetzt du. Ihre Brüder sind schon kastriert, aber die hätten sich sowieso nicht zur Zucht geeignet. Das heißt, ohne dich und Samantha kann ich das Erbe gar nicht annehmen. Wir müssten es sozusagen zusammen annehmen. Ich wäre dann die offizielle Erbin und Besitzerin von Samantha und du meine Katzensitterin. Aber natürlich wäre Samantha bei dir, und ich würde mit dir teilen.«

Ich musste mich erst mal setzen nach dieser Neuigkeit. Samantha sprang von meiner Schulter auf den Küchentisch und begann neugierig die Obstschale zu beschnuppern, die dort stand.

»Also, so was. Aber ich will doch gar nicht mit ihr züchten!«

»Lässt du sie sterilisieren?«

Darüber hatte ich noch nicht nachgedacht, aber eigentlich hatte ich es nicht vor. Paulchen war kastriert, und andere Kater würde Samantha in absehbarer Zeit nicht treffen.

»Ich glaube nicht.«

»Na, dann wäre sie ja jederzeit bereit für die Zucht. Du darfst sie nicht sterilisieren lassen, und sie muss mindestens einmal Nachwuchs bekommen. Dann kriegen wir Rosas Erbe.«

»Aber Siggi, ich will dieses alte Haus doch gar nicht. Was sollen wir denn damit anfangen?«

»Es ist nicht nur das Haus, Polli, das war die nächste Überraschung. Es gibt noch eine Lebensversicherung von Onkel Willi, die Rosa wieder angelegt hat, das sind fast dreihunderttausend Euro.«

»Waas? Das ist doch nicht wahr, Siggi, oder?« Wieso berichtete sie mir eine solche Neuigkeit mit derart unheilvoller Stimme?

»Doch, es ist wahr. Aber ich muss dir noch etwas anderes erzählen, Polli. Meine Mutter ist vollkommen ausgerastet, als sie das gehört hat. Sie hat rumgeschrien, hat Rosa beschimpft, hat mich beschimpft. Es war schrecklich! Und alles vor dem Notar. Sie hatte offenbar fest damit gerechnet, dass nach der gesetzlichen Erbfolge Papa der Alleinerbe wird und sie dann über das Geld verfügen kann. Was die Finanzen anbelangt, ist sie nämlich die Chefin bei uns zu Haus. Schließlich hat Papa sie am Arm genommen und rausgeführt. Und dann, als wir daheim waren …«

Siggi verstummte kurz. Hörte ich sogar ein Schluchzen? Sie fing sich wieder und fuhr fort: »Weißt du, während der ganzen Geschichte hatte ich immer ein wenig Angst, dass Mama darin verwickelt sein könnte. Frag mich nicht, warum, es war so ein Gefühl. Und ich war wahnsinnig froh, als es am Ende nicht so war. Aber dann, als wir daheim waren, hat sie wieder losgeheult. Und plötzlich hat sie voller Hass zugegeben, dass sie den Kater vergiftet hat, diese ›Kreatur des Teufels‹, wie sie sagte. Rosa habe eine unnatürliche Liebe zu diesem Vieh gehabt. Und dann hatte Rosa ihr auch noch erzählt, dass sie alles mir vererben wollte, damit ich weiter mit Moritz züchte. Da ist sie hingegangen, hat Rinderhack gekauft und Eisenhut darunter gemischt, davon hatte sie genug im Garten. Dann ist sie zu Rosa rüber und hat ihr gesagt, sie sei zufällig beim Metzger gewesen und habe ein bisschen was für die Katzen mitgenommen. Sie wusste, dass Rosa dieses teure Futter nur ihrem Lieblingskater geben würde, und so ist es wohl auch geschehen.«

»Hat Rosa denn keinen Verdacht geschöpft?«

»Ach, weißt du, Mama hat ihr öfter mal was für die Katzen vorbeigebracht, wenn auch meistens nur Essensreste, die sie sonst weggeworfen hätte.«

»Und Rosa hat geglaubt, dass Bieri und seine Leute für den Tod von Moritz verantwortlich seien!«

»Ja, offenbar hat sie den Zusammenhang von Hackfleisch und Vergiftung nicht erkannt.«

»Mensch, deine Mutter musste doch wissen, was Moritz für Rosa bedeutete, wie schrecklich das für sie sein würde!«

»Ich glaube inzwischen, dass sie Tante Rosa regelrecht gehasst hat. Sie hat sie für alles verantwortlich gemacht, was in ihrem eigenen Leben schieflief, jedenfalls ihrer Meinung nach schieflief.«

Nun schluchzte Siggi wirklich. »Dass ich ›andersrum‹ bin, wie sie sich ausdrückte, daran sei ebenfalls Rosa schuld, weil sie immer so schamlos und ein falsches Vorbild für mich gewesen sei. Sie habe mich verhext. Meine Homosexualität scheint für Mama immer noch ganz furchtbar zu sein.« Sie hatte sich wieder gefangen und fuhr leise fort: »Ich hatte gehofft, dass sie es langsam akzeptiert hätte.«

Nach allem, was ich von Siggis Mutter wusste, konnte ich mir nicht vorstellen, dass sie die Andersartigkeit ihrer Tochter jemals akzeptieren würde. Das Baselreuter Beichtkind von Pfarrer Tusche, das eine schwere Last auf sich geladen hatte, war also Frau Maurer gewesen. Wahrscheinlich hatte sie mit der schweren Schuld Rosas Tod gemeint, denn sie musste ja davon ausgehen, dass Rosa aus Kummer über den toten Moritz gestorben war. Wie eng der Tod ihrer Schwägerin tatsächlich mit dem des Katers zusammenhing, konnte sie nicht ahnen. Allerdings war nun auch klar, warum wir am Anfang unserer Nachforschungen so im Dunkeln getappt waren und die Indizien einfach nicht zusammenpassen wollten. Es waren zwei Täter am Werk gewesen, die nicht unterschiedlicher hätten sein können und die dennoch beide von derselben Vorstellung getrieben waren: der Existenz Satans.

»Dann hat deine Mutter wahrscheinlich auch diesen anonymen Brief an die ›Dienerin des Antichristen‹ verfasst.«

»Vermutlich hat sie Rosa wirklich als solche gesehen«, bestätigte Siggi traurig. »Meine Mutter ist krank, anders kann man es nicht bezeichnen. Eigentlich gehört sie in die Weißenau. Ich weiß gar nicht, wie Papa das noch aushält.«

Ich musste an seine rote Nase denken, sagte aber nichts.

»Und jetzt hat Rosa ihr noch nach dem Tod ein Schnippchen geschlagen. Mama hat Moritz ganz umsonst vergiftet! Das Erbe kann sie trotzdem nicht antreten, weil die Auflage sich auch auf seine Nachkommen bezieht.«

»Aber war sie wirklich so scharf auf das alte Häusle?«

»Ehrlich gesagt hatte ich den Eindruck, dass sie von der Lebensversicherung wusste. Vielleicht hat Rosa ihr mal davon erzählt.«

»Braucht sie denn so dringend das Geld? Dein Vater hat doch bestimmt eine gute Pension.«

»Das stimmt, ich versteh auch nicht ganz, warum sie so wild darauf ist. Sie war früher eigentlich nicht so, aber je älter sie wird, desto schlimmer wird es mit ihr.« Sie seufzte, dann wechselte sie das Thema. »Polli, was meinst du nun zu der Geschichte?«

»Was ist, wenn ich keine Lust habe, mit Samantha zu züchten?«

»Dann setzt die gesetzliche Erbfolge ein, das heißt, dann bekommt Papa als nächster Verwandter alles.«

»Und damit hätte deine Mutter doch noch ihr Ziel erreicht, oder?«

»Ja. Das hätte sie dann.«

»Willst du das?«

»Ich will das nicht, aber was soll ich sagen, es ist deine Entscheidung.«

»Ich muss darüber nachdenken.«

»Ist gut.«

»Ich ruf dich an.«

»Übrigens, wie läuft's mit Thomas?«

Ich hüstelte ein wenig. »Ich glaube, nicht schlecht. Am Wochenende will er mich besuchen.«

»Du bist schon ein verrücktes Huhn, Polli, erst konntest du ihn nicht ausstehen, und nun fängst du tatsächlich ein Techtelmechtel mit ihm an.«

Zum Glück hatten wir keine Kameras am Telefon, sonst hätte sie sehen können, wie ich rot wurde. In der Tat war mir mein Sinneswandel selbst ein wenig peinlich. »Na ja, weißt du, vielleicht hattest du ja recht, und sein arrogantes Benehmen war doch eher Unsicherheit.«

»Wie du meinst. Ich wünsch dir jedenfalls viel Glück mit ihm!«

Wir waren in München gewesen. Thomas hatte dort geschäftlich zu tun gehabt, und so hatte ich ihn zwei Tage begleitet und die Gelegenheit genutzt, mir die Expressionisten in der Pinakothek der Moderne anzuschauen und meine Exkursion vorzubereiten. Wir waren durch die Stadt geschlendert, hatten im »Weißen Brauhaus« zu Abend gegesse und nun befanden wir uns auf dem Heimweg zu ihm nach Ravensburg, wobei wir noch einen Abstecher nach Baselreute eingeplant hatten. Es war Sonntagnachmittag, und wir hatten unseren ersten gemeinsamen Wochenendtrip hinter uns gebracht.

Drei Wochen waren wir nun zusammen, und es war bisher nur ein Mal zu einem Streit gekommen. Wegen Samantha. Sie hatte uns so eindringlich angestarrt, als wir zusammen im Bett waren, dass Thomas sie des Zimmers verwiesen hatte. Ich war nicht besonders glücklich darüber gewesen, dass wir die Kleine aussperren mussten, mir hatte ihr Blick nichts ausgemacht. Aber Männer sind da ja störungsanfälliger. Allerdings störte ihn dann auch, dass sie laut miauend vor der Tür saß, um gegen ihre Vertreibung zu protestieren. Mir tat ihr Jammern in der Seele weh, es kam zu einem Wortwechsel, und Thomas gab schließlich nach, wir ließen sie ins Zimmer und verzichteten auf den Beischlaf. Das Verhältnis zwischen ihm und der Katze war seither merklich abgekühlt.

Aber ansonsten verstanden wir uns gut, vor allem am Telefon. Jeden Abend rief er an, und ich erwartete schon sehnsüchtig sein »Ciao, bella!«, das er inzwischen fast echt italienisch ins Telefon hauchte. Dann plauderten wir über Gott und die Welt, um uns schließlich Gute Nacht zu wünschen.

Dazwischen telefonierte ich ab und zu mit Siggi, die mir

jedes Mal mit ironischer Stimme schilderte, wie Thomas in allen Farben von mir schwärmte.

Nach reiflicher Überlegung hatte ich beschlossen, ihr die Annahme der Erbschaft zu ermöglichen. Einerseits wollte ich nicht, dass Frau Maurer in den Genuss des Geldes kam, nachdem sie Moritz umgebracht und damit auch Rosas Tod verschuldet hatte. Das fand ich unverzeihlich, wie krank sie auch immer sein mochte. Und wer konnte schon wissen, was sie mit dem Erbe vorhatte! Siggi wollte, dass wir fünfzig-fünfzig teilten, sie sagte, ihre Tante Rosa hätte das bestimmt so gewollt, weil ich Samantha und Hannibal gerettet und zur Aufklärung ihres Todes beigetragen hatte. Nach einer längeren Diskussion war ich einverstanden gewesen, zumal ich einen finanziellen Zuschuss durchaus gebrauchen konnte.

Dazu kam, dass ich ja nun Katzenmutter war und als solche eine gewisse Verantwortung trug. Im Grunde war sowieso Samantha die wirkliche Erbin. Deshalb hatte ich vor meiner endgültigen Zustimmung auch Zwiesprache gehalten mit ihr.

Ich hatte am Küchentisch gesessen, Ellbogen auf dem Tisch, Gesicht in die Hände gestützt, während sie vor mir hockte und mich mit schräg gelegtem Köpfchen und großen Augen aufmerksam ansah.

»Sag mal, meine Süße, wollen wir irgendwann Babys kriegen?«

»Mijaau«, antwortete sie. Das klang eindeutig wie »Ja«, und damit war die Sache geritzt. In einem halben Jahr konnte ich sie zum ersten Mal decken lassen, dann würde Siggi das Erbe antreten. Sie wollte anschließend sofort eine Schenkungsurkunde unterzeichnen, in der mir die Hälfte von allem zugeschrieben würde, was sie erhielt. Von meinem Anteil würde ich mir – zusammen mit dem Geld, das ich vor Jahren von Vater geerbt hatte – eine Wohnung in Konstanz kaufen können, sodass ich in Zukunft wenigstens eine Sorge weniger hätte, nämlich die um die monatliche Miete. Und ich konnte Lutz Berger beauftragen, nach einem nicht ganz so alten neuen Auto für mich zu suchen.

Eigentlich war ich gar nicht schlecht aus diesem Schlamassel herausgekommen, fand ich, während wir auf der Autobahn in Richtung Leutkirch fuhren. Geld geerbt, eine süße Katze bekommen und einen neuen Lover gefunden – wirklich nicht schlecht, Apollonia! Auch wenn ich mir noch nicht sicher war, ob er der »Richtige« im Sinne meiner Tante war. Ach, zum Teufel mit den Zweifeln, vielleicht war ja das die wahre Emanzipation: Dass man nicht ergeben auf die Taube wartete, die nicht daran dachte, vom Dach herabzuflattern, sondern den Spatz in der Hand aufpäppelte, bis er zur Taube wurde. Oder noch besser, dass man ihn einfach so lieben lernte, wie er war. Zumal wohl ohnehin die meisten Tauben irgendwann zu Spatzen mutierten. Jedenfalls die metaphorischen.

»Woran denkst du?«, fragte Thomas in diesem Moment.

»An Vögel«, antwortete ich lachend.

»Mit oder ohne ›n‹?«

Ich versetzte ihm einen Klaps zur Strafe für sein loses Mundwerk. Er protestierte grinsend, und ich musste ihn einfach küssen.

»Das ist doch eine herrliche Landschaft hier!«, sagte er fröhlich und deutete mit dem Kopf nach links, wo über den Wiesenhügeln die schneebedeckten Alpen hochragten. Es war ein sonniger Nachmittag, und das Allgäu leuchtete geradezu in spätherbstlichen Farben.

Ich musste an die Tour mit Siggi denken, als wir durch eine regenverschleierte Landschaft nach Leupolz und Kempten gefahren waren. Wie anders heute alles wirkte!

»Warst du eigentlich schon mal in Leupolz?«, wollte ich wissen.

»Nein, du hast mir nur davon erzählt.«

»Weißt du was?« Ich warf einen Blick auf die Uhr, es war Kaffeezeit. »Du hast doch auch einen Sinn fürs Absurde. Lass uns mal hinfahren, das ist wirklich interessant! Wir können dort einen Kaffee trinken im Bistro, und der Kuchen ist gut!«

»Na, wenn du meinst!«

Eine halbe Stunde später saßen wir an dem Fensterplatz, an dem ich zuletzt mit Pfarrer Tusche gesessen hatte. Ich hatte Thomas die Kirche gezeigt, mit allen Altären und blutenden Herzen, und er war vor allem von der Architektur fasziniert gewesen.

»Passt ja hier ins Allgäu wie die Faust aufs Auge, aber es hat was!«

Ich ging uns einen zweiten Kaffee holen und sah mich dabei im Lokal um in der heimlichen Hoffnung, den jungen Pfarrer zu entdecken. Als ich die beiden Kaffeetassen von der Theke nahm, um sie zum Tisch zu balancieren, tippte mir plötzlich jemand auf die Schulter. Doch es war nicht Pfarrer Tusche, sein älterer Kollege Schulz stand hinter mir.

»Sind Sie nicht Frau Katzenmaier?« Es klang feindselig.

Ich lächelte ihn an. »Grüß Gott, Herr Schulz, ja, ich habe einem Freund die Kirche gezeigt. Und da ich ihm von Ihrem Kaffee vorgeschwärmt hatte …«

Er verzog keine Miene. »Aha, die Kirche gezeigt. Schön, schön. Pfarrer Tusche hat mir vor seiner Pilgerfahrt nach Rom einen Zeitungsartikel über Sie gegeben. Darin stand, dass Sie sich mit einer Satanistengruppe angelegt haben. Sind Sie nun überzeugt, dass das Böse existiert?«

»Dass ›das‹ Böse existiert, habe ich nie abgestritten! Und dort habe ich Menschen gesehen, von denen ich wirklich glaube, dass sie böse sind. Aber wissen Sie, *der* Böse war nicht da.«

Seine Lippen wurden schmal. »Er war da, er war da, glauben Sie mir! Aber wer nicht Augen hat zu sehen …«

Volker hatte recht gehabt, zwei Seiten derselben Medaille, fanatische Christen und Satanisten!

»Und er hat Sie zu seinem Werkzeug gemacht!«

»Mich?« Ich konnte nicht glauben, dass ich in einem freundlichen, hellen Bistro stand mit zwei Tassen Kaffee in der Hand und mir anhören musste, ich sei das Werkzeug Satans!

»Ja, Sie! Eine gute Seele wollte uns finanziell unter die Arme greifen beim Neubau unseres Gästehauses, aber Sie haben das verhindert.«

War der Mann irre? Oder … Langsam dämmerte es mir. Hierher hatte Frau Maurer das Geld von Rosa spenden wollen! Aber da ich mich bereit erklärt hatte, das Erbe anzutreten, würde sie nun nichts bekommen.

»Sie meinen Annemarie Maurer? Sie wollte Ihnen das Erbe von Rosa Haberbosch spenden.«

»Der Herr macht viele Menschen zu einem Werkzeug des Guten, aber manchmal ist sein Widersacher stärker.«

»Frau Maurer ist krank, Herr Schulz! Sie hat den Kater von Rosa getötet und damit den Tod ihrer Schwägerin mit verursacht!«

»Sie war nicht schuld am Tod von Frau Haberbosch, und was ist schon das Leben eines Tieres gegen die Rettung einer unsterblichen Seele!«

Er hatte die Stimme erhoben, und Thomas schaute unruhig zu uns herüber.

»Was meinen Sie damit?«

»In der Familie von Frau Maurer gibt es eine verlorene Seele, einen Menschen, der vom rechten Weg abgekommen ist. Frau Maurer ist vielleicht krank, ja, aber vor Sorge um ihre Tochter! Sie hat nicht nur der Kirche den Rücken gekehrt, sondern lebt in schrecklicher Sünde!«

»Sie meinen Siggis Homosexualität?«

Er sah sich gehetzt um, als ich dieses Wort laut aussprach, und in der Tat waren einige Besucher des Bistros aufmerksam geworden. So senkte er die Stimme, als er weitersprach. »Es ist widernatürlich, es ist ekelhaft, wenn Menschen so leben! In der Bibel steht, dass für sie kein Platz ist im Reiche Gottes!«

Er geiferte regelrecht, und nun wurde mir auch klar, woher Siggis Mutter ihre Ansichten hatte.

»Unser Gebet hätte sie erretten können, dafür wollte Frau Maurer das Geld spenden, um Messen halten zu lassen für ihre verlorene Tochter!«

»Ach, und ohne Geld sind Sie nicht bereit, für Frau Maurers Anliegen zu beten, oder wie?«

»Wir können nicht, Frau Katzenmaier! Es gibt so viele

Anfragen, wir müssen sowieso einen großen Teil abweisen, und das Geld hätten wir so dringend gebraucht für das Gästehaus! Wie viele Menschen hätten wir beherbergen können, die mit ihrem Gebet zum Seelenheil anderer und zur Rettung der Welt beigetragen hätten!«

»Tja, Herr Schulz, das tut mir sehr leid, dass die Welt nun nicht gerettet werden kann, aber mit meiner Spende können Sie nicht rechnen!« Ich stellte den Kaffee zurück auf die Theke, gab Thomas ein Zeichen und ging zur Tür. Er stand auf und folgte mir.

An der Tür drehte ich mich noch einmal um. Pfarrer Schulz schlug das Kreuzzeichen.

Auf dem Weg nach Baselreute waren wir beide sehr still. Wir hatten ursprünglich vorgehabt, uns auch mit Siggi zu treffen, aber sie war dieses Wochenende mit Lioba nach Winterthur zu einer Fotoausstellung gefahren. Vielleicht war es ja besser so, dann konnte ich noch in Ruhe darüber nachdenken, ob und wie viel ich ihr von unserem Ausflug nach Leupolz erzählen sollte.

In Wangen überlegte ich einen Augenblick lang, bei meiner Schwester vorbeizuschauen. Jessy hatte sich tatsächlich wieder gefangen, hatte mir Mama berichtet, und ich hätte gerne ihr neues Zimmer und Aussehen in Augenschein genommen. Außerdem hatte Anna eingewilligt, eine Katze bei sich aufzunehmen. Der arme schwarze Hannibal, dem sich Jessy wegen der gemeinsam ausgestandenen Todesangst offenbar besonders verbunden fühlte, durfte bei Hartmanns einziehen, um dort seinen restlichen Lebensabend zu verbringen. Jessy sei völlig verwandelt, hatte Mama erzählt, sie kümmere sich nur noch um die Katze, während der Computer im Keller gelandet sei. Wo er wahrscheinlich in Peters IT-Anlage integriert worden war, wie ich vermutete.

Aber ich traute mich nicht, mit Thomas in das wiedergefundene Hartmann'sche Familienidyll einzufallen. Anna hatte schon früher kein besonderes Interesse daran gehabt, meine diversen Freunde kennenzulernen, und nach all der

Aufregung der letzten Zeit hatte ich Angst, das zarte Pflänzchen der neu erwachten Schwesternliebe zu gefährden.

Auch den Besuch bei Mama würde ich mir sparen; nach dem Rainer-Reinfall wollte ich sie nicht schon wieder mit einem neuen Gesicht belästigen.

Da führte ich ihn lieber Apollonia vor, die mir in dem Stück »Warten auf den Richtigen« immer kräftig souffliert hatte. Auch wenn das Stück nun vielleicht abgesetzt war.

Als wir durch Karsee fuhren, leuchtete die Hausinschrift in der Abendsonne: *Dankbar rückwärts, mutig vorwärts, gläubig aufwärts.*

Mutig vorwärts, dachte ich, mutig vorwärts, das ist genug.

Mein Dank gilt

meinem Mann, der mich während des Schreibens immer köstlich verköstigt hat;

meiner Mutter, ohne deren Geschichten meine Bücher nicht zustande kämen;

Elke Bergmann für ihre stete Unterstützung;

Christina Egli für die genaue Lektüre des Manuskripts und ihren logischen Sachverstand;

Horst Linzmeier und Christiane Möller für ihre Beratung in medizinischen Fragen;

Sabine Jann für den juristischen Beistand;

meinen Birmakatern Tom und Fridolin für die Inspiration.

Heinrich Steinfest

Die feine Nase der Lilli Steinbeck

Kriminalroman. 352 Seiten. Piper Taschenbuch

Das Auffälligste an der ausgesprochen schlanken und eleganten Lilli Steinbeck ist ihre Nase. Eine Klingonennase, die ihr eine Schar stark verunsicherter Bewunderer beschert. Als international anerkannte Spezialistin für Entführungsfragen wird sie von der Polizei in einen brisanten Fall eingeschaltet – in ein Spiel mit zehn lebenden Figuren, um die ein weltweit operierendes Verbrecherteam kämpft. Auf allerhöchstem Niveau und zum Zeitvertreib. Es gewinnt, wer alle zehn Spieler getötet hat … Der Kriminalroman des preisgekrönten Erfolgsautors Heinrich Steinfest ist ein Feuerwerk der Sprache voller Humor und philosophischem Hintersinn.

»Heinrich Steinfest ist ein Meister der skurrilen Sprachbilder und alltagsphilosophischen Exkurse.«
Der Spiegel

05/2408/01/L

Gerwens & Schröger

Anpfiff in Kleinöd

Ein Niederbayern-Krimi. 320 Seiten. Piper Taschenbuch

In der Nähe des niederbayerischen Weilers Kleinöd wird eine furchtbar zugerichtete Leiche gefunden. Wer war der Tote, der von vielen Frauen des Dorfes als Heiliger verehrt wurde, weil er angeblich die Stimmen der Toten hören konnte? Und warum musste er sterben? Ein Fall für Kommissarin Franziska Hausmann, die es bei ihren Ermittlungen diesmal nicht leicht hat: Seit das Los entschieden hat, dass der prominente Fußballklub Schalke 04 der nächste Gegner der örtlichen Kicker im DFB-Pokal sein wird, haben zumindest die meisten männlichen Kleinöder nichts als das runde Leder im Kopf. Als die Polizei endlich auf eine heiße Spur gerät, ist es fast zu spät, und die Ereignisse überschlagen sich dramatisch …

»Gerwens und Schröger gelingt eine gleichermaßen rasante wie auch hintergründige Durchdringung menschlicher Abgründe und dörflicher Idylle.«
Heilbronner Stimme

05/2400/01/R

Volker Klüpfel, Michael Kobr

Seegrund

Kluftingers dritter Fall. 352 Seiten. Piper Taschenbuch

Am Alatsee bei Füssen macht der Allgäuer Kommissar Kluftinger eine schreckliche Entdeckung – am Ufer liegt ein Taucher in einer riesigen roten Lache. Was zunächst aussieht wie Blut, entpuppt sich als eine seltene organische Substanz aus dem Bergsee. Kluftinger, der diesmal bei den Ermittlungen sehr zu seinem Missfallen weibliche Unterstützung erhält, tappt lange im Dunklen. Der Schlüssel zur Lösung des Falles muss tief auf dem Grund des sagenumwobenen Sees liegen …
Kluftingers dritter Fall von dem erfolgreichen Allgäuer Autoren-Duo Volker Klüpfel und Michael Kobr.

»Kommissar Kluftinger hat in seinen Kniebundhosen das Zeug zum Columbo von Altusried!«
Die Welt

05/2375/01/L

Astrid Paprotta

Feuertod

Kriminalroman. 320 Seiten. Piper Taschenbuch

Kein Mensch hatte Ellen Rupp schreien gehört. Noch im Tod schien sie stumm und entsetzt an der Wand zu lehnen. Die umstrittene Anwältin aus dem schicken Frankfurter Nordend war in der Brandhölle ihrer Wohnung regelrecht hingerichtet worden – wer aber war die verkohlte Leiche, die die Kommissare Niklas und Potofski neben ihr fanden?
Astrid Paprotta vereint subtile Spannung mit psychologischer Raffinesse – ein Kriminalroman von höchsten Gnaden.

»Astrid Paprotta beschränkt sich nicht auf eindeutige Motive, Täter und die festgelegten Klischees der Ermittler. Haken schlagende Handlungsverläufe ergeben ein irisierendes Vexierbild, das für Spannung sorgt.«
Der Standard

05/2352/01/R

Marina Heib

Eisblut

Thriller. 304 Seiten. Piper Taschenbuch

Schnittverletzungen am ganzen Körper und Salz in den Wunden: Uta Berger ist das erste von drei Opfern, die vor ihrem Tod offensichtlich grausam gefoltert wurden. Die Zeit drängt, denn der Täter geht mit größter Akribie und Intelligenz vor. Und seine Motive zu verstehen, scheint der einzige Schlüssel zur Lösung des Falls. Daher ziehen die Hamburger Sonderermittler um Christian Beyer auch in diesem Fall die Psychologin Anna Maybach hinzu.

»Höchst unterhaltsam. Mit den vielen verschiedenen Handlungssträngen und Verdachtsmomenten gehört der Krimi zu den besten seiner Art.«
Heidelberg aktuell

05/2345/01/L

Stefan Holtkötter

Das Geheimnis von Vennhues

Ein Münsterland-Krimi. 272 Seiten. Piper Taschenbuch

Über zwanzig Jahre ist es her, dass im Vennhueser Moor im Münsterland ein grausamer Mord geschah. Der Hauptverdächtige Peter Bodenstein wurde seinerzeit aus Mangel an Beweisen freigesprochen. Nun ist er ins Dorf zurückgekehrt, um seine Unschuld zu beweisen. Doch wenig später wird wieder ein toter Junge im Moor gefunden. Erneut weisen alle Spuren auf Bodenstein. In Vennhues erhält Hauptkommissar Hambrock aus Münster kaum Unterstützung, und das, obwohl er selbst aus dem Dorf stammt. Es scheint ein Geheimnis zu geben, von dem er ausgeschlossen ist. Und wenn er die Wahrheit über Bodenstein herausfinden will, gibt es für ihn nur einen Weg – ins Moor …

05/2300/02/R